Alain Claude Sulzer

URMEIN

Roman

Klett-Cotta

Der Autor dankt der Stiftung Pro Helvetia
für ihre mehrfache großzügige Unterstützung.

für Georg Martin

Erster Teil

I

Im August 1913 ließ sich Graf Galli in Urmein, einem kleinen, weltabgeschiedenen Dorf oberhalb von Thusis, nieder. Bereits fünf Jahre zuvor, im Herbst des Jahres 1908, hatte er auf Anraten seines Mailänder Arztes Galliardi damit begonnen, sich nach einem Ort umzusehen, der es ihm erlauben würde, die letzten Jahre seines Lebens nach seinen Vorstellungen zu verbringen. Nach einigen Reisen durch Oberitalien und die italienische Schweiz, durch Teile Frankreichs und Graubündens, verschlug es ihn nach Chur, wo ihm eine befreundete Dame, die Witwe eines Diplomaten und Trägers des Ordens vom Kostbaren Stern, dazu riet, einen ihr bekannten, hier ansässigen Rechtsanwalt aufzusuchen; diesem war, wie man es der Frau des Diplomaten völlig richtig zugetragen hatte, durch eine Erbschaft eine Art Schloß oder Kloster zugefallen, das seit Jahren vergessen und unbewohnt, jedoch in leidlichem Zustand, seinem unaufhaltsamen Zerfall oder jenem neuen Eigentümer entgegensah, der es gnädig beleben wollte.

Eines Tages im Frühsommer 1911 unternahm der Graf, gemeinsam mit Dr. Feurer, dem Anwalt aus Chur, mit dem er zuvor korrespondiert und den er schließlich in seiner Kanzlei aufgesucht hatte, einen Ausflug nach Urmein; gemeinsam wollten sie den Besitz besichtigen, der beiden gleicherweise unbekannt war und von dem weder Photographien existierten noch Zeichnungen oder Pläne überliefert waren. In Chur bestiegen sie die Rätische Bahn und fuhren bis Thusis, wo sie von einem vorab durch Dr. Feurer organisierten, von einem bärtigen Mann geführten offenen Zweispänner abgeholt wurden, der sie nach Urmein bringen sollte. Die beiden Herren – schwarz gekleidet bis auf die weißen Hemden – brachen frühmorgens auf und erreichten Urmein bei schönem Wetter zur Zeit des höchsten Sonnenstandes; als sie am Ziel dieses durch keinerlei Verzögerungen in die Länge gezogenen Ausflugs anlangten, hatte der Graf bereits alles Wissenswerte sowohl über Dr. Feurers Leben, das dieser als »ein wenig unordentlich« bezeichnete, als auch einiges Bemerkenswerte über jenes unbewegliche Erbteil erfahren, dessen er überraschend teilhaftig geworden und das zu besichtigen man eben im Begriff war.

Johann Rudolf Feurer war als Kind wohlhabender Eltern in Zürich aufgewachsen, wo er auch studiert und im Alter von vierundzwanzig Jahren, gegen den Rat, aber schließlich doch mit dem Segen seines Vaters, eine verarmte Oberländerin geheiratet hatte, die ihm drei Kinder schenkte, bevor sie ihn, wenige Monate nach der Geburt des Jüngsten, ohne Vorankündigung, ja ohne erkennbaren Grund verließ. Das erschütternde Erlebnis dieser unerwarteten und beleidigenden Trennung hatte, seinen Worten zufolge, sein Leben so gründlich verändert, daß er sich heute, fünfunddreißig Jahre später, nur noch mit Mühe an jene Frau erinnern konnte, die er einst geliebt und deren Verlust er viel zu lange beklagt hatte. Die Söhne hatte er ins Internat gegeben, sich selbst aber nach Chur zurückgezogen und dort eine Kanzlei eröffnet, nachdem das jüngste Kind, seine einzige Tochter, im Alter von fünf Jahren unter unvorstellbaren Qualen an toxischer Diphtherie gestorben war. In spätestens drei Jahren gedachte er seine Kanzlei zu schließen oder an seinen jüngsten Sohn abzutreten, der ebenfalls Jurist und in der Lage sei, seine Geschäfte weiterzuführen, zumal sich auch Chur in den letzten Jahren zu einer Goldgrube für rechtskundige Leute entwickelt habe. Auf die Frage des Grafen, warum er denn kein zweites Mal geheiratet habe, lachte Dr. Feurer nur und führte, nicht gerade überzeugend, seine vielfältige juristische Tätigkeit ins Feld, die ihn viele Jahre lang so sehr in Anspruch genommen habe, daß es ihm unmöglich gewesen wäre, eine Wiedervermählung auch nur in Erwägung zu ziehen. Im übrigen habe ihm der gattenlose Zustand eine Freiheit gewährt, von der er früher nicht einmal zu träumen gewagt hatte.

Bezüglich des Besitzes in Urmein tappte er, wie sich herausstellte, nahezu im Dunkeln. Zwar bestand keine Ungewißheit über das Erbe und die Besitzverhältnisse, doch herrschte völlige Unklarheit über das Alter und die Geschichte des Hauses (für welche der Graf zu Dr. Feurers Erleichterung übrigens kaum Interesse zeigte). Das Kloster oder Schloß – das Testament schwankte unschlüssig zwischen beiden Begriffen – hatte bis vor kurzem einer ungefähr gleichaltrigen Kusine zweiten Grades gehört, der Tochter eines Vetters seines Vaters, die vor einem knappen halben Jahr (»...unerwartet, wie ich schon sagte...«) in Paris gestorben war. Als kleines Kind, so erinnerte sich Dr. Feurer, sei das unter schweren Asthmaanfällen leidende Mädchen des öfteren nach Urmein zu einer Tante geschickt worden, über die sie, jedenfalls mit ihm, ebenso selten gesprochen habe wie über das Haus, das sie kurz nach Vollendung ihres zwanzigsten Lebensjahrs von ihrer kinderlosen, frommen Verwandten geerbt hatte, ohne jedoch, soviel er wisse, jemals dorthin zurückgekehrt zu sein oder sich gar um das Wohlergehen der wenigen noch lebenden Bewohnerinnen ihres neuen Besitzes gekümmert zu haben. Sie war nach Paris gezogen, um Künstlerin zu werden, hatte sich aber, statt selbst zu malen, bald damit begnügt, unentgeltlich vor zweitklassigen, ominösen Schulen angehörenden Malern in allen nur erdenklichen Positionen, nicht selten nackt, Modell zu sitzen und zu liegen. Einige Ergebnisse dieser luxuriösen und frivolen Zeitverschwendung hatte er bei einer Ausstellung in Paris mit ebenso ehrlichem wie angebrachtem, allerdings unterdrücktem Entsetzen zu Gesicht bekommen. Als ihn Marie-Theres, sichtlich stolz auf ihre inspiratorischen Fähigkeiten, um seine ehrliche Meinung zu den um größtmögliche Häßlichkeit bemühten Bildern bat, verschwieg er diese zugunsten fadenscheiniger Ausflüchte, die sie dennoch überzeugten, und zog es nach diesem peinlichen Zusammentreffen mit ihr und ihren entblößten Konterfeis oder besser *contrefaits* vor, bei künftigen Parisbesuchen im *Georges V.* abzusteigen, ohne seine Kusine davon in Kenntnis zu setzen. Nach Paris fuhr er – auch weiterhin – regelmäßig aus eben jenen Gründen (er hatte sich zum Grafen vorgebeugt), aus denen kleine Geister die Stadt gerade mieden; dem lockenden Ruf des restaurierten Babels hatte er nur selten widerstehen können. Obwohl seine Ausführungen den rügenden Worten, mit denen Feurer seine befreite Kusine bedacht hatte, ausdrücklich widersprachen, verzog der Graf keine Miene, was Dr. Feurer dazu bewog, zum ursprünglichen Gegenstand seiner Konversation zurückzukehren und eine passendere Gelegenheit abzuwarten, um von weiteren Ausschweifungen zu sprechen.

Marie-Theres' Tod hatte ihn (»...wie ich schon sagte...«) völlig überraschend getroffen, nachdem er – im Flug waren die Jahrzehnte vergangen – immer seltener Nachricht von ihr erhalten hatte. Es war ihm bekannt gewesen, daß sie sich um die Jahrhundertwende im Westen von Paris, in der Nähe des Bois de Boulogne niedergelassen und von sämtlichen schöpferischen wie darstellerischen Ambitionen Abstand genommen hatte. Auch war ihm durch Bekannte aus Rhäzüns zu Ohren gekommen, daß um 1905 die letzte Urmeiner Stiftsdame gestorben, jedoch erst etliche vierzehn Tage nach ihrem Ableben, mumientrocken, fast unverwest und offenbar verhungert, entdeckt worden war. Mit gefalteten Knochen hatte sie in ihrem schmutzigen Bett gelegen.

So verging die Bahnfahrt von Chur nach Thusis und die Kutschfahrt von dort ins fast sechshundert Meter höher gelegene Urmein mit Erzählungen des mangels Gelegenheiten äußerst redseligen Rechtsanwalts. Wenn ihn der wortkarge Graf hin und wieder durch kurze Fragen unterbrach, dann nicht etwa, um ihn zum Schweigen zu bringen, sondern um den ungehinderten Redefluß zu fördern, der ihn selbst der Sorge enthob, mit dem Geplauder des Schweizers konkurrieren zu müssen. Sein Blick schweifte ins scharf umrissene, blau getönte Gebirge ab, das zum Bersten gläsern wirkte. Während Pferde und Wagen sich allmählich den Bergen näherten, entfernte er selbst sich immer weiter davon.

Die beiden Pferde hatten Mühe, den steilen, stellenweise aufgeworfenen, mit Geröll bedeckten Pfad zu überwinden, der sich in engen Serpentinen nach oben wand und den quer über dem Weg liegende Äste schwer passierbar machten. Mehrmals blieben die Tiere einfach stehen, scheuten vor niedrigen Gesteinswänden, die, wie der Graf entdeckte, spärlich mit blühenden Alpenrosen bedeckt waren, und setzten sich erst wieder in Bewegung, nachdem der Kutscher laut fluchend auf sie eingeschlagen hatte. Als Dr. Feurer diesen, in einem dem Grafen unverständlichen, ihn geradezu peinlich berührenden breiten Dialekt um etwas mehr Zurückhaltung bei der Verwendung solcher Ausdrücke bat, wandte sich der Kutscher grinsend zu den beiden Herren um, riß sich den fleckigen, mit einer beinahe fahnenlosen Feder besteckten grauen Filzhut vom Kopf, grüßte mit ausgestrecktem Arm in die menschenleere Landschaft und gab einen so wilden Laut von sich, daß selbst seine Pferde erschraken; auf der Stelle verfielen sie in eine schnellere Gangart. »Will der Kerl uns in die Hölle fahren?« fragte Galli Dr. Feurer, doch war auch diesem unklar, was das animalische, von Felswänden zurück- und aus Senken heraufhallende Gebrüll des Kutschers zu bedeuten hatte. Doch wenn es sich auch ihrem Verständnis entzog, hatte es jedenfalls, wie sich bald herausstellen sollte, die Wirkung eines Signals und ersetzte somit die vorauseilende Botschaft eines Horns.

Nach einer letzten, von den Pferden gefährlich schwungvoll genommenen Biegung nach links, gelangten sie zu einer lärchenbestandenen Anhöhe, zu deren Füßen Urmein in einer ovalen Mulde lag. Von dieser Arena stiegen ringsum zahllose Stufen von unterschiedlicher Höhe an und verliehen der Landschaft, in die das Dorf gebettet war, das Aussehen eines

Stadions, das in die Berge versetzt worden war und sich hier in allen Einzelheiten der in dieser Höhe noch fast sanften, kaum zerklüfteten Bergwelt angepaßt hatte. Befremdet und entzückt, staunte vor allem der Graf über dieses vom Föhn in scharfen Umrissen wiedergegebene Landschaftswunder, das sich ausnahm, als sei es von einem in hohem Maße beseelten Baumeister angelegt worden, der seinen ganzen Ehrgeiz darein gesetzt hatte, der kühnen, hochgegriffenen Welt hier oben einen Anstrich von mediterraner Gelassenheit und antiker Größe zu geben. Das Dorf selbst, an dessen äußerstem Ende sich unübersehbar der runde, tatsächlich an ein Schloß erinnernde Turm des ehemaligen Stifts erhob, bestand aus schwermütig wirkenden Holz- und Steinhäusern, deren Schindeldächer an vielen Stellen schadhaft waren.

Etwa fünfzehn Einheimische, die zweifellos durch den merkwürdigen Ruf des Kutschers angezogen worden waren, standen herum und bildeten im Verein mit einigen Hunden ein mißtrauisches Empfangskommittee, als das Gefährt mit den beiden Fremden den Dorfplatz erreichte, der sich im Zentrum jener naturgegebenen Arena befand, die sich von der Anhöhe aus ihren Blicken geboten hatte. In der Mitte des Platzes stand ein oktogonaler Brunnentrog, dessen gewölbter Rand mit dunklem Moos bedeckt war. Mehrere Kinder saßen darauf, darunter ein blondes, recht hübsches Mädchen mit geröteten Wangen, das die Fremden mit verdüsterter Miene anstarrte. Den Grafen fror beim Anblick dieses Kindes, das die Fingerspitzen seiner nach hinten gebogenen Hände ins kalte Wasser getaucht hatte, so daß Dr. Feurer ihm riet, sich eine der Wolldecken, die in der Kutsche lagen, um die Schultern zu legen. Galli winkte ab, und Feurer wandte sich an die Umstehenden. Er erkundigte sich nach dem Kloster, dessen neuer Eigentümer er sei. Dem Grafen unverständliche Stimmen wurden laut und erstarben, wonach ein etwa sechzigjähriger Mann vortrat, dem Grafen – nicht etwa Feurer – die Hand entgegenstreckte (die zu nehmen sich dieser weigerte) und den beiden Herren anbot, sie zur Klosterruine zu führen. Da dieser zwar willkommenen, aber recht unspektakulären Alltagsunterbrechung offenbar keine weiteren Höhepunkte abzugewinnen waren, zogen sich die Neugierigen zurück, teils in ihre Häuser, teils unter die Haustüren; man entfernte sich oder hielt in kleinen, schweigenden Gruppen Abstand zu den beiden nicht ganz geheuren Städtern, denen man mit einer Reserve begegnete, die dem Grafen keineswegs unangenehm war. Denn die Zurückhaltung, die die Urmeiner heute an den Tag legten, würde ihm, im Fall, daß er sich hier niederließ, morgen jene Ruhe gewährleisten, die er suchte. »Sie scheinen ein wenig verunsichert zu sein«, meinte Dr. Feurer leise zum Grafen und wandte sich dann an den Mann, der sie zum Kloster führen wollte, das von diesem tiefer gelegenen Punkt aus nicht zu sehen war. »Wir nehmen Ihre Dienste dankend in Anspruch«, sagte Dr. Feurer und unterstrich seine Worte mit einer Bewegung zu seinem Begleiter hin, der lediglich nickte und mit seinem Stock leicht auf das unregelmäßig gesetzte Pflaster schlug. Inzwischen hatte der Kutscher, der den Urmeinern wohl bekannt war, die Pferde ausgespannt und zur Tränke geführt, wo sie sogleich zu trinken begannen. Das blasse Mädchen erhob sich von seinem natürlichen Polster und entfernte sich durch eine der fünf schmalen Gassen, die vom

Platz ins dunkle Nichts zu führen schienen, während sich hoch über dessen Häuserreihen eine nahtlose Kette von Bergen erhob, deren höchster der Beverin sei, wie man den Besuchern aus dem Tal erklärte. Dem Grafen fiel auf, daß dem Mädchen, das nun gerade verschwand, nichts Bäuerisches, im Gegenteil etwas sehr Weltgewandtes eigen war, das auffallend mit seiner Umgebung kontrastierte. Das Kloster befinde sich nur wenige Schritte außerhalb des Dorfes, auf der anderen Seite des Orts, erklärte der hilfsbereite Mann, den der Graf daraufhin in gebrochenem, aber verständlichem Deutsch nach seinem Namen und Beruf fragte. Erfreut darüber, von dem alten Herrn angesprochen worden zu sein, von dem eine einschüchternde Wirkung ausging (eine Mischung aus schneidender Kälte und unbestechlicher Hellsichtigkeit), antwortete er, er heiße Roth und habe früher, als die frommen Madames noch lebten, im Kloster hin und wieder kleinere Arbeiten verrichtet, denn er sei Schmied – man unterbrach ihn, er möge vorausgehen, was er auch tat.

Es entging dem Grafen nicht, daß die Zurückgebliebenen ihren Abgang von der dörflichen Bühne dazu nutzten, sich dem Kutscher zu nähern, um ihn mit Fragen nach den beiden Städtern zu bedrängen. Dieser wußte allerdings nicht mehr, als daß der Schweizer, den er für einen Arzt hielt, Doktor Feurer heiße und in Chur wohne (»...aber er ist Zürcher, das hört man!«), von wo aus man die Kutsche für diesen Tag bestellt hatte. Daß er der neue Besitzer des Schlosses sei, wüßten sie ja nun, und daß der alte Mann, ein italienischer Graf, sich für das verfallene Gemäuer interessiere, liege seiner Meinung nach auf der Hand. Man wunderte sich ein wenig über den Besuch eines ausländischen Adeligen in dieser Gegend, und der eine oder andere mochte sich in diesem Augenblick insgeheim ausmalen, welche Annehmlichkeiten die Zuwanderung eines solchen Mannes für das heimische Handwerk, für die weibliche Bevölkerung und das Gemeinwesen im allgemeinen mit sich bringen würde. Oft schon hatte man, mehr befremdet als neidisch, von den segensreichen Auswirkungen des Ferienaufenthalts von Engländern und Franzosen gehört, die Berg- und Gletscherwanderungen oder gar Kletterpartien unternahmen oder Ski fuhren, deren Anwesenheit den Einheimischen mithin zahlreiche Möglichkeiten bot, sich an den Diensten, die man diesen sogenannten *Touristen* erwies, auf unverfängliche Weise zu bereichern.

Roth schritt voran, ihm folgte der aufmerksame Dr. Feurer, der Graf bildete den Schluß und schien in Gedanken versunken. Die gewundene Gasse, an der die kleine protestantische Kirche mit dem zwiebelförmigen Helm, einige unbewohnt wirkende Häuser und etliche Misthaufen lagen, auf denen Hühner kratzten, wurde breiter und mündete schließlich in einen Feldweg, der steil anstieg.

Der Graf blieb stehen. Er konnte sich eines Ausrufs des Entzückens nicht enthalten: Hinter einer von lang andauernden Frösten stark beschädigten, an manchen Stellen völlig zusammengebrochenen Mauer, die den Besitz längst nicht mehr schützte, ragte – durch hohe Bäume den Blicken halb entzogen – der aus Quadern geschichtete, rötlich schimmernde Turm des Klosters auf. Die drei Fußgänger gelangten zu einem schmiedeeisernen Tor jüngeren Datums, hinter dem sich eine verwilderte Allee erstreckte, deren von mannshohem Gebüsch umwucherte Bäume wohl seit Jahrzehnten nicht mehr geschnitten worden waren. Am Ende dieser künstlichen Passage, die sich die Natur längst zurückerobert hatte, stand das Kloster, eine unübersichtliche Anlage, die, soviel war selbst von hier aus zu erkennen, aus zwei Gebäudekomplexen ungleichen Umfangs und unterschiedlicher Höhe bestand, die lediglich durch einen Säulengang – und den Turm – miteinander verbunden waren.

Roth stieß einen der Torflügel auf. Es machte den Anschein, als seien die beiden unvereinbaren Gebäudeteile willkürlich zusammengefügt und schließlich, vermutlich erst im vergangenen Jahrhundert, durch einen Turm gekrönt worden, der sie weit überragte. Die Strapazen der Reise hatten sich gelohnt, wie teuer den Grafen der Erwerb des Grundstücks auch zu stehen käme, das, laut Dr. Feurer, insgesamt drei Hektar Land und Wald umfaßte. Die Begeisterung, die Galli beim Anblick des Besitzes nicht zu unterdrücken vermochte, war so ansteckend, daß sie sich auf den ursprünglich von Dr. Feurer vorgesehenen Kaufpreis übertrug, der in seinem Kopf augenblicklich in die Höhe schnellte.

Lage und Architektur des Anwesens, das auf den Italiener keineswegs klösterlich wirkte, entsprachen seinen Vorstellungen, ja erreichten fast das Idealbild seiner langgehegten Träume, und übertrafen jedenfalls alles, was er bis zu diesem Tag besichtigt und nach langen Überlegungen – am Ende beinahe entschlossen, sein vermutlich viel zu ehrgeiziges Vorhaben aufzugeben – doch immer wieder verworfen hatte. Es müßte hier, an diesem Ort, wo alles darauf angelegt schien, seinen Absichten zu dienen, ein leichtes sein, jene sich aus dem Ungewissen, Verschwimmenden, Auseinanderstrebenden bildende Einheit zu verwirklichen, die ihm vorschwebte. Die architektonischen Bedingungen, die nach außen und innen wirkenden baulichen Gegebenheiten, schienen wie geschaffen, dem Ideal des Grafen einen festen Rahmen zu geben, den selbst die Forderung nach uneingeschränkter Bequemlichkeit nicht sprengen konnte. Es würde gewiß keiner besonderen Anstrengungen bedürfen, die Wirtschaftsgebäude und Unterkünfte der Dienerschaft von den Wohnräumen seiner Gäste zu trennen, so daß deren und sein eigenes Wohlbefinden durch den Lärm und die Gerüche, welche die verschiedenen Tätigkeiten der Domestiken notwendig verursachten, nicht unnötig gestört wurde. Die zur Allee hin offenen Arkaden, die in recht gutem Zustand waren, eigneten sich vortrefflich als Verbindungsglied zwischen der Welt der Pensionäre und jener der Bediensteten und garantierten, vorausgesetzt das Personal war ausreichend geschult, die prompte und korrekte Ausführung von Anordnungen und zugleich absolute Diskretion (auf deren Einhaltung man besonders achten würde), während von der Gesamtheit der Räumlichkeiten gewiß auch nach einem gründlichen Umbau der Zauber des Vergangenen, der Reiz versteinerter Beständigkeit ausginge, die durch nichts mehr zu erschüttern war, weder durch ihn noch seine Gäste noch gar durch jene neue Zeit, der sich zu entziehen er fest entschlossen war. Der rechte, etwas kleinere Komplex war wie geschaffen, die Dienstbotenräume aufzunehmen, während er und seine Freunde sich für den Rest ihrer Tage in den linken Teil zurückziehen würden.

Sie passierten das eiserne Tor, das Roth ihnen aufhielt, im selben Augenblick, als sich ein Sonnenstrahl längs über die

Allee legte; von drängenden Wolken gejagt, huschte er darüber hinweg und öffnete sich wie ein brennender Vorhang über den kannelierten Säulen, dem schadhaften Dach, das sie trugen, und über dem Turm. Gewiß, was sie da sahen und was der Graf so fassungslos bewunderte, daß er nun leise stöhnte, ähnelte gemalten, mittels Licht- und Schattenspielen belebten Kulissen, die ihre Wirkung besser in jenen Opernhäusern entfalteten, für die sie erdacht waren, als draußen in der Welt, von der sie nur ein schwaches Abbild geben konnten; aber war es nicht gerade das, wonach Emilio Guido Conte Galli seit über einem Jahr in Frankreich, Italien und der Schweiz so rastlos wie vergeblich gesucht hatte: Ein Ort, an dem er selbst bestimmen konnte, wie spät es wirklich war? Ein Ort, an dem die Zeit desinteressiert und achselzuckend vorbeigeflossen war, weshalb die einzigen Spuren, die sie hinterlassen hatte, die Spuren des Zerfalls waren. Reglos, steinern und von der alles erstickenden Epoche vergessen, lag das Urmeiner Schloß als ein hereingeschobenes Requisit vor ihnen, zeitlos und fordernd. Es wartete darauf, auch im Inneren beleuchtet zu werden. Zwischen diesen Mauern würde es ihm zweifellos besser als irgendwo anders gelingen, seine mit zunehmendem Alter fast störrisch verfolgte Absicht zu verwirklichen, die ihm verbleibenden, vielleicht nur wenigen und wohl ein bißchen mageren Jahre auf eine Weise und in einer Umgebung zu verbringen, die von seinem bisherigen Leben den denkbar größten Abstand nahm. Dem Tod würde auch er nicht entwischen. Doch war er entschlossen, sich nicht überrumpeln zu lassen; er wollte den Fremden zu sich bitten, bevor es diesem gelang, ihn bei sich einzusperren. Der unbequeme, aber notwendige Weg ließ sich besser an einem unbekannten Ort beschreiten, als in jener gewohnten Umgebung, in der ihn die neue Zeit längst eingeholt, ihr Geist schon überholt hatte; jene Gegenwart, die sich darin erschöpfte, mit unvorstellbarer Geschwindigkeit, gleich einem rasenden, sich durch eigene Kraft vertausendfachenden Athleten, in bisher gemiedene, unerforschte oder verbotene Bezirke vorzustoßen, konnte hier mit List umgangen werden. Es war entbehrlich, ein Prophet zu sein, der die mit stinkenden Gasen gefüllte Schweinsblase über kurz oder lang platzen sah. Die Abgeschiedenheit im Kreis von gleichgesinnten Altersgenossen versprach heilsame und dauerhafte Abkehr von allem, was ihn – und die anderen – nun nicht mehr kümmerte, oder was um jeden Preis zu ignorieren er entschlossen war; mochten Jüngere davon halten, was sie wollten.

Feurer, der nicht die Gabe besaß, in Gesichtern zu lesen oder Gesten zu deuten, bemerkte gleichwohl das nervöse Zucken, das an den Augenwinkeln seines Begleiters zerrte; er konnte es sich nicht erklären. Er verhielt den Schritt und gab dem Grafen Gelegenheit, ihn zu überholen. »Seltsam«, sagte er. »Fast eine Ruine und doch noch einiges Leben. Als ob die alten Fräuleins uns beobachteten.«

»Ich kaufe das Schloß«, sagte Galli unvermittelt, und Dr. Feurer nickte und sprach im Gehen: »Sie wollen es kaufen? Sie haben recht. Wäre ich jünger, würde ich keinen Augenblick zögern, mich hier niederzulassen. Ich fürchte auch ein wenig die Einsamkeit. Sie werden den Kauf nicht bereuen, Conte.« Er horchte auf und bemerkte in einer Anwandlung romantischer Empfindung: »Man möchte meinen, die Hufe von Pompejus Plantas Pferd zu hören!« Doch der in der deutschen

Literatur wenig bewanderte Italiener hörte nichts dergleichen (und hätte sicher auch dann nichts gehört, wäre er es gewesen).

»Sie scheuen die Kosten, den Aufwand und die Arbeit, all das nicht?« Der Graf schüttelte den Kopf und ging weiter. Sogleich setzte sich auch Roth in Bewegung, ihm folgte der Rechtsanwalt, dessen letzte Worte im auffliegenden Rauschen der Bäume untergingen, während seine Gedanken das Alter umkreisten, das ihm nunmehr noch etwas gesicherter schien als am Tag zuvor.

II

Da sie keine Koffer besaß, war sie gezwungen, ihren gesamten Besitz – viel war das nicht – in dem aus Weiden geflochtenen, mit zwei Schlössern versehenen sperrigen Reisekorb unterzubringen, der aufgeschlagen neben dem abgezogenen, schmalen Leutebett stand, in dem sie, abgesehen von ihrem Aufenthalt im St.Josephs-Hospital, an den sie sich nur mit Schaudern erinnerte, jede Nacht der vergangenen vier Jahre verbracht hatte; meist zu erschöpft, um geheimen Gedanken feste Konturen zu geben. Hatte ihre Kindheit nur in Träumen stattgefunden? Nichts war ihr, die längst zum stets verfügbaren Bestand fremder Haushalte gehörte, ferner als die eigene, unendlich weit zurückliegende Vergangenheit. Sie nahm den Stapel rüschenbesetzter Küchenschürzen aus hellblauem Cretonne vom Bett, bückte sich zum Reisekorb und legte sie auf die schneeweißen, mit Lochstickerei versehenen Tändelschürzen, die sie auf ausdrücklichen Wunsch der Herrschaft stets nachmittags zum Tee getragen und alle zwei Tage gewechselt hatte. Sie richtete sich wieder auf, hielt inne, starrte auf die dreiteilige, hoch gefederte Matratze, auf der sie sich zumindest nachts für Augenblicke der Täuschung hatte hingeben können, von einer unsichtbaren Last befreit zu sein, und bemerkte nun zum ersten Mal zwei faustgroße, braungeränderte Flecken auf der mittleren Matratze sowie mehrere kleine Brandlöcher auf dem Keilkissen; Verunstaltungen, die darauf hindeuteten, daß eine ihrer Vorgängerinnen (oder deren Liebhaber) heimlich geraucht hatte und eine andere, wenn nicht dieselbe, das beklagenswerte Opfer starker Blutungen gewesen war, deren Ursache sie nie erfahren würde. Spuren, die ihr bisher entgangen waren, weil sie nur selten Zeit gefunden hatte, sich bei Tageslicht hier oben aufzuhalten; Spuren, ähnlich jenen, die sie an anderer Stelle wohl selber hinterlassen hatte.

Sophie trug einen Unterrock, eine weiße, mit Spitzenborten verzierte Bluse, schwarze Lackschuhe und graue Strümpfe, die den Blicken ihrer Mitmenschen selbst die Farbe ihrer Fesseln entzogen. Auf dem Stuhl lag der Hut, der kürzlich aus Breslau eingetroffen war; in Wirklichkeit nicht ganz so herrlich wie das Exemplar, das im Katalog des Modehauses Henel gelockt hatte. Die Ohrringe, in Gold gefaßte, tropfenförmige Granate, waren ebenso wie der kleine, smaragdäugig blitzende Schlangenring am Mittelfinger ihrer rechten Hand Hinterlassenschaften ihrer Mutter, Erinnerungen an Versprechungen einer sorglosen Kindheit, die in jede nur erdenkliche leuchtende Zukunft außer eben jener gewiesen hatte, die sich schließlich in erzwungener Bescheidenheit und dienstfertiger Abhängigkeit erfüllte. Sie trug die Ohrringe und den Ring nur selten; aber wenn sie sich damit schmückte, an Feiertagen etwa, fühlte sie, wie sich das unbekümmerte Auftreten ihrer verstorbenen Mutter auf sie übertrug und ihr für Augenblicke sogar das schmerzhafte Gehen erleichterte. Sobald sie aber an den Ort zurückkehrte, wohin das Verhalten ihrer Mutter sie geführt hatte, fiel jede Fröhlichkeit von ihr ab. Sie wich dem stetig glimmenden, schmerzlichen Haß auf jene Frau, die ihr gesamtes Vermögen einer Person vermacht hatte, deren

Namen Sophie niemals aussprach, wenngleich er immer in ihr umging. Die eigene Mutter hatte sie leichtfertig jener Zukunft beraubt, für die sie sie erzogen hatte. Kaum lagen die Schmuckstücke wieder in ihrer wattierten Hülle, kehrten die unerklärlichen Schmerzen in ihren fehlenden Gliedmaßen zurück.

Was ihr überflüssig erschienen war oder worauf sie glaubte verzichten zu können, lag nun zusammengedrängt auf der dicht an die Wand geschobenen Waschkommode, die den Wind davon abhalten sollte, durch den breitesten der unzähligen senkrechten Risse zu dringen, die kalte Wintertage und heiße Sommer in die Giebelwand gesprengt hatten. Sophies Wohnung lag ungeschützt, durch keine Umfassung begrenzt, unter dem Dach und war nicht mehr als eine in eine Ecke des weitläufigen Dachbodens gedrängte Schlafgelegenheit, die aus einem Bett bestand, um das herum sich in trostloser Verlorenheit ein spiegelloser Schrank mit fehlender Rückwand, ein selten benutzter Stuhl und eben die Kommode gruppierten, an der sie sich jeden Morgen gewaschen und gekämmt hatte und auf deren Marmorplatte nun jene Habseligkeiten lagen, die sie entbehren konnte: Die Taschenbibel, die ihr eine der frommen Schwestern des Hospitals zum Abschied überreicht hatte, ein gänzlich entfärbter Strauß Trockenblumen, der all die Jahre an einem der vier Bettpfosten gehangen hatte und von dem noch immer ein herber Geruch ausging, ein einfältig bemaltes Kästchen, in dem sich, wie sie sich vergewissert hatte, nichts außer einem fast zahnlosen Kamm befand – lauter Dinge, die sie vergessen haben würde, sobald dies Haus sowie die Zeit, die sie darin verbrachte hatte, hinter ihr lag.

Sie beugte sich, zwei frisch gebügelte Mullblusen in den Händen, über den Reisekorb, als sie durch eines jener Geräusche, an die sie sich nie gewöhnt hatte, in ihrer Tätigkeit unterbrochen wurde. Sie erstarrte, wandte sich in gebückter Haltung langsam um, sah aber nichts außer jener unveränderlichen, in die Jahre gekommenen, staubbedeckten Unordnung, an die zu rühren niemand seine Zeit verschwenden wollte und deren Anblick Sophie noch immer in leise Angst vor dem versetzte, was sie nicht sehen, aber ahnen konnte, weshalb sie nachts ihre Schritte niemals von jener Gasse weggelenkt hatte, die von Stühlen, Kisten und andere Gegenständen gebildet wurde, jener Gasse, die auf Umwegen von der Dachbodentür zu ihrem Bett führte, vorbei an grinsenden Schränken, selbstgefälligen Koffern, amputierten Tischen und vielen undeutlichen Gebilden, die im Schein des flackernden Kerzenlichts, das sie vor sich hertrug, bedrohliche Schatten warfen, die ihr entgegeneilten und hinter ihr verschwanden.

Sie glaubte weder an Gespenster noch an finstere Mächte, doch gegen die Gewalt rätselhafter Geräusche, deren Ursache sie nicht kannte und von denen sie nicht wußte, wo sie entstanden, war auch sie nicht gefeit. Sie schrie nicht auf, sie schrie nie auf, sie zuckte vor dem, was ihr kalt über die Haut fuhr, lediglich zusammen und dachte dann, wie immer, daß sie ja Schlimmeres gewöhnt sei. Es verstrich auch tagsüber kaum eine Minute, in der es im Dachgestühl, das unter der Hitze und Kälte ebenso zu leiden schien wie seine Bewohner, nicht knarrte. Doch jetzt, am hellichten Tag, schreckten die Geräusche sie weniger als nachts. Bereits morgen würden sie für immer der Vergangenheit angehören, denn auf einem Speicher würde sie in ihrer neuen Anstellung nicht wohnen.

Sie drückte die Blusen fest auf die gestärkten Schürzen und versenkte dann das Paar kostbarer Handschuhe in der Lücke zwischen den bunten wollenen Servierkleidern und dem halben Dutzend schiffchen- und sichelförmiger Batist- und Baumwollhäubchen. Frau von Schmidthals hatte ihr die selten getragenen sämischledernen Handschuhe am selben Tag geschenkt, an dem die nach Ansicht der Herrschaft längst überfällige elektrische Klingelvorrichtung über eine Entfernung von vier Etagen bis zum Dachboden verlegt und die kleine, schrill tönende Glocke über ihrem Bett installiert worden war. Von da an waren Sophie, die Köchin und der Hausdiener stets und überall im Haus zu erreichen gewesen, selbst dann, wenn sie zwei Stockwerke über den oberen Wohnräumen ihrer Herrschaft oder, im Falle der Köchin, in unmittelbarer Nähe der Küche schon schliefen. Kürzere oder längere Klingelzeichen gaben – nicht immer deutlich genug – zu verstehen, nach welchem der Hausangestellten gerade verlangt wurde; zweimaliges, langes Schellen hatte Sophie gegolten.

Anders als Johann Hunger, der um einige Jahre älter war als Sophie und Herrn von Schmidthals bereits in seiner Jugend als Offiziersbusche gedient hatte (ohne in der Fremde seinen kuriosen Akzent verloren zu haben), anders als diesem war Sophie keines der beiden mit Fenstern versehenen Mansardenzimmer, sondern bloß dieses freistehende Bett auf dem offenen Dachboden zugewiesen worden, während die Köchin im Hängeboden untergebracht war, der sich zwischen Küche und Badezimmer befand und nur über eine kleine Leiter erreicht werden konnte.

Von ihrem Bett aus, auf dem sie sich erst dann behaglich fühlte, wenn die eigene Körpertemperatur die Laken zu erwärmen begann, hatte Sophie vier Jahre lang auf schwammfeuchte, schwarzgesprenkelte Backsteinwände, auf morsche Dachsparren, nackte, mit Schindeln unterlegte Ziegel und verlassene Spinnennetze geblickt und ständig fürchten müssen, daß es einer der ihr äußerst widerwärtigen Tauben gelingen könnte, durch ein unerreichbar hoch gelegenes, unsichtbares Schlupfloch in den Dachstuhl einzudringen, wie es schon öfters vorgekommen war. Ohne fremde Hilfe hatte bisher keine den Ausgang gefunden, und wenn Johann Hunger nicht in der Nähe war, den sie nur ungern behelligte, blieb ihr nichts anderes übrig, als den Vogel eigenhändig ins Freie zu scheuchen. Während ihr die Vorstellung, heimlich von einer oder mehreren Tauben angestarrt zu werden, alles andere als behagte, hatte sie sich bald an die Holzteilchen und Ziegelsplitter gewöhnt, die dann und wann auf sie herunterrieselten, und geradezu beruhigend wirkte das Geräusch des Regens, der aufs Dach prasselte; selbst das Pfeifen und Trippeln hin und her huschender Mäuse hatte sie nicht geängstigt.

Während vier langen Jahren war sie bei den von Schmidthalsens in Diensten gewesen und, wie ihr schien, um das dreifache gealtert (sie war nun vierunddreißig), obwohl man ihr das Leben weder unnötig noch absichtlich schwer gemacht zu haben glaubte. Ihr Arbeitstag hatte sich in nichts von den Arbeitstagen anderer Hausangestellter unterschieden – er dauerte von sechs Uhr morgens bis acht Uhr abends und jeweils länger, wenn die Herrschaften ausgingen oder empfingen –, man hatte sie gerecht behandelt und nicht über Gebühr zu beanspruchen versucht. Zudringlichkeiten seitens des Hausherrn, vor welchen man sie vor Antritt ihrer Stellung im Vermietungscomptoir gewarnt und denen nötigenfalls nachzugeben man ihr ganz unverblümt geraten hatte, waren ausgeblieben. Herr von Schmidthals, Offizier zur Disposition, untersetzt und kahlköpfig, schien über seine eigene Gattin hinaus – die er nur dann betrachtete, wenn sie sich unbeobachtet glaubte – kein Interesse an Frauen zu haben, und die beiden oft reisenden, deshalb nur selten in Erscheinung tretenden, nicht sonderlich attraktiven Söhne waren bereits aus dem Haus (einer schon verheiratet), als Sophie ihre Berliner Stellung antrat.

Emilie, Henriette und Alexandra, die drei Schmidthals'schen Töchter, waren nach anfänglicher Zutraulichkeit von herablassender Freundlichkeit. Sie hatten inzwischen wohl vergessen, daß ihre Herkunft sich von der des elsässischen Hausmädchens nur unwesentlich unterschied. Als könnte kühle Unverbindlichkeit sie davor bewahren, von einem ähnlichen Schicksalsschlag heimgesucht zu werden wie Sophie, behandelten sie das Mädchen noch etwas förmlicher als die Köchin – und sprachen freier, geradezu vorlaut immer nur dann, wenn sie allein waren oder wenn Johann sich näherte (um zu verstummen, sobald er da war), an den sie seit frühester Kindheit gewöhnt waren, der aber, so glaubte Sophie erkannt zu haben, der einzige ihnen nahestehende Erwachsene war, der in ihren Augen im Lauf der Zeit nicht etwa älter oder vertrauter, sondern jünger, fremder und deshalb begehrenswerter geworden war. Wie sonst ließen sich das Gekichere und Erröten und die verschämten Blicke der Mädchen erklären, mit denen sie den ungehobelten Mann unweigerlich jedesmal aus der Fassung brachten, wenn er sich ihnen näherte, um etwa im Eßzimmer die verrußten Lampen zu putzen oder das Silber zu polieren, das Sophie zuvor mit Hirschhornpulver gereinigt hatte? Ohne besondere Anstrengungen war es ihm gelungen, in ihre Mädchenträume, über die sie mit niemandem, am allerwenigsten mit ihm selbst zu sprechen gewagt hätten, vorzudringen. Über Johann Hungers zwar alles andere als einnehmendes, dennoch anziehendes Aussehen bestand kein Zweifel, und auch Sophie mußte sich eingestehen, daß sie, trotz seiner ruppigen Natur und schroffen Art, nach allem, was zwischen ihnen vorgefallen war, noch manchmal nach ihm hinsah. Daß er ihre Blicke nicht mehr erwiderte, kümmerte sie wenig. Kummer war sie gewohnt.

Nun nahm sie ihre Geldbörse von der Waschkommode, in der sich ihre gesamten Ersparnisse befanden (beinahe fünfhundert Mark), öffnete sie und legte die zusammengefaltete Beurteilung dazu, die Frau von Schmidthals ihr vor wenigen Tagen ausgestellt hatte und die sie inzwischen beinahe auswendig kannte: *Sophie Kohler, geboren den 3. Mai 1883 zu Mülhausen, aufgewachsen in Ammerschweiher, Abgängerin der Hausmädchen-Schule in Kolmar, hat zu unserer Zufriedenheit zunächst als Stütze, später als Dienstmädchen insgesamt vier Jahre lang gute Arbeit geleistet. Sie ist zuverlässig, zupackend und freundlich, ein zurückhaltendes, stilles Wesen. Sie putzt vorzüglich Silber und Haushalt, ist eine flinke Näherin und hat auch kochen gelernt. Sie serviert sehr leise und mit Anstand. Spricht trefflich auch Französisch. Wir wünschen ihr alles Gute für die Zukunft und sind über-*

zeugt, daß künftige Herrschaften so zufrieden sein werden wie wir. Gertrud Freifrau v. Schmidthals.

Sie konnte die Tränen, die zu weinen es keinen Grund gab, nicht zurückhalten. »Wir hatten bisher keine, die stiller war als unsere Sophie, sie ist, was die Arbeit betrifft, ein wahres Juwel, ein gutes, anstelliges Wesen, unser freundlicher Maulwurf, eine Seele von einem Menschen...«, hatte sie Frau von Schmidthals eines Abends während eines kleinen Empfangs zu einer ihrer ehemaligen Schulfreundinnen sagen hören und war sich im selben Augenblick, in dem sie sich geschmeichelt fühlte, bewußt geworden, daß man sich mit solchen Referenzen nicht jene Position zurückeroberte, die man, wenn auch ohne eigenes Verschulden, verloren hatte. Hoffte sie etwa noch immer, dorthin zurückzukehren, wo niemand war und niemand wartete! Das Grab über ihrer verfluchten Mutter war mit Erde versiegelt und barg nichts als Gebeine! Sie streckte die tränenfeuchte Hand nach ihrem hellgrauen Reisekleid aus, das an einem Bügel über der offenen Schranktür hing, versuchte, dem Fluß ihrer Tränen Einhalt zu gebieten, und machte sich fertig, indem sie das leichte Kleid über den Unterrock streifte. Weiteren Geräuschen, die sie kaum wahrnahm, schenkte sie keine Beachtung. Ihre gesellschaftliche Herabsetzung war allem Anschein nach so perfekt gelungen, daß nicht einmal mehr Staubkörner ihres früheren Lebens an ihr hafteten. So durfte sie nunmehr – eine fragwürdige Verklärung – als das Idealbild eines weiblichen Dienstboten gelten, was durch den Umstand, daß sie ein Holzbein hatte, das sie in ihrer Arbeit nicht zu behindern, nein eher zu beflügeln schien, noch unterstrichen wurde. Als sie das Kleid über die Hüften zog und auf den Oberschenkeln glattstrich, spürte sie die unempfindliche, harte Fläche der lackierten Pappelholzprothese, die das halbe rechte Bein ersetzte, welches ihr drei Jahre zuvor, am 10. August 1910, nach einem Unfall, bei dem sie ebensogut hätte sterben können, hatte abgenommen werden müssen.

Der unaufmerksame, durch die hochsommerliche Hitze und einige erfrischende alkoholische Getränke in seinem Reaktionsvermögen offenbar stark beeinträchtigte Straßenbahnführer war losgefahren, als sich ihr rechter Fuß bereits auf dem Trittbrett, ihr linker jedoch noch auf dem Straßenpflaster befand. Zwar hatte sie versucht, die vordere Plattform, auf der sich niemand aufhielt, der ihr zu Hilfe hätte eilen können, auf Knien zu erklimmen, war dadurch aber in eine noch unglücklichere Lage geraten. Unaufhaltsam war sie unter die Bahn gerutscht. Der Fahrer hatte die entsetzten Schreie der Fahrgäste und Passanten, die das kurze Schauspiel von der Straße aus verfolgten, erst gehört, als Sophie das Gleichgewicht bereits verloren hatte. Als er – von einem jungen Mann an den Schultern gepackt – endlich die Bremse zog, hatte die Straßenbahn Sophie schon mitgerissen. Funkensprühend und kreischend war sie zögernd über sie hinweggeglitten. Als das vordere Rad auf ihrem Bein zum Stillstand kam, verlor sie das Bewußtsein.

Als sie kurz darauf aus ihrer Ohnmacht erwachte, ohne sich noch darüber im klaren zu sein, daß das unbarmherzige Fahrzeug ihr Bein am Kniegelenk zertrümmert hatte – sie fühlte keinen Schmerz, spürte nur, daß warme Flüssigkeit aus ihrem Körper sprudelte –, standen etwa zwanzig Männer um den Wagen herum (was sie nicht sehen konnte, sie sah bloß Hände, die unter den Rahmen des Wagens griffen, und angewinkelte

Beine, die sich dehnten) und versuchten, ihn mit vereinten Kräften und unter den Zurufen einer wachsenden Menge von Neugierigen hochzustemmen, die einen weitgezogenen Ring um die Stelle bildeten, an der sich der Unfall ereignet hatte. Ein Schutzmann und der Schaffner, die hinter sie getreten waren, versuchten nun, die Verletzte unter der sich hebenden und senkenden Straßenbahn hervorzuziehen, was ihnen endlich auch gelang. Sie trugen sie unter einen Baum. Der Kreis der Zuschauer verlagerte sich und setzte sich unter der schattigen Linde neu zusammen. Sophie erkannte den Fahrer, der benommen vor sich hinstarrte und unverständliche Laute von sich gab. Von ferne vernahm sie die Stimme einer Frau, die immer wieder: »*C'est ma fille!*« rief und sich erfolglos einen Weg durch die Neugierigen zu bahnen versuchte. Sie rief nach ihr, Sophie, die ihr antworten wollte. »Das Blut! Sie stirbt! Ihr fließt alles Blut aus den Adern«, wurde geschrien, während die eine Stimme, die sie rief und nach der es sie so sehr verlangte, allmählich nach hinten abgedrängt wurde und dann verstummte. Sophie schlug um sich. Vergeblich hielt sie nach ihrer toten Mutter Ausschau, die durch ein Wunder als Stimme auferstanden war, und verlor von neuem das Bewußtsein, um erst im Hospital in eine verdüsterte Wirklichkeit zurückzukehren, die vom Gestank nach Blut und (ihren eigenen) Exkrementen, nach Schweiß, Phenol und Äther erfüllt war.

Sie kannte keine der Personen, die um sie herumstanden und mit verschlossenen Mienen auf sie herniederblickten. Mit dem Erwachen hatte sich ein schwerfällig pulsierender Schmerz eingestellt, der sie durchflutete und ihr Innerstes und Empfindlichstes aus der dünnen Hülle, ihrer Haut, herauszupressen versuchte. Sie umklammerte die harte Unterlage, auf die man sie gelegt hatte, hielt sich mit beiden Händen daran fest, um nicht aus sich herausgeschleudert zu werden, und schrie immer wieder, immer lauter nach ihrer Mutter. Der Schmerz war so mächtig und nah, daß sie die Stelle, von der er ausging, nicht zu bestimmen vermochte. Sie erinnerte sich zunächst nicht an das, was geschehen war, und niemand versuchte, es ihr zu erklären. Die flachen Gesichter der Umstehenden wichen Schatten, die sich unfühlbar an ihr zu schaffen machten. Dann endlich gelang es ihr, sich hinter die dünnen Knochen zurückzuziehen, die jenes fest gefügte Korsett bildeten, das sie vor den Verlockungen des Todes bewahrte. Sie erhörte ihn nicht, so begehrlich er sie auch bedrängte. Man verabreichte ihr Morphium, und sie wurde selber zum Schatten.

Als Sophie wieder zu sich kam, stand eine der Clarissinnen neben ihrem Lager, das sich kalt wie Stein anfühlte, und hielt ihre Hand, während sich eine Krankenschwester in ziviler Tracht mit einem Schwamm und scharf riechenden Flüssigkeiten an einem ihrer Beine zu schaffen machte. Sie hatte die Ärmel ihrer blauweiß gestreiften Bluse bis über die Ellbogen zurückgekrempelt. »Schauen Sie nicht hin, da ist nichts zu sehen«, sagte die Nonne und erbleichte, als ihr Blick an Sophies Körper entlang nach unten glitt.

Ein Arzt erschien und teilte ihr mit, daß man keine andere Wahl habe, als das beschädigte rechte Bein oberhalb des Kniegelenks abzulösen, wenn man Schlimmeres wie Wundbrand etcetera vermeiden wolle, der unweigerlich zum Tode führt. In das Gesicht der Nonne kehrte – vielleicht durch die Anstrengung, die Hand der unglückseligen Patientin zu drücken – allmählich etwas Farbe zurück, indes Sophie sich verzweifelt darum bemühte, zu verstehen, was man ihr sagte. »Was bedeutet ablösen?« – »Ablösen bedeutet amputieren.« Was das bedeute, wiederholte sie. Der Chirurg hatte sich inzwischen abgewandt und rief nach Instrumenten (die bald darauf auf einem emaillierten Wägelchen hereingerollt wurden). Das verstehe sie nicht. Was das bedeute. Sie verstehe es nicht! Mühsam bahnte sich ihre Stimme einen Weg durch die Schmerzen, bis der Arzt, offenbar ungerührt, die Worte aussprach, auf die sie bereits gewartet hatte: »Das Bein muß ab. Das begreifen Sie, nicht wahr? Es bleibt uns nichts anderes übrig. Sie wollen weiterleben? Wenn Sie weiterleben wollen, dann muß es ab.« Sie wollte nicht weiterleben, aber weder die Nonne noch die Krankenschwester noch der Arzt verstanden, was sie sagte. Und der Tod hatte sich enttäuscht zurückzogen.

Als das Chloroform zu wirken begann, hörte sie auf zu schreien. Wenngleich sie keinen Schmerz mehr empfand, spürte sie doch die Eisenzähne der unerbittlichen Säge, die sich durch Haut, Sehnen, Blutgefäße und Muskeln ihres absterbenden Beins bis an die Knochen und durch diese hindurch fraßen. Deutlich war das gleichmäßige Geräusch des Geräts an ihr für jeden ungewohnten Laut besonders empfängliches Ohr gedrungen, ebenso das Keuchen des Arztes, der sich so schwer an ihr zu schaffen machte, daß ihm der Schweiß von der Stirn tropfte. Es fiel etwas zu Boden, wonach man sich bückte. Es wurde aufgehoben und weggetragen. Ein einziges Mal hatte sich Sophie am folgenden Tag nach dem Verbleib ihres Beins erkundigt und zur Antwort erhalten, das sei unwichtig. »Gott gebe dir die Kraft, diese leidvolle Prüfung zu bestehen«, sagte die Nonne. »Du bist stark. Bete also. Laß uns zusammen beten.«

Sie fuhr heftig herum und atmete sogleich erleichtert auf, als sie Johann Hunger hinter sich bemerkte. In offener Reisekleidung, mit gelösten Schnürsenkeln und ungekämmtem Haar unter dem Strohhut, lehnte er an einem der mit Mörtel beworfenen Kamine und betrachtete sie wortlos, mit offenem Mund, wie es seine Gewohnheit war (er zeigte seine gesunden Zähne). Er deutete auf ihr Gepäck und fragte, ob man das Ungetüm, in dem sie ihre Beute aufbewahre, endlich holen könne, es sei Zeit. Er zog die Uhr, die er von seinem Vater geerbt hatte, aus seiner Hosentasche und bemerkte, es sei schon elf, »die Züge warten auf niemanden, zumindest nicht auf uns«. Sie nickte und hob die Schultern.

Sophie war reisefertig. Deck- und Unterbetten, Bettzeug, Bettlaken und Bettdecken lagen ordentlich zusammengefaltet auf dem Bett, als Johann Hunger und sein Freund Plattler, der Kutscher aus dem Nachbarhaus, eine Viertelstunde später den Dachboden betraten, um den schweren Weidenkorb abzuholen, nachdem Hunger sein eigenes Gepäck bereits in der wartenden Kutsche verstaut hatte. Gemäß Sophies Erwartungen wurde das »Scheißding!« mit dem »Weiberkrempel!« von den beiden kräftigen Männern zunächst die schmalen Stufen vom Dachboden ins breite Treppenhaus und dann – aus Rücksicht auf die empfindsamen Hausbewohner unter Auslassung weiterer Kraftausdrücke – von der dritten Etage ins Erdgeschoß getragen. Sophie blieb stehen, zog die Dachbodentür hinter sich ins Schloß und ließ die beiden Männer vorangehen. Sich nach dem Ort umzudrehen, an dem sie vier Jahre lang ihre einsamen Nächte verbracht hatte, deren trostlose Leere nur selten, zu Zeiten, da sie noch zwei gesunde Beine hatte, durch Johann Hungers Gegenwart ein wenig aufgehellt worden waren, gab es keinen Grund; wenn er sie auch nicht geliebt, sich ihrer also lediglich in Ermangelung eines anderen so dicht benachbarten Objektes barmherzig angenommen hatte, so waren ihr seine gelegentlichen Überraschungsangriffe doch stets wie heimliche Siege über die drei sich nach ihm verzehrenden, ebenso dreisten wie ahnungslosen Schwestern erschienen, die unten in ihren ungleich weicheren, aber keineswegs wärmeren Betten lagen und sich nichts sehnlicher wünschten, als dort zu liegen, wo sie lag (was sie nicht wußten).

Nun, da sich die beiden um Lautlosigkeit bemühten Diener mit ihrer Last nach unten entfernt hatten, wo sich auch die von Schmidthalsens aufhielten, wurde es in den oberen Stockwerken des Hauses still. Hunger und Plattler stellten den Reisekorb in der Eingangshalle ab und begaben sich nach draußen, wo Pferd und Wagen warteten. Niemand war da, ihr irgendwelche Botengänge aufzutragen. Sie war nicht gehalten, mit vollen Serviertabletts treppauf, treppab zu eilen und Fenster zu schließen oder Läden zu öffnen. Heute, am Tag ihrer Abreise, während der letzten Stunden ihres Aufenthalts in Berlin, war alles anders. Zu keiner Tätigkeit verpflichtet, stand sie, die gestern noch bis spät in die Nacht das neue Mädchen Luise eingeführt hatte, auf dem Flur des ersten Obergeschosses, streckte die Hand aus, griff nach der Türklinke und drückte sie herunter. Nichts band sie mehr an ihre Herrschaft; was sie noch einmal sehen wollte, erblickte sie nunmehr aus freien Stücken, von jenen losgelöst, die es besaßen.

Sophie betrat den Salon in der unschuldigen Absicht, einige Augenblicke untätig in dem geräumigen Zimmer zu verweilen, in dem sie sich vor allem morgens so oft alleine aufgehalten hatte. Die vier Fenster, die sie, wenn die Temperatur es erlaubte, vor dem Saubermachen stets geöffnet hatte, damit der Straßenlärm ungehindert an ihre nach Geräuschen begierigen Ohren dringen konnte, waren jetzt geschlossen, die Fensterläden ebenfalls, so daß das geräumige Zimmer erfrischend kühl im Zwielicht lag. Um sich später einmal an die Farben der Vorhänge und des Stoffs zu erinnern, mit denen die sechs Sessel, das Sofa und die beiden zierlichen Stühle, die niemals von der Wand gerückt wurden, bezogen waren, bedurfte es gewiß keiner eingehenden Betrachtung mehr; sie hatten sich Sophies Gedächtnis eingebrannt, wenngleich sich ihre Beziehung zu diesen gebauschten, goldgelben Faltenwürfen und ausgiebig mit kunstvollen Drechslerarbeiten verzierten Möbeln, die noch aus der Zeit der Eheschließung der von Schmidthalsens stammten, darin erschöpft hatte, sie regelmäßig abzustauben und zu bürsten. Vier Jahre lang war sie darum bemüht gewesen, den Hausrat in jenem Zustand zu erhalten, in dem sie ihn vorgefunden hatte (was nicht leicht war). Sie schloß die Augen, ging langsam auf das Sofa zu und setzte sich. Sie legte ihre rechte Hand auf das Prothesenscharnier und bog, bevor sie die Augen wieder aufschlug, den unteren Teil des Holzbeins so zurecht, daß er im rechten Winkel zum Oberschenkel stand. Sie trug den Ring und die Ohrringe ihrer Mutter, und an ihrem rechten Arm hing eine kleine Tasche, in der sich ihre

Geldbörse, der erforderliche Reisepaß (zum ersten Mal seit ihrer Kindheit verließ sie deutschen Boden) und die schriftliche Bestätigung ihrer neuen Anstellung befanden. Sie blickte auf. Aus Gründen, die ihr nicht bekannt waren, hatte man kürzlich eines der großen Ahnenbilder von der an mehreren Stellen zerschlissenen hellblauen Seidentapete genommen und Johann Hunger damit zum Einrahmer geschickt. Sophie fragte sich, wer es nun, da kein Diener mehr im Haus war (und, wie sie wußte, kein neuer beschäftigt werden sollte), dort abholen würde. Sie klappte das Scharnier ihrer Prothese wieder auseinander, stand auf und verließ den Salon.

Gewiß, es war das gute (und verbriefte) Recht jeder Hausfrau (und manche sah es sogar als erzieherische Notwendigkeit an), sich der Ehrbarkeit ihrer Angestellten durch Augenschein zu versichern; ihr blind zu vertrauen, war sie ja nicht verpflichtet. Dennoch versetzte es Sophie einen Stich, als sie sich über das Treppengeländer beugte und Frau von Schmidthals erblickte, die vor dem aufgeschlagenen Reisekorb kniete, der unbeaufsichtigt in der Eingangshalle stand. Wohl in der tiefen Überzeugung, möglichen Schaden nicht nur von sich, sondern auch von der Seele ihres Dienstmädchens abzuwenden, das bislang (wie Sophie glaubte) keinen Anlaß zu Mißtrauen gegeben hatte, durchsuchte sie mit beiden Händen den Korb nach etwaigen darin verborgenen gestohlenen Gegenständen. Zweifellos glaubte sich Frau von Schmidthals, der Sophie eine so niedrige Denkart nicht zugetraut hätte, allein und unbeobachtet; niemand war in der Nähe, die Eingangshalle leer, die Köchin beschäftigt, die Töchter, von denen sich Sophie bereits nach dem Frühstück verabschiedet hatte, noch nicht von der Kirche zurück, Herr von Schmidthals vermutlich im unteren Salon in seine Sonntagslektüre vertieft. Frau von Schmidthals dachte gewiß nicht im entferntesten daran, daß jene, die sie völlig grundlos verdächtige, in diesem Augenblick auf sie herunterblickte. Darum bemüht, keine verräterische Unordnung zu hinterlassen, griff sie immer tiefer unter Sophies Kleider, Wäsche und persönliche Sachen, unter denen sie offenbar Dinge vorzufinden hoffte oder fürchtete, die sie einst vermißt und womöglich wieder vergessen hatte und die gestohlen zu haben sie Sophie all die Jahre wohl verdächtigt haben mußte, ohne es sie jemals spüren oder gar wissen zu lassen. Hielt sie es tatsächlich für möglich, daß ihr Juwel Sophie sie bestohlen hatte?

Auch ihr war nicht gestattet gewesen, den Reisekorb, den sie bei Antritt ihrer Stellung mitgebracht hatte und der damals kaum halb so voll gewesen war wie heute, außerhalb des Hauses aufzubewahren; eine vorsorgliche Maßnahme, von der die meisten Dienstboten betroffen waren und die verhindern sollte, daß hinter dem Rücken der Herrschaften Silber, Geld, Schmuck und andere kostbare Effekten beiseite geschafft wurden.

Der Anblick der Knienden, dieses stillen menschlichen Argwohns, entsetzte Sophie und berührte sie zugleich peinlich. Vergeblich wünschte sie sich, es um einer freundlicheren Erinnerung willen nicht gesehen zu haben; doch nun war es zu spät; auch dieses letzte Bild würde sich – kaum nachhaltiger als alle anderen – in ihr Gedächtnis fügen. Es dauerte eine Weile, bis sie sich aus ihrer Erstarrung befreit und die zusammengekrampften Finger vom Handlauf des Treppengeländers gelöst hatte. Der Entschluß, zu schweigen, sich auch nichts anmerken zu lassen, war jedoch schnell gefaßt. Jetzt, da sich ihre

Zukunft nicht mehr entscheiden konnte, wo allenfalls der Blick auf die Vergangenheit ein wenig verdüstert wurde, war es ein leichtes, sich – nicht etwa großzügig, sondern einfach blind und taub für derlei Dinge – über das ebenso unverzeihliche wie lächerliche Benehmen dieser sonst um Haltung so sehr bemühten Frau hinwegzusetzen. Mochte Frau von Schmidthals ihren unausgesprochenen, haltlosen Unterstellungen nun freien Lauf lassen, Sophie blieb ihrer Empörung Herr. Lautlos zog sie sich rückwärts bis zur Salontür zurück und drückte die Klinke noch einmal herunter. Sie öffnete den rechten Flügel und warf ihn nunmehr geräuschvoll ins Schloß. Das Schlagen der Tür konnte Frau von Schmidthals keinesfalls überhören.

Als Sophie den Flur entlang ging, war sie darauf bedacht, mit ihrem rechten Fuß so vernehmlich wie nur möglich aufzutreten. Während der Schritt ihres linken Fußes durch den Läufer gedämpft wurde, schlug ihr Holzbein umso lauter auf dem Parkett auf. Jedem Bewohner dieses Hauses war das unverwechselbare Geräusch ihrer Schritte vertraut; das gleichmäßige Pochen des Holzbeins kündigte unzweifelhaft Sophie an. Als sie auf dem Treppenabsatz stand und in die große Halle hinunterblickte, von deren Decke ein schwerer flämischer Bronzeleuchter hing, unter dem ein runder Tisch stand, der der Ablage von Hüten und Zeitungen diente, war Frau von Schmidthals natürlich verschwunden und der Deckel des Reisekorbs zugeklappt; nichts deutete auf die heimliche Durchsuchung ihres bescheidenen Eigentums hin.

Die beiden Flügel der Haustür waren nach außen geöffnet, und warme Luft schlug ihr entgegen, als sie darauf zutrat; der Wind trug den beißenden Geruch des Pferds in sich, das jenseits des Vorgartens vor den Wagen gespannt war, der sie und Johann Hunger zum Bahnhof befördern würde. Über die Szene, deren unfreiwillige Zeugin sie soeben geworden war, würde sie mit niemandem sprechen, auch mit Johann Hunger nicht. Nicht nur die Scham, die sie bei der Schilderung dieser unerfreulichen Begebenheit für eine andere empfunden hätte, auch das Wissen um den unschätzbaren Wert ihres kostbarsten Vermögens – ihrer Verschwiegenheit – hielt sie vom Reden ab. Unauffälliges Auftreten und uneingeschränkte Diskretion waren die einzigen Pfunde, mit denen sie wuchern konnte und die sie bereits erfolgreich über ihre Jugend hinweggerettet hatte; ein anderes zinstragendes Kapital besaß sie nicht und würde sie vermutlich nie besitzen. Nie war es ihr besonders schwergefallen, Stillschweigen über all das zu bewahren, was sie gesehen hatte und wovon sie wußte, daß es die Räume nicht verlassen durfte, in denen es geschehen, gesprochen oder mehr schlecht als recht unterdrückt worden war. Uneinnehmbar durch Angriffe auf ihre Integrität, galt sie als unbestechliche Hüterin familiärer Geheimnisse nicht allein bei den Hausangestellten, denen sie täglich auf dem Markt, auf der Straße oder beim Krämer begegnete, sondern auch bei den Stellenvermittlerinnen und deren vorwiegend weiblicher Kundschaft, die außer ihrem eigenen Wohlergehen kaum etwas höher schätzten als Takt und Feingefühl bei ihren Untergebenen. Sophie würde ihrem Grundsatz nicht untreu werden, was auch geschehen mochte. Ihr in langen Jahren erworbenes, durch Johann Hunger, ihren nicht weniger verschwiegenen Förderer, nun in die Welt hinausgetragenes Ansehen durch Geschwätzigkeit zu gefährden, mit der man sich kurzfristig Freundschaft erwarb, auf Dauer aber lediglich Undank erntete, wäre kein guter Dienst an ihrem Fortkommen gewesen. Mochten die, denen sie diente, begangene Sünden in ihrer Gegenwart beichten, sie würde ihre freiwillige Schweigepflicht niemals verletzen, auch nicht in einem Fall, der sie selbst betraf.

Kaum hatte sie die letzte Treppenstufe erreicht und ihren linken Fuß auf eine der schwarzen Steinfliesen gesetzt, als Frau von Schmidthals durch die angelehnte Tür aus dem Eßzimmer trat, in dem der Mittagstisch bereits sonntäglich gedeckt war. Gegen alle Eventualitäten geschützt, trug die Hausherrin ihre Perlenkette noch enger als gewöhnlich, was ihre Untersuchungen gewiß erleichtert hatte. Als habe man sich zwecks einer besonders dramatischen Wirkung abgesprochen, kam fast zur selben Zeit ihr Gatte, ein unscheinbares Büchlein an die Brust gedrückt, aus der angrenzenden Bibliothek, und wenig später erschien auch die rot erhitzte Köchin in Begleitung des neuen, sehr schüchternen Mädchens in der Küchentür (offenbar um dem Abschied eine gewisse zeremonielle Form zu verleihen, hatten beide ihre Schürzen abgelegt). Ihrer gesellschaftlichen Stellung entsprechend, verabschiedete sich zunächst das Ehepaar von Schmidthals, erst dann wurde auch den beiden Angestellten, die in gebührendem Abstand auf ihren Auftritt warteten, gestattet, Sophie eine angenehme Reise, eine glückliche Zukunft und alles Gute zu wünschen und sie – wie die weinende Köchin es tat – an ihr Herz zu drücken.

Während dieser kurzen Szene, in der ihr der von seiner eigenen Großzügigkeit sichtlich gerührte Hausherr mit einer irgendwie unvollständigen Bewegung einen kleinen Briefumschlag zugesteckt hatte, dessen Übergabe ernstlich niemandem entgehen konnte, hatten Hunger und Plattler das Haus betreten; sie bückten sich, packten den Weidenkorb an den Henkeln und trugen ihn hinaus, während Frau von Schmidthals den Schätzen, die sich unentdeckt darin verbergen mochten, beinahe sehnsüchtige Blicke hinterherschickte. Draußen lud man das unhandliche Gepäckstück auf den Wagen, und als ob die frische Luft sie unabhängig machte, begannen die beiden Männer wieder zu fluchen. Zur Köchin gewandt, versprach Sophie, aus der Schweiz zu schreiben, sobald sie sich dort eingerichtet habe. Dann verließ sie das Haus. Herr und Frau von Schmidthals, die Köchin und das Mädchen (das seinen Tränen nun ebenfalls freien Lauf ließ) standen noch unter der Tür und winkten, als Sophie sich längst nach vorne gewandt hatte und unbeteiligt an sich vorüberziehen ließ, was sie wohl nie mehr sehen würde – die abgewandte Seite der Stadt, die prunkvollen Vorderfronten der Häuser, die von geschwungenen Löwenpranken und geflügelten Frauenköpfen getragenen, sich türmenden Balkone, auf denen niemand zu sehen war, kein mutiges Kind, keine verhärmte Magd, kein Müßiggänger, nur ein paar bellende Hunde. Berlin versank in Sophie Kohlers Schlaf.

Pünktlich setzte sich der Zug, in dem Sophie und Hunger über Frankfurt und Basel nach Chur reisten, in Bewegung, und während Sophie auf ihren Begleiter blickte, der vor sich hindöste, versuchte sie noch einmal, wie schon so oft, sich jenen hoch in den Bergen gelegenen Ort vorzustellen, der ihr Ziel war. Doch auch diesmal erwies sich das Kunststück, sich ein Bild des völlig Unbekannten zu machen, das einer inneren Betrachtung standgehalten hätte, als schier unmöglich. Was sie zu sehen glaubte, schmolz in der Landschaft, die sie in Wirklichkeit durchquerten, schnell und unwiederbringlich dahin. Als sie ihren Blick vom Fenster wandte, hinter dem die Bäume wie Mäntel davonflogen und die Felder sich wie auf einer Scheibe drehten, schob sich der reizlose Anblick der anderen Reisenden ernüchternd vor ihr inneres Auge. Dicht gedrängt saßen sie da, starrten vor sich hin oder schliefen, nicht anders als sie und Johann, dem im Lauf der Bahnfahrt ein stoppeliger Bart wuchs.

Das wenige, was Johann Hunger, der sein Heimatdorf im Alter von sechzehn Jahren verlassen hatte, von Urmein, dem Domleschg, seinen Verwandten, dem Gebirge im allgemeinen und dem Kloster im besonderen, erzählt hatte, genügte nicht, um sich eine genaue Vorstellung von den Verhältnissen dort oben zu machen. Zwar hatte das, was er über tückische Gletscher, ewigen Schnee und donnernde Lawinen erzählte, ihre Einbildungskraft insofern zu beflügeln vermocht, als sie, die am Fuß der Vogesen aufgewachsen war, die schneebedeckten Berge als eine majestätisch schroffe Vergrößerung derselben vor sich zu sehen meinte, doch war ihre Fantasie nicht bereit, ihr auch nur die geringste Ansicht des Dorfs oder des Klosters zu gönnen, in dem mindestens zwei Jahre zu dienen sie sich schriftlich verpflichtet hatte.

Was sie erwartete, war, außer einer gänzlich fremden Umgebung, eine Menge Arbeit und mehr Verantwortung, als sie je zuvor getragen hatte. Roth, Hungers Onkel, durch dessen Vermittlung es zu diesen einschneidenden Veränderungen in ihrem und Johanns Leben gekommen war, hatte die beiden in zwei (von fremder Hand redigierten) Briefen nicht darüber im Zweifel gelassen, daß das außergewöhnlich hohe Gehalt, das ihnen in Aussicht gestellt wurde, auch hervorragende Arbeit von ihnen verlangte. Roth ließ, wie er mitteilte, seine guten Beziehungen zu dem neuen Besitzer des Schlosses spielen, als er sich bei seinem Neffen, dem Sohn seiner ältesten Schwester, schriftlich danach erkundigte, ob er nicht Interesse daran habe, seine in der fremden Großstadt erworbenen »servilen Fähigkeiten« (genau diese Worte hatte er in seinem Deutschen Wörterbuch gefunden) nunmehr zuhause anzuwenden; eine seltene Gelegenheit, die sich mit Sicherheit so schnell nicht wieder bieten werde. Des weiteren hatte er sich im Namen seines Auftraggebers, des italienischen Grafen Emilio Guido Galli, der das Kloster mit unvorstellbarem Aufwand renovieren lasse, bei Johann nach weiterem verläßlichen Hauspersonal erkundigt, das bereit wäre, sich »in die rauhe Wirklichkeit von Rätien zurückzuziehen«, ohne all der guten Manieren zu ermangeln, die man von den Land- und Bergbewohnern kaum erwarten könne, weshalb man unbedingt auf Personal zurückgreifen wolle, das in der Stadt geschult worden sei. Sophie, die erste, der Johann im Namen seines Onkels, der nach eigenen Worten im Auftrag des Grafen handelte, ein förmliches Angebot gemacht hatte, war am Ende auch die einzige gewesen, die sich nach einiger Bedenkzeit dazu entschließen konnte, ihm in die Berge und damit ins Ungewisse zu folgen. Es ihr nicht gleichgetan zu haben, sollten bei Kriegsausbruch vor allem jene Männer bereuen, die Hungers Ansinnen leichtfertig als schlechten Scherz zurückgewiesen hatten und eingezogen wurden. – Magdeburg lag hinter ihnen, als auch Sophie die Augen schloß.

III

Obwohl die umfangreichen Arbeiten an Emilio Gallis Schloß, wie man das gründlich veränderte Bauwerk nun allgemein nannte, zügig voranschritten, nahm dessen Umgestaltung beinahe anderthalb Jahre in Anspruch. Erst im Sommer des Jahres 1913 konnte das in nie zuvor gesehener Pracht erstrahlende Gebäude endlich bezogen werden.

Carl Josef Vischer, der Architekt des Grafen, der sich für die Dauer der aufwendigen Renovierungsarbeiten bei einer Urmeiner Familie einquartiert hatte, verließ das Dorf nur selten; die Reisen, die er nach Zürich, Mantua und Mailand unternahm, dienten allein der Sache, der er sich, gewiß nicht zu deren Schaden, mit Haut und Haaren verschrieben hatte. Im Namen seines anspruchsvollen, vor keiner noch so barocken Idee zurückschreckenden Auftraggebers, der weder Kosten noch Umstände scheute, seinen hochfliegenden Traum zu verwirklichen, ließ Vischer in die Tat umsetzen, was für den Laien rätselhaft verschlüsselt zunächst nur auf dem Papier zu sehen war. Da sich der Graf im Verlauf der monatelangen, selbst im Winter nur kurzfristig unterbrochenen Arbeiten niemals in Urmein blicken ließ, hatte Vischer keinen anderen Rückhalt als sich selbst. Niemand war da, der ihm jene Entscheidungen abnehmen konnte, die oft schnell getroffen werden mußten. Das ehrgeizige Vorhaben forderte ihm höchste Aufmerksamkeit für Details ab, doch fiel es dem wortkargen

Mann nicht schwer, über wichtigen Einzelheiten, von denen ihm keine entging, den Blick auf das bedeutsamere Ganze nicht zu verlieren.

Er hatte Glück mit seinen vorwiegend aus Italien stammenden zahlreichen Handwerkern, die unablässig darum bemüht waren, die an sie gestellten hohen Anforderungen zur Zufriedenheit des Baumeisters zu erfüllen, den sie, so bescheiden, ja weltfern er auf den ersten Blick auch wirken mochte, seiner außergewöhnlichen Kenntnisse wegen ganz offensichtlich schätzten. In allem war er ihnen stets um ein, zwei Schritte voraus, die Möglichkeiten und das Instrumentarium ihrer Berufe waren ihm so vertraut, als beherrschte er sie selbst, und nichts bereitete ihm, wie man sehr wohl erkennen konnte, mehr Befriedigung, als wenn er die Steinmetze, Maurer, Stukkateure, Maler, Gipser, Schreiner, Glaser und Tapezierer beim Experimentieren mit dem schier Unmöglichen überraschte. Tatsächlich konnte es geschehen, daß sie die Grenzen ihrer bisherigen Fähigkeiten überschritten. Die gesamte Verantwortung für die äußere und innere Um- und Neugestaltung der verschiedenen, zum Zeitpunkt der Handänderung (um einen Ausdruck Dr. Feurers zu benutzen) zum Teil entmutigend ruinösen Gebäulichkeiten, die nach den Wünschen des Italieners einer grundlegenden Renovierung unterzogen wurden, lag allein in Vischers Händen. Doch stand es durchaus in seiner Macht, vorgezeichnete Wege zu überschreiten und eigenen Einfällen, von denen er annehmen durfte, daß sie jenen des Grafen nicht widersprachen, zu folgen. Solange er von Gallis nur vage formulierter, von Vischer allerdings auf Anhieb erfaßter Idee einer durch Vielfältigkeit verstärkten Einheit nicht abwich, durfte er sich alles Erdenkliche erlauben, was den Geschmack der Zeit im mindesten nicht traf, ja ihm vollständig widersprach.

Nicht Harmonie und Ebenmaß um jeden Preis, gar Starre waren das angestrebte Ziel, sondern Diversität; Eleganz, Grazie, Üppigkeit und Strenge; all dies in *einem* oder jedenfalls nah beieinander, sich bedrängend und ergänzend; dahingehend hatte Galli sich bereits bei ihrem ersten Treffen auf dem Landsitz eines gemeinsamen Veroneser Bekannten mit aller Entschiedenheit geäußert. Die Fantasie der zwar aus Altersgründen zur Kontemplation neigenden, aber geistig deshalb keineswegs bescheiden gewordenen künftigen Bewohner seines *luogo di ritiro* würde sich umso leichter an Kleinigkeiten entzünden, desto reizvoller die »Bilder«, in denen man sich täglich bewegte, sich den Augen der Betrachter darboten (etwa so hatte sich Galli ausgedrückt). Vischer habe sich bei der Durchführung und Gestaltung dessen, was zunächst absonderlich klingen mochte, stets darüber im klaren zu sein, daß der Ausgangspunkt der verschiedenen Karrieren seiner zukünftigen *pensionati* nicht Bescheidenheit gewesen sei, und daß sich deren Lebensläufe durch alles andere als durch leidenschaftslose Mittelmäßigkeit oder *laissez-faire* ausgezeichnet hätten; eine Karriere lasse sich nur durch Eigenwilligkeit und die Bereitschaft, nicht allzuweit über sich selbst hinauszudenken, gestalten. Der Hingabe, die ihre gewiß sehr unterschiedlich verlaufenen Wege zu Ruhm und Ehre, oft aber auch ihre Verirrungen ermöglicht habe, müsse durch Gestaltung Rechnung getragen werden (»...noch etwas Geduld, und ich werde Ihnen gleich genauer erklären, was ich damit meine...«). Die Tatsache, daß sie den ihnen in den Weg gelegten Hindernissen und Widerständen zumindest in ihrer Jugend nie nachgegeben hätten, müßte den Wänden, innerhalb derer sie sich nun von der Welt verabschieden wollten, gewissermaßen eingeschrieben werden. Die sehnsüchtige, aussichtslose Erinnerung an das, was sich an Erfolgen, ja Triumphen (aber auch an oftmals endgültigen, kaum zu verwindenden Niederlagen) nie wiederholen würde, sollte ihnen noch einige erfüllte Lebensjahre ermöglichen, von denen er die Last materieller Sorge nehmen wolle, die den einen oder anderen, wie Vischer sich denken könne, in den letzten Jahren bedauerlicherweise schwer geplagt habe. Die Mehrzahl seiner Gäste habe ihre beste Zeit, die Zeit der großen Erfolge längst hinter sich, und auch die Erinnerung daran habe die kalten Wohnungen, die sie inzwischen bezogen hatten, auf Dauer nicht zu erwärmen vermocht. Er möge sich, wenn er wolle, nur lauter Narren und Besessene vorstellen, die sich am Ende ihres an Erfahrungen, Enttäuschungen, Katastrophen und Erfolgen gewiß nicht armen Lebens in Ruhe darauf besinnen wollten, daß ihre Zeit zuende gehe, ja, abgelaufen sei, und daß ihre Siege durch Niederlagen abgelöst worden waren, die meist daher rührten, daß das, wodurch sie berühmt geworden oder berüchtigt gewesen waren, die Zeit ihrer Jugend oder den Verlust ihres Vermögens nicht überdauert hatte.

Vischer war also mit den Absichten, die sein exzentrischer Auftraggeber verfolgte, vertraut und wußte ziemlich genau, welche Grenzen er nicht unterschreiten durfte. Die Verantwortung, die auf seinen schmächtigen Schultern ruhte, hatte der junge Mann mit dem schütteren Haar freudig übernommen, nachdem ihm schon bei der ersten Begegnung mit dem Grafen klar geworden war, daß diesem nach außen hin sachlich, beinahe kühl wirkenden Mann nichts daran lag, es sich einfach zu machen und gefährliche Höhenflüge zu meiden. Hinter der etwas gipsernen Fassade dieses alten, nachlässig gekleideten Mannes rumorte wohl eine Vergangenheit, von der er sich gar keine rechte Vorstellung machen konnte.

Graf Galli ging es nicht darum, jenen natürlichen oder historischen Zustand wiederherzustellen, in dem sich das Kloster einst befunden haben mochte und den der Pfarrer der Nachbargemeinde, auf taube Ohren stoßend, eingefordert hatte (den Urmeinern – das wurde ihm bald klar – gefiel das frivole Werk, das da vor ihren Augen entstand und sich so eindrucksvoll vom Hintergrund der zerklüfteten, oft hinter Nebelschleiern verborgenen Felsen abhob und offenbar einen unerschöpflichen Vorrat an Kräften barg, die selbst der Fantasie eher schwerfälliger Geister Vorschub leistete). Wenn auch das Äußere, um einige nutzlose Balkone, Erker und kleine Loggien erweitert, im großen und ganzen erhalten blieb, würde jedenfalls das Innere des Klosters beim Abschluß des größten Bauvorhabens, das Urmein jemals gesehen hatte, keinerlei Ähnlichkeiten mehr mit jenen feuchten, karg und lieblos eingerichteten Räumen aufweisen, in denen die frommen Stiftsdamen ehedem mehr resigniert als gelassen ihrem Ende entgegengesehen hatten.

Die schwierige Aufgabe, die Vischer zu bewältigen hatte (doppelt schwierig, weil sie sich nicht allein am Gegenstand, sondern auch an den Forderungen eines anderen, den er ja nur flüchtig kannte, messen lassen mußte), stand in auffälligem

Gegensatz zu seinem Alter und seiner beruflichen Unerfahrenheit. Vischer, der nie zuvor auf eigene Verantwortung gearbeitet hatte, war erst fünfundzwanzig Jahre alt, als er den Auftrag erhielt, den Besitz, den Graf Galli im Sommer des Jahres 1911 erworben hatte, nach dessen Vorstellungen umzugestalten. Was ihn dazu befähigte, sich einer solcher Herausforderung zu stellen, war wenig (daß er aus einer Bauherrenfamilie stammte, genügte als Referenz gewiß nicht, wenn es ihm auch förderlich war); zwar hatte er sich bei einigen bedeutenden Architekten umgesehen und auch da und dort, vor allem in Paris und in der Lombardei, Hand an deren Skizzen legen und eigene Ideen zu diesem und jenem Punkt äußern dürfen, doch existierte kein einziges Gebäude, das seine Handschrift trug und zum Beweis für seine Könnerschaft hätte dienen können. Was den Grafen dazu bewog, sich bereits nach seinem ersten Gespräch mit Vischer – es fand in den Gärten des kleinen Palazzos statt, in welchem der Veroneser Freund den Sommer zu verbringen pflegte – für den jungen Schweizer zu entscheiden, wußte er wohl selber nicht genau. An der äußeren Erscheinung des jungen Mannes lag es wohl nicht; vielleicht war es dessen langsame, aber keineswegs zaghafte, eher beharrliche Art gewesen, sehr deutlich auszudrücken, was er offenbar längst zuende gedacht, worüber zu sprechen er bisher aber keine Gelegenheit gehabt hatte, die ihn für Vischer einnahm. Sich für ihn zu entscheiden, fiel ihm deshalb nicht schwer, weil er einem Menschen gegenüberstand, der seinen Gedanken mit Leichtigkeit zu folgen vermochte. Bis in die Fingerspitzen war ihm anzumerken, daß eine Passion ihn trieb und schützte, die ihm eine innere Sicherheit verlieh, die seinem Äußeren noch fehlte, die im Verlauf der Arbeit in Urmein jedoch beträchtlich zunehmen sollte.

So mancher ältere und erfahrene Architekt hätte gewiß schon nach den ersten Erläuterungen des Grafen versucht, ihn davon zu überzeugen, daß seine Vorstellungen von den Möglichkeiten einer gewissermaßen freien Architektur, die sich um keine ästhetischen Gebote scherte, vollständig in die Irre gingen, da sie all das auf den Kopf stelle, was der Bürger erwarte und was selbst die Könige, mit einigen Ausnahmen (Ludwig II von Bayern etwa, an dessen Verstand man ja nicht zuletzt deshalb gezweifelt habe), am Ende hätten akzeptieren müssen. Eine allmählich entwickelte Übereinkunft, die weit mehr als ein schaler Konsens, vielmehr das Resultat jahrhundertelanger Überlegungen und Erfahrungen sei, lasse sich nicht einfach, dazu von einem Laien, über Bord werfen etcetera. Andere wiederum – vermutlich die Mehrzahl – hätten dankbar, aber ohne jede Überzeugung aufgegriffen, was er ihnen vorgeschlagen hätte; in Erwartung eines ansehnlichen Honorars, für das sie wenn nicht ihre Seele verkauft, so doch jede bis dahin lautstark bekräftigte Berufsehre aufs Spiel gesetzt hätten. Doch der Graf wollte von seinem Baumeister mehr als nur Lippenbekenntnisse und billige Devotion. Er brauchte einen Bruder, einen Gleichgesinnten, der ihm in seinen Ansprüchen zugleich folgte und vorausging, ohne ihm hündisch ergeben zu sein, einen Fachmann, Künstler, der seine vorsätzlich unzeitgemäße architektonische Konzeption nicht erst seit heute mit ihm teilte, sondern, auf welchen Wegen auch immer, von selbst bereits dahin gelangt war.

Galli begriff sogleich, daß Vischer bereit war, seinen Entwurf in jene Wirklichkeit umzusetzen, von der er wie von einer unerreichbaren, antiken Schönheit oft schon geträumt hatte, die zu erobern er nun, da die Hindernisse aus dem Weg geräumt waren, endlich aufbrechen konnte. Der Abgrund, der Vischer von der Verwirklichung trennte, wurde mit der mündlichen Zusage des Grafen, ihn zu seinem Architekten zu ernennen, bildlich gesprochen zugeschüttet, und mühelos gelangte Vischer auf die andere Seite des Grabens, an einen Ort, an dem sich alles oder doch fast alles machen ließ. Was auch immer seine Zeitgenossen von diesem ins Zeitlose, Aberwitzige flüchtenden Gebäude hielten, was auch immer sie hinter vorgehaltener Hand oder offen darüber sagten, kümmerte ihn nicht (nur wenige bekämen es im übrigen je zu Gesicht). Über den glücklichen Umstand, daß er durch Zufall genau den Auftraggeber gefunden hatte, dessen Ziele sich mit seinen eigenen deckten, wunderte er sich noch lange, im Grunde bis zum letzten Tag seiner Arbeit am Schloß.

Regelmäßig hatte er den Grafen, der unter wechselnden Adressen erreichbar war, in knapp gehaltenen Briefen über den Fortgang der Arbeit, aber kaum je über Schwierigkeiten unterrichtet, die natürlich reichlich aufgetreten waren, insbesondere wenn es um die Beschaffung wertvoller, im weiteren Umkreis nicht verfügbarer Materialien ging. Selten nur erhielt er klare Antworten auf Detailfragen, die zu erwähnen er alsbald gänzlich unterließ. Graf Galli hatte so viel Vertrauen in seinen Architekten, daß er es für entbehrlich hielt, ihm aus der Ferne Vorschläge oder gar Vorschriften zu machen.

Als Vischer ihm im März 1913 endlich mitteilen konnte, das Ende der Bauarbeiten sei in greifbare Nähe gerückt, das Schloß (»...alle hier nennen es jetzt so...«) könne spätestens

Anfang August von ihm und seinen Pensionären bezogen werden, wurde bereits letzte Hand an die Ausstattung der einzelnen Schlafräume gelegt, nachdem die aufwendigen Innenarbeiten am Küchentrakt, an den Aufenthaltsräumen, Wohn- und Badezimmern bereits seit einigen Tagen abgeschlossen waren.

Graf Galli traf in Begleitung seines Kammerdieners drei Wochen vor den ersten Pensionären ein. Zwei Tage nach dem schweizerischen Nationalfeiertag, der sich in diesen höher gelegenen Regionen nicht sonderlich aufwendig gestaltete – man beschränkte sich auf Höhenfeuer, die der heftigen Winde wegen, mit denen man stets rechnen mußte, weitab menschlicher Behausungen entfacht wurden –, am 3. August 1913 also beförderte ihn derselbe wilde Kutscher, dessen Dienste er bereits bei seinem ersten Besuch mit Dr. Feurer in Anspruch genommen hatte, von Thusis nach Urmein. Galli gab flüchtig zu erkennen, daß er sich an ihn erinnerte, der an diesem Tag lediglich das Handgepäck auflud, während er die zahlreichen Koffer, Kisten und Truhen, die bis zum Weitertransport im Bahnhofsgebäude von Thusis lagerten, im Lauf der folgenden Tage in mehreren Fuhren aufs Schloß spedieren würde.

Welcher Nationalität der Kammerdiener war, erfuhr der Kutscher ebensowenig wie die Urmeiner, da Francesco, wie er hieß, nicht sprach. Doch setzte sich sehr schnell vor allem bei den jungen Mädchen die Ansicht durch, es handele sich bei diesem jungen, verwirrend hübschen Mann eher um einen Spanier oder Portugiesen als um einen gewöhnlichen Italiener, von denen man hier oben schon einige gesehen hatte. Seine kurzgeschnittenen schwarzen Haare legten die Vermutung nahe, sie würden in Locken fallen, wenn er sie nur wachsen ließe, sein schmales, blasses, fast immer ausdrucksloses Gesicht mit den hochangesetzten Wangenknochen und den seitlich nach oben geschwungenen, zu einem unbestimmten Lächeln erfrorenen Lippen bildete einen starken und bezwingenden Gegensatz zu seinen eisgrauen Augen, die sich ins Innere jener brannten, auf die sie, wahrscheinlich absichtslos, gerade trafen. Es fiel ebenso schwer, seinen Blick auf sich zu ziehen wie nicht danach zu suchen, besondere Anstrengungen aber kostete es, sich davon zu befreien. Wer ihn betrachtete, ob offen oder verstohlen, mußte damit rechnen, mit einem einzigen Blick gefesselt zu werden. Er war hochgewachsen und trug immer dunkle Anzüge, die seine fast knochige Schlankheit und die Spuren einer längst überwundenen Rachitis, die auch verschiedene Solbäder nicht ganz hatten verwischen können, noch unterstrichen. Er sprach nicht; er hatte nie die Fähigkeit besessen, sich mündlich auszudrücken, da er seit seiner Geburt stumm war.

Daß er verstand, was um ihn her gesprochen wurde, daß er also nicht taub war, unterlag keinem Zweifel, denn er reagierte schnell auf das, worum er – allein von Galli, niemand sonst hatte das Recht, ihn zu beanspruchen – stets höflich und meist mit gesenkter Stimme gebeten wurde. Wenn Galli ihn um etwas bat, schien es, als sei der Herr darum bemüht, ihm Unannehmlichkeiten zu ersparen, was viele Betrachter anstößig, andere befremdlich und wieder andere zumindest merkwürdig fanden. Was aber seine Besonderheit ausmachte – sein gutes Aussehen allein war es wohl nicht –, war nur schwer zu benennen; bei aller Unschuld, von der sein Körper sprach, schien sich hinter Äußerlichkeiten ein bedrohlicher Kern zu verbergen, den die Schönheit nur notdürftig verhüllte. Der junge Mann erregte bei den Urmeinern, die noch lange über seine Herkunft und seinen Einfluß auf den Grafen rätselten, einiges Aufsehen, wenngleich bei weitem nicht soviel wie die Ankunft der beiden Neger zwei Tage zuvor.

Vischer, die wenigen noch anwesenden Handwerker sowie das vollzählig versammelte Hauspersonal erwarteten sie schon, als sie noch auf dem Dorfplatz standen und von einer nicht ganz so akkurat gekleideten, aber ebenso befangenen Abordnung von Einheimischen begrüßt wurden, an deren Spitze sich Tschalns, der Gemeindepräsident, und seine Frau befanden. Einige Urmeiner, darunter auch das blonde, rotwangige Mädchen, das dem Grafen bereits bei seinem ersten Besuch aufgefallen war, folgten der Kutsche, nachdem der Graf vom Wagen herab ein paar Worte des Dankes für den freundlichen Empfang an die Einwohner gerichtet und die Blumen, die man ihm reichte, entgegengenommen hatte. Der Wagen setzte sich in Bewegung und durchquerte das Dorf. Vor dem Tor des einstigen Klosters riß der Kutscher die Zügel an sich, und Pferd und Wagen standen still.

Vischers Anweisungen befolgend, hatte Roth dem reich verzierten Tor das Aussehen einer blühenden Glyzinie verliehen; einige Anstriche hatten genügt, um das von Rost zerfressene Rankenwerk aus seinem Winterschlaf zu wecken. Stolz auf sein Werk, erwartete er den Grafen, der nicht wissen konnte, daß er es gewesen war, der dieses kleine Wunder vollbracht hatte. Galli stieg in Francescos Schatten vom Wagen, trat auf Roth zu, der sich anschickte, das Tor zu öffnen, und sagte: »Roth? Wir sollten Ihnen hier ein Pförtnerhäuschen bauen.« Der Angesprochene lächelte ihm zu und nickte. Nach kurzem Zögern widersprach er seinem neuen Herrn auf seine Weise: »Ich habe ein Haus im Dorf und ein Zimmer in Ihrem Schloß, das reicht mir, Hochwohlgeboren.« Galli durchschritt das Tor ohne ein weiteres Wort.

Wenig später bedankte er sich für den herzlichen (tatsächlich etwas förmlichen) Empfang, der ihm am Ende der in Form geschnittenen, mit feinem Kies belegten und von blaßroten Hortensien gesäumten Allee bereitet wurde. Die Dienstboten hatten sich auf Hungers Geheiß im Schatten der Arkaden und davor aufgestellt und blickten, so unbeteiligt wie es ihnen möglich war, geradeaus; sie hatten Anweisung, den Grafen nicht mit neugierigen Blicken zu belästigen. Der Architekt – Galli erkannte ihn sofort wieder – hatte sich unter die Handwerker gemischt, die in vorderster Linie vor einer Blumenrabatte standen und im Gegensatz zum Personal eine gewisse Lockerheit an den Tag legten. In der Rabatte blühte Phlox und violetter Rittersporn.

In einem Zustand äußerster Gespanntheit versuchte Vischer, noch die geringste Bewegung im Gesicht seines Auftraggebers zu deuten. Er trat vor, hielt jedoch die Worte zurück, die ihm auf der Zunge lagen. Der Miene des Grafen war zunächst nicht zu entnehmen, ob ihm sein Werk gefiel. Noch schien er seine Eindrücke ordnen zu wollen. Mit einer leichten Verbeugung (einem verlängerten Nicken) und einem ebenso angedeuteten Lächeln entließ der Graf die Angestellten und wandte sich endlich an Vischer: »Nun bin ich hier, und ich bin sehr zufrieden. Ich habe nicht so lange auf die Verwirklichung meines Traums warten müssen wie mancher andere. Meine Wünsche haben sich, wie es scheint, erfüllt. Ich bin geneigt, stolz auf mich selbst zu sein. Sie doch auch? Auch Sie sind stolz, nicht wahr? Zeigen Sie mir, was aus meinen Vorstellungen und Plänen geworden ist. Ich bin bereit, mich dem ersten Eindruck blindlings hinzugeben. Ich sehe mein Haus zum ersten Mal, zum ersten Mal von außen, und binnen kurzem zum ersten Mal von innen. Ich werde die Zimmer zum ersten Mal betreten und sie zum ersten Mal auf mich einwirken lassen. Was ich gleich sehen werde, wird mich nicht mehr verlassen, es wird mich täglich umgeben.« – Er deutete hinter sich, wo noch einige Knaben vergeblich darauf warteten, in den Genuß unvorhergesehener Ereignisse zu gelangen, und sagte: »Der Empfang war korrekt und nach meinem Geschmack. Ich verabscheue Überschwang und Pomp. War die Aufstellung der Dienerschaft unter den Arkaden Ihre Idee? Und die beiden herrlichen Exemplare aus den Urwäldern Afrikas?«

Vischer wies ihn darauf hin, daß nicht er, sondern sein *Majordomus* Johann Hunger diese diskrete Begrüßung angeordnet habe und – gemeinsam mit Roth – für sämtliche Anstellungen verantwortlich sei. »Roth kenne ich. Wer ist Hunger? Ist er von hier?« – »Er ist zwar von hier, war aber, wie ich hörte, lange Jahre in Berlin in Stellung.« – » Er hat offenbar den richtigen Blick für die Situation und den Anlaß und ein ausgeprägtes Gefühl für die maßvolle Gewichtung.«

Obwohl Vischer wenig an einem Gespräch über Gallis Hauswesen lag, blieb ihm nichts anderes übrig, als das wenige, was er darüber wußte, zusammenzufassen und dem Grafen zu erklären, daß es Roth gewesen sei, der seinen Neffen Johann Hunger zusammen mit der Köchin aus Berlin wegengagiert habe, wo er etliche Jahre zunächst als Commis, später im wohlhabenden Haus seines früheren Offiziers gedient und dort großstädtische Erfahrungen gesammelt habe.

»Demnach liegen die charakterlichen Vorzüge, die aufgrund fehlender Gelegenheiten bisher im Verborgenen schlummerten, wohl in der Familie. Die Leute hier oben sind abgesehen von ihren kriegerischen Mietdiensten offenbar nie so richtig in Anspruch genommen worden. Gefällt mir sehr, und was noch auf uns zukommt...«, irrte Galli ab und legte seine Hand auf Vischers Arm, der sich noch fragte, was den Grafen in diesem Augenblick wohl mehr beeindruckte, seine Arbeit oder Roths und Hungers Geschick in der Wahl seiner Diener, als Galli endlich sagte: »Zeigen Sie mir das Haus, Vischer! Wir haben drei Tage Zeit, um alles zu besichtigen und zu besprechen. Wenn meine Gäste einmal da sind, werde ich vermutlich keine Gelegenheit mehr haben, mich mit den Einzelheiten meiner wunderbaren Klause zu beschäftigen. Sie müssen mir alles zeigen. Ich nehme an, daß Sie darauf brennen, mich auf versteckte Kostbarkeiten aufmerksam zu machen, die meinem Auge entgehen könnten, obwohl es wachsam ist. Von den Schlafzimmern bis zu den Dienstmädchenkammern, von den Bädern bis zur Küche, alles, alles, alles...«, schloß er mit Nachdruck und stach mit seinem Spazierstock in die Luft. Er ging (gefolgt von seinem Diener) auf die Eingangstür des linken Gebäudes zu, doch noch bevor er die Hand nach dem Portalgriff ausstrecken konnte, kam Vischer ihm zuvor und stieß die beiden Flügel auf. Galli blieb vor dem scheinbar leeren Dunkel eines spürbar weiten Raumes plötzlich stehen und trat einige Schritte zurück, ohne die Schwelle berührt zu haben. »Lassen Sie uns noch einmal von vorne beginnen. Wir haben viel Zeit. Das Spiel bereitet mir Vergnügen.«

Nachdem er Vischers Vorschlag, einen Kaffee oder Tee zu sich zu nehmen, abgelehnt hatte, ging er noch einmal drei Schritte zurück (Francesco wich ihm im richtigen Augenblick aus). Er warf den Kopf in den Nacken und betrachtete mit Genugtuung die weißen Arkaden. Sämtliche Verunreinigungen, die sich im Lauf der Jahrzehnte darauf abgelagert hatten, waren entfernt, die Pfeiler abgerieben und neu gestrichen, die herausgefallenen Steine ersetzt worden. Seinen Anweisungen entsprechend, verbanden sie nun das Wohnhaus mit dem Wirtschaftsgebäude, hinter dessen Tür soeben die Dienstboten verschwunden waren, denen sich Francesco übrigens deshalb nicht angeschlossen hatte, weil er ein eigenes Zimmer neben dem des Grafen beziehen würde. »Wenn es Ihnen recht ist, beginnen wir jetzt mit unserem Rundgang«, forderte Vischer ihn auf, und schweigend willigte Galli ein. Francesco folgte ihnen. Im Gegensatz zu seinem Herrn ließ er sich nicht anmerken, ob er von dem, was an Eindrücken nun auch auf ihn förmlich niederprasselte, beeindruckt war oder ob es ihn so kalt ließ, wie er sich den Anschein gab.

Noch bevor es hell wurde, glaubte Galli am Ende des seltsam zitternden Dunkels die Umrisse eines Berges zu erkennen. Dann aber flammte, wie abgesprochen, von unsichtbarer Hand (in Wirklichkeit von Roth) entzündet, die elektrische Beleuchtung auf. Überwältigt vom Anblick, der sich ihm bot, seufzte der Graf glücklich besiegt und mit einem Ausdruck der Erleichterung auf. Roth, der vom hoch gelegenen Apparateraum aus sowohl die Eingangstür als auch den größten Teil der Halle überblickte, blieb verborgen.

Das künstlich erzeugte, sehr helle, sonnige Tageslicht, das aus den Luken fiel, die unter der Decke angebracht waren, erfüllte jeden Winkel der weiträumigen Halle, die sie nun betraten. Im Zentrum des mit Steinplatten ausgelegten Raums, der einen mediterranen Innenhof vorstellte, stand ein mannshoher Springbrunnen aus Sandstein, der unverkennbar dem Dorfbrunnen von Urmein nachgebildet war, wenngleich sich dessen einfache Form hier nun verfeinert und vergrößert fand; über dem unteren Becken erhob sich ein zweites und darüber ein drittes; mit jeder höheren Stufe wurden die Tröge kleiner, in die aus vier zungenförmigen Röhren klares Wasser plätscherte, das von einer Ebene auf die nächste sprang und im unteren Becken, in dem Seerosen und bunte leuchtende Fische schwammen, zusammenfloß. Neben dem Brunnen stand eine *chaiselongue*. An den Wänden entdeckte Galli Korbstühle und Sessel. Zwei mit Gold legierte kobaltäugige, geflügelte Sphingen ruhten vor den offenen Glastüren, die zugleich das Ende des rechteckigen Hofs als auch dessen Übergang zu einem Kaldarium markierten, in welchem kleine Palmen, Rosen-, Feigen- und Lorbeerbäumchen sowie Oleanderbüsche und Kletersträucher in Terrakottatöpfen zwischen Amphoren und Steinbänken standen, und das eine reich mit Schlangenkrautmotiven bemalte, bleigefaßte Glasfront abschloß, die, wie Vischer dem Grafen später erklärte, von der Münchner Firma Ainmiller nach seinen Skizzen ausgeführt worden war. Ein breites, waagerecht verlaufendes Band war unverziert geblieben und gab, an das Bühnenportal eines Puppentheaters erinnernd, die Sicht auf jene grandiose Bergkulisse frei, in deren Mittelpunkt sich der Beverin erhob, der nun im Sonnenlicht lag. Der Graf war sprachlos, blickte sich um, sah nach oben, entdeckte die Lichtquelle und setzte sich schließlich auf einen der Korbsessel.

Außer dem leisen Plätschern des Springbrunnens war kein Geräusch zu hören. Gallis Blick schweifte unstet umher, bis er schließlich auf eine mit Chinoiserien bemalte Tür fiel. Vischer, der dies bemerkte, nickte, und Galli nickte ebenfalls. Über ihren Köpfen verlief längsseits eine Holzgalerie, von der vier Türen abgingen, hinter denen drei seiner Gäste und er selbst logieren würden, während die Zimmer der anderen auf demselben Stockwerk jenseits des Flurs und weitere im oberen Geschoß eingerichtet worden waren. Von unten betrachtet, verstärkte dieser Wandelgang den Eindruck, man befinde sich auf einem von der Welt vergessenen Dorfplatz; alles war verkleinert, und statt einer Uhr maß das stetig fließende Brunnenwasser die verrinnende Zeit. In der Bewegung stand alles still. Allmählich veränderte sich das Licht, das sich in allen nur erdenklichen Einfallswinkeln, Tönen, Helligkeits- und folglich Wärmegraden einrichten ließ. Es dämmerte rascher, als die Natur es will. Während die Sonne (draußen) ihren höchsten Stand noch nicht erreicht hatte, war es im Innenhof schon Nachmittag. Roth bediente im versteckten Apparateraum seine Scheinwerfer und farbigen Folien mit so viel Einfühlungsgabe in die natürlichen Erfordernisse, als habe er in einem früheren Leben einem Illusionisten assistiert.

Darauf erschien – niemand hatte es kommen hören – ein junges Mädchen mit einem Tablett, auf dem eine Karaffe mit Wasser, eine Flasche Maienfelder und zwei Gläser standen. Sie klappte das Brett zu einem Tischchen auf und stellte es neben den Grafen. Danach verschwand sie hinter einer bemalten Tür, die so gut kaschiert war, daß sie sich nicht im geringsten von den dicken, lehmgelb gefugten hellgrauen Steinmauern unterschied, in die sie eingelassen war. Das getäuschte Auge des Grafen ruhte so lange auf der kleinen Tür, bis Vischer bemerkte, die Mauern seien echt. »Bloß die Tür ist falsch, oder sagen wir, ihr äußeres Erscheinungsbild täuscht. Die Türe selbst ist echt.« – »Je länger man hinschaut«, bemerkte Galli, »desto unklarer sieht man. Gut gemacht, Vischer.« Francesco stand indes abseits und blickte so angestrengt zu Boden, als erschlösse sich ihm der Sinn seiner Anwesenheit in dieser Umgebung allein in der Anordnung der Fliesen.

Galli schloß die Augen, öffnete sie wieder und sagte: »Jetzt ist die Tür ganz in der Wand verschwunden. Hervorragende Arbeit, mein lieber Vischer. Gibt es davon noch mehr?« Vischer deutete auf die der Galerie gegenüberliegende Wand, in der sich zwischen zwei schattigen Nischen eine weitere jener zahlreichen Geheimtüren befand, die in das komplizierte, über sämtliche Stockwerke angelegte, weitläufige System aus engen Korridoren führte, die den Haupttrakt wie einen Gürtel umschlossen. »Mehr als hier Zimmer sind«, erklärte Vischer. »Alle diese Tunnel münden am Ende in den Wirtschaftstrakt. Wenn Sie erst die Pläne der Gänge, Innentreppen und Öffnungen in der Hand halten, werden Sie sehen, daß nichts dem Zufall überlassen wurde. Jede Suite ist auf diese Weise vom Wirtschaftsgebäude aus innerhalb kürzester Zeit erreichbar. Jedem Ihrer Gäste kann zu jedem Zeitpunkt und überall Beistand geleistet werden. Mit Hilfe der Klingelanlage werden Sie und Ihre Gäste zu jeder Tages- und Nachtzeit je nach Belieben nach einem der Dienstboten rufen können. Dieser wird sich sogleich, ohne durch lautes Gehen auf sich aufmerksam zu machen, ohne durch störende Geräusche andere Gäste zu belästigen, unsichtbar, verborgen in den Mauerkanälen, auf den Weg machen, um die Wünsche derer zu erfüllen, die ihn gerufen haben; ob es sie nun lediglich nach einem Kaffee oder nach ein wenig anspruchsloser Gesellschaft verlangt. Die Strecken sind so kurz wie möglich gehalten, die effizientesten Wege wurden errechnet und erprobt. Nach unseren Berechnungen benötigt das Personal tagsüber durchschnittlich vier, nachts bis zu acht Minuten, um vom Angestelltentrakt ins Gästehaus zu gelangen, wobei wir den tiefsten Schlaf und die längste Weckzeit berücksichtigt haben, mit denen man nach Mitternacht natürlich rechnen muß. Roth hat mit Hunger experimentiert, der wahrlich einen gesunden Schlaf hat.« – »Schon wieder Roth und Hunger! Die beiden scheinen ja unersetzlich zu sein«, rief der Graf aus und wandte sich Francesco zu, dessen Gesicht nicht verriet, was er in dieser sonderbaren Umgebung empfand.

Vischer war nach diesen ausführlichen, aber gewiß nicht erschöpfenden Erklärungen verstummt. Er trat von einem Fuß auf den anderen und schien erleichtert, als sich der Graf erhob, ohne eines der Getränke auf dem Tischchen angerührt zu haben, und an den ruhenden Sphingen vorbei, die ihre Betrachter mit wahrhaft delphischen Blicken durchbohrten, über die

Schwelle des Kaldariums trat, dessen üppige, warm duftende, vor Feuchtigkeit tropfende Vegetation einen starken farblichen und aromatischen Gegensatz zur kühleren Halle bildete, die inzwischen ins nunmehr beständige Licht einer umbrischen Nachmittagssonne getaucht war. Graf Galli deutete hinter sich und meinte, man sollte sich doch überlegen, auch diesen Raum mit Blumen zu versehen: »Aber mit Blumen in Vasen, mit hiesigen Blumen.« Vischer zog ein Büchlein und einen Bleistiftstummel aus seiner Westentasche und machte Notizen, während Francesco, an den diese Anordnung eigentlich gerichtet war, die Lider senkte, womit er zu verstehen gab, daß er sich darum kümmern werde.

Die gelben, roten und blauen Blüten, auf denen der Graf vereinzelt Tagfalter, kleine Spinnen und Käfer bemerkte, dufteten betäubend nach Vanille, Zitronen und Zimt, und Galli, der die Augen wieder schloß, bemerkte: »Wüßte ich es nicht besser, so käme ich wohl gar nicht auf den Gedanken, daß ich mich in den Alpen befinde. Ich fühle mich entrückt und berauscht und bin dabei, alle nur erdenklichen Barrieren mit Leichtigkeit zu überspringen. Ich verwandle mich in das abenteuerlustige Kind zurück, das den Spuren jener Bücher zu folgen versuchte, die es verschlang, als ahnte es, daß das Leben selbst niemals die Rolle spielen würde, die die an Alltäglichkeiten so angenehm arme Literatur übernommen hatte, die mit Schicksalsschlägen, Schiffbrüchen, Liebesaffären und anderen Schrecknissen reich gesegnet war.«

Während er zu sich selber sprach, wandelte er gedankenverloren zwischen den Zitronen- und Orangenbäumen, zwischen Palmen und weiteren, wild wuchernden exotischen

Pflanzen auf und ab, deren Namen und Herkunft er nicht kannte, blieb dann und wann stehen, schlug da und dort mit seinem Stock behutsam auf den Boden oder gegen eine der Amphoren (was dumpfe Töne erzeugte) und blieb schließlich dicht vor dem Münchner Panoramafenster stehen. »Die Wirkung ist unvergleichlich! Das wird meinen Leuten gefallen, davon bin ich überzeugt! Ich nehme an, daß einige von ihnen die Berge bloß von Bildern oder Fotografien kennen.« Er blieb stehen und stützte sich, nach vorn geneigt, auf seinen Stock. Schweigend betrachtete er die Berge, die lange, graue Schatten auf ihre grünen Füße warfen; manche Stellen, von der Sonne nie erreicht, lagen unter einer dichten Schneedecke.

Schließlich riß ihn Vischer aus seinen Gedanken: »Die Glasfenster wurden von der Firma Ainmiller, einer erstklassigen Münchner Manufaktur, hergestellt. Wenn es regnet oder wenn Sie dieses Ausblicks aus anderen als aus klimatischen Gründen überdrüssig werden sollten, besteht die, wie ich meine, recht verlockende Möglichkeit, entweder einen der mit afrikanischen, asiatischen, orientalischen oder polaren Landschaften bemalten Vorhänge oder die einfache weiße Leinwand herunterzulassen, die das Panorama zum Verschwinden bringt und auf die unser Lichtmeister vermöge eines versteckten Projektors alle nur erdenklichen Licht- und Schattenbilder werfen kann. Und hier« – Vischer verließ nun das Kaldarium, das seinem Namen alle Ehre machte, denn er schwitzte stark, »hier, durch diese Tür...« – er deutete auf die Eichentür, die sich unter der Galerie befand, »durch diese Türe gelangen wir...« – »Wohin gelangen wir? Sagen Sie schon!« Galli wandte sich zu Vischer um.

Dieser ging auf die mit Kirschzweigmotiven bemalte Tür zu, streckte die Hand nach dem Knauf aus, drehte ihn, stieß die Tür auf und schob den roten Samtvorhang zur Seite, der in der Türfüllung hing. Er forderte den Grafen – mitsamt dem Diener – durch eine Handbewegung auf, ihm in den Turm zu folgen. Nichts erinnerte an dessen einstige Gestalt.

Der Graf betrat als erster das hell erleuchtete Theater. Die Imitation war vollständig geglückt: Der Saal glich in allen Einzelheiten seinem Vorbild, Ferdinando Bibienas Theater zu Mantua, nur daß man das hiesige auf etwa ein Drittel der Ausmaße des Originals reduziert hatte. Das Teatro Bibiena hatte sich um einen kleinwüchsigen Nachkommen vermehrt. Dem Erbauer des Urmeiner Schloßtheaters war es gelungen, die beschränkten Dimensionen des Turms zu überlisten; er hatte sie durch Säulen in der Vertikalen gedehnt, womit der Eindruck, der Zuschauer befinde sich in einem Raum lächerlich geringer, das Prinzip des Theaters ad absurdum führender Ausmaße, zumindest für die Dauer einer Aufführung abgeschwächt wurde, während der man sich, im Dunkeln sitzend, vornehmlich auf die Bühnenvorgänge konzentrierte. Galli sah das herzogliche Theater von Mantua als Vision und Puppenhaus hierher versetzt und war vollauf mit Vischers Werk zufrieden. Das geographisch weit entfernte Ideal war, seinem Wunsch entsprechend, von Moll nach Dur transponiert worden; die Miniatur von Mantua war wundersamerweise zum Médaillon geschrumpft.

Der Zuschauerraum bestand aus einem Parkett mit vier eng bestuhlten Sitzreihen und zwei gedrungenen, eng an die

Bühne gebauten Rängen, die in acht winzige Logen unterteilt waren. Der Raum war hell, der sparsam angebrachte Stuck da und dort hauchdünn vergoldet, die Decke, von der ein venezianischer Lüster hing, kornblumenblau und lediglich der Bühnenvorhang scharlachrot, dagegen die kleinen Stühlchen im Parkett und in den Logen mit cremeblasser, unbedruckter, aus Lyon stammender Seide bezogen.

Vischer klatschte zweimal in die Hände, und sogleich begannen die Musiker, die schon seit geraumer Zeit hinter dem geschlossenen, sich nun leicht bewegenden Vorhang auf ihren Einsatz gewartet hatten, zu spielen. Der Vorhang öffnete sich auf eine nach einem Entwurf Vischers ausgeführte Züricher Seenlandschaft, auf welcher weiße Schwäne ihre Kreise zogen, während die Sonne unterging und das unsichtbare Oktett – zwei Oboen, zwei Klarinetten, zwei Hörner und zwei Fagotte einer philharmonischen Vereinigung aus Chur – das kurze Andante beendete, das zu spielen Vischer ihnen aufgetragen hatte, dem die Mozart'schen Bläserserenaden vertraut waren, seit er sie als Kind in Klavierbearbeitungen gespielt hatte. Danach herrschte Stille, bis Galli, der sich in die letzte Parkettreihe gesetzt hatte, Beifall zu klatschen begann, in den, zu Vischers Erstaunen, übrigens auch Francesco einstimmte (der die Arme sinken ließ, als er sich beobachtet fühlte). Der Vorhang schloß sich, und man hörte nichts als das Knarren des Bühnenbodens, als die Musiker die Bühne durch einen Hinterausgang verließen.

Galli blickte nach oben und versuchte, die Umrisse des Turms zu erkennen, doch Vischers Meisterschaft hatte jedwede Erinnerung daran ausgelöscht. Die Feuerglocke, die einst dort gehangen und bei stürmischem Wetter unfehlbar zu läuten begonnen hatte, war verschwunden. »Wir werden den wahr gewordenen Traum erkennen...«, zitierte Galli den spanischen Dichter und ließ aufatmend den Spazierstock fallen, der ihm in diesem Augenblick zu nichts mehr diente. Blitzschnell bückte sich Francesco danach und reichte ihn seinem Herrn, der sich inzwischen erhoben hatte. »Weiter, weiter, ich will alles sehen«, drängte der Graf, schob einen Sessel an die Rampe, kletterte mit Unterstützung seines Dieners auf die Bühne und verschwand hinter dem Vorhang.

IV

Maria Bragatsch und ihre Töchter Agatha und Selina waren mit dem Binden und Bestecken von Adventskränzen beschäftigt, als Ursina, jenes Mädchen, von dem schon mehrfach die Rede war, nachdem es dem Grafen Galli bereits bei seinem ersten Besuch in Urmein aufgefallen war, vor sie hintrat und ihr ohne Einleitung mitteilte, sie werde das Haus nun verlassen »und hinübergehen«. Nicht nur für einen Tag, sondern für immer. Mehr habe sie dazu nicht zu sagen. Obwohl Maria Bragatsch gegen ihren Willen sogleich begriff, was ihre älteste Tochter damit meinte, wohin sie also zu »gehen« gedachte, stellte sie sich zunächst taub. Sie beugte sich über ihre nach Harz duftende, stachelige Arbeit, streckte die Hand nach Agathas kümmerlichem Kranz aus und fingerte daran herum, bevor sie kurz aufblickte und Ursina fragte: »Wie bitte? Was hast du gesagt? Wo hinüber?«

»Du weißt schon, was ich meine. Du hast mich verstanden.« Bevor Ursina sich umdrehen und das geräumige, mit Arvenholz verkleidete Zimmer verlassen konnte, aus dessen einer Ecke der Specksteinofen unaufhörlich Hitze verströmte, hatte die dürre Hand ihrer Mutter den mit wenig Talent gefertigten Kranz Agathas losgelassen und statt dessen nach Ursinas weißem Kleid gegriffen. »Du bleibst, wo du bist und wo du hingehörst. Es gibt keinen Grund, mein Haus zu verlassen. Bis Neujahr, bis Weihnachten«, sagte sie leiser, »bis Weihnachten bleibst du mir hier.« – »Wozu? Ich gehe. Ich bin alt genug und kann tun und lassen, was ich will. Ich will dich und die da« – ihre Augen wanderten hell von der einen Schwester zur anderen – »nicht mehr sehen. Ich habe genug. Deine Söhne sollen sich um dich kümmern. In diesem Haus gehört das Leben meinen Brüdern, nicht mir. Also habe ich hier nichts mehr verloren. Ich gehe.«

Maria Bragatsch unterließ es, in Tränen auszubrechen und erneut den frühen Verlust ihres Mannes zu beklagen, um damit ein letztes Mal jenes Mitleid zu erregen, das ihr Ursina und die anderen Kinder längst versagten. Sie richtete sich auf, flüsterte: »Du wirst verdammt sein« und starrte währenddessen auf den Tisch, auf das herumliegende Tannenreis, auf die goldenen Schleifen, die sie sich vor vielen Jahren von ihrer Schwester aus Zürich hatte schicken lassen, auf die roten Kerzen und auf die kleinen Tannenzapfen, die ihre Töchter talwärts im Wald aufgesammelt hatten. »Ich glaube nicht an Gott. Wer, glaubst du, soll sich deiner elenden Verwünschungen annehmen? Ich bin frei, denn es gibt keine Verdammung. Es gibt nur dich und mich und zwischen uns ein tiefes Loch. Und deine Streitsucht. Und –« Ursina sprach nicht weiter, machte auf dem Absatz kehrt, verließ das überheitzte Zimmer und schlug die Tür hinter sich zu.

Nach einer Weile hob die Mutter den Kopf und sagte zu ihren beiden versteinerten Töchtern: »Sie ist kein Vorbild. Denkt nicht, daß ihr euch an ihr aufrichten könnt. Sie ist ein schlechtes Vorbild und bleibt es. Böse, feig, faul und verdorben. Macht weiter, los!« schloß sie, als hätten es die beiden Mädchen auch nur einen Augenblick wagen können, ihre freudlose Tätigkeit zu unterbrechen, deren Ergebnisse in denselben Flammen aufgehen sollten wie sie selbst, als zwei Wochen später, am zweiten Adventssonntag 1913, das große Bragatsch'sche Haus und dessen Bewohner einem Feuer zum Opfer fielen, das außer einigen verkohlten menschlichen und mineralischen Überresten nichts als Fragen und Gerüchte über die nie geklärte Ursache des Brandes hinterließ.

Da Ursina, die niemals gereist, ja, bis zu diesem Tag nicht weiter als nach Thusis gekommen war, keinen Koffer, nicht einmal eine größere Tasche besaß (zu den Lastern ihrer Mutter gehörte neben der Lüge als deren natürlicher Bruder der Geiz, der auch auf ihre Söhne übergegangen war), hatte sie Wäsche und Kleider in ein großes, besticktes Tischtuch geschlagen und mit einem Seidenband zusammengebunden. Da es schneite, würde sie den Wintermantel überziehen, bevor sie unwiderruflich das Haus verließ, in dem ihre katholische Mutter seit dem Tod ihres Vaters jenes dumpfe, gottgefällige Regiment führte, das seine zerstörerischen Zeichen nicht nur an den Wänden in Form von Kruzifixen und Heiligenbildern, sondern auch auf den Gesichtern ihrer Kinder hinterlassen hatte.

Ursina, die gerade zwanzig Jahre alt geworden war, erhielt keine Gelegenheit, ihre Entscheidung rückgängig zu machen. Sie verließ das Haus und war entschlossen, nicht eher zurückzukehren, als bis ihre Mutter tot war; was, wie sich herausstellen sollte, schneller geschah, als selbst sie es sich insgeheim gewünscht haben mochte.

Sie flocht ihre langen blonden Locken zu einem Knoten, in dem sie einige Goldmünzen versteckte, ging die knarrende

Treppe hinunter, die unter jedem ihrer Schritte nachgab, und wunderte sich nicht über die unnatürliche Stille, die nun im Haus herrschte. Maria Bragatsch würde den Weggang ihrer Tochter so lange ignorieren, bis sich einer ihrer beiden Söhne nach deren Verbleib erkundigte. Zweifellos hatte sie sich inzwischen wieder ihrer Handarbeit zugewandt, band schweigend, als wäre nichts geschehen, mit Draht und Zange ihre Kränze und beaufsichtigte die entmutigende Arbeit ihrer beiden anderen, zum Schweigen verurteilten Töchter (die Adventskränze wurden an Bedürftige ins Unterland geschickt, die niemand je gesehen hatte). Daß sich in ihrem Herzen Dinge abspielten, die ihre äußere Ruhe Lügen straften, hätte selbst sie nicht bestritten, wäre jemand auf den Gedanken gekommen, sie danach zu fragen. Doch war außer Agatha und Selina niemand da und diese beiden damit beschäftigt, ihre schmerzenden, zerkratzten Finger so unauffällig wie möglich zu schonen und den jämmerlichen Gebilden, die nicht zusammenhalten wollten, eine Form zu verleihen, die zumindest von Ferne an einen Kreis erinnerten. Unter Maria Bragatschs einst vollem Mund sprossen Haare; obwohl es ein leichtes gewesen wäre, sie zu entfernen, rührte sie nicht daran (als wäre das der entscheidende Schritt zur Eitelkeit); von abstoßender Wirkung, verharrten sie in Ursinas Gedächtnis und verdrängten allmählich alle weiteren Erinnerungen an das Äußere ihrer Mutter. Marias Lippen blieben hart und verschlossen, während drei lange Haare auf ihrem Kinn erzitterten.

Ursina verließ das Haus und trat in den Schnee hinaus. Ihre Wangen mochten weniger glühen als noch vor zwei Jahren; den Eindruck von Fröhlichkeit und Lebenslust vermittelten sie jenen noch immer, die sie nur flüchtig kannten. Sie trug ihr Bündel unter dem Arm, durchquerte aufrecht das Dorf auf die Berge zu, die an diesem Tag hinter dicken Schneeschleiern verborgen lagen, und blieb, etwas erhitzt vom Laufen, kurz beim leeren Brunnen stehen, der bis zum Rand mit Schnee gefüllt war und dessen Unberührtheit von den Abdrücken kleiner Vogelfüße, die sich auf der weißen Decke niedergelassen hatten, kaum angetastet wurde, zumal sie sich schon wieder füllten. Den Brunnen betrachtend, der sich mit dieser Jahreszeit nicht recht vertragen wollte, dachte Ursina an einige ihrer Freundinnen, die Urmein zur rechten Zeit verlassen hatten und nun in ihren Briefen aus der Ferne zumindest behaupteten, sie seien in ihren Anstellungen in Genf oder mit ihren großzügigen Männern in der Stadt sehr glücklich – zwei hatten bereits Kinder, und Bruna hatte ihr letztes Schreiben aus Genf mit den euphorischen Worten: »Endlich! Glücklich verheiratet« eröffnet.

Auf ihrem Weg durch das Dorf begegnete Ursina niemandem. Die Ställe waren ausgemistet, die Misthaufen dampften, die Frauen bereiteten das Mittagessen, die Männer hatten sich entweder in den kleinen Gastraum des »Ochsen« oder in ihre Wohnstuben zurückgezogen und wärmten sich an ihren wie Mühlräder rotierenden Gesprächen oder an den Öfen, deren Hitze sie schläfrig machte. Wer sich hinter Vorhängen verbergen und ihre Flucht auch beobachten mochte: Ursina sah niemanden, sah keinen Stoff, kein Tuch, keine Gestalt sich bewegen. Das Dorf wirkte ausgestorben. Eine grau getigerte Katze kreuzte ihren Weg, blieb stehen, blickte kurz zu ihr auf und ging mit erhobenem Schwanz weiter.

Ursina ließ die letzten Häuser hinter sich und näherte sich rasch dem bunt in die weiße Landschaft gestochenen Tor, dem unübersehbaren Künder des Schlosses. Mit Entschiedenheit stieß sie es auf und betrat die Allee, die sich vor ihr erstreckte. Man hatte sich die Mühe gemacht, einen Fußweg zu bahnen, und dennoch wirkte das Gebäude am anderen Ende der Straße verlassen. Die hohen Bäume warfen Schatten auf den Schnee, in denen sich ihr eigener kleiner Umriß immer wieder verlor. Sie zog das Tor ins Schloß. Der Schrei eines Vogels ertönte und verschmolz fast augenblicklich mit dem Krachen eines dürren Astes, der Schnee und Eis abwarf. Ursina kannte diese Geräusche gut genug, um sie kaum noch wahrzunehmen, doch jetzt zuckte sie zusammen. Das Gefühl der Befreiung, das sie beim Durchqueren des Dorfs eben noch empfunden hatte, verließ sie. Jeder Schritt auf das Schloß zu schien sie zurückzustoßen. Um die Übelkeit zu bekämpfen, die sie befallen hatte, waren weitere Schritte notwendig.

Die Last verwirrender Gedanken wurde ihr bald abgenommen. Kaum stand Ursina unter den Arkaden, öffnete sich die Tür zu ihrer Rechten, und die alterslos wirkende Frau mit dem Holzbein, die sie des öfteren im Ort gesehen hatte und die in der Hierarchie der weiblichen Dienstboten offenbar eine übergeordnete Stellung einnahm, winkte sie zu sich: »Komm her, Mädchen. Gut, daß du da bist. Hier wird jeder gebraucht.« Tatsächlich hatte Sophie an diesem Morgen bereits einige Male nach dem neuen Mädchen, das sie vom Sehen kannte, mit dem sie jedoch nie gesprochen hatte, Ausschau gehalten, indem sie mit einem alten Handtuch mehrmals das schmale, vom Dampf beschlagene, hochgelegene Küchenfenster abgewischt hatte. Sie streckte Ursina die Hand entgegen und sagte, auf ihr Holzbein klopfend: »Halte dich nicht damit auf. Wenn du möchtest, schraube ich es ab und zeige es dir. Es ist nichts außergewöhnliches daran. Es ist aus Pappelholz. Es wird von Scharnieren zusammengehalten und mit Lederriemen am Stumpf befestigt. Das ist alles. Also starre nicht drauf, als gäbe es nichts anderes zu sehen. Kennst du den Grafen?« – »Nur vom Sehen. Ich habe ihn gesehen, als er das Schloß zum ersten Mal besichtigte, als er hierher zog, und dann des öfteren im Herbst. Und ich kenne die Signorina Sardi, das heißt, ich habe sie einige Male getroffen.« – »Du weißt, was du zu tun hast«, murmelte Sophie, stieß, als sie in der großen Diele standen, die Tür hinter sich ins Schloß und ging auf die schmale Treppe zu, die in die unterirdische Küche führte. Ursina folgte ihr. Die Temperatur erhöhte sich mit jeder Stufe, die sie tiefer stiegen. Sophie fuhr fort: »Ich zeige dir die Räume, die für deine Arbeit wichtig sind. Ich zeige dir dein Zimmer und stelle dich den anderen Angestellten vor. Kartoffeln brauchst du nicht zu schälen. Ich bin über deine Aufgaben unterrichtet. Man hat hier anderes mit dir vor. Du kannst schön schreiben, hört man sagen, obwohl du kräftig bist. Ich zeige dir trotzdem die Küche. Die Küche ist mein Reich, mein alles.«

Frederick Matthews' und Giuliana Sardis Gestalten waren – draußen war es jetzt dunkel – in herbstlich klares Licht getaucht. Im Innern war es Nachmittag. Die beiden tranken Portwein und waren in ein Gespräch vertieft, das zwischen belanglosen Gegenständen hin und her schaukelte, als Ursina aus dem unbehaglichen Halbdunkel der Dienstbotengänge, in die man sie mit sanfter Gewalt gestoßen hatte, in den Innenhof trat. Unsicher hatte sie sich durch die düsteren Maulwurfsgänge bis zu jener Tür vorgetastet, die sie nun leise hinter sich schloß. Sie blinzelte, denn das Licht blendete sie; eine Weile blieb sie unbemerkt im Hintergrund.

Giuliana Sardi trug einen in Mailand geschneiderten Tropenanzug und schlug mit der kleinen Lederpeitsche, die sie immer bei sich trug, nach einem Insekt, das sie umschwirrte. Frederick Matthews indessen tauchte seine mit Leberflecken gesprenkelte linke Hand ins Wasserbecken und führte sie zur Stirn, um diese zu befeuchten. Als sie nun die hübsche Fremde mit den auffallend roten Wangen bemerkten, die sich sittsam geräuspert hatte, verstummten sie. Giuliana kniff die Augen zusammen und erkannte das Mädchen, dessen Auftritt im Plätschern des Wassers und im Geschrei der Zikaden, deren Vermehrung beharrlich voranschritt, völlig untergegangen war. Ursina stand mit leeren Händen da. Sie hatte keinen anderen Auftrag, als sich im Innenhof einzufinden, wo Giuliana Sardi sie mit Ungeduld erwarte. Sie staunte über die tropischen Gewächse und über das Licht, das über die Wirklichkeit draußen hinwegtäuschte.

Als wäre sie ein von ihm unabhängiges Accessoir, ließ Matthews seine Hand ins Wasser sinken. Er starrte das neue Mädchen mit geradezu schamloser Neugierde an, während Giuliana Sardi, die Ähnlichkeit mit einer ermatteten Titanin hatte, mit ihren fleischigen Fingern die Armlehnen umklammerte und ihre üppig in Fett gebetteten Knochen mit äußerstem Kraftaufwand aus dem Sessel stemmte, das Mädchen herzlich in ihre Arme schloß und, zu Matthews gewandt, freudig erregt erklärte:

»Das ist Ursina Bragatsch! Ich habe sie erwartet! *Das* ist das Mädchen, das ich bei einem meiner kleinen Ausflüge kennengelernt habe, von dem ich Ihnen erzählte, Sie erinnern sich. Verloren saß sie an einen Baum gelehnt und starrte traurig in den Himmel, beobachtete Vögel, wie sie behauptete, und sah aus, als warte sie voll Ungeduld auf ihren ungetreuen Porträtisten, der sich doch nur verspätet hatte. Sie erzählte mir von ihrem langweiligen Dasein hier oben, von ihrer Mutter, von ihrer verstorbenen Großmutter, die sie so sehr vermißt, und von ihren Geschwistern. Ich habe mich revanchiert, indem ich ihr Bericht von einer meiner Reisen nach Asien… es war doch Asien…?« – Ursina nickte – »…Bericht von einer meiner Asienreisen erstattete. Ich habe sie gebeten«, – sie bohrte ihren Zeigefinger in Ursinas Schulter – »als meine Kammerzofe und Sekretärin zu uns zu ziehen. Sie soll sich immer in meiner Nähe aufhalten. Endlich ist es soweit. Das Fräulein Bragatsch«, sagte sie, und ihre Begeisterung war ehrlich, »kann nicht nur zuhören, es kann auch schreiben, deutsch wie italienisch. Sie hat mir einige Kostproben ihres Könnens vorgelegt, ich staunte und war sehr zufrieden. Sie spricht und schreibt Italienisch so mühelos, als sei sie unter Italienern aufgewachsen, was ihrer Großmutter zu verdanken ist, denn diese war Italienerin und im übrigen, wie sie mir erzählte, der Grund der Trauer, in der ich sie damals antraf, denn sie war erst wenige Wochen zuvor gestorben. Ich habe endlich die Person gefunden, der ich meine Memoiren diktieren kann.«

Sie sah auf Matthews herunter, der keinerlei Anstalten machte, sich einzumischen. Nach einer Pause fuhr sie fort: »Ich habe ihre Augen leuchten sehen, als ich von meinen Abenteuern, man kann meine Erlebnisse im Süden Chinas gewiß so nennen, erzählte. Das ist das Mädchen, das ich brauche, unbedingt dieses.«

Mit diesen Worten warf Giuliana Sardi das ganze Gewicht ihres Körpers in die aufstöhnende, auf ihren dünnen Füßen gefährlich schwankende Schale des Korbsessels zurück und atmete aus. Eine weitere Pause entstand, in der man Gelegenheit hatte, den Geräuschen der Zikaden und des in der Sonne liegenden Springbrunnens zu lauschen. Ursina wußte nicht, wohin mit ihren Händen, zumal die Schürze, die man ihr umgebunden hatte, keine Tasche besaß.

»Bragatsch?« Matthews schien in seinem anfechtbar gewordenen Gedächtnis nach einem weiteren Träger dieses Namens zu forschen, der ihm offenbar geläufig war. Ursina wünschte sich, weit fort zu sein, denn selbst die Begrüßung durch die Signorina war, bei allem schmeichelhaften Überschwang, nicht dazu angetan, ihr jene Sicherheit zurückzugeben, die sie seit dem Verlassen des Dorfs so sehr vermißte. Sie fühlte sich erniedrigt, nicht geschmeichelt. Die Welt, in die man sie, nicht gegen ihren Willen, vielmehr weil sie es wollte, und dennoch wie mit einem Fußtritt, gestoßen hatte, kam auf verstörende Weise jenen Vorstellungen nahe, die sie sich zuhause in ihrem Bett davon gemacht hatte.

Matthews betrachtete sie unterdessen und schien dabei die Hoffnung allmählich zu verlieren, von der quälenden Suche seiner in der Vergangenheit umherirrenden Gedanken erlöst zu werden. Ursina kam aus dem Staunen nicht heraus. Die Gegenwart des kränklich wirkenden Alten, dessen Gesichtsausdruck unentwegt zwischen nervöser Aufmerksamkeit und nicht weniger nervöser Zerstreutheit schwankte, und jener Weltreisenden, die ihr unverhofft den lang ersehnten Anlaß zur Flucht aus dem vaterlosen Elternhaus geliefert und ermöglicht hatte, dazu die Helligkeit und Hitze eines sonnigen Tages mitten im tiefsten Winter, beraubten sie jener Selbstgewißheit, mit der sie seit dem Tod ihrer Großmutter die Autorität ihrer Mutter so wirksam untergraben hatte. Sie stand da, überlegte, was zu sagen gewesen wäre, hätte sie die Freiheit besessen, sich unbeschwert in fremde Gespräche einzumischen, fand keine Worte und war sich nicht einmal darüber im klaren, ob Sprechen (zumindest ein Oh, ein Danke! oder ein Bitte!) ihrer Position überhaupt angemessen war.

Giuliana Sardi, der nicht entging, wie unwohl sich Ursina fühlte, erlöste sie aus ihrer beengten Lage. »Ich kann verstehen, wenn wir Ihnen etwas unheimlich sind. Sie denken vielleicht, wir hätten Sie zu unserem Spielzeug erkoren. Nein, wirklich! Was müssen wir alten, häßlichen Leute für einen abstoßenden Eindruck auf ein so junges und hübsches Mädchen machen. Was ist als Zeugnis unserer Jugend und Schönheit in Erinnerung geblieben außer einer verlorengegangenen Miniatur und Ihrerseits – mein lieber Freddy, was haben *Sie* denn vorzuweisen, abgesehen von dem Porträt in Öl, das in Ihrem Zimmer hängt, und einem verehrungsvollen Gedicht, in dem die Metrik ebenso schwankt, wie die Zuneigung der Verfasserin unstet war? Ich fürchte, Sie können sich nicht einmal vorstellen, daß ich vor weniger als zwanzig Jahren noch ebenso schlank war wie Sie und daß dieser Herr – ein Schüler Thalbergs – nicht bloß in den Konzertsälen Aufsehen erregte, sondern auch in den Salons. Doch auch wenn Sie die Bilder sehen könnten, die wir einst abgaben, die lebendige Jugend vermögen sie nicht zu ersetzen, höchstens ein wenig aufzufrischen, in *unserer* Erinnerung, und nur in unserer.« Sie lächelte. »Das ist der Lauf der Dinge. Wozu auch gehört, daß Plattheiten dieser Art die aufrührerischeren Gedanken früherer Zeiten allmählich verdrängen. Tja, in Ihren Augen sind wir Greise, aber wenn wir, die Greise, unser Innerstes betrachten, unterscheidet es sich nur unwesentlich von Ihrem. Hat man Ihnen Ihr Zimmer gezeigt, Signorina Bragatsch?«

Ursina schüttelte den Kopf und sagte endlich, ohne zu stocken, laut und vernehmlich: »Bitte, nennen Sie mich Ursina.«

»Gut, Ursina. Du wirst in meiner Nähe schlafen und meine Träume bewachen, wie es irgendwo heißt, und in gewisser Weise auch die Jugend, die so schnell verging und die nur durch den Schlaf...« Mit einem besorgten Blick auf Matthews unterbrach sie sich. Dieser zuckte lediglich die Achseln und sagte – und auch in dieser Bemerkung (ein leichter englischer Akzent war nicht zu überhören) klang eine Frage an: »Ich träume nie...«

Die beiden wechselten Blicke, und indem er den Kopf senkte, erteilte Matthews Giuliana offenbar die Erlaubnis, deutlicher zu werden. »Mein Freund«, begann Giuliana Sardi, »mein Freund Frederick Matthews leidet an einer Krankheit, die ihn, wie Sie sehen, weder ans Bett fesselt noch seinen Tod herbeiführen wird. Eine Krankheit zehrt an seinen Nerven und Kräften, deren genaue Ursache niemand kennt, wenngleich es zweifellos einen äußeren Anlaß gab, der zu dieser Krankheit führte, und ich glaube ihn auch zu kennen. Gegen dieses dabei ganz alltägliche Leiden ist kein Kraut gewachsen. Noch nicht. Wer weiß, ob man nicht eines Tages Mittel und Wege finden wird, sie zu heilen. Seit wie vielen Jahren leiden Sie nun schon an Agrypnia?« Kaum hatte sie das Wort ausgesprochen, das Ursina nie zuvor gehört hatte, fiel Matthews sichtlich in sich zusammen. »Ich spreche von seiner Schlaflosigkeit. Mr. Matthews kann nicht schlafen. Er wird vermutlich nie mehr schlafen können«, erklärte Giuliana, sich erst Ursina, dann Frederick zuwendend. »Natürlich habe auch ich, wie die meisten von uns, entweder aus sentimentalen Gründen, freiwillig oder gezwungenermaßen unzählige Nächte meines Lebens wachend zugebracht, dennoch kann ich mir beim besten Willen nicht einmal vorstellen, zehn Jahre lang kein Auge zu schließen.«

»Zehn?« flüsterte Frederick. »Oh nein, Sie täuschen sich, Giuliana. Es sind nun über achtzehn Jahre vergangen, seit ich zum letzten Mal geschlafen habe«. Er verstummte und starrte auf seine Finger. Giuliana sah zu Ursina, schüttelte langsam den Kopf und bedeutete ihr, sich zu entfernen. Doch Matthews hielt sie zurück. Er streckte die Hand nach ihr aus, rief leise: »Warten Sie«, und versuchte, den Faden aufzunehmen, den man ihm aus der Hand gerissen hatte, doch gelang es ihm nicht. Er öffnete den Mund und wollte sprechen, aber seinem Mund entströmte nur ein bißchen Luft.

»Er war nicht nur einer der bedeutendsten Klaviervirtuosen seiner Zeit, er war auch ein gutaussehender Mann, von dem sich die Frauen gern den Kopf verdrehen ließen«, sagte Giuliana, »bis eben zu jenem Abend, über den er nur ungern spricht. Um es ein wenig dramatisch zu sagen: Seit jenem letzten Konzert ist es ihm nicht mehr vergönnt, die Augen zu schließen, weder bei Tag noch bei Nacht.«

»Ich habe alles versucht«, begann nun Matthews so leise, daß seine Worte in den Geräuschen des imitierten Nachmittags – es war inzwischen sechs Uhr und draußen längst dunkel – fast untergingen. Nach einer kurzen Atempause bestätigte er Giulianas Worte: »Ich habe jeden nur erdenklichen medizinischen Rat gesucht und befolgt. Ich habe es mit Starkbier, Senfteigen und den besten französischen Weinen versucht, ich habe vor dem Schlafengehen abwechselnd Bromkalium und Sulfonal, über Monate auch homöopathische Mittel zu mir genommen, die ich von dem berühmten Kafka erhalten hatte, vergeblich. Vergeblich auch die Tees, Kräutermischungen, Baldrian- und Belladonnatropfen, die ich mir zuführte. Der Erfolg blieb auf geradezu hinterhältige Weise aus«, sagte er so bitter, als habe er den Geschmack der wirkungslosen Tropfen noch auf der Zunge. Er verstummte von neuem. Später, wie zu sich selbst, in die entstandene Stille: »Heute fürchte ich nicht mehr, was mir fehlt, obwohl es meine Energien schwächt. Mein Geist hat sich an die schlaf- und traumlosen Nächte gewöhnt. Ich hatte ja reichlich Zeit, mich damit abzufinden. Ich habe es aufgegeben, den Schlaf wie einen Freund herbeizusehnen; an seine Wohltaten erinnere ich mich wie an einen Kindertraum. Ich werde das Ende jener Nacht wohl kaum erleben, in der mich der Schlaf doch überrascht.«

»Nach der Ursache, die seine Agrypnia ausgelöst hat, braucht man nicht lange zu suchen«, fuhr nun Giuliana fort. »Der gute Frederick hat einen Schock erlitten, von dem sich seine Seele nicht erholen wollte. Verstehen Sie, was das ist, Ursina, ein Schock?« Ursina, der es schien, als wolle man sie mit Dingen vertraut machen, die sie nichts angingen, nickte, während sie noch zu begreifen versuchte, weshalb man gerade sie zur Zuhörerin ausersehen hatte.

»In jenem letzten Konzert, das er eben erwähnte... er erwähnte es doch?...« – wie um sich zu versichern, daß sie tatsächlich über diese Dinge sprechen dürfe, holte sie sich mit einem weiteren Blick Matthews Einverständnis ein – »...in jenem letzten Konzert wird man unschwer den Grund für seine Krankheit finden. Der verhängnisvolle Abend, der so schrecklich endete, begann wie immer vielversprechend. Er spielte... was spielten Sie, Freddy?...« – doch Matthews winkte ab, obwohl er es nicht vergessen hatte – »...nehmen wir einmal an, er habe das Konzert, das in Weimar stattfand, mit einem Stück von Weber eröffnet, um daran eine Sonate von Beethoven oder Schubert anzuschließen. Alles verlief zu seiner und zur Zufriedenheit des verwöhnten Publikums. Noch deutete nichts auf das Desaster hin, das er sich später, wie mir scheint, weder erklären noch verzeihen konnte und dessen Auswirkungen ihm noch heute zu schaffen machen. Keiner der Ärzte, Geistheiler und Handaufleger, die er aufsuchte, wußte ein Mittel dagegen. Ich erzähle Ihnen, was geschah: Nach der halbstündigen Konzertpause verlor Matthews infolge eines unerklärlichen psychologischen Defekts, so würde *ich* es nennen, die Kontrolle über seinen Geist und seine Finger, wobei er selbst es *nicht* bemerkte! Er spielte einfach weiter. Aber was? In der für ihn typischen Haltung, die von einigen Karikaturisten festgehalten wurde, in der Haltung einer lauernden Katze saß er da und spielte wirres, geschmackloses Zeug, das jeder ästhetischen Übereinkunft widersprach, wie einer, der aus dem Tollhaus geflohen ist und dem man ein Pianoforte zur Verfügung gestellt hat, dessen sinnvolle Benutzung ihm unbekannt ist. Er hämmerte mit der Linken wüste Bässe zu absurd klirrenden Kadenzen, die die Rechte, nicht wissend, was die Linke tat, in den oberen Oktaven vollführte. Erst allmählich erlahmten seine Finger. Sie verharrten tremolierend auf quälenden Akkorden, die er immer und immer wiederholte. Schließlich schlug er mit den geballten Händen auf die Tasten. Er bearbeitete das Instrument, mit dem er bislang immer eins gewesen war, wie einen Feind. Er schien ihn mit Gewalt und durch ohrenbetäubende Lautstärke bezwingen zu wollen. Dabei verzog er keine Miene, ja er wirkte animiert und beschwingt, ein Lächeln umspielte seine allerdings sehr blassen Lippen, als lausche er dem Gesang von Engeln. Er selber aber will von diesen schrecklichen Vorgängen, von seinen Delirien nichts bemerkt haben, er war, wie er es sich später zu erklären versuchte, zum Spielball des Teufels geworden. Der Unberechenbare saß ihm im Nacken. Das waren *seine* Worte.«

Mit unbeweglicher Miene hatte Frederick währenddessen in die Ferne geblickt. Nun sagte er: »Die trockenen Schalen waren abgefallen und hatten das Innere der Frucht entblößt. Da ich selber dieser bloßliegende Kern war, konnte ich mich von außen nicht erkennen.«

»Als er endlich zu sich kam, war der größte Teil des Publikums gerade dabei, den Saal unter wütendem Protest und der besonders in Deutschland weit verbreiteten Forderung nach Rückgabe der Eintrittsgelder zu verlassen, während einige Kenner, vor allem aber die ihm nahestehenden Freunde, von denen sich nicht wenige im Weimarer Stadthaus befanden, ängstlich den Hinauseilenden Platz machten und fassungslos auf das Podium starrten, auf dem nun Frederick neben dem offenen, eben noch so fürchterlich malträtierten Bechstein stand und sich verbeugte. Freunde ohne Gesichter. Köpfe ohne Körper. Er sah nichts wirklich. Habe ich recht?« Da Matthews ihr nicht widersprach, fuhr sie fort: »Ich selber, die ja nicht anwesend war, hörte später ganz unterschiedliche Einschätzungen des Geschehens. In einem jedoch waren sich alle Beobachter einig: Es herrschten tumultuarische Zustände; es hätte kaum schlimmer sein können, wenn er sich ausgezogen und vor dem Auditorium exhibiert hätte. Es drangen bestenfalls, wie er versichert, die letzten paar Sekunden dieses wahnsinnigen Spiels an sein Gehör. Zu spät. Zwar früh genug, um dem drohenden Wahnsinn Einhalt zu gebieten, jedoch zu spät, um ungeschehen zu machen, was geschehen war und was halb Weimar gehört, ganz Weimar spätestens am nächsten Morgen und die gesamte musikalische Welt binnen weniger Tage – die Feinde mit Freuden, die Freunde mit Entsetzen – erfahren würde. Ein Schock! Das pure, nackte Entsetzen, und der Beginn seiner schlaflosen Nächte. Die ersten werden wohl vorwiegend mit Gedanken an jenes Konzert angefüllt gewesen sein. Stellen Sie sich die Erschöpfung vor, die sich von Nacht zu Nacht steigerte, eine ungeheure Erschöpfung. Öffentlich ist er danach nie mehr aufgetreten. Er spielt nur manchmal im Salon, wo ihm ein wertvolles Instrument zur Verfügung steht.«

Matthews hob seine rechte Hand und führte sie langsam an seine Lippen. »Meine stets um mich besorgte Freundin Giuliana, die ich seit langem kenne, hat an meinem Leiden von Anfang an großen Anteil genommen. Hin und wieder besucht sie mich nachts, wenn sie selbst keinen Schlaf findet. Der Schlaf läßt im Alter länger auf sich warten. Diesbezüglich sind auch für Giuliana unerquickliche Zeiten angebrochen.«

»Sie können gehen«, sagte Giuliana Sardi freundlich, wenngleich etwas kraftlos. »Kommen Sie gegen zehn zu mir herauf. Ich werde mich heute früh hinlegen und Ihnen vom Bett aus diktieren. Essen will ich allein.« – »Sie werden sich wundern«, sagte Frederick und stand auf, um sich mit einem Händedruck von Ursina zu verabschieden, worüber sie nicht weniger staunte als über die geringe Körpergröße des Pianisten, der kaum größer war als sie selbst. Ein fantastischer Verdacht durchzuckte sie kurz, und erst viel später, Jahre später, als er sich bewahrheitete, jedoch längst aus ihrem Gedächtnis gelöscht war, glaubte sie sich wieder an diesen Augenblick zu erinnern.

Während Ursina sich rasch (und deutlich erleichtert) entfernte, verharrten die beiden müden Gestalten in Schweigen; Giuliana sitzend, Frederick stehend – im Hintergrund die üppige Pracht des fast undurchdringlich gewordenen Kaldariums, vor dessen Aussichtsfenster ein gemalter Himmel hing. Künstlich brach nun ein Abend herein, der nicht aus dieser Gegend stammte. Afrikanisch anmutendes apfelsinenrotes Licht durchflutete den Raum, hinter dem Ursina die dünne

Tür zu den nur spärlich erleuchteten, niedrigen Dienstbotengängen schloß (sie mußte beim Gehen den Kopf einziehen), die unter anderem in die Küche führten. Sie hoffte sehr, man möge ihr als nächstes das Zimmer zeigen, in welchem sie untergebracht sein würde. Roth hatte, von seiner unsichtbaren Warte aus, die Szene beobachtet, ohne mehr als nur wenige Bruchstücke der Konversation zu verstehen.

Nach Signorina Sardis Schilderung von Matthews Krankheit, deren Ursachen und Folgen, fühlte sich das junge Mädchen in gewisser Weise eingeweiht und dadurch etwas gefestigt, obwohl man sie gewiß nur über einen Teil jener Geheimnisse unterrichtet hatte, die die beiden Personen umgaben; den einzigen Gästen des Grafen, denen sie bis zu diesem Augenblick im Schloß begegnet war. Als Ursina aus dem ihr unvertrauten Korridorsystem hinaustrat und sich statt in der Küche in der Diele des Wirtschaftstrakts wiederfand, von wo aus man über eine breite ungehobelte Treppe nach oben in die Dienstbotenkammern und zu den verschiedenen Arbeitsräumen gelangte, entdeckte sie ein offenes Fenster. Sie ging darauf zu, um es zu schließen. Das Licht einer Laterne fiel auf den Schnee. Sie lehnte sich aus dem Fenster, bevor sie es schloß. Während ihr die Kälte von vorne entgegenschlug, war ihr am Rücken noch warm. Sie nahm den Schatten eines Menschen wahr, der gleich darauf, gefangen von der Dunkelheit, verschwand. Hier war gewiß stets jemand bei der Arbeit, im Haus und außerhalb; der Schatten folgte wohl einem Knecht, der Brennholz holte. Als sie sich umwandte, stand Roth vor ihr, der Vetter ihres Vaters und, wie sie wußte, ein Mann, der hier mit wichtigen Aufgaben betraut war.

»Was tust du hier? Man hat mir nichts davon erzählt, daß du hier arbeiten willst. Willst du das? Will deine Mutter das?« Er packte sie am Arm. Mit einer heftigen Bewegung riß sie sich von ihm los und ging auf die Treppe zu, die in die unterirdische Küche führte, aus der die ersten Wellen warmer Gerüche nach oben gespült wurden.

»Warte«, rief er ihr nach. »Was sagst du zu meinem Licht? Ich mache hier das Licht!« Aber Ursina war schon auf dem Weg nach unten, wo sie von Sophie und den anderen Hausangestellten (auch von Johann Hunger) erwartet wurde. Auf dem Küchentisch standen zwei Obstkuchen mit Sahne und Kaffee bereit, und es fehlte wenig, daß Ursina in Tränen ausgebrochen wäre. Darüber vergaß sie, nach ihrem Zimmer zu fragen, und sie vergaß auch die Begegnung mit Roth.

V

Er sei nicht willens, sich aus Flicken und Bruchstücken ein Bild zu machen, das am Ende aus mehr Nahtstellen als geschlossenen Einheiten bestünde; was ein Ganzes zu sehen natürlich völlig unmöglich mache. Trotz jahrzehntelanger Erfahrung, politischem Gespür und historisch geschultem Denken erkenne er hinter alledem kein System. Ob sich hinter dem Wunsch, den anderen vernichten zu wollen, ein solches System verberge, wisse er nicht, es sei aber zu befürchten. Wer eben noch ein guter Freund gewesen war, sei schon ein Feind und umgekehrt und wieder umgekehrt. Über kurz oder lang mache man sich reihum jeden zum Gegner. Allgemeine Aufwiegelung. Könige gegen Bauern, Bauern gegen Arbeiter, der Zar gegen den Kaiser; die Liste der Gegnerschaften lasse sich beliebig weiterkonjugieren. Österreich-Ungarn werde bald am Ende sein, die Schüsse von Sarajevo seien der Salut der längst Verstorbenen gewesen, die sehnsüchtig darauf warteten, daß der alte Franz Josef mitsamt seinem Jahrhundert in ihr Reich einginge, der, wie bekannt sei, Franz Ferdinand wenig geschätzt habe und dessen Ermordung mit heimlicher Genugtuung als göttlichen Ratschluß und Quittung für dessen Heirat mit der böhmischen Sophie Chotek hingenommen habe, die der Thronfolger ihrer Dienstherrin, der Erzherzogin, wie hieß sie noch, Marie Christine vorgezogen hatte. Wie wenig den Kaiser dieser Tod getroffen habe, sei ja schon daran zu erkennen, daß den beiden Ermordeten lediglich ein Begräbnis zweiter Klasse zugestanden worden sei. Nun sei ganz ohne Zweifel auch der Adel zum Untergang verurteilt. Hätten die Deutschen den spartanischen Greis, seine Hötzendorfs und Berchtolds nicht dazu gedrängt, den Krieg zu erklären, was sie gewiß nicht getan hätten, wäre Rußland gut genug gerüstet gewesen, dann herrschte heute noch Frieden, wenn auch, wie er wohl wisse, eine Menge daran faul sei. Aber zu etwas drängen, was er nicht wolle, lasse sich nur jener, der schon schwach sei. Es fehlten Leute wie der ungarische Ministerpräsident Graf Tisza, der sich, wie ihm der österreichische Finanzminister von Bilinski vertraulich mitgeteilt habe, mit aller gebotenen Vehemenz gegen ein Eingreifen in Serbien gewehrt hatte, erfolglos, leider erfolglos. Der andere, der eine gewisse Größe bewiesen habe, sei Franz Ferdinand selbst gewesen, der nach dem ersten, erfolglosen Attentat davon gesprochen habe, das Volk habe ihn mit ehrlicher Begeisterung, mit Bomben nämlich empfangen. Der Hauptbetroffene habe den ersten, vergleichsweise harmlosen Vorfall auf einen Jungenstreich reduziert, als der er sich bald darauf tatsächlich herausstellte, trotz seines blutigen Ausgangs und seiner üblen Konsequenzen. Das Bubenstück einiger Fanatiker. Die Mehrzahl der gewiß gedungenen Attentäter seien Kinder gewesen. Ob man so rücksichtsvoll gewesen war, sie deshalb auszuwählen, weil sie zu jung waren, um nach einer nicht auszuschließenden Verhaftung und Verurteilung mit dem Tode bestraft werden zu können, oder ob man vielmehr ganz rücksichtslos ihren jugendlich-fanatischen Übermut ausgenutzt hatte, der keine Konsequenzen sehe und deshalb vor nichts, auch vor dem

Königsmord nicht zurückschrecke, entzöge sich seiner bescheidenen Kenntnis; jedenfalls waren sie, nach seiner Einschätzung, für ihre Taten nicht wirklich verantwortlich. Wer dann? Die aufgeregten Verfasser der revolutionär-anarchistischen Schriften, die diese Gymnasiasten gelesen hatten? Oder hielt die serbische Regierung in Belgrad, und wenn nicht sie, dann der Geheimdienst, die unsichtbaren Fäden fest in der Hand, an der die Mörder unwissentlich als ihre Marionetten agierten, weshalb sich die Serben mit Händen und Füßen dagegen gewehrt hatten, österreichische Beamte die Untersuchungen des Attentats durchführen zu lassen? Wie auch immer, war es natürlich ein Fehler, wenn nicht, was eher anzunehmen sei, eine gezielte Provokation gewesen, sich an einem 28. Juni, dem Tag der serbischen Niederlage auf dem Amselfeld, diesem heimlichen National- und Trauertag, in diese explosive Region zu begeben, um durch Manöver militärische und durch majestätische Auftrumpfgebärden politische Stärke zu zeigen. Nun ja, ein Fehler, der wiederum auf der besagten Schwäche beruhte. Und Rußland?

Gewiß könne man sagen, daß – zu Antoine Revers größtem Entsetzen zerschnitt Graf Galli nun das Pilzomelett mit seinem Messer –, gewiß könne man sagen, daß jede dieser größeren und kleineren menschlichen Gemeinschaften, alle Staaten, Nationen, Rassen, Religionen, Kaiserreiche, Völker, Kabinette, Parteien, ästhetischen Schulen unterschiedliche Ziele verfolgten, und daß innerhalb jeder einzelnen dieser verschiedenen willkürlich oder willentlich zusammengeschlossenen Gesellschaften noch einmal unendlich viele Meinungen über die angestrebten Ziele und gewünschten Erfolge anzutreffen seien. Dennoch, in einem seien sie sich, schlimmer noch als Tiere, die nichts als ihren Instinkten folgten, heute offensichtlich einig; darin nämlich, die bestehende Ordnung, von der ja auch er nicht behaupten wolle, sie sei nicht erneuerungsbedürftig, mit welchen Mitteln auch immer, seien es auch die rabiatesten, widerwärtigsten, grausamsten, umzustürzen und zu zerstören. Sie wollten Krieg. Die weiße Rasse als Gottes Treuhänderin für die Weltzivilisation habe mit der Entfesselung dieses Weltkriegs, an der nicht einmal die zögerlichen Italiener gänzlich unbeteiligt seien, ihren kostbarsten Besitz, die Einigkeit, verspielt und damit ihren Bankrott angemeldet, wenngleich man davon ausgehen dürfe, daß irgendein Gewinnler die Firma schon übernehmen werde, die Kommunisten, die Antisemiten oder jene, die daran dächten, sich auf den Mond schießen zu lassen, um dort ein neues, außerplanetarisches Leben zu beginnen. Leise auftretend, aber die Keule schwingend, wie Roosevelt es empfehle, habe sich der Mensch nach seinem wunderbaren Aufstieg aus den sumpfigen Niederungen und mit dem technischen Können, das er sich in den letzten fünfzig Jahren angeeignet und mit dem er sich und seine Mitwelt beglückt habe, offenbar vorgenommen, das, was den Menschen außergewöhnlich mache, auszurotten und durch eine Spezies zu ersetzen, die mehr Ähnlichkeit mit Maschinen als mit Lebewesen habe. Wie gut, daß er sich zur richtigen Zeit mit seinen ihm nahestehenden Freunden hierher in die Abgeschiedenheit der in einem neutralen, glücklichen Land liegenden Berge zurückgezogen habe. Wie klug und wie segensreich. Er wolle von alledem nichts mehr wissen, gar nichts. Leichten Herzens entziehe er sich dem sogenannten Weltkriegsgeschehen. Hier oben klinge der Schlachtenlärm nur noch wie das Klappern leerer Blechdosen, und das sei gut so. Egal, was man von ihm denke, »ich werde meiner Untätigkeit nichts vorzuwerfen haben, und ehe dieser Krieg zuende ist, bin ich tot. Jawohl, ich sage euch, er wird von langer Dauer sein.«

Kaum war Graf Galli endlich – man atmete auf – zu diesem unpassenden, in den Ohren seiner Tischgenossen peinlichen und peinigenden Schluß gekommen, stand Antoine Revers vom Tisch auf und verließ rascher, als es ihm seine körperliche Verfassung eigentlich erlaubte, das Refektorium, ohne seinen Mund an der weißen Serviette abgewischt zu haben, und nicht nur deshalb, weil es als unfein galt, beim Essen über den Tod zu sprechen, wie Galli es gerade getan hatte. Nun lag die Serviette unordentlich hingeworfen neben seinem leerem Teller, den keiner der beiden Diener, die im Hintergrund warteten, abzuräumen wagte. Betreten und erwartungsvoll blickten die anderen zu Galli oder auf ihre Teller und harrten schweigend der Fortsetzung dessen, was Antoine Revers so wenig genossen hatte wie das stark mit Cayenne-Pfeffer gewürzte, bis in die letzten Fasern vollkommen ausgezehrte *suprème de volailles*, das man ihm trotz der striken Anweisungen, die er nach unten in die Küche gegeben hatte, vorgesetzt hatte. Die anderen Pensionäre, die Galli zwar nicht weniger nahe standen als Revers, aber doch schon etwas länger in Urmein logierten (Revers war als letzter, kurz nach Kriegsausbruch, Ende September eingetroffen), hatten sich an Gallis wiederkehrende, sich meist an Nichtigkeiten (heute: »Was gibt es Neues in Japan?«) entzündende Auslassungen zur Weltlage und an die lautstarken

Bekundungen seines völligen Desinteresses an deren weiterer Entwicklung bereits gewöhnt. Sie selbst, die sich vornehmlich als Künstler oder Privatleute verstanden, interessierten sich nur in beschränktem Maß dafür, während der Graf, der, wie jeder der Anwesenden wußte, in der Vergangenheit mehrfach in geheimer diplomatischer Mission unterwegs gewesen war, seine einstige Leidenschaft nur dadurch aufzuheben wußte, daß er sie mit vielen Worten zerredete. Vor allem aber fühlten sie sich zu alt, um sich in etwas einzumischen, was sie, wie Galli richtig bemerkt hatte, hier oben nicht mehr treffen konnte. Dieser Krieg, der sich nach dem Eintritt der Engländer räumlich und zeitlich noch ausdehnen würde, vermochte sie nur kurzfristig aus ihrer Ruhe zu bringen.

Sich persönlicher Einschätzungen dieser so überpersönlichen Situation zu enthalten, so der Graf ungeachtet des erregten Abgangs seines Freundes Antoine, mit einem Blick zu den wartenden Dienern und einem Wink, sie möchten nun doch abtragen, koste ihn keinerlei Anstrengungen. Er habe keine abgeschlossene Meinung dazu, und es verlange ihn nicht nach einer politischen Eschatologie; sich in eine verfahrene Sache zu versenken, die politisch nicht zu lösen sei, weil sie sich bereits in ihrer kriegerischen Phase befinde, sei ihm zuwider. Er wolle keine Meinung kundtun, sondern in Frieden seinem... – in Anbetracht der stillschweigenden Übereinkunft, bei Tisch nicht über den Tod zu sprechen, sprach er den begonnenen Satz diesmal nicht zuende. Ansichten würden hier oben nicht verlangt, zum Glück, sagte er. Nicht immer leicht sei es allerdings, sich nachhaltig genug gegen die Aufforderungen einiger seiner Korrespondenten zu verwahren, die von ihm verlangten, seinen Kopf, den reichen Schatz seiner Erfahrungen, kurz seinen Verstand und alle seine Sinne einzusetzen, um die Lage, ach, die Lage! richtig zu erfassen und zu kommentieren. Man möge sich *die Lage*, wie seine Sinne sie ihm präsentierten, nur recht bildlich vorstellen: Es würden Bomben von nie gekannter Sprengkraft fallen, es würden unvorstellbare Mengen Blut fließen; den Rest zu schildern, erspare er ihnen. Was könne man zu dieser *Lage* sagen? Trotz seiner Kenntnisse – seine Korrespondenten saßen in Frankreich, Italien, in den Ländern der k.u.k.-Monarchie, selbst in Übersee –, trotz seiner Kenntnisse und Informationen, die den meisten anderen Sterblichen unzugänglich seien, bleibe er, ungeachtet aller schlechten Nachrichten, gelassen und unbesorgt, was sein eigenes Leben und das Leben seiner Gäste betreffe (die nun aufhorchten). Diese Sicherheit könne er ihnen garantieren. Bis in die Abgeschiedenheit dieser Berge, die von kriegerischen Auseinandersetzungen allerdings nicht immer verschont geblieben seien, würde ein *Weltkrieg* gewiß nicht vordringen, der ja auf die Ränder verzichte und sich wie ein hungriger Vielfraß auf die appetitlichsten Happen konzentriere. Aber in diesen Zeiten interessiere sich kein Machthaber der Welt für schneebedeckte Felsen, Steinböcke oder Murmeltiere, für klares Wasser oder saftige Wiesen. Und damit hob er die Tafel auf. »Ich bitte darum, mich und meine Erregtheit zu entschuldigen. Die beiden haben sich nie gut vertragen.«

»Wer sich erregt, zeigt Größe, Sie verstehen schon, was ich meine«, sagte Germaine de Clairy und kicherte, vielleicht gerade deshalb, weil die versammelte Runde ihre Bemerkung teils ratlos, teils mit gequältem Lächeln quittierte; ihre Andeutungen zu verstehen, war nur wenigen vergönnt, und die Mehrzahl derer, denen es je gelungen war, hatte das Zeitliche schon gesegnet.

»Der gute Antoine hat verständlicherweise das Weite gesucht. Er erträgt den Inhalt meiner Reden ebensowenig wie ein schlechtes Essen, und ich fürchte, daß ihm heute das eine wie das andere nicht geschmeckt hat. Ich werde nicht versuchen, ihn von der Güte des einen noch des anderen, sondern nur einfach von meiner Anhänglichkeit zu überzeugen.« Mit diesen versöhnlichen, an einen Abwesenden gerichteten Worten verließ der Graf, ein wenig gebeugt und auf seinen Stock gestützt, das große, mit einigen Aubussons behangene Speisezimmer, in dessen Mitte ein langer Eichentisch (die sogenannte *table d'hôte*) stand. Die beiden schwarzen Diener lösten sich von der Anrichte, traten hinter die Sitzenden und begannen abzuräumen. Erst als der Graf das Refektorium verlassen hatte und seine Schritte bereits nach oben verhallten, folgte ihm auch Franceso, der während seines Vortrags, wie gewohnt, keine Miene verzogen hatte.

Die Herbstsonne, deren Strahlen durch die mehrfach unterteilten, hohen Fenster fielen, enthüllte erbarmungslos, was die meisten der Anwesenden so gut wie nur möglich und, bei aller Kunstfertigkeit, vergeblich zu verbergen suchten: Ihren Verfall, die unaufhaltsame, täglich fortschreitende Zersetzung, angesichts derer die Politik der anderen, selbst wenn sie Todesopfer forderte, an Bedeutung verlor.

Jenen, die das Pech hatten, der Mittagssonne zugewandt zu sitzen, die unerbittlich kaltes Licht auf ihre Falten warf, wurde die Gnade mildernder Schatten nicht zuteil, die ihren Gesichtern vielleicht ein paar Jahre geschenkt hätten, wie es bei jenen der Fall war, die die Fenster im Rücken hatten. Zu diesen gehörte Giuliana Sardi, deren glatte Haut dank der üppigen Fettpolster jeder Beleuchtung standhielt. Wie sich ihr einst so schlanker Körper in dieses unförmige Gebilde hatte verwandeln können, konnte sie sich nicht erklären (also schrieb sie es einer heimtückischen Krankheit zu).

Neben ihr saß Frederick Matthews und neben diesem der schweigsame, in sich gekehrte Luigi Albanese, der im Auftrag Roms (des Papstes oder irgendwelcher Kurienkardinäle) jahrzehntelang für die Begutachtung von Reliquien aus aller Welt zuständig gewesen war, deren Beglaubigung und Klassifikation er seine Stellung in der römischen Hierarchie verdankte. Er lebte hier, mehr als die anderen, gänzlich zurückgezogen und ließ sich oft tagelang nicht blicken. Er sprach nur wenig, selten mehr als das Notwendigste, aber auf seinem zerfurchten Gesicht lag fast immer ein berückendes Lächeln. Er schien dem Weltgetümmel enthoben. Da er blind war, ließ er sich die kirchenrechtlichen und mystischen Schriften, an denen er hing, von seiner Gesellschafterin vorlesen, in deren Gegenwart er sich eifrig Notizen machte, die niemand zu entziffern vermochte und die – wie Alvaro Amaral eines Tages spitzzüngig bemerkte – den Weg allen Fleisches und jeder Dilettantenprosa gehen würden.

Nachdem die beiden Diener Tom und Leroi, die auf Wunsch des Grafen beim Servieren mit kleinen Bergkristallen und Rubinen besteckte Turbane trugen, Geschirr und Besteck weggetragen und sich entfernt hatten, traten Sophie und eines der Mädchen mit Tabletts ein, um den Kaffee zu servieren.

Man schwieg noch immer. Gallis Worte hatten bewirkt, daß seine langmütige Zuhörerschaft unerfreulichen Gedanken nachhing, die weit über Urmein hinausgingen, da keiner unter den Gästen war, der nicht Angehörige oder Freunde in jenen Ländern gehabt hätte, in denen der Krieg in vollem Gange war. In der gedrückten Stimmung, die nun herrschte, versah Sophie ihren Dienst, trieb ihre erst kürzlich angestellte junge Gehilfin zu größerer Eile an und entschuldigte sich für das Mißgeschick, das nicht etwa dem Mädchen, sondern ihr unterlief, als nämlich Kaffee auf die Untertasse schwappte, die sie vor Pasquinelli, den unbeholfen geschminkten, zitternden Kastraten stellte, der Giuliana gegenübersaß und mit fahler, fast tonloser Stimme vor sich hin summte, was Amaral zu der sarkastischen Bemerkung veranlaßte, der Saal scheine ihm heute den Namen eines Refektoriums zu Recht zu verdienen: Der Evangelisierung politischer Anteilnahme unverdächtiger Ungläubiger durch einen ausgewiesenen Kenner folgten nun die Responsorien eines evirierten Sopranisten. »Wir sind im Kloster angekommen. Amen.«

Pasquinelli zuckte zusammen und streckte seine vom Tremor geführte Hand nach der Tasse aus, deren Inhalt sich augenblicklich über das fleckige Tischtuch ergoß. Sophie und das Mädchen zogen sich zurück, die Diener tauchten nicht mehr auf, Germaine de Clairy kicherte, und endlich brach Giuliana Sardi das lange Schweigen:

»Wir sollten uns an unsere eigene Jugend erinnern. Ich gehöre nicht zu jenen, die das Weltgeschehen blind an sich vorüberrauschen lassen. Es kostet uns wenig, Anteil am Schicksal der jungen Soldaten zu nehmen. Warum tun wir es also nicht?« – »Weil wir damit beschäftigt sind, um uns selbst zu trauern«, sagte Amaral, der neben Pasquinelli saß. »Keiner von uns ist für diesen Krieg verantwortlich, weder für dessen Ausbruch noch für seine Fortsetzung.«

Und damit hob eines jener kurzatmigen Tischgespräche an, wie man sie bereits gewohnt war. Überlegungen, auf die keiner hörte, und das, was man für Geistesblitze hielt, flogen hin und her, Standpunkte, die längst bekannt waren, wurden erörtert, und dazwischen saßen jene, die in sich hineinhorchten und denen selbst die einfachsten Fragen unlösbare Rätsel aufzugeben schienen. Man sprach von den Engelsgesichtern der Freiwilligen, von den grausamen Toden, die sie starben, von ihren Müttern und den bloßen Händen, die nach den Bajonetten griffen, mit denen sie erstochen wurden, vom Hunger, vom Bösen und von der Notwendigkeit, sich seiner zu erwehren, seine Haut zu retten, von den letzten Sekunden, die die Kämpfenden vom Tod trennten und vom Leben, aus dem sie herausgerissen wurden, ohne es kennengelernt zu haben; sie sprachen vor allem von den Soldaten, aber auch ein wenig von Politik (von der etwas zu verstehen keiner der Anwesenden behauptete), von Taktik (von der erst recht niemand etwas verstand), von der Lächerlichkeit solcher Bemühungen (Amaral) und davon, daß der schlimmste Tod jener sei, auf den man sich nicht vorbereiten könne (Albanese, der dann aufs Beten zu sprechen kam), und von der Unbeweisbarkeit all dessen (Matthews) und von eigenen Erfahrungen (Giuliana Sardi) und davon, daß keinem der jungen Soldaten damit geholfen sei, sich ihn als Toten zu denken, während er doch noch lebe; alle seien todgeweiht (Giuliana), ach, ihre kräftigen Körper (Germaine), und am Ende war es Alvaro Amaral, der das Gespräch an sich riß, um von Literatur zu sprechen, der Sache, die ihm am Herzen lag (von Manzoni, Nievo und seinem Landsmann Cervantes), während er seine sauber geschnittenen Fingernägel betrachtete und aus Werken zitierte, die keiner kannte, bis Pasquinelli seine Hände hob und erregt um Stirn und Nase flattern ließ, auf der die Schminke breiig zerfloß. Es sah aus, als wolle er sprechen, doch dann ließ er die Hände wieder sinken und begann von neuem vor sich hinzusummen.

Als Germaine Anstalten machte, sich zu erheben, eilte einer der Diener herbei, der hinter der Portiere auf Orders gewartet hatte, um sie beim Hinausgehen zu stützen. Die Gicht hatte nicht nur die Hände, sondern auch die Füße der einstmals schönsten Frau der Côte d'Azur (so nannte man sie damals, als sie von Eugénie und Napoléon III empfangen wurde) zu Klumpen verformt, die ihr das Gehen nur unter großen Schmerzen möglich machten.

Die hochgetürmte Perücke wackelte bedenklich, und hätte Germaine nicht auch darüber gelacht, daß sie ihre verfilzte Haarpracht, die sie mit beiden Händen festhielt, beinahe verloren hätte, so wäre der eine oder andere der Anwesenden bei dem Gedanken, wie schön sie einst gewesen war, vielleicht geneigt gewesen, beim Anblick, den sie heute bot, in Tränen auszubrechen. Doch ihre selbstvergessene, kindlich vergnügte Albernheit, die sie wie einen Schutzschild stets vor sich hertrug, bewahrte sie auch diesmal vor dem Mitleid der anderen. In jedem Augenblick war sie imstande, sich an sich selbst, an Scherzen, die nur sie verstand, an Situationen, die sonst keiner komisch finden konnte, von Herzen zu erfreuen. So selten, wie sie einen zusammenhängenden Satz zustandebrachte (sie war beherzt genug, es immer wieder zu versuchen), so wenig hörte man sie klagen. Tagsüber und manchmal noch im Schlaf drang ihr zirpendes Stimmchen aus dem Zimmer, das sie nur zu den Mahlzeiten verließ, und wer nicht gewußt hätte, zu wem es gehörte, hätte es gewiß für das Organ eines kleinen Mädchens gehalten. Ihre törichte Eitelkeit war bei längerer Betrachtung beinahe ebenso einnehmend wie ihre sprichwörtliche Dummheit, weil sie, wie diese, arglos und umfassend war. Standhaft weigerte sie sich, außerhalb ihres Zimmers den Rollstuhl zu benutzen, in dem sie auf keinen Fall gesehen werden wollte.

Sie kicherte, als Tom (»Mein Panther...«) sie nach einigen unsicheren Schritten mit Leichtigkeit auf seine Arme nahm und wie ein verletztes Reh hinaustrug. »Der Panther legt mich aufs Kreuz!« rief sie in seinen Armen aus, die kaum weniger kühl waren als ihr eigener versehrter Körper. Sie merkte nicht, daß ihr die Perücke nun ganz aus der Stirn gerutscht war und ihren kahlen Schädel zur Hälfte entblößte. Es fehlte wenig, und sie hätte gesungen, während die schwarze Katze sie nach oben trug und die Blicke der Zurückgebliebenen ihr folgten, wobei Pasquinelli kopfschüttelnd alles zu verneinen schien, was sich vor seinen Augen abspielte.

Francesco war seinem Herrn, der sich beim Treppensteigen schnell beruhigt hatte, lautlos ins obere Geschoß gefolgt, wo er sich in sein schlichtes kleines Zimmer begab, das an die ungleich geräumigere Wohnung des Grafen grenzte. Leise öffnete er die Verbindungstür zu Gallis *Verhängtem Zimmer*, das in den rostroten und lehmgelben Farben des Herkuleszimmers der *Casa dei Vettii* von Pompeji gehalten war (dem man es nachgebildet hatte), und horchte einige Sekunden auf die Geräusche jenseits der Schwelle. Der Graf saß an seinem Schreibtisch und schrieb, wie Francesco am Kratzen der Feder erkannte, entweder Briefe oder aber an seiner Kleinen Weltgeschichte »*Sulli errori della storia*«, die, wie er gern durchblicken ließ, von den kriegerischen Auseinandersetzungen handelte, die zu vermeiden oder (wenn sie verloren worden waren) zu gewinnen gewesen wären, wobei der Verfasser jeweils den Standpunkt des klügeren Ratgebers eines meist schlecht beratenen Verlierers einnahm.

Da Galli nicht entgangen war, daß ihm sein ergebener junger Diener nun wieder zur Verfügung stand, und da er dennoch nicht nach ihm gerufen hatte, stand es Francesco frei, sich hinzulegen, um ungestört seinen eigenen Träumereien nachzugehen, bis man nach ihm verlangte. Da der Graf beharrlich und lange zu arbeiten pflegte, wenn er einmal am Schreibtsch saß, würde es bis dahin noch eine Weile dauern. Obwohl sich die Arbeit, die Francesco in Urmein zu versehen hatte, dank der zahlreich verfügbaren Dienstboten in engen Grenzen hielt, war er doch immer schnell erschöpft und abends mehr als einmal am Bett des Grafen, dem er als Sandmann diente, eingenickt.

Ohne sich eines einzigen Kleidungsstücks entledigt zu haben, legte er sich auf sein Bett, das mit einem braunen Samtüberwurf bedeckt war. Francesco, der körperliche Anstrengungen zu vermeiden wußte und schon als Kind jede sich bietende Gelegenheit genutzt hatte, um sich davor zu drücken, erinnerte sich nicht, in seinem Leben je geschwitzt zu haben (wozu also sich ausziehen?), noch daß ihm jemals Tränen gekommen wären. Er fühlte nichts, wenn er, nur selten, an seine Mutter dachte; wie auch, da er sie nicht gekannt hatte? Und selbst Musik, die Kunst der Rührung, vermochte seine Kälte, die er wohl spürte, er war nicht unempfindlich, nicht zu erwärmen. Seit Jahren las er keine Bücher; es fehlte ihm die Neugier, das Leben anderer durch fremde Augen zu beobachten (die ihm als Kind nicht fremd gewesen war). Von welchem Nutzen hätte ihm die Lektüre jener Romane, die bei den gemeinen Dienstboten so beliebt waren, auch sein sollen? Er kreuzte die Arme hinter dem Nacken und schloß die Augen. (Briefe erhielt er nie.)

Er hatte sich in Ursina verliebt und empfand seitdem Gefühle, vor denen er sich fürchtete. Er liebte das Mädchen, von dem er wollte, daß es den Gefangenen in seinem Herzen befreite und mit seinem Atem behauchte. Er wollte mit Händen ergreifen, was sich ihm entzog.

Es gab niemanden, dem er sich hätte anvertrauen können, und um dem Gegenstand seiner Verehrung die Liebe zu gestehen, die er innig und deshalb so schmerzhaft empfand, hätte er sich einer Feder bedienen und schreiben müssen, da er ja stumm war, der Worte lediglich durch die Vermittlung einer Schrift mächtig, die er nur ungenügend beherrschte, weil er sich seit seiner Schulzeit kaum je darin geübt hatte. Doch enthielt er sich nicht nur deshalb des Schreibens, weil er um seine mangelhaften Orthographie- und Grammatikkenntnisse wußte. Seine Empfindungen wären auch unter günstigeren Voraussetzungen unausgesprochen geblieben. Noch hütete er sich vor Eröffnungen, wenn er auch keine Ahnung hatte, wozu ihm diese Vorsicht diente. Daß diese Eröffnungen eines Tages unumgänglich wären, wußte er mit Sicherheit; doch die Form, in die sie sich kleiden würden, schreckte ihn umso mehr, als er sich ihre Folgen nicht vorzustellen getraute. In Augenblicken wie diesem – die Arme hinter dem Kopf verschränkt, die Augen geschlossen, untätig (er hörte das Kratzen der Feder aus dem Nebenzimmer) – fühlte er sich so verlassen, wie er es wohl gewesen war, als er zur selben Zeit geboren und für immer aufgegeben wurde. Sekundenlang warf ihn ein Schmerz vorwärts ins Zentrum seines Körpers. Das Siegel des Verstoßenen wurde auf seine Haut gedrückt. Francesco krümmte sich.

Den zerknitterten, fast unleserlichen Papieren zufolge, die er in einem Umschlag aufbewahrte, war der Unbekannte, der er blieb und den man in der Kirche San Pietro in L... auf den Namen Francesco Buonocore getauft hatte, am 20. Oktober 1890 zu Padua geboren; als Kind einer unbekannten Mutter, die ihn wenige Stunden nach seiner Geburt von einer über jeden Verdacht erhabenen alten Frau an einer Klosterpforte hatte abgeben lassen, was darauf hindeutete, daß sie es sich nicht erlauben konnte, den lebenden Beweis ihres Fehltritts selbst zu beseitigen; als Sohn eines Vaters, den sich als einen Körper vorzustellen Francesco nie gelungen war, gerade so, als sei der unbekannte Liebhaber seiner unbekannten Mutter an seinem Zustandekommen unbeteiligt gewesen. Nachdem sie ihn gezeugt hatten und er entweder in Padua, dem nahegelegenen L..., auf einem Gutshof oder in einem Palazzo zur Welt gekommen war, hatten sich wohl beide in entgegengesetzten

Richtungen extravaganteren Abenteuern zugewandt und ihn vergessen (und waren vielleicht schon tot). So – in Nebel gehüllt – stellte sich ihm jene Vergangenheit dar, aus der heraus er entstanden war und über die er, wie er sich eingestehen mußte, in Wirklichkeit nicht das geringste wußte.

Er hatte nie gesprochen, kein Wort. Was man zunächst für eine Verzögerung hielt, die die Zeit beheben würde, erwies sich trotz aller Bemühungen als unüberwindliches Hindernis. Obwohl er aufmerksam am Unterricht teilnahm und seine Mitschüler weder durch Lärm noch Faxen störte, gab man ihm immer wieder zu verstehen, daß man ihn für einen Idioten hielt und auch künftig als solchen zu behandeln gedachte. Trotz seiner einmal als Krankheit, dann wieder als Verstocktheit bezeichneten Störung führte er ein erträgliches Leben, was nicht zuletzt seiner außerordentlichen Schönheit zu verdanken war, die bereits an ihm auffiel, als er noch sehr klein war. Er war seiner Stummheit ein ebenso komplizenhafter Diener wie er es den wenigen Herren wurde, bei denen er bisher gedient hatte. Er erlaubte es sich nicht, mit seinem Schicksal zu hadern, wohl wissend, daß niemand seine Klagen hören würde. So blieb er stumm.

Aber es gab in seinem lückenhaften Gedächtnis eine Stelle, an der er sich sprechen hörte. Wenn er, ohne artikulieren zu können, seine Lippen bewegte, gelang es ihm manchmal, diese diffuse Erinnerung so dicht an sich heranzuziehen, bis sie fast greifbar wurde. Dann wieder entwand sie sich ihm, verschwand aber nie ganz. Niemand hatte ihn beim Sprechen beobachtet, keiner war Zeuge seiner für immer verlorenen Fähigkeit gewesen, und niemals war es ihm gelungen, jene flüchtige Erfahrung zu wiederholen. (War diese nicht bloß ein Trugbild und die Stimmen seiner Umgebung nichts weiter als eine schallende Halluzination auf seinem Trommelfell?) Wenn er sich darin üben wollte, achtete er darauf, sich weit genug von jeder menschlichen Gesellschaft zu entfernen, um keinesfalls von einem ihrer Vertreter überrascht und bemitleidet zu werden. In ihren Augen hatte er niemals gesprochen und würde niemals sprechen.

Weder die Schwestern des Ursulinenklosters von L..., in dessen Mauern er aufwuchs, noch die anderen Kinder, von denen er sich fernhielt, durften ihn berühren, und so war es bis auf den heutigen Tag geblieben. Wer es damals dennoch versuchte, hatte Francescos Gebiß zu spüren bekommen, und jedem, der es heute versucht hätte, wäre es wohl ähnlich ergangen, wenn er sich nun auch nicht mehr seiner Zähne bediente. Was einst kindliche Rache für seine Preisgabe gewesen war (sich vorsätzlich von den andern abzusondern, nachdem man ihn verstoßen hatte), erschien ihm jetzt als seine größte Tugend. Und solange keine Berührungen zu befürchten waren, blieb auch seine Unschuld unangetastet.

Er war allein, war es immer schon gewesen. Einsam hatte er für den Rest seines Lebens bleiben wollen, jedenfalls bis zu jenem Augenblick, als er Ursina im flackernden Schein des Feuers sah, das ihre Mutter, ihre Geschwister und ihre einstige Behausung vernichtete. Weder schreiend noch weinend hatte die Tochter das zerstörerische Werk der Flammen betrachtet, während ein dünnes Rinnsal an ihren bloßen Beinen herunterrieselte und im Schnee zu ihren Füßen eine kleine Pfütze bildete, die allmählich zu Eis gefror. Das Bild war ihm noch immer gegenwärtig, obwohl seitdem mehr als ein halbes Jahr vergangen war: Die glutdurchflogene eisige Luft jener Winternacht, in der sich ganz Urmein an der Brandstätte versammelt hatte; Ursina fassungslos und untätig, mit hängenden Armen am Rand des Feuerkreises, in dem all das vernichtet wurde, was sie fast ebenso lange blind geliebt wie verzweifelt gehaßt hatte; er selbst in einen warmen Mantel gehüllt (den er gern um ihre Schultern gelegt hätte), den Rücken der Kälte, das Gesicht der um sich schlagenden Hitze und Ursina, der zukünftigen Erbin, zugewandt, die beim Anblick der furchtbaren Zerstörung keinerlei Regung zeigte, während man um sie herum in sinnloser Geschäftigkeit hin und her eilte und Dinge tat (Wasser schleppte, Befehle schrie), die man später zumindest nicht würde bereuen müssen, wiewohl man mit deren panischer Verrichtung kein einziges Menschenleben rettete, ja nicht einmal die materielle Verwüstung, die das Feuer anrichtete, aufzuhalten vermochte; ebensogut hätte man die Wirkung der Stoßgebete jenes Geistlichen abwarten können, der seine Prophezeiungen bestätigt sah, der Umbau des Klosters in ein Domizil für zwielichtige Figuren (wie er sie nannte) werde sich am Dorf schon noch rächen.

Der Brand war kurz nach Mitternacht ausgebrochen und hatte sich, da er zunächst von niemandem bemerkt wurde, ungehindert vom Erdgeschoß in die oberen zwei Stockwerke ausbreiten können, wo sich die Schlafkammern befanden. Keiner der Dorfbewohner hatte Stimmen aus dem Innern des 1652 erbauten Hauses vernommen; Maria Bragatsch, ihre Töchter und Söhne, der Knecht und die Magd waren vom Feuer im Schlaf überrascht worden und aus diesem nicht mehr erwacht. So starben an jenem Adventssonntag des Jahres 1913 mit einem Schlag sämtliche Bewohner des Bragatsch'schen Hauses, ohne die heiligen Sterbesakramente empfangen zu haben; als einzige Überlebende der alteingesessenen Familie erbte Ursina ein Vermögen, das so beträchtlich war, daß sie Urmein daraufhin für immer hätte verlassen können. Doch nun, da es keinen Grund mehr gab, Urmein zu hassen, blieb sie als Sekretärin und enge Vertraute Giuliana Sardis im Schloß und nährte dadurch allerlei Gerüchte, die bis zu ihrem Tod im Jahre 1951 nicht verstummen wollten und von denen sich jenes am hartnäckigsten hielt, sie selbst habe damals aus Habgier den Brand gelegt, um in den Genuß des in Papieren angelegten und vermehrten Familienbesitzes zu kommen, wogegen allerdings die spärliche Bekleidung sprach, die sie in der Brandnacht trug, in der sie sich ja leicht den Tod hätte holen können, was andere wiederum gerade für einen weiteren Beleg ihrer vor nichts zurückschreckenden Durchtriebenheit, für reines Theater hielten. Daß es keinerlei Beweise für diese Verleumdungen gab, hielt nur wenige davon ab, sie über zwei Generationen hinweg mit immer neuen Ausschmückungen weiterzugeben.

Francesco, der sich selbst kaum je berührte, ahnte immerhin die Folgen, die die Berührung fremder Hände auf seinen Körper haben würde. Wie eine Annäherung sich tatsächlich anfühlte, wußte er in Wahrheit nicht. Er hatte es nicht wissen wollen, bis eben zu jenem Tag, an dem er sich, zumindest in Gedanken, Ursina gänzlich ausgeliefert hatte, indem er sich in sie verliebte; jetzt hatte er das Gefühl, nicht mehr allein zu sein.

Doch was ihn beschäftigte, wofür und wogegen er kämpfte, waren bloße Gedanken, da doch die leibhaftige Ursina nichts von seinen vermessenen Wünschen wußte. Hätte er sich ihr eröffnet, so wäre sie ihm möglicherweise nähergetreten, als er ihr erlauben konnte. Er wünschte es und fürchtete es zugleich. Was würde sie ihm rauben; nur die Unschuld, auf die er so stolz war? Hilflos wehrte er sich gegen den Sog seiner widersprüchlichen Empfindungen. Es gab kein Entrinnen. Er war krank, vielleicht verrückt, und er dachte die Gedanken eines unreifen Mädchens; die blasse Einfalt und Bescheidenheit der Nonnen, bei denen er aufgewachsen war und die er als Jugendlicher so sehr belächelt hatte, wollte sich aber nicht einstellen; im Gegenteil, mit jedem Tag wuchs seine Ungehaltenheit, ein Pendeln zwischen Freude und Verängstigung.

Ursina, so dachte er, wußte nichts von seinen Neigungen; sie schien ganz und gar damit beschäftigt, Giuliana Sardis Angelegenheiten zu ordnen, die sie vollständig mit Beschlag belegte. Sobald sie sich in seiner Nähe befand, wurde Francescos Blick – die schwarzgeränderte Iris, deren Grundfarbe je nach seiner Stimmung wechselte – noch undurchdringlicher als gewöhnlich, die Haut noch weißer, alabastern (wie es Ursina schien, die nicht nach Worten, sondern nach einer befriedigenden Erklärung für sein Verhalten suchte, die sie am Ende fand), seine Miene noch verschlossener. Als wäre auch sein Körper stumm, hatte er ihr bislang mit keinem Blick, mit keiner Geste zu verstehen geben können, wonach auch sie sich, wie er insgeheim hoffte, seit jener Feuernacht sehnte: Nach einer beredten Botschaft seinerseits, die des Sprechens entraten konnte.

Er schlug die Augen auf und sah auf seine Uhr; es ging gegen vier, er war wohl eingenickt. Er stand auf, schloß die Tür zum *Verhängten Zimmer*, aus dem nun keine Geräusche mehr zu hören waren (der Graf war in seinem Lehnstuhl eingeschlafen), und verriegelte seine Zimmertür, bevor er sich vor dem Waschtisch langsam auszog. Ordentlich faltete er die Kleidungsstücke und legte sie auf den Fußboden. Er goß Wasser in die grüne Porzellanschüssel und griff nach dem feuchten Waschlappen und der Seife, die ihm Sophie eines Tages zugesteckt hatte. Von ihrem exquisiten Duft war wenig übrig geblieben; den hatte sie längst an die Wäsche abgegeben, zwischen der sie jahrelang aufbewahrt worden war.

Zaghaft wurde einmal an seine Tür geklopft, zweimal wurde das Holz mit Fingerspitzen, nein, Fingernägeln lediglich gestreift. Francesco reagierte nicht, denn er war nackt. Er erschrak, als er sah, wie der Türknauf sich bewegte. Erstarrt stand er da, umklammerte die Seife, die ihm aus der Hand zu gleiten drohte, hielt den Atem an, hörte, lächerlich laut, sein Herz klopfen und zitterte vor Anstrengung und Kälte.

Sein Blick fiel von der Wand zur Tür und auf die Schwelle, auf der ein unversiegelter Brief erschien, der unter der Tür hindurchgeschoben wurde. Er hörte, wie sich leichte Schritte rasch entfernten. Dann war es wieder still. Francesco verlor die Beherrschung, stürzte zur Tür und bückte sich nach dem Brief, den er, noch ungeöffnet, an seinen fröstelnden Körper preßte; natürlich wußte er, von wem er stammte. Wo das Papier seine Haut berührte, glaubte er die fremde Hand zu spüren. Er legte sich aufs Bett und preßte Ursinas kleine Botschaft auf seinen Bauch.

VI

Die Bewohner des Schlosses nahmen vom weiteren Verlauf des Krieges und von den Ereignissen, die ihn begleiteten, kaum Notiz, doch wurden sie durch Briefe, die hin und wieder aus Frankreich, Italien, Österreich oder Deutschland in Urmein eintrafen, immerhin mit der Tatsache konfrontiert, daß andere, die ihnen einst nahegestanden hatten oder noch immer nahestanden, unter den Folgen des Krieges in einer Weise litten, für die es keinen Trost gab. Ihre Toten waren zu jung. Der Verlust der jungen Männer riß tiefere Wunden als jene, an denen diese im Schmutz verblutet waren. Die, die sie nun in ihrem Elend zurückließen, hatten sich, so behauptete Galli, bei Kriegsausbruch offenbar nicht darüber im klaren sein wollen, womit sie im schlimmsten Fall zu rechnen hatten. Man hatte die Jugend in den Entwurf eines Krieges ziehen lassen, der sich bei näherer Betrachtung als abstoßendes Chaos aus Blut und Schmutz herausstellte. Man hatte nicht wahrhaben wollen, daß das neue Jahrhundert nicht nur den Wert eines Menschen, sondern auch den seiner Waffen mit neuen Gewichten maß. Das Kriegswesen jedenfalls unterlag Umwälzungen ungeahnten Ausmaßes.

Die Spieltisch- und Schachbrettkriege, die Scharmützel und Sandhügelgefechte gehörten endgültig der Vergangenheit an, und jeder wußte es, der unzensierte Feldpost erhielt oder sich gezwungen sah, den Kameraden eines gefallenen Sohnes in sein Haus zu bitten, damit dieser ihm das Ende seines Kindes schilderte. Riesige Äcker waren Scholle für Scholle umgepflügt und mit dem Blut der Gefallenen getränkt worden. Die Kämpfe, bei denen beide Seiten nur selten ein paar Meter Boden hinzu- oder zurückgewannen, gingen mit der Beharrlichkeit fortschreitenden Wahnsinns weiter und sprachen der unzeitgemäßen Vorstellung, der Krieg sei – klug geführt – eine saubere Sache, den schmutzigsten Hohn. Wer noch hoffte, die politische und geographische Ordnung werde wiederhergestellt sein, sobald die Waffen schwiegen, hatte die Zeit offenbar ebenso verschlafen wie Germaine, die in ihrer gläsernen Badewanne auf deren Ende wartete.

Kein Sonnenstrahl drang in die Tiefe und Begrenztheit der aufgeweichten Schützengräben, die die Soldaten oft während Wochen nicht verlassen konnten, in denen sie kämpften, schliefen und ihre Notdurft verrichteten. Unablässiges Halbdunkel herrschte zwischen glatten, kalten Lehmwänden. Was die Familien der Abertausenden von Toten, die, wie sich über kurz oder lang erweisen sollte, vergeblich um das Leben ihrer Söhne gebangt hatten, bestenfalls erwarten durften, war die Ankunft eines entstellten Körpers, der still und abweisend in einem bereits mehrfach verwendeten Metallsarg lag; meist aber mußten sie sich mit einer handschriftlichen Todesmeldung zufriedengeben, die, weil undeutlich gehalten, zu der Hoffnung Anlaß gab, daß man sich vielleicht geirrt und einen anderen als den eigenen Sohn oder Ehemann in eines jener Massengräber geworfen hatte, von denen man immer wieder hörte; waren einem nicht Fälle zu Ohren gekommen, in denen sich die Militärbehörde über die Identität von Toten getäuscht hatte, die eines Tages, nachdem man sie in seinem Innersten begraben hatte, lebend nach Hause zurückkehrten?

Die Klagen der aus ihren patriotischen Träumen erwachten Väter und die Tränen der verzweifelten Mütter drangen nicht bis nach Urmein – und dennoch wurde die Ruhe durch unerquickliche Nachrichten auch hier immer wieder gestört. Selbst an warmen Sommertagen, wenn Stille die Abgeschiedenheit erfüllte, war es nicht immer leicht, die Schatten zu vertreiben, die aus dem Tal heraufkrochen. Mittags, wenn die Nachrichten, die man per Post erhalten hatte, noch frisch waren, konnte es geschehen, daß der eine oder andere der um den Tisch Versammelten in Schweigen versank, sein Besteck weglegte oder plötzlich aufstand und die Tafel ohne ein Wort der Entschuldigung verließ. Erst nachmittags, wenn sie sich im warmen Innenhof oder im Dickicht des Kaldariums ergingen, fiel die Niedergeschlagenheit allmählich von den alten Leuten ab.

Die Schreckensmeldungen aus aller Welt waren vielfältig und widersprüchlich, und die anfängliche Hoffnung, der Krieg könnte durch geheime diplomatische Verhandlungen, an die nur Optimisten glauben mochten, eine unerwartete Wendung nehmen, zerschlug sich. Der schwerfällige Gang der Kämpfe verteilte sich auf unzählige Fronten, von denen schließlich jede erstarrte.

Man saß um das Klavier im großen Salon, als Galli eines Abends in Gegenwart Fortunato Alvaro Amarals, Giuliana Sardis und Frederick Matthews', der zuvor einige neue, wenige Tage zuvor aus Paris eingetroffene melancholische Stücke vorgetragen hatte, Auszüge aus einem Brief seines Neffen Flavio vorlas, der, wie er schrieb, an der Piave eine kleine Einheit befehligte oder befehligt hatte (wer konnte wissen, was zwischen der Niederschrift und dem Empfang des fleckigen Briefs alles geschehen war). Die eng beschriebenen Seiten, deren Inhalt Graf Galli seinen Zuhörern, die an solche Details nicht gewöhnt waren, zu Gemüte führte, ließen diesen das Blut in den Adern gefrieren, wie Giuliana Sardi sich zwischen zwei Seufzern ausdrückte, zumal sie noch immer den befremdlichen Klang der Klavierstücke im Ohr hatten, die selbst im Nachhinein zu untermalen schienen, was man hier hören mußte.

Gallis Vortrag war alles andere als flüssig, denn seine Kurzsichtigkeit machte eine zügige Lektüre ebenso unmöglich wie die schwarzen Tintenkleckse, mit denen das schmutzige, aber offenkundig teure Papier beidseitig übersät war. Übrigens waren es weniger Flavio Gallis Beschreibungen eigener Erlebnisse, die die Zuhörer mit Entsetzen erfüllten, als vielmehr die krasse, beinahe lustvolle Aufzählung von Grausamkeiten, die ihm, der noch vor weniger als drei Jahren gemeinsam mit jungen Schweizern, Deutschen, Franzosen und Engländern in Basel studiert hatte, von eben diesen ehemaligen Studenten aus den verschiedensten Winkeln Europas zugetragen worden waren und mit denen er sich nun vor seinem alten Onkel regelrecht zu brüsten schien.

»Mag sein, daß dieser furchtbare und unversöhnliche Ton dem, was dort geschieht, besser entspricht als der ausgeklügelte Stil eines unbeteiligten Betrachters«, gab Galli widerwillig zu bedenken. »Ich selber finde ihn entsetzlich.« Er faltete die fleckigen Seiten des Briefs, über dessen Erhalt er sich mehr gewundert hatte, als er sich eingestand, wieder zusammen.

»Was haben Sie erwartet, Galli«, bemerkte Amaral. »Schönheit in Rosenkriegen? Liebe im Lazarett, ein *Dennoch* des Gefühls, ein Aufschrei nach Gerechtigkeit? Im Krieg ist Blut nur Blut, Gedärme sind Gedärme, Urin ist bloß Urin und Kot bleibt Kot, Sie sehen, ich bleibe maßvoll. Ihr kennt meine Vorliebe für den Alexandriner. Die Wünsche jener Ästheten, deren Gott Gewehr bei Fuß steht, scheinen nunmehr in Erfüllung zu gehen. Man dampft, hüllt sich in Schweiß und wäscht sich in jugendlicher Unschuld mit dem Blut der anderen«, schloß Amaral und sah auf Matthews nieder.

»Die Wahrheit ist abscheulich. Der Krieg ist fürchterlich«, seufzte Giuliana, zog ein Taschentuch aus einer ihrer zahllosen Taschen und trocknete ihre Stirn ab, die feucht geworden war.

»Ein furchteinflößender und zugleich beklagenswerter Junge, und umso schrecklicher, als er von überdurchschnittlicher Intelligenz ist«, sagte Galli. »Ich erinnere mich sehr genau daran, wie er sich eines Tages, er war keine zehn Jahre alt, über seine Mutter lustig machte, indem er vor allen Leuten jede ihrer Bemerkungen solange wiederholte, bis alle von deren Beschränktheit überzeugt waren«, fuhr er fort, während er aufstand und eine der auf einer Silberschale zu einer kleinen Pyramide arrangierten würfelförmigen Pralinen zwischen zwei Finger nahm und auf seine Zunge legte, wo die süße, samtene Masse langsam schmolz und den Gaumen mit jenem viel zu kurzen Wohlgefühl überschwemmte, nach dem er sich beim Verlesen des Briefs so heftig gesehnt hatte, daß es ihm schwergefallen war, sich nicht zu unterbrechen, um gierig danach zu greifen. »Eine einfache Methode, sich die einen gefügig zu machen, indem man die anderen vernichtet«, fügte er mit klebriger Zunge hinzu. »Ebenso einfach wie wirksam, wenn das Objekt dumm oder gutgläubig genug ist, in die Falle zu gehen. Gegen sein zwar störendes, dabei doch ganz kindliches Benehmen war seine Mutter vollständig machtlos. Tatenlos mußte sie zusehen, wie ihr eigenes Kind sie durch sein Benehmen dem Gelächter der anderen Erwachsenen aussetze – ja, ja, man lachte Tränen über den kleinen Jungen, obwohl man natürlich spürte, daß er nichts anderes beabsichtigte, als seine eigene Mutter, weshalb auch immer, vielleicht aus schierer Bosheit, zu beleidigen. Die arme Frau, meine verhöhnte Schwägerin, hatte keine andere Wahl, als in Schweigen zu versinken, denn sie hatte seiner vernichtenden Ironie nichts als ihre dumpfe mütterliche Liebe entgegenzusetzen. Was aber konnte diese gegen soviel Heimtücke ausrichten? Nun ja, ja, er war ein Kind. Damals war er ein Kind, ein auffallend grausamer Junge. Ein städtisches Kind. Ich habe ihn seit dem Tod seiner Mutter nicht mehr gesehen und nicht vermißt.« – »Seine Mutter hätte ihm vor allen Leuten eine Ohrfeige verabreichen sollen«, empörte sich Giuliana und streckte ihre rechte Hand nach den Pralinen aus. »Sie war zu schwach«, antwortete der Graf, indem er ihr die Silberschale reichte.

Ein Geräusch auf dem Flur ließ Galli aufhorchen. Er blickte zur Tür und bemerkte, wie einer der schwarzen Diener – der kleine Leroi – lebhaft in die Richtung gestikulierte, in der sich Francesco befinden mußte, der nicht zu sehen, wohl aber zu vermuten war, da er seinen Herrn nur selten aus den Augen ließ. »Was ist los?« rief Galli, und sogleich verschwand der Schatten des Dieners. »Francesco hat sich verändert«, sagte er nach einer Weile wie zu sich selbst, »und es würde mich nicht wundern, wenn er eines Tages zu sprechen begänne.«

Weder Matthews noch Amaral, der inzwischen um den Flügel herumgegangen war, hatte Gallis Erinnerungen an die Taten seines kleinen Neffen sonderlich viel Interesse entgegengebracht. Der Junge war ihnen nicht weniger gleichgültig als dessen Mutter, von der sie aus früheren Erzählungen wußten, daß Galli eine Heirat mit ihr erwogen hatte, bevor er sie seinem jüngeren Bruder überließ. Nun aber hatten auch sie ihre Köpfe zur Tür gewandt und genossen sichtlich gelöst den leisen Spott in Gallis Stimme, sei es, weil dessen Stimmungswechsel sie angenehm berührte, sei es, weil Francescos Verwandlung, die auch sie beobachten konnten, ihnen vor Augen führte, daß auch sein Geheimnis der dahinfließenden Zeit nicht standhielt.

»Könnte Ihr Kammerdiener sprechen, er würde Sie ans Messer liefern, Galli«, sagte Amaral. »Wir würden endlich erfahren, was Sie uns bislang verschwiegen haben.« – »Oh, Francesco würde mich niemals verraten – oder Sie doch nur in die von mir gewünschte Irre führen«, antwortete Galli.

Auf Giulianas Gesicht, die der plötzlichen Wendung des Gesprächs hin zu einer launigen Konversation gar nicht zu folgen schien, zeichnete sich noch die Erregtheit ab, die mit jedem Wort Gallis, seinen Neffen betreffend, zugenommen hatte. »Hören Sie auf, mein Freund, das alles ist zu schrecklich, zu schrecklich«, sagte sie nun, als habe sie nicht bemerkt, daß das Gespräch längst eine andere Richtung genommen hatte. »Wo sind die Zeiten, in denen wir den Krieg erfinden durften!«

Befremdet blickten die Anwesenden auf die unförmige Frau, die, gleich einem zerschlagenen Torso, der nach seinem Unterleib Ausschau hält, zusammengesunken in ihrem Sessel saß; während Matthews' Finger sich hoben und auf die Tasten zubewegten, schüttelte der Graf verwundert den Kopf und machte sich auf, den Salon zu verlassen, der, da er mit Möbeln aller Art so reichlich bestückt, mit Lampen jedoch eher dürftig ausgestattet war, an das Möbellager eines Antiquitätenhändlers erinnerte. »Du hast recht, Giuliana, eine Ohrfeige hätte ihn vermutlich zum Schweigen gebracht«, kam Galli nun auf seinen Neffen zurück. »Aber bedenke, daß sich das Kind irgendwann auch *dafür* gerächt hätte und daß sich meine Schwägerin diese Aussicht nicht einhandeln wollte. Kinder sind unberechenbar, weil wir sie nicht durchschauen, und wir durchschauen sie nicht, weil sie sich unserer Sprache und unserem Verhalten noch nicht vollständig angepaßt haben. Ihr Geheimnis kann schnell zu unserer Schmach werden. Aber wir sollten sie nicht zugeben. Eine Ohrfeige vor allen Leuten wäre angemessen gewesen, aber sie erfolgte nicht. Francesco«, rief er ins Dunkel hinaus, als er die Tür erreichte, und schon trat die schlanke Gestalt aus dem Schatten des Flurs, um ihm seine Hand zu reichen. Beide verschwanden. Kurz darauf trat Tom, der Senegalese, ein und begann, die abgebrannten Kerzen auszuwechseln, während Leroi sich nicht mehr blicken ließ.

Matthews durchbrach die Stille, indem er *pianissimo* über das zweite Stück der Davidsbündlertänze zu improvisieren begann und damit Giuliana, die die Augen schloß und deren

Gesichtszüge sich allmählich entspannten, zu erlösenden Tränen rührte. Für Augenblicke kehrte die Frische ihrer Jugend, die Kraft der Weitgereisten in ihr Gesicht zurück, und auch ihre Hände entspannten sich. Was diese Musik ihr wirklich zeigte, hätte sie jedoch nicht einmal Ursina, ihrer einzigen Vertrauten, mitteilen können; vielleicht, weil das, was sie nun sah, genau an jenes Ziel führte, wo sie Sekunden später beinahe angekommen wäre.

Matthews' Veränderungen des verhaltenen Themas wurden, der Sprödigkeit des Charakterstücks keineswegs unangemessen, mit jedem Anschlag karger. Es war, als nagte er mit jedem Ton am Knochen dieser Melodie, die immer bleicher, schließlich unkenntlich wurde, bevor sie sich am Ende in nichts auflöste. Hier ein den vibrierenden Stahlsaiten entrissener Ton, da die entrückte Suche nach dem Akkord, der in die Harmonie zurückgeführt hätte. Immer wieder verharrte der kleine Finger seiner rechten Hand so lange auf der letzten schwarzen Taste, bis der hohe Ton in sich zusammenfiel. Innig, so war das Stück überschrieben, hatte er es nun seiner Hüllen beraubt.

Giuliana wollte den Salon, der sich im ersten Stock befand, nun ebenfalls verlassen und sah sich nach irgendeinem Gegenstand um, an dem sie sich festhalten konnte. Tom war gerade damit beschäftigt, eine neue Kerze anzuzünden, und bemerkte (gefangengenommen von der fremdartigen Musik, die an sein Ohr drang?) weder ihre Unruhe noch ihr angestrengtes Keuchen. Amaral schenkte ihren Bemühungen keine Aufmerksamkeit (er stellte sich gerade die Frage, ob der Neger die einzelnen Weißen voneinander zu unterscheiden vermochte).

Giuliana umklammerte die Armlehnen des Empiresessels und versuchte aufzustehen (nein, auch jetzt beneidete sie die bis auf die Knochen abgemagerte Germaine nicht im geringsten; nicht um den Lohn, wie eine Schmuckschatulle durchs Haus getragen zu werden, hätte sie mit ihr tauschen wollen). Ursina war oben in ihrem Zimmer geblieben und Amaral wie gewöhnlich mit sich selbst beschäftigt. Also sammelte sie alle ihre Kräfte und machte sich daran, sich ohne fremde Hilfe zu erheben. Sie spannte ihre Bein- und Armmuskeln, preßte die Handballen auf die Lehnen und stemmte ihren mächtigen Hintern aus dem Sessel. Bei diesem Geräusch fuhr Tom so heftig herum, daß eine der Kerzen erlosch. Er lief auf sie zu. Und da: Für einen kurzen Augenblick fiel Giuliana in eine jener Ohnmachten, die ihr, so glaubte sie, ein Vorgefühl des Todes geben wollten, der sie erwartete.

Als sie wieder zu sich kam, hatte ein Gefühl ganz anderer Art von ihr Besitz ergriffen. Die Sensation, die sie empfand, war so großartig, vermittelte sich ihrer Umgebung so deutlich, daß selbst der zur Hilfsbereitschaft verpflichtete Diener vor ihr, vor ihrer ausgestreckten Hand zurückwich. Natürlich, die Berge! dachte sie in flammenden Lettern. Die Berge! Die Berge! Das Ziel stand mit dem Erwachen so klar vor ihr, als hätte sie es schon erreicht. Warum nur, fragte sie sich, warum nur war ihr dieser Gedanke nicht schon früher, nicht schon am ersten Tag, nicht schon in Mailand gekommen? Weshalb erst jetzt, da es vielleicht zu spät war? Der Gedanke an diesen einen Spaziergang, den es zu planen und zu unternehmen galt, bevor sie ihre letzte Reise antrat, ließ sie von nun an nicht mehr los.

Verblüfft stellte der schwarze Diener fest, daß Giuliana Sardi (...kennt er unsere Namen? fragte sich indessen Amaral, weiß er überhaupt, wie die dicke Frau heißt, kennt er *meinen* Namen?) seine Hilfe gar nicht benötigte. Als habe sich ihr Körper dank eines Wunders seines beängstigenden Übergewichts entledigt, hatte er sich vom Sessel gelöst und daraus erhoben. Leichtfüßig durchquerte die sonst plumpe Person den Salon, und hätten ihre schweren, durch die Weichheit des Teppichs gedämpften Schritte nicht die Vitrine, an der sie vorüberging, zum Erzittern gebracht, wäre ihr Abgang vielleicht ebenso unauffällig vonstatten gegangen wie der des Grafen vor wenigen Minuten. Ohne Unterstützung des Senegalesen verließ Giuliana das vollgestopfte *deutsche* Zimmer (wie Galli es nannte), das dem Schwarzen wie eine Grabkammer erscheinen mußte (dachte Amaral), in deren Inneren sich die unnützen Grabbeigaben der Lebenden häuften, die die Gelegenheit genutzt hatten, sich den Ramsch vom Hals zu schaffen, der sie in ihrer Bewegungsfreiheit behinderte. Matthews blickte nicht auf, als sich Giuliana entfernte. Er war gänzlich in sein zerstücktes, durch lange Pausen unterbrochenes Klavierspiel vertieft.

Der Senegalese ging auf eines der Konsoltischchen zu, die an der Wand standen; über ihm refelektierte ein Spiegel das flackernde Licht der Kerzen. Er blieb, von seinem eigenen Bild gefesselt, davor stehen. Selbstvergessen stand er vor dem kelchförmigen Tisch mit der von einem Frauenkopf getragenen Platte aus Sieneser Marmor und sah unverwandt in die dünne Silberschicht, in der sein Gesicht aufblitzte und verlosch, während Amarals Blicke sich in seinen Rücken bohrten, sich an seinem Körper weideten und wie vorschnelle Zungen, die verlockendem Eis nicht widerstehen können, daran hängenblieben. (Oh, ja, auch diese Schmerzen brannten.)

Ungehemmt blickte er dorthin, wohin zu sehen ihn sein in die Jahre gekommenes, aber keineswegs geschwächtes Verlangen zwang: Amaral starrte unverwandt auf die unter der dunkelroten Weste verborgenen breiten Schultern, auf den von schwarzem Stoff verhüllten Hintern und auf die muskulösen Beine des langen Burschen, der – in sich gekehrt – sein eigenes Bild betrachtete. War es möglich, daß hier in diesem Zimmer der Wilde durch den Spiegel in die Flammen tanzte, im Dickicht des Dschungels verschwand und Löwen bändigte, Elefanten ins gelobte Land der Erinnerung führte und gebratene Echsen verschlang? Heiße, ungewohnte Tränen schossen Amaral in die Augen, die dem Gefühl des Verlusts, nicht etwa sentimentaler Rührung entsprangen. Es fiel ihm nicht schwer, sie mit Hilfe seiner Begierde zu zurückzudrängen.

Bevor Amaral einen Schritt auf ihn zugehen konnte, brach die Versteinerung des Schwarzen auf. In den eben noch reglosen Diener kam Bewegung wie in eine überlebensgroße Spieldosenfigur. Er löste sich von seinem Spiegelbild, vom Tischchen, aus dem Lichtkreis der Kerzen, er blickte hinter sich, und gewiß entging ihm auch diesmal der unruhige Blick des alten Mannes nicht, für den er kaum Mitleid und keinerlei Zuneigung empfand. Auch Tom war bekannt, daß der greise Dichter für bestimmte Dienste, die man ihm erwies, gut, wenn auch nicht gern bezahlte, denn er war geizig. Tom, der im Gegensatz zum leichfertigeren Leroi niemals auch nur erwogen hatte, ihm auf diese Weise zu Gefallen zu sein, verließ den

Salon. Alvaro Amaral verschwendete keinen weiteren Gedanken an die Versuchungen des Fleischs.

Amaral verstand nur wenig von Musik und glaubte, wider besseres Wissen, sein fehlendes Interesse an Sinfonien und Konzerten durch mangelnde Kenntnis erklären und rechtfertigen zu müssen, was er denn auch, wann immer sich ihm die Gelegenheit bot, ausführlich zu tun pflegte (am liebsten bei Tisch, wenn sich die »Melomanen«, wie er sie titulierte, gegen ihn verschworen). Konzerte hatte er – aus Gründen, die er verschwieg – von seinem zwanzigsten Lebensjahr an wie Krankheitsherde gemieden; das überspannte Gebaren schlecht genährter, selten durchlüfteter, empfindsamer und mit ihrer Unsicherheit kokettierender Virtuosen war ihm ebenso verhaßt und zuwider wie das »extreme Verhalten« bestimmter Frauen, über die er sich nicht näher ausließ, von denen er sich aber, wie er sagte, möglichst fernhielt. Daß er zumindest die Virtuosen auch von einer anderen Seite kannte, blieb sein – und Gallis – gut gehütetes Geheimnis.

Bis zum diesem Tag hatte Amaral weder das Gesicht noch die Einzelheiten (Farbe, Textur, Temperatur und Geruch) des Körpers jenes mit äußerstem Geschick und viel Ausdauer auf der Grenze zum Erwachsensein balancierenden, klavierspielenden Wunderkindes vergessen, das ihm in einer kalten, sternenklaren Winternacht zwischen Quai Voltaire und Pont des Arts Liebe geschworen, jedoch, kaum waren sie für einige Zeit – fünf Wochen und zwei Tage nur – getrennt gewesen, bereits alle Schwüre gebrochen hatte (beim Wiedersehen auf Capri, wohin Amaral, der wenig Geld besaß, eigens gereist war, um den gleichaltrigen deutschen Jüngling zu treffen, der ihm endgültig den Weg in die einzige Liebe gewiesen hatte, die er empfinden konnte, dem er treu hatte bleiben wollen und dem er in gewisser Weise bis zu diesem Tage treu geblieben war). Seit jenen Tagen – nicht mehr als zwanzig Stunden, die sie in einem großen Hotel am Strand verbracht hatten – bereitete ihm Musik, wenngleich er sie im Augenblick ihres Erklingens mit stoischer Ruhe ertrug, nach eigener Aussage unerträgliche Schmerzen nicht etwa seelischer, sondern körperlicher Natur, über die er sich gerne verbreitete, sobald sie verklungen war.

Trotz aller Anstrengungen, seine Gedanken durch die Berührung und Vereinigung mit anderen Körpern von ihm reinzuwaschen oder abzulenken, war es ihm niemals gelungen, den Jüngling aus seinem Gedächtnis zu verbannen. In diesem Augenblick fühlte er sich in jenen Frühling zurückgedrängt, durch den der bittersüße Duft blühender Mandeln wogte, und er erlebte, als Leser seines eigenen Lebensromans (was zuvor gewesen war, konnte er getrost überschlagen), noch einmal auf einer einzigen Seite den raschen Niedergang einer Hoffnung, die sich binnen kürzester Zeit als vergeblich und im Nachhinein als unberechtigt erwiesen hatte:

Anreise am 3. April 1858 an Bord eines kleinen, überfüllten Fischerboots. Ankunft auf Capri gegen drei Uhr nachmittags. Bittere Enttäuschung, als er feststellen mußte, daß ihn der geliebte Freund nicht am Hafen erwartete. Kaum zu bändigende Wiedersehensfreude (seinerseits) auf der Terrasse des *Hôtel Valois*, wo sie, trotz der Zurückhaltung, die sie sich auferlegten, die verstohlenen Blicke sämtlicher anwesender Gäste auf sich zogen. Drängende sexuelle Erregung auf dem Weg ins Zimmer. Erste, hastige Befriedigung des Begehrens zwischen

Tür und Angel, die zweite erfolgte im luxuriösen Badezimmer zwischen Waschbecken und Badewanne sowie auf dem eiskühlen Marmorboden. Doch dann das abendliche Diner zu dritt.

Auch dem wie aus dem Nichts aufgetauchten Fremden, in dem er sofort den Konkurrenten erkannte, der ihn bereits aus dem Feld geschlagen hatte, war wohl bald darauf dasselbe Schicksal beschieden wie ihm selbst. An jenem Abend aber hatte das in die Jahre kommende Wunderkind nur Augen für ihn, für Alvaro lediglich ein paar unbedachte Worte übrig gehabt, gegen die sich der bereits Verlassene, der nicht faßte, was geschehen war, nicht wehren konnte. Er hatte in seinem Essen herumgestochert (seit damals aß er keine Oliven mehr), viel Wein getrunken und sich – Tränen der Wut unterdrückend – gefragt, wozu wohl jene Klugheit nützlich sei, die man ihm oft bescheinigt hatte. Eifersucht hatte ihn überschwemmt.

Mit Entsetzen hatte Amaral das im Lauf des Abends vorgebrachte Angebot abgelehnt, die Gegenwart des anderen entweder zu ignorieren oder einfach in Kauf zu nehmen, indem er ihn in ihre Intimität mit einbezog (oder sich umgekehrt in die ihre fügte, die jünger und offensichtlich befriedigender war). Wortlos war er daraufhin aufgestanden (man blickte ihm nach, die drei Männer erregten erhebliche Aufmerksamkeit im Speisesaal) und hatte sein Zimmer aufgesucht, wo er, während Stunden auf das Meer hinausstarrend, im Dunkeln saß: Das tintige Wasser vor sich und davon überzeugt, verloren zu haben. Er hörte das Meer rauschen, er hörte die Geräusche aus dem Nebenzimmer, dazu die Wiener Schrammeln unter dem

Fenster, die als besondere Attraktion gefeiert wurden, obwohl sie in ermüdender Gleichförmigkeit (und mit nur zögernd nachlassendem Erfolg) auf Ländler Walzer und auf Walzer Ländler folgen ließen, bevor sie eine kurze Pause einlegten, um vom neuem eine weitere Folge dieses Reigens in Angriff zu nehmen. Als kurz nach Mitternacht an seine Tür geklopft wurde, hatte er nach langem Schwanken wie in Trance geöffnet und die beiden betrunkenen Männer hereingelassen. Um fast mechanisch auszuführen, was danach geschah, bedurfte es keiner tieferen Empfindung; es genügte, die Enttäuschung zugunsten der Gier zu unterdrücken und diese zu Ungunsten weiterer Erniedrigungen zu potenzieren.

Vielleicht hatte der Fremde – an derlei Eskapaden gewöhnt – den Verlust, der am Ende auch ihn erwartete, geringer geachtet als Amaral, er jedenfalls verließ Capri als ein Bestohlener. Zu tun, woran er unentwegt dachte, fehlte ihm dennoch der Mut: So groß sein Schmerz auch war, er stieß ihn nicht ins Wasser, er ging nicht unter. Das Boot, das ihn am nächsten Morgen zum Festland zurückbrachte, war bis auf den Fischer und ein kleines Mädchen in Begleitung eines alten Mannes leer. Es war so leer wie er selbst.

Ein halbes Jahr später erschienen Amarals erste allseits beachtete teilweise euphorisch willkommen geheißene Gedichte, zwei Monate später las er in derselben Zeitung, die diese Gedichte veröffentlicht hatte, vom Tod des Virtuosen. Der deutsche Pianist, der selbst nicht schwimmen konnte, war beim Versuch, das Leben eines jungen Freundes zu retten, im Rhein ertrunken. Die beiden jungen Männer waren vom Strom mitgerissen und abgetrieben worden und erst bei Boppard wieder aufgetaucht. So hatte er nun ausgeführt, wozu Amaral trotz aller Liebe nicht imstande gewesen war: Er hatte sein Leben für einen anderen in den Fluten hingegeben.

Eine großzügig durchschossene Seite, deren Schwermut und Fülle jedoch hunderte von flüchtig überschlagenen Blättern, die ihr noch folgten, mit dem ungeheuren Gewicht ihrer Tragweite aufwog. Auch wenn er dieses Buch längst zugeschlagen hatte, gab er es doch niemals aus den Händen.

Fortunato Alvaro Amaral bemerkte nicht, daß Matthews' Finger schon lange reglos auf den letzten Tasten ruhten, die er angeschlagen hatte, und blickte erst um sich, als Matthews den Klavierhocker nach hinten schob. Es ist spät, dachte er, und sagte: »Gute Nacht«, während er langsam auf die Tür zuging und nur mit halbem Ohr noch hörte, was Matthews ihm auf englisch erzählte:

»An jenem Abend, anläßlich meines spektakulären letzten Konzerts, das bekanntlich als mißlungen gilt, als ein Spiel mit dem Wahnsinn, über welches die Zuhörer, selbst wohlmeinende Freunde, so entsetzt waren, daß sie meinen Entschluß, nicht mehr aufzutreten, vermutlich guthießen, an jenem Abend war ich, wie ich inzwischen weiß, unbeabsichtigt auf eine Methode gestoßen, mit der ich das uns bekannte und lieb gewordene Gefüge der Musik auflösen und in seine geringsten Bestandteile zerlegen konnte. Wozu das gut ist? Ich weiß es nicht. Aber wozu soll Kunst denn überhaupt gut sein? Sie erreicht ja weder das Gute noch das Böse. Nur kurz war es mir vergönnt, die verborgenen Kammern zu betreten, wie es später Liszt gelungen sein soll, wie ich hörte. Ich betrat Blaubarts gefürchteten letzten Raum. Ich glaubte anfangs, nichts könnte mich aufhalten. Ich näherte mich sehr schnell dem Mittelpunkt des Netzes und fiel ins Nichts. Wie alles, was einmal lebte, kann auch die Musik nicht ewig bestehen. Warten wir das Ende dieses Krieges ab. Damals hielt man mich für wahnsinnig. In Wirklichkeit stand ich auf der Schwelle des Verzichts. Auf Musik zu verzichten ist der letzte Schritt zum reinen Ton. Kennen Sie Busseto«, fragte er unvermittelt, nachdem auch die letzten Schwingungen des Mißklangs, den er soeben angeschlagen hatte, von den Teppichen, Stoffen und Vorhängen absorbiert worden waren. Amaral, der neben der Tür stand, wandte sich um und schüttelte den Kopf.

»Im Nachhall der unbedeutenden Arkaden von Busseto lauert der Untergang der Melodie. Was von ihr übrigbleiben wird, hat Verdi bereits als Kind vernommen: Die *marcia funebre*, die durch Busseto hallt, wenn wichtige Persönlichkeiten zu Grabe getragen werden. Ein hohler, von quäkenden Holzbläsern dominierter und von Trommeln begleiteter *corteo*, der sich dahinschleppt. Es werden andere kommen, die das Handwerk der Erlösung besser verstehen als ich, denn als Vordenker bin ich ungeeignet. Ich habe lediglich eine Vorahnung, und in dieser Vorahnung spielt Verdi die Rolle des Totengräbers der melodischen Linie, obwohl sie bei ihm ihre Apotheose erlebte.«

Amaral machte einen Schritt auf Matthews zu und fragte: »Was halten Sie von Schrammelmusik? Wissen Sie, in welchem Jahr diese Katzenmusik in Mode kam?« – »Keine Ahnung«, erwiderte Matthews. »Die Schrammels sind mir nie begegnet. Ende der siebziger Jahre vielleicht...« – »Ende der siebziger Jahre...«, murmelte Amaral vor sich hin, »Ende der siebziger Jahre war ich fast vierzig Jahre alt.« Und abschließend (in einem Ton, als erfordere diese Bemerkung sehr viel Mut): »Ich hasse Schrammelmusik.«

Matthews, der ihm weder beipflichtete noch widersprach, erhob sich, nachdem er den Klavierdeckel geschlossen hatte. »Es ist spät geworden«, sagte Amaral. »Es ist Zeit«, antwortete Matthews. »Meine Worte waren wohl nicht sehr klar.« – »Nun, mein Verhältnis zur Musik ist Ihnen ja bekannt.« – »Sie haben mich immerhin nicht ausgelacht. Vielleicht halten Sie mich einfach für verrückt. Warum auch nicht! Gute Nacht, mein Freund.« – »Es ist spät«, wiederholte Amaral und verließ das Zimmer. Hinter den Wänden war ein rauhes Husten zu hören, unverkennbar das von Johann Hunger, der sich gerade nach oben begab und einen seiner Flüche unterdrückte, der vermutlich einer Ratte galt, die seinen Weg gekreuzt hatte.

Frederick Matthews setzte sich in einen der beiden ledernen Ohrensessel, die neben dem Kamin standen, in dem die letzte Glut zusammenfiel. Von keinem anderen Platz aus konnte er die geisterhafte Erscheinung, die um halb eins den Raum betrat, besser beobachten. Lautlos sprang sie in ihren seidenen Schuhen von Teppich zu Teppich, als setze sie auf schwankenden Eisschollen über einen reißenden Fluß. Es war ihre Stunde und beider Geheimnis.

Sophie trug ein helles, hochgeschlossenes Kleid und eines der Schmuckstücke ihrer Mutter (eine Brosche) und machte in diesem ungewohnten Aufzug (man sah sie tagsüber nur in Schwarz mit weißer Schürze) einen völlig veränderten Eindruck. Die beiden begrüßten einander nicht und verfuhren auch weiterhin nach einer nie vereinbarten und doch strikt eingehaltenen Regel. Matthews, der stille Betrachter, saß mit übergeschlagenen Beinen im halbdunklen Hintergrund, während sich die Erscheinung so unbekümmert bewegte, als sei sie allein. Seit mehreren Wochen erschien Sophie, die Köchin, jeden Samstag in dieser Aufmachung. Da es ihr an Natürlichkeit und Eleganz nicht mangelte, wirkte sie weder verkleidet noch überspannt. Matthews, der sich nicht in der Lage sah, sich für Sophies Entäußerungen erkenntlich zu zeigen (was sie nicht erwartete), blieb nichts anderes übrig, als seiner Bewunderung durch gedämpften Applaus Ausdruck zu verleihen. Er klatschte mit den Fingerspitzen in seine Hände. Nichts verriet in diesen kurzen Augenblicken gelöster Bewegung ihre tatsächliche Stellung. Als welche andere sich Sophie in diesen wundersam verschrobenen Momenten auch empfinden mochte, ob als Dame der gehobenen Gesellschaft oder einfach als die, die sie geworden wäre, hätte ihre Mutter sie nicht so schmählich hintergangen, sie war nicht mehr dieselbe wie bei der Arbeit in ihrer stickigen Küche. In ihrer nächtlichen Aufmachung ertappt und damit zum Gespött des ganzen Orts zu werden war offenbar ihre geringste Sorge.

Matthews fand ihre Verwandlung weder peinlich noch unwürdig (tatsächlich wußte Sophie nicht, was er sich bei ihren solistischen Tanzdarbietungen dachte; nur soviel: Er lachte nie, er machte sich also nicht über sie lustig). Ohne sich je mit dem früh verbrauchten Geschöpf verständigt zu haben (er wußte nur wenig von ihren einst glänzenden Aussichten), hatte sie auf Anhieb sein Mitleid und Interesse geweckt, und ohne Worte war es ihm gelungen, sie seiner freundschaftlichen Gefühle zu versichern. Vor niemand anderem als diesem alten Mann, dem es verwehrt war, seine Augen im Schlaf zu schließen, hätte sie den flüchtigen Traum von einem anderen Leben erfüllen können, der in diesen Minuten deshalb so lebendig wurde, weil sie ihn wortlos mit einem anderen teilen konnte. Frederick Matthews gab ihr durch sein Interesse zu verstehen, daß ihr untergeordnetes Leben lediglich eine befristete Zurückstufung sei, für die sie in naher Zukunft durch gesellschaftliche Erhöhung großzügig entschädigt werden würde.

Sie begann sich zu drehen. Wenn sie tanzte, schien durch das Holzbein Leben zu pulsieren. Als fließe grüner Saft durch das tote Material, bewegte sich, was sonst so schwerfällig war, jetzt so behende wie ihr gesundes Bein. Ihre Finger glaubten sich auf einen fremden, warmen Körper zu legen, die rechte Hand berührte eine Schulter, die Linke lag in einer unsichtbaren Hand, ihre sich hebenden und senkenden Fußspitzen schwebten über das spiegelnde Parkett eines Spiegelsaals, und ihre Nase sog den Duft des Mannes ein, der sie in seinen Armen hielt und ihr durch leichten Fingerdruck bedeutete, wann sie eine Drehung nach links und wann sie eine Drehung nach rechts zu vollführen hatte, worauf man den Saal, der sich zu weiten schien, in seiner ganzen Breite durchquerte. Willenlos – war es ihr Wille? – fügte sie sich den Schritten und Anleitungen ihres Tänzers, in fiebriger Unterwerfung erlag sie dem Reiz des sorglosen Mannes, der den zahllosen Hindernissen, die ihnen im Weg standen – den Etageren, Fauteuils, Fußbänkchen, Uhren, Kommoden –, so routiniert auswich, daß sie beim Tanzen die Augen schließen konnte. Obwohl sie nicht lächelte, schmückte ein Ausdruck von Glück ihr erhitztes Gesicht.

Nach zwei stummen Walzern verließ sie das Zimmer, wie sie gekommen war, als eine helle Erscheinung, nunmehr ein wenig außer Atem. Inzwischen war es noch etwas dunkler geworden, da weitere Kerzen niedergebrannt oder durch den Luftzug, den Sophies Bewegungen verursacht hatten, erloschen waren. Matthews blieb sitzen und kehrte in Gedanken zu Schumann zurück. Der Umstand, daß er dabei einnickte, änderte nichts daran, daß er sich für schlaflos hielt.

Als Giuliana Sardi den Türknauf in der Hand hielt, fiel auch das letzte Körnchen Schwere von ihrem Herzen; nun, da sie endlich vor ihrem Zimmer stand, war es ihr gleichgültig, worüber man im Salon gesprochen und welchen menschlichen Verirrungen man gelauscht hatte. Das mochte zum einen daran liegen, daß der Entschluß, den sie kurz vor dem Verlassen des Salons gefaßt hatte, im Verlauf des beschwerlichen Aufstiegs in den obersten Stock schnell zum Plan herangereift war, zum anderen aber gewiß auch daran, daß alle jene Unannehmlichkeiten und Schrecknisse, die sie außerhalb ihres Zimmers sehen oder von denen sie zumindest hören mußte, sich verloren, sobald sie ihre *Oase* betrat (so auch jetzt). Allzulange würde sie ihr ehrgeiziges Vorhaben vor Ursina nicht geheimhalten können, zumal sie deren Hilfe bei den Vorbereitungen zu diesem abenteuerlichen Unternehmen unbedingt benötigte. Auf die Hilfe des Bündner Mädchens, das ihr ans Herz gewachsen war, als wäre sie ihre eigene Enkelin, würde sie auch in diesem Fall nicht verzichten können. Zwei, drei Tage lang jedoch wollte sie ihr Geheimnis noch hüten, damit es sich in der Einsamkeit ihres leicht entflammbaren Geistes weiter entwickeln konnte.

Ursina hörte, wie der Türknauf sich bewegte, blieb jedoch sitzen. Die Zeit war ihr im Flug vergangen, während sie im Schneidersitz auf einem der beiden kurdischen Nomadenteppiche saß, die aus Songhor stammten und Giuliana als Anerkennung für medizinische Hilfe überreicht worden waren, die sie geleistet hatte. In dieser Haltung hatte sie fast bewegungslos zwei Stunden lang auf Giuliana gewartet und war dabei in Gedanken immer weiter abgeschweift. Seit dem Tod ihrer Familie, vor allem aber im Verlauf der letzten drei Monate hatte sich Ursina verändert; sie sprach – wenn auch nur selten über sich – frei und flüssig und wirkte, vornehmlich in Gegenwart ihrer Dienstherrin, so locker und aufgeschlossen, als hätte sie selbst einen beträchtlichen Teil jener Menschen und Länder kennengelernt, mit denen Giuliana sie durch ihre Erzählungen täglich bekannt machte; deren Weltoffenheit und Weltläufigkeit hatten auch von dem Mädchen Besitz ergriffen, das doch von den fünf Erdteilen nicht mehr als einen winzigen, weißen Fleck kannte, der die Wüste fremd und auf deren Haut nie Meerwasser verdunstet war. Ursina, deren Aufgabe namentlich darin bestand, Giuliana Sardis Erinnerungen festzuhalten, versenkte sich mit jeder Silbe, jedem Buchstaben ein wenig mehr und etwas tiefer in deren gefahrvolle Vergangenheit, die unmerklich Teil ihres eigenen Daseins geworden war. Die Reisebeschreibungen nahmen in ihren Gedanken mehr Raum ein als ihre eigene Vergangenheit, die, wie sie feststellte, nur oberflächliche Eindrücke hinterlassen hatte, so arm an Höhepunkten war ihre Kindheit hier oben in den Bergen unter der Aufsicht ihrer Mutter gewesen. Die Gegenwart der unbeschwerten, furchtlosen und auf angenehme Weise redseligen Italienerin, der sie seit Antritt ihrer Stellung treu und ergeben war wie einer älteren Schwester, gab ihr das ermutigende Gefühl, in naher Zukunft ein ähnliches Leben in Angriff nehmen zu können wie diese, in der Wüste oder im Urwald, zu Lande und zu Wasser und eines Tages vielleicht sogar in der Luft.

Die Last jenes mit abstoßenden Anspielungen gespickten, kaltschnäuzigen und arroganten Briefs, den Galli zu ihrem Mißvergnügen vorgelesen hatte, war von Giuliana abgefallen. Sie hatte sich noch nicht ganz umgewandt, als der Raum, durch dessen kleine Glaskuppel die messerscharfe Mondsichel, die schief am Himmel hing, ein blankes Weiß ins Zimmer warf, sie schon umfing und ihr, als sie sich nun Ursina zuwandte, das deutliche Gefühl gab, herumgerissen zu werden, vom Abendland ins Morgenland gedreht, in dessen Beleuchtung sie nun stand. Ursina schien im Sitzen mit offenen Augen zu schlafen und bewegte sich erst, als Giuliana sich auf das breite Feldbett zubewegte, über dem sich weitausladend ein Moskitonetz spannte. Das gänzlich mit Sand ausgelegte Zimmer wurde lediglich von fünf kleinen Ölleuchten erhellt. Sie warf den Kopf in den schwellenden Nacken, blickte zur Kuppel hinauf und sagte leise und ernst: »Ich wußte schon auf der Treppe, daß wir uns heute in der Mitte der Welt befinden. Die Sichel des Mondes teilt sie in zwei Hälften. Wir stehen genau darunter.« Und dann, gewendet wie ein Mantel, der zu jeder Jahreszeit getragen werden kann, vergnügt und laut: »Ursina, drei erfreuliche Dinge auf einmal: Ich bin hellwach, ich habe eine Idee, und ich will dir meine Reise nach Jerusalem diktieren, oder zumindest deren erste Etappe. Es ist zwar schon spät, aber bis Damaskus werden wir es heute noch schaffen. Über meine Idee werde ich dir noch nichts verraten. Spätestens in drei Tagen wirst du als erste alles wissen.«

Ihre Finger suchten und fanden eine Öffnung im Moskitonetz, das sie mit einer schnellen Bewegung auseinanderschlug. Dann setzte sie sich auf ihr spartanisches Lager, das mit einer dicken, in Leinen eingeschlagenen Strohmatte ausgelegt war, öffnete die beiden oberen Knöpfe ihres Anzugs und bat Ursina, die sich erhoben hatte, ihr beim Ausziehen behilflich zu sein, was angesichts der Fülle an Leinen, Baumwolle, Wolle und Bändern, in die sie gezwängt und mit denen sie geschnürt war, einige Zeit in Anspruch nehmen würde. Ursina begann sogleich mit der Enthüllung ihrer nach Nelken duftenden Herrin, die sich schnaubend und kichernd entkleiden ließ.

Dem uneingeweihten Beobachter hätte sich ein kurioses Bild geläufiger Betriebsamkeit geboten: Ein luft- und lichtdurchlässiges Zelt mitten in der Wüste, in dem sich ein junges Mädchen über ein quietschendes, bedenklich schwankendes Feldbett und eine dicke Frau beugt, an deren Armen und Beinen sie zerrt, um sie von ihren Schuhen, Strümpfen und Kleidern zu befreien, die leicht wie Schmetterlinge durch die Zeltöffnung fliegen und wie zu Tode erschöpfte Zugvögel draußen in den Sand fallen. Wie ein zufriedenes Wickelkind lag Giuliana, immer mehr festes rosa Fleisch entblößend, unter ihrer Fürsorgerin und stöhnte und seufzte jedesmal, wenn ein weiteres Kleidungsstück von ihrem Körper gerissen wurde. Nackt lag sie schließlich auf ihrem Bett und lächelte Ursina zu, die einige Schritte zurücktrat, bevor sie sich umdrehte, das Gazezelt verließ und die mondbeschienene Sandwüste, die unter ihren Füßen knirschte, in Richtung Badezimmer durchquerte, wo sie verschwand, um Giulianas Nachtgewänder zu holen.

»Und jetzt«, rief Giuliana aus, als sie (in weißer Seide) eine Viertelstunde später für die Nacht bereit und zugedeckt in ihrem Bett lag – ihre Stimme klang wie die eines jungen Mädchens – »jetzt holst du Tinte und Papier, damit wir weitermachen können, damit ich meine Gedanken auf Dinge lenken kann, die schon geschehen sind, statt mir den Kopf darüber zu zerbrechen, wie ich die zukünftigen am besten organisiere!« Ursina, die nicht wissen konnte und auch nicht zu erraten versuchte, was Giuliana damit meinte, raffte die verstreut auf dem Boden herumliegende Wäsche zusammen, schüttelte den feinen Sand (dessen Gewicht Carl Josef Vischer einiges Kopfzerbrechen bereitet hatte) aus Falten und Säumen und verschwand damit in der Kammer, die an ihr eigenes Zimmer grenzte. Sie kehrte mit einem jener in feingeripptes, schwarzes Wachstuch eingebundenen Hefte zurück, in denen Giuliana Sardis Diktate festgehalten wurden, von denen selbst die Verfasserin nicht wußte, was später damit geschehen sollte; den naheliegenden Wunsch, ihre Reisebeschreibungen eines Tages veröffentlicht zu sehen, hatte Giuliana jedenfalls nie geäußert, und da sie keinerlei Kontakt zu Familienmitgliedern pflegte, die zwar existierten, aber kaum je erwähnt wurden, gab es auch keinen Grund anzunehmen, sie erstatte über ihr bewegtes Leben Bericht, um die Neugier ihrer Nachkommen zu befriedigen.

Ursinas Hände waren etwas feucht, als sie sich neben Giulianas Lager auf den Boden setzte, das Tintenfaß einige Zentimeter in den Sand grub, damit es Halt fand, und das Heft an der Stelle aufschlug, wo die turkmenische Reise endete und wo sie morgens den Federhalter hineingesteckt hatte; jene Reise, in deren Verlauf Giuliana bei den Göklän und Tscheke auf offene Feindseligkeit und bei einem reichen Tschauduren auf besitzergreifende Liebe gestoßen war, der zu entgehen sich als besonders schwierig erwiesen hatte, da bei den Turkmenen Frauenmangel herrschte. Ursina trocknete ihre Hände, an denen einige Sandkörner klebten, am chinesischen Gewand ab, das Giuliana ihr kurz nach ihrem Einzug ins Schloß geschenkt hatte, tunkte die spitze Stahlfeder in die schwarze Tinte und machte einen waagerechten Strich unter die letzte Zeile des letzten Abschnitts, der mit den Worten *ja, ich war froh darüber, wieder frei zu sein, und betrat das heftig schwankende Boot mit einem Gefühl großer Erleichterung* schloß, bevor sie zu schreiben und einmal mehr in Giulianas Vergangenheit einzutauchen begann.

Giuliana erzählte meist auch tagsüber im Liegen und mit geschlossenen Augen, als schildere sie den Traum, den sie gerade träumte. Da Ursina fix und dennoch leserlich zu schreiben verstand und Giuliana beim Erzählen ihren gemessenen, nur selten leidenschaftlichen Ton beibehielt, bereitete es ihr keinerlei Schwierigkeiten, die Worte beinahe so schnell zu Papier zu bringen, wie sie über Giulianas Lippen kamen, die übrigens hellhörig genug war, der Unterbrechungen innezuwerden, die das Eintauchen der Feder in die Tinte mit sich brachten. Ihre Worte waren wohl gewählt und entbehrten außer in wenigen Fällen hochgestimmten Erinnerns schmückender Beiwörter.

Neben ihrem Bett türmten sich die handlichen, quadratischen Tagebücher, die sie ihr Leben lang geführt hatte und die ihr nun das Erinnern an die Einzelheiten erleichtern sollten. Doch nur selten bat sie Ursina darum, eines der mit Jahreszahlen versehenen Hefte aus einem der vier Stapel zu ziehen, um darin zu blättern, und nie kam es ihr auch nur in den Sinn, wörtlich daraus zu zitieren. Ihr Erinnerungsvermögen war ausgeprägt und reichte weit genug in die Vergangenheit zurück, um auf diese Hilfe verzichten zu können; lediglich Personennamen wollten ihr manchmal nicht einfallen (und wenn sie sie in ihren Büchern endlich gefunden hatte, schüttelte sie meist ungläubig den Kopf, als mißtraue sie ihren eigenen Aufzeichnungen mehr als ihrem verläßlicheren Gedächtnis, seitens dessen sie so etwas wie eine Berichtigung zu erwarten schien), während sie übrigens um geographische Begriffe und Namen niemals verlegen war.

Ursina hob den Kopf, Giuliana sah sie aus halbgeschlossenen Augen von der Seite an und begann nun zu erzählen, wie sie am späten Nachmittag des 22. Mai 1897 in Triest an Bord der »Elektra« gegangen sei (*...ein einfaches hellbl. Kleid & weiße Schuhe...*) und sich dem Anblick der roten Felsen hingegeben habe. Entlang der dalmatischen Küste war die See ruhig, Zwischenfälle gab es so wenig wie außergewöhnliche Passagiere, bei denen es sich vornehmlich um ungarische Jerusalempilger handelte, die vermutlich ihr gesamtes Vermögen in diese Wallfahrt investiert hatten. Man streifte die romantischen Inseln Curzola und Meleda und langweilte sich bei gepflegten Unterhaltungen, im Verlauf derer sie natürlich immer wieder gefragt wurde, ob sie wirklich allein reise und wie es komme, daß sie sich nicht fürchte. Fragen, die man keiner der etwa fünfzig Bäuerinnen gestellt hätte, die sich auf dem Zwischendeck befanden und um deren Status sich schon deshalb keiner sorgte, weil die einzelnen Gesichter dieser Frauen unter ihren Kopftüchern kaum voneinander zu unterscheiden waren. Nach etwa vierundzwanzig Stunden Fahrt legte man bei Sonnenuntergang im Hafen von Gavrosa an, dem Tor zum altehrwürdigen Ragusa, das von den Griechen gegründet und von den Venezianern zur höchsten Blüte gebracht worden war (»...streich das, weiß jeder!«). Um Mitternacht nahm Giuliana bei einem Glas dalmatischem Wein Abschied von Österreich. An die Reling gelehnt, blickte sie nach der adriatischen Königin, über deren Mauern sich ein klarer Sternenhimmel wölbte. Kurz vor ein Uhr wurden die Anker gelichtet *u. die »Elektra«, eine wundersame Kopie der diluvanischen Arche, stach in See, & ich legte mich zu Bett. Gegen Mittag des nächst. Tages erreichten wir Brindisi, den schönst. Hafen meines Vaterl. Italien. Wie jung ich mich damals noch fühlte, obwohl das doch keine 20 Jahre her ist! In Brindisi stiegen Ital., Engländ. und sogar zwei Amerikaner zu*, mit denen Giuliana später ins Gespräch kam. Sie genoß neidlos und ohne Häme die tränenreichen Abschiedsszenen, die sich zwischen den hübschen Menschen, zwischen Töchtern und Müttern, Vätern und Söhnen, vor allem aber zwischen jungen Liebenden oder Jungvermählten auf dem Pier abspielten. Dann nahm die »Elektra« Kurs auf die Straße von Otranto. Nach deren Durchquerung kamen die Passagiere am späten Abend in den Genuß, des eleganten Eildampfers »Semiramis« ansichtig zu werden, der, von feenhaftem Lichtglanz übergossen, (*...ein schwimmendes Venedig...*) an ihnen vorbeisegelte.

Man blickte nach der goldenen Fracht, die den Namen der assyrischen Herrscherin zu Recht trug, denn es sah wirklich aus, als fließe das Licht in Strömen über die Terrassen ihrer unsterblich berühmten hängenden Gärten (*...ich sehe sie noch vor mir, sehe sie den verzauberten Blicken entschwinden...*). Gegen Mittag des folgenden Tages kam unerwartet Sturm auf. Giuliana wurde von den grauen, schweren Gewitterwolken, die von Norden heran- und geradewegs auf das Schiff zustürzten, im Halbschlaf überrascht, denn sie lag noch im Bett, als die erste Böe gegen die Aufbauten prallte und das Schiff mit ungeheurer Wucht nach oben stemmte. Gegen die Seekrankheit so wenig gefeit wie die Mehrzahl der anderen Mitreisenden und Teile der Mannschaft, überstand sie die folgenden zwei Tage, die das Unwetter dauerte, in hin- und her schlingernder Besinnungslosigkeit, in die lediglich das animalisch klingende Ächzen des Schiffsrumpfs und das beinerne Klappern von Balken drang, an deren Bild – sie sah sie nicht wirklich, da sie in ihrer Kabine lag – sie vergeblich Halt zu finden versuchte. Der Horizont schloß sich zu einem Kreis, der Boden, der sie einst getragen hatte, warf sie ab wie eine ungeübte Reiterin. Was einst stabil gewesen war, neigte sich nun vornüber zum Grund des Ozeans und leerte und leerte sich, als gelte es, das trockengelegte Meer zu füllen. So lebte sie zwei Tage lang im Glauben, ihr Kopf stecke zwischen ihren Füßen im unverankerten Boden und sie werde sich nie mehr in die richtige Position zurückbegeben können. Sie war einem Naturspiel ausgeliefert *einmal mehr ohnmächtig. Es war mir nie vergönnt, die Seekrankh. mit Würde, ohne Übelk. zu überstehen.* Nach achtundvierzig unbeschreiblichen Stunden beruhigte sich das Meer mit einem

Schlag, der Kreis öffnete sich, der Horizont bog sich nach beiden Seiten versöhnlich zur unendlichen Linie, als die er sich darbot, wenn man sich an Deck des Schiffs einmal um sich selbst drehte. Die »Elektra« schwamm östlichen Kurs an Candia vorbei. Als Giuliana mit den anderen Passagieren wieder an Deck saß und ihre erste Mahlzeit nach dem Sturm zu sich nahm, fuhren sie gerade an Zypern vorbei.

Land in Sicht. Ich freute mich auf fest. Boden wie schon lange nicht mehr, wenngl. mir vor der Erschütterung des 1. Schritts auch diesmal bange war. Die schneebedeckten Häupter des Libanon tauchten wie Silberkuppeln aus den Fluten auf, notierte Ursina, *& man griff zum Binokel oder, wie ich, zum Fernrohr, um asiat. Erde zu sehen. Die ersten roten Dächer von Beirut, üppig blühende Gärten, großzügig angelegte, s. schöne Hafenanl. zu sehen. Wir näherten uns schnell. Während sich die Offiziere in Gala warfen, stimmten die Pilger inbrünstig schaurig tönende Lobgesänge an, während die übrigen Pass. Visitenkarten austauschten & sich einer wechselseitigen Verbundenheit versicherten, an die sich in Bälde die allerwenigsten erinnern würden. Wie immer bewaffnete ich mich mit meiner kleinen Pist. & verbrachte die Nacht in einem Hotel am Rand d. Stadt, dessen Namen ich vergessen habe. O doch, natürlich, es hieß Astoria!* Beirut jedoch war ihr zu wenig orientalisch. Es zog sie hinauf nach Baalbek.

Mindestens zwanzig Minuten vor der planmäßigen Abfahrt des Zuges stand sie am nächsten Morgen vor dem Bahnschalter und wollte ihre Karte lösen. Doch kein Beamter und kein Zug waren zu sehen, als sie eintraf. Beobachtet von zwanzig Augenpaaren, aus denen die Wollust sprach, wartete sie über eine Stunde lang im Schatten des weiß gestrichenen, als Schalterraum dienenden Bretterverschlags und versuchte, den anzüglichen Blicken der Männer mit ihrem aufgespannten Sonnenschirm zu begegnen. Endlich erschien der Beamte. Doch obwohl sie die einzige Frau war, versagte die insgeheim erhoffte Ritterlichkeit der Einheimischen, als sie um ihre Karte anstehen wollte. Unfreundlich drängte man sie mit spitzen Ellbogen beiseite, mehrere Hände wurden durch die Schalteröffnung gestreckt, als wollten sie den armen Mann mit der Schildmütze durch den kleinen Durchlaß ins Freie zerren. Sie faßte sich. Nachdem man die einstündige Verspätung des Zugs widerspruchslos, ja apathisch in Kauf genommen hatte, sah es nun so aus, als stehe unmittelbar eine Katastrophe bevor, der man nur durch den Erwerb einer Fahrkarte entgehen konnte. Man schrie also nach den Billetten und trat nach seinen Nachbarn, um schleunigst einen der schmierigen Zettel zu ergattern. Doch der kleine Beamte ließ sich nicht aus der Ruhe bringen, zählte bedächtig die Münzen, die man ihm reichte, zählte noch bedächtiger das Rückgeld und rauchte dabei seine stinkende Zigarette. Plötzlich berührte jemand ihre Schulter. Ein gelockter Ire, der in Rohstoffgeschäften unterwegs war, erbot sich, der jungen Miss eine Fahrkarte nach Damaskus zu besorgen, was er denn auch, nachdem sie sich sogleich einverstanden erklärt hatte, mit kämpferischem Habitus in Angriff nahm. Wenige Minuten später war sie tatsächlich im Besitz einer Fahrkarte und beinahe auch in Gesellschaft eines Reisegefährten, der sich in der Folge allerdings als so ungeschickt erwies, daß sie ihn als Begleiter, kaum hatte er ihr aufs Trittbrett geholfen, schon wieder aus den Augen verlor, als er sich nämlich in ein Coupé abtreiben ließ, in dem nur noch ein einziger Sitzplatz frei war. Giuliana fand Platz unter Türken und einem griechischen Popen. Der Zug, der auf schmalspurigen Schienen dahinratterte, verließ die Stadt und fuhr auf die reizvollen Höhen des Libanon zu. Während ihre Mitreisenden der Gegend, durch welche sie fuhren, kaum Beachtung schenkten, konnte sich Giuliana an den üppigen Gärten und prachtvollen Villen nicht sattsehen. Nach einer heftigen Erschütterung griff das Zahnrad ein, und die Bahn kroch in kühnen Serpentinen auf die Anhöhen zu. Unter ihr lag das Meer. Sie fuhren an Maulbeerbäumen, Steineichen, Orangen-, Feigen- und Granatbäumen vorbei, und Giuliana entdeckte ein junges, unverschleiertes Mädchen und einen halbnackten jungen Mann, die vor einer prächtigen Villa standen und in die blendenden Fenster des Zuges sahen, dessen Ende in dunkle Rauchwolken gehüllt war. Wie unwirkliche Gemälde zogen weißgraue Drusendörfer, Maronitenklöster, zerklüftete Schluchten, von der Sonne versengte Steppenhalden und Felsen, die dicht mit Disteln bewachsen waren, an ihnen vorbei. Während diese Bilder standen, wirkten die wenigen Bewegungen, die draußen zu erkennen waren, umso ungewöhnlicher: Eine vor und rückwärtsschaukelnde Karawane, eine Herde Esel, und dann – wieder reglos – ein braungebrannter Beduine hoch zu Roß, ein greiser, auf einen Stock gestützter Hirt, umringt von seinen Schafen und Ziegen. Natur und Zeit verharrten, während die Reisenden in langsamer Bewegung – die Bahn kam nur mühsam voran – daran vorüberglitten. Die Luft flimmerte. Nach etwa einer halben Stunde wandte sich Giuliana, müde von der Aufmerksamkeit, die sie so vielen Einzelheiten geschenkt hatte, an den griechischen Popen, den sie für gebildet hielt, und sprach ihn auf französisch, italienisch und englisch und schließlich in dem wenigen Lateinisch an, dessen sie sich entsann. Aber der weißhaarige Mann schüttelte zu allem nur bedauernd den Kopf und grinste verständnislos, wodurch er sich recht schnell seines klugen Aussehens begab. Als er ausstieg, wurde er von seiner Frau und mehreren Kindern laut und überschwenglich begrüßt.

Man erreichte die Paßhöhe (1500 M.ü.M.). Vor uns die weite Ebene El Bika. Sehr beeindruckend. Antilibanon (Dschebel esch-Scharki) & Hermon, in violette Tinte getaucht, erheben ihre wellig geformten Häupter. Wir setzen über den nahr el Litani, den alten Leontes. Besteige in Rijak die Aleppobahn nach Baalbek, dem syrischen Heliopolis. Endlich am Ziel meiner ersten Etappe! Lang gehegter Wunsch geht in Erfüllung.

»Bist du nicht müde, mein Kind?« unterbrach Giuliana ihre Erzählung. Doch Ursina, die sich bei der Niederschrift all dieser Einzelheiten so weit von ihrer Umgebung entfernt hatte, daß sie sich wie eine Blinde regelrecht in sie zurücktasten mußte, schüttelte den Kopf und flüsterte, kaum hörbar: »Nein, machen Sie nur weiter! Nur weiter, Signorina!« – »Hol' mir zuerst eine Zigarette, zünde sie mir an, ich habe Lust zu rauchen!« Hastig, Sand aufwirbelnd, fast ungehalten über diese unliebsame Unterbrechung, stand Ursina auf und eilte in die Kammer, um diesen Auftrag so schnell wie möglich auszuführen. Sie entzündete die in Seidenpapier gehüllte, nach *Juniperus virginia* duftende Zigarette an einer der Öllampen, atmete, wie sie es sich nach anfänglichem Widerwillen angewöhnt hatte, den ersten Zug genüßlich ein und steckte sie dann vorsichtig zwischen Giulianas Lippen, bevor sie den sauberen Aschenbecher, der jeden Morgen von einem der Mädchen gegen einen neuen ausgetauscht wurde, auf die von Giulianas Bauch hoch gewölbte, reich bestickte und mit Goldfäden durchwirkte Decke legte. Endlich setzte sie sich hin und war schnell wieder dort, wohin nun auch die Gedanken der Rauchenden gingen. Heute allerdings war sie von der Sache weniger gefangengenommen als sonst (sie machte längere Pausen, räusperte sich, hustete nun sogar); kein Wunder, da ihre Gedanken sie nach vorne in die Berge hoben, die zu besteigen sie sich an diesem Abend vorgenommen hatte; ein letzter Aufstieg zu den zum Greifen nahen Höhen direkt vor ihrem Fenster.

Langsam fuhr die Aleppobahn dahin. Immer wieder blickte Giuliana aus dem Fenster, um schließlich als erste und vielleicht sogar als einzige das Wahrzeichen von Baalbek zu sehen (die anderen Fahrgäste in ihrem Abteil schliefen, unterhielten sich oder aßen). Als sie die sechs mächtigen Säulen des Sonnentempels zwischen dem hellen, luftigen Grün der Silberpappeln erblickte, stockte ihr der Atem. Wenig später hielt der Zug. In Begleitung des irischen Geschäftsmannes, der sich inzwischen als Finn O'Sullivan aus Cahirciveen vorgestellt hatte, und eines württembergischen Ehepaars (Dr. Otto Rehm und Gemahlin), das seit etlichen Jahren in der Kolonie bei Sarona lebte, besuchte sie das Ruinenfeld des vielleicht größten und interessantesten Kulturgrabes der Welt. *Interess. Gemisch aus Antike und MA. Weniger gefällt mir die dt.-arab. Verbrüderungstafel im Bacchustempel, die Sultan Ben Hamid, Kaiser der Ottom., seinem Freund Wilhelm, dt. Kaiser, zur Erinn. an die unwandelbare Freundschaft widmete. Gedenktafel paßt zu diesen*

Ruinen wie eine Füllfeder auf altes Wikingerschiff, so löblich & vielversprechend ihr Inhalt auch ist. Aufmerksamk. gefesselt vor allem durch die immensen Bausteine. 3 davon: größte behauene Monolithen der Welt: L 20 m, H 5 m, B 4 m. Wie wurden sie hierher transp.? Doch lange Schilderung schwächt den Eindruck der Wahrheit. Man muß dies alles selbst gesehen, gerochen und empfunden haben. Fahre dorthin, Ursina, »sieh es dir selber an, allein oder in Begleitung, denn um es wirklich verstehen und es dir selbst erklären zu können, mußt du es unbedingt mit eigenen Augen gesehen haben. Überzeuge dich selbst von der Wucht dieses wunderbaren Bauwerks!« Aber obwohl Ursina den Sinn der Worte wohl verstand, unterdrückte sie im Augenblick jede allzu persönliche Regung. Sie wollte nur eines, daß Giuliana in ihrem Bericht fortfuhr.

Bei Sonnenuntergang und Zikadengeschrei saß sie allein auf dem Zimmerbalkon des Hotels »Allemagne«, von wo aus sie das gesamte Ruinenfeld überblicken konnte. *Hier die goldumfluteten Säulen des Sonnentempels, sechs versteinerte Flammen, als Totenlichter, dort der alte Vater Libanon mit seinem Silberscheitel als getreuer, aufmerksamer Wächter der nun verblaßten Kulturperle, die er auf seinem Schoß trägt*. Erschöpft von den Eindrücken, die sich ihr in den letzten achtundvierzig Stunden aufgedrängt hatten, nickte sie ein und wachte erst gegen Mitternacht wieder auf. Das Glas, nach dem sie griff, war noch halbvoll, dessen Inhalt inzwischen jedoch ungenießbar geworden. Eine Schicht ertrinkender und bereits ertrunkener Insekten schwamm auf der Oberfläche des süßen Weins, den sie angewidert über die Brüstung goß. Giuliana fröstelte und fürchtete einen Augenblick, sie könnte sich erkältet haben. Die Nacht, die sich über das Land gesenkt hatte, war kühl, und der Mond, der es weithin beleuchtete, schien die Kälte noch zu verstärken. In der Ferne hörte sie das Aufheulen eines Hundes, den Schrei eines Nachtvogels, und näher: Hotelgäste im angrenzenden Zimmer in *sexueller Hingabe* (wie Ursina getreulich notierte). Giuliana hatte es sich bei ihrer Ankunft im »Allemagne« nicht nehmen lassen, im Gästebuch zu blättern, in welchem sie einige klangvolle Namen (Frauberger, Puchstein, Vanderbilt), aber auch viel *seichte Touristenware* und, wie überall auf der Welt, Spuren lyrischen Eifers und eifriger Lyrik gefunden hatte, in denen Baalbek für alle möglichen Metaphern und Vergleiche (selbst mit Neapel) herhalten mußte. Zufrieden, einen erfüllten Tag so geruhsam beendet zu haben, legte sich die Weltenbummlerin zu Bett und schlief bald ein.

Ein Besuch des altehrwürdigen Zedernwalds, des Stammvaters aller Haine, war ihr am nächsten Tag leider nicht vergönnt, da sie sich genötigt sah, mit ihrer etwas knapp bemessenen Zeit haushälterisch umzugehen. Sie frühstückte in Gesellschaft des Iren, der ihr ein erschöpfendes Bild seiner dem Trunk ergebenen Familie zeichnete, deren Fesselungsversuchen er nur dadurch hatte entgehen können, daß er sich erst nach England, dann nach Frankreich und schließlich in den Nahen Osten abgesetzt hatte. Er war immer auf Reisen und mied, wie er betonte, den Alkohol wie ein Muslim. Bei aller anfänglichen Bereitschaft, den Schilderungen dieser Familienverhältnisse ein geneigtes Ohr zu leihen, verlor Giuliana im Verlauf seiner weitschweifigen Erzählung doch jedes Interesse an ihm, ja er wurde ihr lästig. Sie glaubte aufatmen zu dürfen, als sich das deutsche Ehepaar an ihren Tisch setzte und

– auf andere Weise nicht weniger verdrießlich als der Ire – voller Verehrung von Bismarck, dem sie jede erdenkliche Heldentat nicht nur zutrauten, sondern auch billig zuordneten, und von anderen großen Männern Deutschlands zu schwärmen begann. Der Ire verstummte über diesen hymnischen Reden, Giulianas Gedanken verloren sich in Fernen, und einmal mehr wurde sie sich des unschätzbaren Vorteils ihres von Fremden oft als Beeinträchtigung bewerteten Privilegs bewußt, allein reisen zu dürfen und auf nichts und niemanden Rücksicht nehmen zu müssen. Sie fühlte sich befreit, als sie vom Frühstückstisch aufstehen und sich mit dem Hinweis, sie müsse nun ihre Koffer packen, zurückziehen konnte. Vor ihrer Abreise überreichte ihr die Besitzerin des Hotels, eine Engländerin, zum Abschied einen großen Zedernzweig, den sie eigenhändig von den historischen Bäumen am Libanon gebrochen hatte, und wünschte ihr eine gute Weiterfahrt.

In Rijak bestieg sie wieder die Libanonbahn und fuhr in Begleitung eines türkischen Offiziers namens (nun, diesen Namen nachzuschlagen, würde morgen noch Zeit genug sein), eines Tscherkessen, an dessen edle Manieren sie sich ebenso erinnerte wie an sein würdiges Aussehen, nach Damaskus. Der Zug durchquerte in südlicher Richtung den Antilibanon, das Almgebiet, auf dem die Kamelherden Bagdads weiden, und gelangte in zwei rasch verfliegenden Stunden nach Zebedani, einem sehr hübschen, von großen Gärten gesäumten Städtchen. Nachdem sich das Tal ausladend geöffnet hatte, verengte es sich wieder bei Suk Wadi Barada und wurde schluchtenreicher und schroffer. Sie glitten wie auf Kufen am rechten Ufer des Nahr Barada bis El Hami dahin, wo die Bahn den wasserreichen Fluß überbrückt und mit der alten Karawanenstraße zusammentrifft, und fuhren dann an fruchtbaren Obstgärten, Maulbeer- und Olivenhainen, Pinien- und Pappelwäldern, bunt getünchten Häusern und armseligen Hütten vorbei. Plötzlich versperrte der breite Torso eines uniformierten Mannes die Sicht nach draußen. Der schwitzende Grenzbeamte mit dem schwarzen, talggestriegelten Haar riß die Abteiltür auf und blickte vielsagend in die Runde. Wie die übrigen Passagiere wurde auch Giuliana kurz angebunden dazu aufgefordert, das *Tezkere*, den türkischen Lokalpaß, vorzuweisen. Da sie keinen solchen besaß, reichte sie dem Beamten ihren Reisepaß, der ihm jedoch nicht genügte, obwohl er, eindrucksvoll genug, mit arabischen Schriftzeichen und internationalen Stempeln übersät war. Die Stirn des Paßrevisors verfinsterte sich, wild fuchtelte er mit seinen kurzen Ärmchen in alle Richtungen, wobei er einen recht unangenehmen Geruch nach Zwiebeln verbreitete. Giuliana atmete dezent durch den Mund und sagte mit so viel Charme, wie ihr in dieser unangenehmen Situation zu Gebot stand: »Fragen Sie den Konsul. Ich bin mit dem Konsul Signor Brancchelli gut bekannt!« Doch diesmal versagte die in anderen Fällen meist überzeugende Wirkung dieses Namens völlig. Also zog sie einen Franc heraus und reichte ihn dem Beamten mit ergebenem Augenaufschlag, was erwartungsgemäß zum Erfolg führte. Durchreise und Weiterfahrt wurden ihr wie den anderen gestattet, vielleicht auch deshalb, weil sich der Beamte während der kleinen Auseinandersetzung über die unabsehbaren Folgen klar geworden war, die die Arretierung einer Fremden nach sich gezogen hätte.

Ursinas Entrückung war so weit fortgeschritten, daß sie kaum spürte, wie steif und unbeweglich ihre Finger vom beständigen Schreiben geworden waren. Plötzlich durchzuckte sie ein Schmerz bis in den Ellbogen. Der Federhalter fiel in den Sand, der die schwarze Flüßigkeit gierig in sich aufnahm, und es gelang ihr nur mit Mühe, die steife Hand zu öffnen und danach zu greifen. Giuliana hatte das Diktat wieder aufgenommen: *1/2 Std. später Ankunft in Damaskus: das Auge des Orients, die Blume am Wüstensaum, die Stadt der fließenden Wasser und plätschernden Brunnen, das Eden der Muslime ach usw. Überaus freundl. Aufnahme. Keine andere Stadt des Orients kann einen ankommenden Europäer mehr beeindrucken. Selbstbew. Damaszener. Ich stand auf dem Hügel Es Salahije* – Giuliana Sardi wiederholte und buchstabierte das Wort – *ES SALAHIJE im NW der Stadt. Wie eine smaragdgrüne Perle liegt Damaskus vor mir: weiße Häuser, schlanke Minarette, plattgedrückte Kuppeln. Kein Schlot, kein Dampfqualm beschmutzt das Bild der wasserreichen Baradastadt.*

Abends saß sie am Fenster ihres Hotelzimmers und blickte auf die große Moschee, die zu Ehren der Omaijaden, jener ersten syrischen Kalifendynastie, errichtet worden war, die während eines knappen Jahrhunderts über das arabisch-islamische Reich geherrscht und sich ebenso im Kampf gegen Byzanz wie gegen die aufständischen Schiiten bewährt hatte, bevor sie um 750 von den Abbasiden abgelöst und fast vollständig ausgerottet wurde. Nichts legte hier, wo sie nun saß und in die Ferne blickte, von jenen Greueltaten Zeugnis ab, die diese Stadt in ihren Mauern gesehen, erduldet und schließlich vergessen hatte. Sie wandte den Blick in den noch kaum bewegten Vordergrund, hörte die fremdartig gepreßten Klänge eines ihr unbekannten Blasinstruments und war für den kurzen Augenblick eines einzigen Intervalls vollständig glücklich, *wie so oft, denn im Grunde war u. bin ich noch heute ein dankb. Opfer sentimentaler Gefühle. Ich jedenfalls konnte sie mir leisten, und das bereitete mir viel Freude*. Das rot grundierte, aquamarinblaue Märchenbild, das sich ihr an jenem Abend bot, war kaum weniger berauschend als die Wirkung, die bei richtiger Dosierung von Haschisch oder Opium ausgeht. Auf den flachen Dächern der weißen Häuser erwachte nun das Leben, das während der lähmenden Nachmittagshitze ins Stocken geraten war. Schnell wurde es von den Kindern, die lärmend aus den Häusern stürmten, nach unten in die engen Gassen, auf die Märkte und Basare getragen. Giuliana bemerkte eine im Gegenlicht fast schwarz wirkende sudanesische Sklavin, die blendend weiß gebleichte Wäsche einsammelte, die reglos wie die unberührte Leinwand eines abwesenden Malers auf das Modell gewartet hatte, das sich nun, scharf wie der Umriß eines Scherenschnitts, vor ihr abhob. Ein ebenso dunkler Mann in weiten Hosen kam aus dem Nichts hervor, trat hinter sie und legte eine Hand und dann den ganzen Arm auf ihre Schulter. Dann verschwand er wieder hinter den Leintüchern. Auf dem Dach eines anderen Hauses saßen recht gutgenährte Haremsdamen beim Mokka auf kostbaren Teppichen um ihren kleinen, rundlichen Gebieter herum, der seinen Tschibuk rauchte, und lachten und schäkerten und naschten bernsteinfarbene Süßigkeiten von großen Platten, die herumgereicht wurden. Schnell griffen sie danach, ließen sie zwischen ihren rot bemalten Lippen verschwinden und streckten ihre bereiften Arme und beringten Finger schon wieder nach den nächsten, in Öl gebackenen, mit Honig gesüßten und in Mandeln gewälzten Konfekten aus. Ihr Lachen, das, je länger es anhielt und je lauter es ertönte, auf Giuliana einen immer bedrückenderen Eindruck machte, drang bis zu ihr herauf, und plötzlich wünschte sich der Hotelgast aus dem fernen Europa die Ruhe des vergangenen Abends in Baalbek zurück: Abgeschiedenheit, ein Zelt in der Wüste, ein Lager am Ufer eines Flusses, den nur die Eingeborenen kennen. In gußeisernen Glutbecken wurden Feuer entfacht, und bald erfüllte der Geruch nach Hammelfleisch und verbranntem Fett die Luft. Zwischen zwei Zinnen standen vom Abendlicht verklärte schlanke Männergestalten in bunter Tracht, deren stumme Aufmerksamkeit einer Gruppe von etwa einem Dutzend Franziskanermönchen galt, die sich scheinbar ziellos einen Weg durch die Gassen der alten Stadt bahnten. Das geschäftige Treiben ihrer Umwelt, die sie kaum wahrnahmen, hinderte sie zwar nicht am Fortkommen, brachte sie jedoch immer wieder von jener Bahn ab, die der älteste der Mönche, gestützt auf einen Jüngeren, unbeirrbar zu verfolgen suchte. Die düsteren Gestalten störten nicht nur das unbeschwerte Bild, das jener Ausschnitt von Damaskus bot, vor dem Giuliana saß, sondern auch die etwas melancholische Stimmung, in der sie sich befand und die umzuschlagen drohte, je länger sie auf die *poverelli* hinunterblickte. Sie wandte sich um, weil sie glaubte, ein Klopfen gehört zu haben, und war erfreut, ein hübsches, etwa zwölfjähriges Mädchen mit gestärkter Schürze in der Tür stehen zu sehen, das »Madame« freundlich zum Abendessen bat. Giuliana folgte dem Kind auf den langgestreckten Flur, in dem vor jedem Zimmer frisches Wasser in Karaffen bereitgehalten wurde.

Sinnbetäubendes Getriebe der Basare, unvorstellbares Durcheinander. Hallen, Buden, Werkstätten beidseitig der gedeckten Gassen & Gäßchen, die D. wie ein feinmaschiges Netz überziehen. Wirr & verlockend, berauschend. Kupferschmiede, Drechsler, Schreiner, Webstühle, Schleifsteine, Schneider. Im Basar der Buchh. saß ein alter Mann auf einem Stoß Bücher, rauchte gedankenverloren seine Nargile (Wasserpfeife) & schien sich zu denken, Allah wird die Käufer schon auf den richtigen Weg lenken & zu mir schicken. Am faszinierendsten aber die Basare der Tuch- & Teppichhändler: herrl. Jacquardgewebe. Waffenschmiede: damaszierte Klingen. Zuckerbäcker in rosenduftschwangeren Buden, Bratspießröster, Kamelmist & Blasebalg. Alles da: Maler, Dichter, Lebenskünstler, Philosophen, Schwärmer, Märchenerz., Zauberer, heulende & tanzende Derwische, Blinde, von Knaben geführt, Wunderdoktoren mit rollenden Ordinationszimmern in Begl. seltsamer Assist., verschleierte Frauen tragen fliegenbedeckte Kinder auf ihren Schultern, Beduinen sind bewaffnet mit Dolchen & Lanzen & drängen sich auf Pferden durchs Gewühle, man muß um sein Leben fürchten, könnte niedergetrampelt werden, schlafende Tagediebe, Wasserträger mit Ziegenschläuchen, schleppfüßige Eunuchen vom oberen Nil, öffentl. Schreiber & Siegelstecher. Hin und hergerissen, bewegte ich mich den ganzen nächst. Tag darin wie ein zufällig von weither gekommener Fisch im großen menschlichen Gewässer. In Begl. des ital. Konsuls und seiner ält., häßl. Tochter (heirat. später in öster. Hochadel), die dringend davon abraten, mich allein in das Getümmel zu wagen, zu gefährl., wie sie meinen, kennen mich nicht, durchstreife ich das Innerste & vielleicht Geheimste von D. Da plötzlich: der gewölbte Basar verfin-

stert sich. Was ist geschehen? Eine schwer beladene Karawane schreitet, gleich einem Urtier, gravitätisch zwischen den Menschen dahin. Fühle mich hier unter den Arab. viel sicherer als in mancher Weltstadt Europas. Interes. Besuch des Chan Assad Pascha, größter und schönster Chan (Karawanserei) von D., der 2000 Menschen und 5000 Kamele aufnehmen kann. Meisterwerk arab. Kunst, neun mächtige Kuppeln. Unbeschreibl.

Bevor sie die Augen schloß und vom Erzählen übergangslos in einen mehrstündigen Schlaf versank, in dem es keine farbenprächtigen Gewänder, exotischen Menschen und fremdartigen Gerüche mehr gab, erwähnte Giuliana noch einige Einzelheiten ihrer Abreise, die Aufregung, die sie zur Eile antrieb (wenn sie den Zug nach dem *kornreichen Hauran* in Syrien versäumte, würde sie weitere drei Tage in Damaskus zubringen müssen, denn früher traf *der nächste Reitesel des Sultan*s nicht ein). »Wozu diese Eile«, fragte Ursina, den Kopf gesenkt, nachdem Giuliana verstummt war und sie befürchten mußte und bald bestätigt sah, daß die Erzählerin eingeschlafen war, bevor sie ihre Geschichte, von der Ursina niemals genug bekommen würde, zuende erzählt hatte. Doch obwohl sie ihre Frage wiederholte, wachte Giuliana nicht auf. Im Schlaf war ihr Mund geöffnet, die Augäpfel unter den geschlossenen Lidern bewegten sich hin und her, und ihre Hände öffneten und schlossen sich.

Enttäuscht – belebt nur bei dem tröstlichen Gedanken, daß die angefangene Reise morgen ihre Fortsetzung finden würde – stand Ursina auf, packte Schreibheft, Tintenfaß und Feder zusammen, legte die beiden Säume des Moskitonetzes sorgsam übereinander und ging dann durch den feinen Sand, in dem ihre Zehen Spuren hinterließen, zu den letzten beiden Öllampen, die noch brannten, um sie zu löschen. Der Mond war längst über die kleine Kuppel, die sich über ihren Köpfen wölbte, hinausgewandert. Es war zwei Uhr. Ursina, die zumindest in dieser Nacht um das Ende der Geschichte, um die Ankunft in Jerusalem betrogen worden war, fühlte sich leer und hungrig, als sie, die Hand auf der Türklinke, ins Zimmer zurückblickte (und sich um Jahre verspätet in die Lage jenes Mädchens zurückversetzt sah, das in Damaskus bei Giuliana angeklopft hatte, um »Madame« in den Speisesaal zu bitten). Ein Luftzug bewegte das Netz, unter dem Giuliana, ihre Nüstern blähend, laut schnarchte und das zu nichts als der Erinnerung an vergangene Zeiten taugte, denn Fliegen gab es zu dieser Jahreszeit in Urmein nur im Kaldarium.

Der unstillbare Hunger nach kleinen Fetzen von Giulianas Leben wich einem Gefühl ganz anderer Art. Als Ursina auf den Flur trat und hinter sich ein Scharren und seltsames Knurren vernahm, erschrak sie. Das Gewicht eines Fußes ließ eine Diele erzittern. Aber noch bevor sie sich ängstlich umgewandt hatte, wußte sie, daß, was in ihrem Rücken wartete, kein Tier, sondern ein Mensch war, eine Gewißheit, die nicht zu ihrer Beruhigung beitrug.

Auf dem schwach beleuchteten Flur stand Francesco – wie lange wohl schon, seit wie vielen Stunden? – und blickte Ursina an. Er schien seine Schüchternheit überwunden zu haben, denn die Blicke, die Ursina erreichten, waren bar jeder Scham und ohne Geheimnis, ihre Sprache war deutlich. Obwohl sie zitterte und obwohl sie ihn diese Erregung nicht spüren lassen wollte, ging sie – nicht gänzlich gegen ihren

Willen, doch auch nicht Herrin ihrer widersprüchlichen Empfindungen – auf ihn zu und legte, wie jener Neger in Damaskus, von dem Giuliana eben noch erzählt hatte, wortlos beide Arme auf seine Schultern. Francesco zuckte bei der Berührung zusammen, bewegte sich jedoch nicht von der Stelle. Seine Haut war glatt und kalt, und Ursina spürte den Anflug eines Bartes, nicht mehr, als sie auch sein Gesicht, Kinn, Wangen und Oberlippe, berührte. Das befremdliche Summen, der erste Laut, den sie aus seinem Mund vernahm, ging in ein tiefes Seufzen über. Er legte beide Arme um die Schultern des Mädchens. Ursina küßte ihn, aber es dauerte eine Weile, bis auch er unter dem Druck ihres Mundes seine Lippen öffnete. Worin ihr jede Übung fehlte, bereitete ihr keinerlei Schwiergkeiten, als sie es nun, zu ihrer eigenen Überraschung mit großer Leichtigkeit, tat: Sie küßte einen Mann und war erleichtert, endlich das Richtige zu tun. Sie standen einige Minuten vor Giulianas Zimmer und küßten und betasteten sich. Francescos Körper begann zu glühen. Als sie sich eingestand, daß das, was sie auf der Höhe ihres Schoßes spürte, das war, vor dem sie sich aus Unerfahrenheit ebenso fürchtete, wie es sie aus lauter Lust danach verlangte, machte sie sich von Francesco los. Sie trennten sich. Wie es begonnen hatte, wurde das stumme Spiel plötzlich beendet, und Francesco versuchte, Ursina festzuhalten. Allein, erhitzt, erregt, wohl wissend, daß in dieser Nacht die Ruhe sich nicht einstellen würde, suchten sie ihre weit voneinander entfernten Zimmer auf, wo die Lust sich in ihren Gedanken wie eine riesige Leinwand entfaltete. Ursina war bereit, sich in Francesco zu verlieben.

Zweiter Teil

VII

Die drei Freunde erhielten die Nachricht von Valéries Verlobung an einem nebligen Novembertag des Jahres 1913 zwar an verschiedenen Orten, aber etwa zur selben Stunde zwischen zehn und elf Uhr morgens. Der Inhalt der kuvertierten Drucksache war jeweils derselbe und paßte trotz des weißen Grunds, auf den man ihn hatte setzen lassen, vortrefflich zum trüben Wetter vor den Fenstern. Valérie gab auf dem mit einem Seidenband umschlungenen, zu einer Doppelseite gefalteten Büttenpapier ihre Verlobung mit Edgar Geiger und zugleich den Termin bekannt, an dem sie ihn im Februar des kommenden Jahres zu heiraten gedachte. Keiner der drei staunenden Empfänger kannte Edgar Geiger, und keiner von ihnen war darauf erpicht, seine Bekanntschaft zu machen. Sie würden Basel binnen weniger Tage verlassen, ohne ihn kennengelernt und ohne Valérie Wolf noch einmal gesehen zu haben. Ihre Geschichte war beendet und die Zeit der gemeinsamen Erlebnisse lange genug abgelaufen, um den überraschend aus den Kulissen aufgetauchten Bewerber nicht mehr als Bedrohung zu empfinden. Hatte Valérie in der kurzen Zwischenzeit tatsächlich einen Mann gesucht und nun also gefunden, der sie von den Gerüchten reinwusch, die sie umgaben, durch welche sie sich, dem Anschein nach, bislang nie hatte stören lassen? Selbst die Beteiligten kannten nur Bruchstücke dessen, was vorgefallen war, doch war gerade der

Zweifel auch in diesem Fall der stärkste Antrieb für die fantastischsten Spekulationen gewesen.

Nachdem sie bereits seit einigen Tagen exmatrikuliert waren, saßen die drei fast gleichaltrigen, dabei höchst gegensätzlichen Männer reisefertig auf gepackten Koffern, als sie sich einige Augenblicke der reichlich nostalgischen Trauer über einen Verlust hingaben, der längst besiegelt gewesen war. Die drei Studenten hatten schon vor etlichen Wochen jede Verbindung mit Valérie abgebrochen. Nun also hielten sie das verpflichtende Eheversprechen in Händen; sie hatte sich für einen Fremden entschieden, den sie sich nur als fade und gängelbar, nicht aber als unwiderstehlich und gutaussehend (viriler als Flavio, einfühlsamer als Firmin, leutseliger als Adolph) vorstellen konnten, was in Anbetracht des Namens und der Tatsache, daß sie nie von ihm gehört hatten, auch unwahrscheinlich schien.

Nun saßen sie also in jenen Räumen, in denen sie einen erheblichen Teil ihrer einsamen, studentischen Tage und noch einsameren Nächte verbracht hatten: Adolph Ziemann in der niedrigen Kammer, die er bei seiner Schlummermutter, der Witwe Delapierre, vor drei Jahren bezogen hatte; Firmin Rocquet im Obergeschoß des Barockhauses seiner Tante Ermione, die seit ihrer Hochzeit mit dem Tuchfabrikanten Samuel Haymann in Basel wohnte; und Flavio Galli, der sich als einziger eine eigene kleine Wohnung in der Nähe der Universität leisten konnte, an der er bei Rudolf Herzog griechische Sprache und bei Ernst Lommatzsch römische Literaturgeschichte gehört hatte, während seine beiden Freunde zu den notwendigen Kenntnissen in allen medizinischen Fächern gelangt waren. Gewiß, sie saßen an verschiedenen Orten und blickten aus verschiedenen Fenstern auf ein ungleiches Draußen (Adolph in den bewölkten Himmel, Firmin auf die goldene Kuppel der Synagoge, Flavio in die kieselgrauen Fluten des Rheins), aber ihre Gedanken ähnelten sich. Sie spürten Valéries sich unaufhaltsam entfernende Gegenwart.

In den nächsten Tagen wollten sie, den Abschluß ihres Studiums in der Tasche, Basel für immer verlassen; eine Rückkehr schien keinem der Jungen wünschenswert. Nur noch wenige Stunden trennten sie von der Abreise aus jener Stadt, in der sie nebst der täglichen Mühsal des Studierens ihre bis dahin empfindlichsten Niederlagen erlitten hatten, die allerdings im Nachhinein recht leicht wogen, denn es machte den Anschein, als hätten alle drei die von sentimentalen Zusammenbrüchen rührenden Schmerzen nun überwunden. Adolph, Firmin und Flavio, die drei unzertrennlichen Freunde, wollten nichts mehr von jenen Stunden wissen, in denen sie so vollständig von ihrer Arbeit abgelenkt und von ihrem bisherigen Leben entfernt gewesen waren, daß sie sich am Ende kaum noch imstande gesehen hatten, ihre Arbeit und ihr früheres Leben dort wiederaufzunehmen, wo sie dessen geregelte Bahnen verlassen hatten. So war ihnen heute jede andere seelische Verfassung, vor allem aber Gleichgültigkeit willkommener als jene entrückte Verliebtheit, in die sie von Valérie gestürzt worden waren. Schon jetzt begann sich ihre jüngste Vergangenheit nostalgisch zum Abschied von der Jugend und zum wahren Beginn des Erwachsenseins zu verklären. Leicht vergaßen sie darüber jene verstörenden Momente, in denen sie drauf und dran gewesen waren, ihre freundschaftlichen Beziehungen abzubrechen. Daß Flavio Galli sich als letzter in Valéries Bann hatte schlagen lassen, erwies sich als glückliche Fügung (war aber in Wahrheit kein Zufall), denn was wäre geschehen, wenn der junge Triestiner als erster ihre Gunst erlangt, als erster aber auch verspielt hätte? Er hatte, auf seine unnahbare Art, zum Abschluß gebracht, was seine beiden Vorgänger begonnen hatten. Ihm war Valérie eine Trophäe gewesen, die er erringen wollte und gewann. Er wußte, daß die Blätter des Lorbeers, den er sich mit Leichtigkeit erwarb, scharfe Ränder besaßen; als sie Verletzungen hinterließen, war er gekränkt und ließ es auch die anderen fühlen. Im Grunde hatte er nicht erwartet, von Valérie den Laufpaß zu erhalten.

Obwohl sie angesichts des launischen Charakters von Valérie Wolf mit einer derartigen Wendung hätten rechnen müssen, traf sie die Verlobungsanzeige doch unvorbereitet. Die drei jungen Männer, die sich im Verlauf nur weniger Monate wechselseitig als Gegenspieler ausgestochen hatten, fühlten sich in ihrer Ehre verletzt; nicht nur, daß man sie nicht um ihre Meinung oder um ihren Segen gebeten hatte (das war verständlich); Valérie hatte nun doch noch – und das fanden sie verwerflich und enttäuschend – eine Rolle in jener Gesellschaftskomödie übernommen, die sie stets als lächerlich und *tellement vieux jeu* bezeichnet hatte. Und warum hatte sie dieses Eheversprechen (oder dessen Ankündigung) nicht zumindest so lange hinausgeschoben, bis sie Basel verlassen hatten? Hatte sie es womöglich darauf angelegt, sie ein letztes Mal leiden zu lassen? Ihr öffentliches Bild wies Risse auf, und vielleicht war es Uneingeweihten gelungen, die Beschädigungen zu erkennen. Daß sie die Wunden durch eine Heirat zu schließen versuchte, warf ein ungutes

Licht auf sie. Flavio Galli glaubte sie als Kleinbürgerin entlarvt zu sehen und sprach dies noch am selben Abend am Tisch in der »Bayrischen Bierhalle« aus, womit er einen Streit vom Zaun brach, der lediglich dank der Anwesenheit anderer Gäste nicht in Handgreiflichkeiten ausartete.

Die gedruckten Zeilen enthielten keine Aufforderung, sich am Tag der Hochzeit in der Kirche oder im Haus des Brautvaters (Valéries Mutter war wenige Monate nach ihrer Geburt gestorben) einzufinden, auch waren sie nicht von Hand unterzeichnet. So gab es also keinen Grund, sie zu den schriftlichen Zeugnissen ihrer gemeinsamen Vergangenheit zu legen, die sie in ihren Koffern aufbewahrten und früher oder später zu vernichten oder zu vergessen gedachten. Flavio Galli zerriß die Verlobungsanzeige in kleine Fetzen und warf sie aus dem Fenster, in der Hoffnung, der Wind würde sie in den Rhein tragen (was er nicht tat; die Schnipsel blieben in den Büschen und Bäumen hängen, die sich unterhalb seiner Wohnung befanden), Adolph Ziemann legte sie (zu welchem ihm selbst unbekannten Zweck auch immer) unter die schwere Matratze seines Bettes (wo sie wenig später gefunden, dann verbrannt wurde), nur Firmin Rocquet, der treueste und empfindlichste der drei, schob sie in die Innentasche seines Koffers, in dem sich auch eine Kopie jenes in reichlich verwegenem Ton abgefaßten Schriftstücks befand, das die drei Freunde vier Tage zuvor mit roter Tinte geschrieben und am Ende mit etwas echtem Blut besiegelt hatten, in dem sie schworen:

»...und sprechen hiermit unsere durch einen heiligen Eid bekräftigte Absicht aus, uns am 31. Dezember 1917 an einem noch näher zu bestimmenden Ort zu treffen, um uns gegenseitig Rechenschaft über unsere persönliche und berufliche Situation abzulegen und einander gegebenenfalls durch Rat und Tat beizustehen«.

Das festgelegte Datum entsprach dem Tag, an dem sie sich, sieben Jahre zuvor, an Silvester 1910, während eines Künstlerfests auf der Kleinbasler Rheinseite kennengelernt hatten, lange bevor Valérie in ihr damals geruhsames Leben getreten war. Daß das festgelegte Treffen in einen ihnen zum Zeitpunkt der Niederschrift noch unvorstellbaren Krieg fallen würde, konnten die drei nicht ahnen, zumal sich die beiden Medizinstudenten Firmin und Adolph beinahe ebensowenig für Politik interessierten wie Flavio, der zwar gern darüber redete, aber wenig davon verstand. Sie waren entschlossen, den festgelegten Termin einzuhalten (deshalb der Eid und das dazu verwendete, stockend aus ihren Adern geflossene Blut, das sich, wie sie fanden, in seiner Natürlichkeit eindrücklich von der Tinte abhob).

Sie würden in losem schriftlichen Kontakt bleiben, Flavio nach Triest, Firmin nach Paris zurückkehren, wo er sein praktisches Wissen über die chirurgische Behandlung des Halses, namentlich des Kropfes, das er sich bei Fritz de Quervain erworben hatte, bald selber anzuwenden und wenn möglich um eigene Erkenntnisse zu erweitern trachtete, und Adolph in seine Heimatstadt Berlin, wo ihm eine Anstellung als Assistenzarzt in der Charité in Aussicht gestellt worden war.

Nie würden sie erfahren, ob Valérie noch an sie dachte, wenn ja, bei welcher Gelegenheit an welchen von ihnen, mit welchen Gefühlen und warum dann an diesen und nicht an jenen undsofort. Daß sie imstande wäre, sie ganz aus ihrem

Gedächtnis zu tilgen, wollten sie nicht glauben. Auch sie würde nicht alles vergessen können, was sie vielleicht vergessen wollte, so glücklich konnte keine Ehe sein, daß sie die Disharmonie der Welt aufhob, die Valérie so gut zu orchestrieren verstanden hatte.

Im Gegensatz zu ihnen, hatte sie ihr Manuskript des gemeinsam verfaßten, nicht immer aber auch gemeinsam erlebten Romans – die aus vier voneinander abweichenden Handschriften hervorgegangene Fassung letzter Hand – vernichtet; zumindest hatte sie das behauptet. Eigenhändig wollte sie die endgültige Version der zu ungleichen Teilen erdichteten und wahren Geschichte, die sich zwischen ihr, Adolph, Firmin und Flavio abgespielt hatte, im Garten ihrer Eltern verbrannt haben; das jedenfalls hatte sie ihnen bei ihrem letzten gemeinsamen (nostalgischen) Treffen im Hardtwald versichert (an das man sich mit gemischten Gefühlen erinnerte: eine Lichtung, die Hitze, die schmelzenden, fast schwarzen Brombeeren und abertausende von Bienen...). Sie hatte sich, wie sie ein wenig spöttisch bemerkte, eingedenk ihrer gemeinsamen Abenteuer für sie die Finger schmutzig gemacht, und keiner der drei Freunde hatte Grund daran zu zweifeln, daß sie die Wahrheit sagte. Es schien ja auf der Hand zu liegen, daß sie, anders als ihre Verehrer, die die zahllosen Briefe, Entwürfe, Gedankenstützen, Tagebucheintragungen, Schmierzettel und Reinschriften aufbewahrten, als einzige den Überblick über das epische Unternehmen behalten hatte, weil sie, um die es sich drehte, das Wichtige vom Nebensächlichen stets zu unterscheiden gewußt hatte. Den Adriadnefaden hatte sie nicht aus der Hand gegeben, wohl wissend, daß derjenige, der danach griffe, nicht nur diesen, sondern auch sie nicht mehr freigäbe. *Dieser* Theseus würde sie nicht schnöde auf Naxos aussetzen, nachdem sie ihn vor dem sicheren Tod bewahrt hatte, sondern auf einer Heirat bestehen (wie alle es taten) – und so würde ihr Brautkranz niemals an den Himmel gehängt, sondern auf einem Schlafzimmerschrank verdorren, in dessen Inneren der schwarze Anzug Edgar Geigers dem ersten Trauerfall entgegenharrte, anläßlich dessen man ihn lüften würde. Sie brauche uneingeschränkte und unbeschränkte Freiheit, hatte sie einmal gesagt – und nun doch nichts weiter als einen ergebenen Dionysos in Pantoffeln gefunden. Die Götter, die aus bräutlichen Accessoires Sternbilder zu fertigen verstanden, verloren sich im Nebel der Zeiten und des Vergessens wie das Seelenchaos der Pubertät aus dem lückenhaften Gedächtnis der Erwachsenen (Firmins Worte).

Trunken wie Nachtfalter im blendenden Licht waren sie um Valérie gekreist, die ihren eigenen Vorteil zu nutzen wußte. Keiner der Schwärmer war dabei zu Schaden gekommen, geschweige denn verbrannt. Der Punkt, der sie anzog, hatte sie, wie eine Laterne, zugleich auch abgestoßen. Das Spiel, das man zusammen spielte, in das man andere gegen besseres Wissen gern eingeweiht hätte, hatte somit nur selten seinen unbeschwerten Charakter verloren.

Adolph Ziemann lernte Valérie am 3. Januar 1912 auf ungewöhnliche Weise kennen. Er war auf dem vereisten Kopfsteinpflaster der zur Schifflände hin stark abfallenden Gasse ausgerutscht und, nach dem vergeblichen Versuch, sein Gewicht zur Seite zu verlagern, um auszuweichen, mit ungebremster Kraft auf eine vermummte Gestalt zugestürzt, der das Gehen auf dem glatten Weg offenbar keine Schwierigkeiten bereitete, da sie – im Gegensatz zu Adolph – der Witterung angemessene Schuhe trug. Er rutschte auf sie zu, prallte gegen ihren Rücken und riß sie mit sich zu Boden.

Das Wesen im schwarzen Pelzmantel, das Adolph auf der Straße gegenübersaß, entpuppte sich als junge Frau mit grünen Augen, die unentschieden war, ob sie sich ärgern oder lachen sollte. Als sie sich der Lage inne wurde, in die der Unbekannte sie versetzt hatte, entschied sie sich für letzteres. Sie lachte und richtete sich auf. Die Entschuldigung, die er vorbrachte, unterbrach sie mit einer wegwerfenden Bewegung. Er fragte sie, ob sie verletzt sei, sie schüttelte den Kopf und bat ihn, ihr aufzuhelfen. Unverzüglich machte er sich ans Werk, ging in die Knie, packte sie am Arm, kam auf die Beine, zerrte an ihrem Ärmel und riß sie hoch. Sich gegenseitig stützend, fielen sie beide aufs glatte Pflaster zurück. Nach mehreren Anläufen gelang es ihnen schließlich aufzustehen. Wie viele Worte der Entschuldigung auch über seine Lippen kamen, sie schien sie nicht hören zu wollen. Sie nickte, lachte, schüttelte den Kopf und sagte, sie heiße Valérie, er möge sie begleiten, solle aber aufpassen, der Abstieg sei gefährlich.

Er hatte die Umstände und Folgen dieses Zusammenstoßes noch am selben Abend in seinem Tagebuch festgehalten und *hervorgehoben*. Vier Tage später saßen sie nebeneinander in der äußerst ungünstig gelegenen rechten Proszeniumsloge des Stadttheaters, von der aus sie nur etwa die Hälfte der ständig wechselnden bunten Bühnenbilder sehen konnten und deshalb gezwungen waren, sich den Rest der *Zauberflöten*-Szenerie in ihrer Fantasie auszumalen, die jedoch hinlänglich (auch dies notierte Adolph in sein Tagebuch) von anderen Gegenständen beansprucht wurde.

Firmin und Flavio waren über ihre erste Verabredung nicht nur unterrichtet, sie waren sogar anwesend. Von ihren besseren Plätzen aus (12. Parkettreihe Mitte) hatten sie eine gute Sicht nicht nur auf die Sänger, sondern auch auf das Mädchen, das sie nie zuvor gesehen hatten – obwohl auch sie Studentin war –, und ihren verliebten Freund. Da die Seitenloge des öfteren dem abirrenden Bühnenlicht ausgesetzt war, konnte man Valérie und Adolph in Ruhe beobachten; natürlich berührten sie einander nicht, flüsterten nicht einmal miteinander, überhaupt war keine Vertrautheit zwischen den beiden zu erkennen.

Valérie hatte ihre weißen Handschuhe von den Fingern gezupft und auf die mit rotem Samt bespannte Brüstung des Balkons gelegt. Adolph streckte seine linke Hand aus und berührte – statt Valéries Hand – die weiche Bespannung. Valérie sah kurz zu ihm auf. Doch statt ihren Blick zu erwidern, beugte er sich nach vorn und täuschte Interesse für das Geschehen im Orchestergraben vor. Flavio lenkte Firmins Aufmerksamkeit vom Bühnengeschehen auf die scheinbar unbedeutenden und nur schwer erkennbaren Vorgänge in der rechten Proszeniumsloge, indem er ihn mit dem Ellbogen anstieß. Valérie und Adolph wurden fast unsichtbar, als die Szene von neuem wechselte und die Bühne für einige Augenblicke in völlige Dunkelheit, wenn auch nicht in Schweigen gehüllt wurde (man vernahm deutlich das Fluchen eines Bühnenarbeiters und die Geräusche anderer unsichtbarer Helfer).

Nein, sie küßten sich nicht. Valérie, Firmin und Flavio würden noch eine Weile darauf warten müssen, bis Adolph den Mut fand, sich der Geliebten anders als geistig zu nähern, da er trotz seiner aufgeräumten Art recht schüchtern war (worunter er litt und worüber er mit seinen Freunden sogar gesprochen hatte). Adolph, der *Die Zauberflöte* nie zuvor gesehen hatte, fühlte eine gewisse Übereinstimmung mit der Figur des gerade beleidigend schweigsamen Tamino, dem es offenbar wichtiger war, die hochgespannten Erwartungen fanatischer Greise zu erfüllen und gleichermaßen unverständliche wie unsinnige Prüfungen zu bestehen, als den Ansprüchen seiner kleinlaut ergriffenen Verehrerin gerecht zu werden. Er hätte mit Sicherheit geredet, hätte die schöne Fremde neben ihm, über die er so wenig wußte, ihn dazu aufgefordert. Aber niemand verlangte auch nur das Geringste von ihm (obwohl er wußte, daß seine Kameraden ihn gar zu gern bei irgendeiner zweideutigen Geste ertappt hätten). Verstohlen sah er zu Valérie hinüber, die ihm sogleich zulächelte, den Blick, den er auf sie geworfen hatte, demnach bemerkt haben mußte. Ihr Vater, hatte sie ihm im Verlauf ihrer etwas gequälten Unterhaltung vor Beginn des zweiten Akts im oberen Foyer erzählt (wie abgemacht, waren seine beiden Freunde während der Pause unten geblieben), ihr braver Vater, seit langem Witwer, ein »Fabrikant«, habe so viel Vertrauen in sie, daß man fast meinen könnte, er traue ihr nichts zu. Erst später, als er bereits im Bett lag und den zurückliegenden Abend Wort für Wort und Blick für Blick noch einmal an sich vorüberziehen ließ, begann er über diese Bemerkung nachzudenken. Sie hatte ein weißes Kleid, weiße Schuhe, weiße Handschuhe und eine Gemme getragen. Aber zuhause verloren selbst diese Dinge an Kontur und Glaubwürdigkeit.

Er hatte seine Freunde nicht um ihre Anwesenheit gebeten, doch als sie ihm ihren Entschluß unterbreiteten, am Abend des 5. Januar ebenfalls in die Oper zu gehen, hatte er eine Erleichterung verspürt, die ihn selbst ein wenig befremdete; worauf auch immer diese schließen ließ, ob auf uneingestandene Feigheit oder auf geheimen Erobererstolz, die Nähe seiner Freunde leistete ihm die Hilfe, deren er dringend bedurfte, obwohl er sich doch nichts sehnlicher hätte wünschen müssen, als allein und ungestört an Valéries Seite... nun, was zu tun? Er hatte sich in den letzten Jahren beinahe ebenso oft verliebt, wie seine Annäherungsversuche peinigend erfolglos, lächerlich oder unbemerkt geblieben waren. Dabei war er nicht unleidlich, und seine Zurückhaltung allein erklärte nicht hinreichend, warum er von jenen Mädchen, an denen er Gefallen fand, meist übergangen wurde. Sie schienen ihn trotz seiner beeindruckenden Körpergröße überhaupt nicht wahrzunehmen oder hielten ihn, gerade seiner Körpermaße wegen, für grobschlächtig. Anders verhielt es sich mit reiferen Frauen, deren wohlwollende Aufmerksamkeit ihn aber nur unzureichend für die Nichtachtung entschädigte, mit der ihn die Jüngeren so wirkungsvoll straften.

Der Abend wäre vermutlich mit einigen unbeholfen dahingesagten Abschiedsworten und einer vagen Verabredung für einen der nächsten Tage zuende gegangen, wenn Adolph und Valérie in der eiskalten Eingangshalle des Theaters nicht, scheinbar zufällig, auf Firmin und Flavio gestoßen wären, die in vorgetäuschter Eile dem Ausgang zustrebten. Adolph tat überrascht, stammelte undeutlich ihre Namen und wunderte sich über die Herzlichkeit, mit der Valérie seine Freunde begrüßte; geradezu vertraulich streckte sie den beiden ihre behandschuhte Hand hin und ließ diese dann wieder im schwarzen Pelzmuff verschwinden, den sie unter der Brust gegen ihren schmalen Körper preßte. Sie lächelte. Es war, als kennten sie einander schon lange und hätten nur darauf gewartet, sich endlich wiederzusehen.

Dann wurden sie nacheinander von der Schwingtür in die Nacht gestoßen und nahmen, noch bevor sie einzelne Flocken auf ihrer Haut spürten, den Schnee bereits im Lichtkegel der großen, mehrarmigen Straßenlaternen vor dem Theater wahr. Leicht und zögerlich schwebte er, das Licht durchquerend, zu Boden, wobei er von kurzen Windstößen immer wieder auf- und weggewirbelt und daran gehindert wurde, sich ohne Umschweife auf die Schneedecke zu legen, die sich auf dem Pflaster gebildet hatte. Für Augenblicke einte der sanfte Niederschlag alle, die nun, erfüllt von der Musik, hungrig, schläfrig oder aufgekratzt ins Freie strömten und sich von ihm, der ihre Schritte dämpfte und ihre Stimmen erstickte, umfangen sahen; so auch die vier, die nun zum ersten Mal gemeinsam dieselbe Wegstrecke zurücklegten. Valérie hatte nichts gegen Firmins (oder war es Flavios?) Vorschlag einzuwenden, sie nach Hause zu begleiten, und auch Adolph stimmte zu. Sie machten sich durch die vom Schnee und von vereinzelten Laternen erleuchtete Nacht auf den Weg.

Zu dieser vorgerückten Stunde waren nur noch wenige Fußgänger unterwegs: Ein Betrunkener mit einem schwarzen Hund, der zu kläffen begann, als ihm und seinem Herrn – der keine Anstalten machte, ihn zum Schweigen zu bringen – die vier Vermummten entgegenkamen; zwei Herren unbestimmten Alters, die sich durch die Dunkelheit vor den Blicken der Passanten geschützt geglaubt hatten und sich nun voneinander trennten; ein lärmendes Automobil, dessen einziger Insasse sich nach ihnen umdrehte und ihnen zuwinkte (sie winkten zurück); die letzte Straßenbahn.

Glück, Erregung und unerwartete Wendungen – die drei wichtigsten Komponenten ihrer künftigen Verbindung – kennzeichneten bereits ihr erstes Zusammentreffen; Melancholie und Verzweiflung blieb ihnen an diesem ersten, unbeschwerten Abend erspart. Wenn es nicht der Opernbesuch war, der sie einander näher brachte, dann ganz gewiß der ausgedehnte Spaziergang durch die verschneiten Straßen: Vom Stadttheater über den Marktplatz zur Mittleren Brücke, am Grandhotel vorbei, dessen Entrée hell erleuchtet war, zum Totentanz, den Rhein entlang, dann durch die Vorstadt zurück zur Schifflände, steil den Rheinsprung hinauf (an jener Stelle vorbei, an der sich Adolph und Valérie zufällig kennengelernt hatten) bis zum Münster, das schwarz den Platz beherrschte, an dem sich einige der Universitätsgebäude und die Lesegesellschaft befanden. Ausschließlich das reine Weiße schien ihre Schritte zu lenken, sie folgten allein der makellosen Lauterkeit des Schnees und merkten nicht, wie schnell die Zeit verging. (Valérie wußte es wohl, *sie* hörte die Kirchturmuhren von St. Martin.) Auch wenn es sich später ihrer Erinnerung so darstellte, als wären sie Arm in Arm durch die Winternacht gegangen und als hätte größte Einhelligkeit zwischen ihnen geherrscht, berührten sich in Wirklichkeit nur dann und wann die Ärmel und Säume ihrer Mäntel und der Hauch aus ihren Mündern. Über die Gespräche, die sie führten, schienen sie keine Gewalt mehr zu haben, denn diese griffen den mageren Erfahrungen, die sie bis dahin gesammelt hatten, auf gewagte Weise vor, und keiner wußte, ob eigene Anschauung all das, was sie lediglich vom Hörensagen kannten, je bestätigen würde. Sie waren wie die Figuren eines unsichtbaren Dichters, dessen Absichten sie nicht kannten und dem sie vertrauen mußten, weil sie ohne ihn nicht überleben konnten. Dank Valérie fanden sie zu einer gemeinsamen Sprache, die, so wirr sie auch war, von allen dreien verstanden oder doch von keinem mißverstanden wurde, wobei den jungen Männern entging, daß Valérie mit Einwürfen geizte. Sie nickte zwar oft und lachte viel, spornte sie zu weiteren Geständnissen an, hielt sich selbst jedoch fürs erste zurück und hörte umso aufmerksamer zu. Allmählich durchnäßte der Schnee ihre Haare, Mützen und Mäntel. Als sie am gewölbten Münsterportal vorbeigingen, stimmte Valérie mit angenehmer Stimme Paminas todessüchtige Arie an, worauf ihre Begleiter für eine Weile verstummten. Dann erst begann sie zu reden.

Als sie sich Valéries Elternhaus, einem dreigeschossigen Barockgebäude im Luftgässlein näherten, stand ihr Entschluß, von nun an über alle weiteren Schritte Buch zu führen, fest. Schon nach kurzer Zeit hatte Valérie die drei jungen Männer davon überzeugt, daß nur ein gemeinsam verfaßter Roman ihrem eintönigen Leben die dringend erforderliche Wendung geben könne. Sie entschied denn auch, wer dieses Unternehmen leiten sollte; sie selbst.

Die Eintracht, mit der sie sich Valéries Wünschen beugten, war nicht das Ergebnis langer Überlegungen, sondern einer bestimmten Stimmung. Die Kälte hielt sie gefangen und drängte sie zusammen wie eine kleine Schafsherde. Für Valérie war es ein leichtes (und ein Vergnügen), die Schäferin zu spielen, die ihre Schäfchen hütete. Geschützt und geborgen standen sie im Schnee, lauschten hingerissen ihren Worten und verabredeten sich für den nächsten Tag, an dem man alles weitere zu besprechen gedachte.

Das Gefühl wechselseitiger Verbundenheit hatte sich am nächsten Tag, wenngleich in unterschiedlichem Maß, noch verstärkt. Alle drei schienen die Fähigkeit, losgelöst von Valérie entscheiden zu können, verloren zu haben, und keiner außer Flavio wünschte sie sich zurück. Es herrschte Einklang in der Unterwerfung.

Nachdem man sich darauf geeinigt hatte, sich auf ein Buch zu beschränken und nicht, wie von Firmin angeregt worden war, vier unabhängige und deshalb voneinander abweichende Versionen zuzulassen, die erst am Ende zu einer letztgültigen zusammengefaßt werden sollten – nachdem sie diesen, von Valérie vorgebrachten Vorschlag also angenommen hatten, begannen die vier jungen Leute, sich Gedanken über einen Titel für das Gemeinschaftswerk zu machen, von dem sie meinten, etwas Ähnliches sei nie zuvor auch nur in Angriff genommen worden (worin sie sich täuschten), ohne jedoch zu einem befriedigenden Ergebnis zu gelangen. Nach einigen eher peinlichen Anträgen (sie reichten von »Der geheime Bund« bis zu »Die neuen Musketiere«) kam man schließlich zu der Einsicht, man wolle sich erst nach Beendigung des ehrgeizigen Vorhabens ernsthaft mit dessen Benennung befassen. Vordringlicher sei es, eine Handlung zu konstruieren, deren Fortgang im Ungewissen liege, meinte Flavio, auf den man die größten Hoffnungen setzte, da er nicht nur Gedichte geschrieben hatte (wie sie alle), sondern auch einige Erzählungen. Er hatte sich bislang als einziger an einer Form versucht, die über die Niederschrift intimer Bekenntnisse hinausging.

Adolph, der Valérie bis zu diesem Tag weder berührt noch gar geküßt hatte, fühlte sich in Gegenwart seiner Freunde in Valéries Nähe etwas unbefangener. Der Gedanke, sich ihr vertraulich nähern zu können, wenn er nur wollte, erregte ihn, wenngleich er noch keinen Versuch unternommen hatte, ihn in die Tat umzusetzen. Der Umstand, daß er in gewisser Weise bereits ein Rad im Getriebe ihres gemeinsamen Romans war, schützte ihn vor allzu großen Qualen, denen er ausgesetzt gewesen wäre, hätte die Leidenschaft ihn wirklich gepackt. So blieb sie ihm vom Leib. Er war kein Draufgänger, und er wurde es auch durch tollkühne Gedanken nicht, doch die empfindsamen Worte, die ihm neuerdings zu Gebote standen, machten ihn zu einem Liebhaber, wie er ihnen in Büchern minderer Qualität oft genug begegnet war. Woher sie ihm zuflogen, ahnte er; wo sie unterzubringen waren, lag auf der Hand: In Valéries Roman natürlich (denn daß es jemals *seiner* werden würde, glaubte er nicht); wohin denn sonst mit diesen lichtscheuen Schätzen?

Die Gruppe zerstreute sich, Flavio und Firmin wollten Hefte und Bleistifte besorgen, und Adolph kehrte in eine unverstellte Welt zurück. Vor ihm lag nichts als eine schneebedeckte Straße, und neben ihm ging eine begehrenswerte junge Frau. Er würde sie enttäuschen, sie war ihm überlegen, er war nichtswürdig, Teil des Prologs, verdammt dazu, auf dessen ersten Seiten aufzutauchen und dann für immer zu verschwinden. Er wußte nicht, welche Ansprüche Valérie an ihn stellte; solange sie sich im Freien aufhielten, war allerdings wenig zu befürchten. Dennoch zitterte er am ganzen Körper. Die altbekannte Verzagtheit, die er durch selbstsicheres Auftreten zwar überspielen, aber nicht aus der Welt schaffen konnte, ergriff erneut Besitz von ihm. Sicher fand sie ihn weder anziehend noch geistreich; was also hielt sie zurück, ihn wegzuschicken? Seine beiden Freunde vielleicht? Statt mit ihr zu reden, hing er fruchtlosen Gedanken nach.

Hin und her gerissen zwischen demütigenden Erinnerungen und einem kleinen Funken Hoffnung, die Liebe werde alles ändern, fiel die Verdrossenheit auch dann nicht von ihm ab, als Valérie ihn anblickte und auflachte. Als sie sich bei ihm einhakte, zuckte er zusammen und erstarrte, aber er konnte gehen, er setzte, Valérie am Arm, einen Schritt vor den anderen. Er sagte sich, es sei an ihm, das Schweigen, das sich zwischen ihnen niedergelassen hatte, zu brechen, doch die wenigen, sinnlosen Worte, die sich ihm aufdrängten, saßen fest umzäunt in seinem Innern. Ihr Blick besagte alles mögliche – auch, daß sie ihn durchschaute –, nur nicht, daß sie sich unterwarf. Sie klammerte sich an ihn und zog ihn zugleich fest zu sich. War es das, was er wollte?

Während sie den Marktplatz überquerten, wo die Marktfrauen ihre Stände abbauten, sagte Valérie, ganz nah an seinem

Ohr: »Du brauchst nichts zu sagen. Fühle dich nicht genötigt, zu reden. Schau in den Himmel. Denk nicht an die anderen, denk nur an uns. Wenn du willst, erzähle ich dir von dem Buch, das ich gerade lese. Und wenn du willst, kannst du mir von deinem Studium erzählen oder von Berlin, vom Seziersaal und den offenen Leichen und vom Großstadtleben, das ich nicht kenne. Wie du willst. Ich liebe deinen Arm. Ich liebe deine Schritte. Vor allem aber deinen Arm.«

Ihm wurde sehr heiß. Er verstand den Sinn dieser Bemerkung nicht, doch deren Bedeutung erkannte er sofort. Sie schätzte Dinge an ihm, die sich seinem Einfluß entzogen. Für die Liebe sei er wohl nicht geschaffen, schrieb er am Abend in sein Tagebuch. Sie liebte seinen Arm und seine Schritte. Er verstand es nicht, nahm es aber wie ein Geschenk entgegen.

Noch bevor sie ihr Elternhaus erreichten, löste sie sich von ihm. Nachdem sie sich vor dem Haus von ihm verabschiedet hatte, drehte sie sich, anders als er es erwartet hatte, nicht um. Sie zog einen Schlüssel aus ihrer Handtasche, schloß die Tür auf – und hatte ihn vielleicht bereits vergessen, als sie hallend ins Schloß fiel.

Zuhause – seine Zimmerwirtin war ausgegangen – zog Adolph unverzüglich seine schwarze, mit blauer Seide besetzte Weste aus, krempelte die Ärmel seines Hemds bis zu den Ellbogen hoch und betrachtete seine Arme. Er konnte jedoch nichts Anziehendes daran entdecken; auch nicht an seinem Gang, als er, an sich herunterblickend, das kleine Zimmer vom Fenster zur Tür und von der Tür zum Fenster durchmaß. Er verstand sie nicht, doch er war glücklich.

Ungeachtet dessen, was in der Zwischenzeit geschehen sein mochte, was man gemeinsam oder allein erlebt hatte, traf man sich jeden Montag nachmittag in Flavios kleiner Wohnung über dem Rhein. Bei milder Witterung saß man, durch eine dicht gewundene Glyzinie vor neugierigen Blicken geschützt, auf dem Balkon und trank Tee aus der russischen Teemaschine, den Flavio sich eigens aus Petersburg hatte kommen lassen, wo eine Kusine seines Vaters lebte, die er als Kind, in Begleitung seiner Geschwister und unter Aufsicht zweier Gouvernanten, besucht hatte. Im Unterschied zu Adolphs und Firmins Unterkünften, die unter ständiger Beobachtung aufmerksamer Vermieter oder Familienangehöriger standen, konnte man hier ungestört ein und aus gehen; der Eigentümer des Hauses, ein hochbetagter Witwer, lebte in Zürich, und die anderen Mieter gingen ihren Geschäften nach, ohne sich darum zu kümmern, was außerhalb ihrer vier Wände vorging. Träge floß der Rhein dahin und zog, von den ersten Frühlingstagen an, zahlreiche Spaziergänger an, die sich bis in den späten Abend am Ufer ergingen.

Gemäß Valéries Vorstellungen von einem *Wechselroman* hatte man beschlossen, das Manuskript jeweils eine Woche lang einem der *Mitverschworenen* zu überlassen, wobei es den drei anderen freigestellt blieb, sich in den *freien Wochen* Gedanken und Notizen über unvorhergesehene Wendungen in der naturgemäß immer verworreneren Handlung zu machen, auf die der nächste Schreiber einzugehen hatte. Im Verlauf des wöchentlichen Treffens hatte der *Dichter der vergangenen Woche* sein neustes Kapitel vorzulesen, das wenigstens zehn, höchstens aber zwanzig Seiten umfassen sollte (eine Vereinbarung, die einzuhalten nicht immer einfach war). Seinem Nachfolger oblag es, das vorliegende Kapitel auszubauen und weiterzuführen und eine möglichst nahtlose Fortsetzung zu gewährleisten. Alle Beteiligten hatten sich verpflichtet, sich bei diesen Zusammenkünften gehässiger Kommentare über das soeben Gehörte zu enthalten. Wer gegen diese Abmachung verstieß – und sei es auch nur durch ein spöttisches Lächeln –, würde eine Runde aussetzen müssen; wer sich aber über das, was er hörte, unter Berufung auf Wohlanständigkeit oder guten Geschmack entrüstete, würde unwiderruflich aus ihrem *Orden* ausgeschlossen. Da Adolph als Valéries Liebhaber galt (obwohl jeder wußte, daß er ihr bisher nicht näher gekommen war als ein Bruder seiner leiblichen Schwester), fiel die Wahl, das erste Kapitel zu schreiben, auf ihn. Dem ging ein kurzes Vorwort Valéries voran, das diese ihnen vorenthielt. Es sei bereits geschrieben und gut aufgehoben.

Adolph, der nicht wußte, worauf er beim Schreiben achten mußte, fühlte sich mit Recht allein gelassen. Nach Worten ringend, blickte er auf das leere Papier, das sich allmählich, wie von allein, mit scharf gesetzten Buchstaben füllte. Es gelang ihm, seiner Fantasie freien Lauf zu lassen, und am Ende seines Kapitels konnte er befriedigt feststellen, daß das, wovon er erzählte, zumindest als abgeschlossene Sätze Kontur gewonnen hatte, wenngleich er fürchtete, daß nicht nur er nicht sah, was da beschrieben wurde.

Valérie stand zwar im Mittelpunkt dieses ersten Kapitels (wie aller übrigen), dennoch erschöpfte sich das Geschehen in der gepflegten Langeweile weitschweifiger und überflüssiger Naturbeschreibungen. Der karge Stil, den man dem Schüler einst vorgeworfen hatte, war einer ziel- und haltlosen Umstandskrämerei gewichen, und je weiter er ausholte, desto schneller verflüchtigten sich die Landschaften, in denen die Heldin untätig und sinnend herumstand.

Dem zarteren Firmin, der seinen weniger hochfliegenden Ansprüchen eher gerecht wurde als Adolph, blieb es vorbehalten, im zweiten Kapitel etwas konkreter zu werden, was die Runde mit Erleichterung zur Kenntnis nahm. Im Gegensatz zu Adolph, der es doch ebenso hätte anwenden können, nutzte Firmin sein auf der Universität erworbenes Wissen, um allerlei Vermutungen über den »rätselhaften Tod« von Valéries Mutter anzustellen (die in Wirklichkeit an einer Lungenentzündung gestorben war) und den Vater einer Trauer auszusetzen, die ihn an den Rand des Wahnsinns und Selbstmords trieb; entschlossen, sich in die Fluten des Rheins zu werfen, stand er schon auf der Brücke, und nur der Gedanke an seine »liebliche Tochter« rettete ihn. Die Ursache dieses frühen Dahinscheidens ließ Firmin im Dunkeln, womit er seinem Nachfolger die Möglichkeit bot, entweder weiter darin herumzutappen oder sich klarer dazu zu äußern (was nie geschah, denn die teure Verblichene war bald vergessen). Firmin deutete eine jäh entflammte »Liebe auf dem Sterbebett an«, deren Gegenstand der bestürzte Hausarzt war, und stellte damit die anderen, vor allem Valérie, auf eine harte Probe. Ungerührt ließ man alle Anzüglichkeiten über sich ergehen. Man hatte sich erfolgreich von den Fesseln des Anstands und der Schicklichkeit befreit und durfte sich gegenseitig applaudieren. Nachdem Adolph einleitend eine Menge Unsinn über die »schöne Stadt am Rheinknie« vor ihnen ausgebreitet hatte,

»die unserer Heldin von Kindesbeinen an Herzensbildung und Kultur vermittelte, wie sie seit Erasmus, Holbein und Jakob Burckhardt jedem Bewohner der alten Stadt eingepflanzt wird«, war Firmin auf Ereignisse intimeren Charakters aus, ohne allerdings die Kissen und Decken zu lüften, mit denen sie zugedeckt waren; er schien sie mit seiner Feder kaum zu berühren. Adolphs Mut zur maßlosen Weitschweifigkeit wurde durch Firmins Vertraulichkeiten leichtfüßig korrigiert. Daß er dabei gegen eine Fremdsprache ankämpfte, war ihnen kaum anzumerken.

Flavio endlich, der als dritter an der Reihe war, stellte diese beiden höchst unterschiedlichen literarischen Versuche souverän in den Schatten. Das dritte Kapitel wies keine der Unzulänglichkeiten der vorangegangenen auf. Im Gegensatz zu diesen schienen Flavios Zeilen von einem Unbekannten geschrieben zu sein, der fremde Menschen schilderte; seine Vorgänger waren sprachlos; während Flavio vorlas, wozu sich seine Gedanken verdichtet hatten, vergaßen sie, daß niemand sonst als er der Urheber des Erzählten und sie die handelnden Personen waren. Er las schnell und flüssig in lockerem *parlando* vor, der Umfang seiner Sätze war klug bemessen, und die Eigenschaftswörter mit Bedacht gewählt; die Sätze hinkten und stolperten nicht, gerieten nicht aus dem Gleichgewicht und erinnerten Firmin an die Bemerkung jenes Dichters, der einst von sich behauptet hatte, er werfe seine Sätze wie Katzen in die Luft, wohl wissend, daß sie stets auf ihren Füßen landeten. Die Wirkung war überwältigend, man bezeichnete das 3. Kapitel als Meisterwerk. Firmin zollte der glücklichen Wiedergeburt Théophile Gautiers seine uneingeschränkte Anerkennung, während Valérie sich die Bemerkung gestattete, gutes Gelingen sei nicht immer das Resultat einer Willensanstrengung, es basiere oft auf purem Zufall. Dennoch mußte auch sie zugeben, daß nichts erzwungen wirkte; die Menschen, die durch Flavios Sätze wanderten, atmeten, sie waren aus Fleisch und Blut; die Orte, an denen sie sich trafen, hatten Namen und wurden von festgefügten Mauern geschützt, die Schatten warfen und Schatten spendeten, kurzum, was er schrieb, wurde sichtbar.

Am Abend jener letzten Januarwoche waren die Blicke der aufmerksam lauschenden Freunde auf Flavio gerichtet (er ging auf und ab, er blieb stehen, und es fiel nicht leicht zu glauben, er wisse um die Wirkung der verschiedenen Körperhaltungen, die er einnahm, nicht genau Bescheid). Valérie hielt Adolphs Hand fest, und Flavio hätte schwören können, daß sich die Liebenden in dieser Nacht erkennen würden. Er ließ die Blätter sinken, sprach aber weiter, und niemandem fiel auf, daß er auswendig referierte.

VIII

Antoine Revers träumt vom ängstlichen Schwein – nicht zum ersten und nicht zum letzten Mal (dieser Traum verfolgte ihn seit Jahren). Diesmal steht es weder im Hof seines einstigen Gutshauses bei Arles (wo die Aufzucht von Schweinen seit vielen Generationen betrieben wurde) noch im kleinen Schlachthaus seiner Heimatstadt im Norden, wo er als junger Mann selbst Hand hatte anlegen müssen, sondern in der von blanken Kupferpfannen widerspiegelnden Küche des Schlosses von Urmein. Doch der Ausdruck der schwarzen Äuglein war wieder derselbe, denn das Tier, an seine Träume gewöhnt, wußte genau, was ihm bevorstand. Antoine war im Begriff, dem Schwein den Todesstoß zu versetzen. Das Schlachtermesser steckte in seiner Tasche, das kleine Beil lag auf dem weißgescheuerten Tisch bereit. Das Quieken des Schweins ging in ein Seufzen, das Seufzen in die Laute über, die er nie verstand, obwohl er wußte, daß sie menschlich waren. Die Liebe, die er empfand, galt nicht mehr dem Tier, war stärker als der Hunger, ihr Gegenstand war nicht das Schwein, wer dann? Er mußte es retten, auch in dieser Nacht. Da erst bemerkte er zu spät den Schatten des blutigen Fachmanns, des Schlachters, der hinter der Tür auf die ihm zugeteilte Beute lauerte. Der Träumer war zu schwach, ihm in den Arm zu fallen. Die Hand stößt zu, das Blut spritzt hoch, und das Schwein schreit erst auf, als das Werk bereits vollbracht ist.

Antoine Revers wurde gegen ein Uhr morgens aus dem Schlaf gerissen, doch dauerte es noch einige Sekunden, bis er begriff, daß außerhalb des Traums tatsächlich jemand geschrien hatte, kein Tier, sondern ein Mensch, vermutlich eine Frau. Die Mehrzahl der anderen Bewohner des Schlosses wachte ebenfalls auf (sofern sie überhaupt geschlafen hatten), während die Angestellten, die den Flügel jenseits des Turms bewohnten, erst durch das anhaltende Läuten sämtlicher Klingeln wach wurden, die Johann Hunger von der »Zentrale« aus betätigte, wo sich auch das Telefon und der Schnelltelegraph befanden. Der Schlaf der Alten war leicht, jener der Dienerschaft hingegen schwer und tief und darauf eingestellt, vor fünf Uhr früh nur im Notfall, für gewöhnlich aber erst von den blechernen Weckern behelligt zu werden, die Graf Galli seinen Angestellten für die Dauer ihres Aufenthalts im Schloß zur Verfügung stellte.

Antoine Revers bemerkte hastige Schritte hinter den Wänden, die sich vom Angestelltentrakt auf eine der benachbarten Wohnungen zubewegten. Das Schwein, von dem er geträumt hatte, löste sich in der Dunkelheit, die ihn umgab, und in den Geräuschen, die an sein Ohr drangen, in nichts auf (doch wußte er, daß es gleich einem treuen Hausgenossen eines Tages zu ihm zurückkehren würde). Man bewegte sich ohne Zweifel auf Germaines Zimmer zu. Niemand sonst als die schreckliche Greisin hätte es sich erlaubt, einen ähnlichen Aufruhr anzuzetteln. Nun war er für den Rest der langen Nacht, die vor ihm lag, um seinen Schlaf gebracht. Germaine de Clairys mit Alterswahnsinn gespickter Egoismus hatte noch einmal über den Tod gesiegt und ihr für ein paar Augenblicke die Aufmerksamkeit der anderen verschafft. Die Tage und Nächte waren gezählt, an denen es ihr nochmals gelingen würde, ihn aus dem Sterbezimmer zu werfen.

Revers mühte sich ächzend aus seinem weichen Bett. Mit der Wachheit kehrten die Schmerzen zurück. Mehrmals verhedderte er sich in den Falten seines fadenscheinigen Morgenrocks, den er vom Boden aufgehoben hatte, bevor er fluchend die Ärmel fand. Ungehalten tastete er zunächst auf dem Nachttisch, danach in den Kuhlen der warmen Bettdecke nach Streichhölzern. Als die Kerze unter der kleinen Kopie des Abendmahls endlich brannte und ihren fröstelnden Schein auf das mit Handschriften und Büchern übersäte Parkett warf, verstummte er. Ihr Licht war nur schwach; es vermochte nicht, in den angrenzenden Raum vorzudringen, den Galli für seinen alten Freund als Küche hatte herrichten lassen. Das kulinarische Laboratorium, dessen Mittelpunkt »*Prometheus*«, der große Kochherd bildete, war wie geschaffen, sein Feinschmeckerleben dort, wo es abgebrochen worden war, fortzusetzen. Zu Revers' Vorlieben gehörte die Zubereitung von Saucen, und nichts hätte ihm größere Genugtuung bereitet, als eine nach ihm benannt zu wissen: *la Sauce Revers!* Zum Beispiel jener luftige Schaum, der das Aroma durchgetriebener grüner Erbsen dem der Vanille unterwirft, den er in seinen Schriften ausdrücklich zu Kaninchen empfahl; nur wo, auf welcher dieser ungeordneten Seiten? Wenn es ihm nicht gelungen war, sich einen Platz auf dem Olymp der *cuisiniers* zu sichern, dann lag es einzig und allein daran, daß er sich nicht entscheiden konnte, welche der zahllosen Beigaben, die er ersonnen hatte, es verdiente, seinen Namen zu tragen. So trieben sich inzwischen allerhand Saucenrezepte, derer er sich hätte rühmen dürfen, wie herrenlose Hunde in den verschiedensten Winkeln Frankreichs herum und mehrten dort nicht seinen, sondern den Ruhm ihm unbekannter Küchenmeister, denen sie auf verschlungenen Wegen zugetragen worden waren und die – da in der Küchenwissenschaft weder Patentschutz bestand noch Eigentumsrechte geltend gemacht werden konnten – dieses und jenes längst nach ihrem Geschmack verändert hatten. Nie würde man auch nur eine einzige der unzähligen Mixturen aus reduzierten Brühen, Weinen, Likören, Gewürzen und Fetten, die Revers' erfinderischen Geist atmeten, mit seinem Namen in Verbindung bringen, wenn er sich nicht beeilte, die Fertigstellung des Kochbuchs, an dem er nunmehr seit Jahren ohne jede Beharrlichkeit arbeitete, endlich in Angriff zu nehmen. Doch die erdrückende Masse der verstreut auf dem Parkett herumliegenden Bücher und losen Blätter, die seine krakelige Handschrift trugen, bewirkte gerade das Gegenteil dessen, wozu sie hätte dienen sollen: Sie regte ihn nicht etwa zur Arbeit an, sondern hielt ihn davon ab. So nahm seine Niedergeschlagenheit angesichts dieser Fülle an Material täglich zu, und der Gedanke, sich eines Tages dazu überwinden zu können, dies alles zu verbrennen, gab ihr neue Nahrung. Seine Hoffnung auf einen geruhsamen Lebensabend war vollends geschwunden, seitdem er wirklich danach strebte. Daß es ihm nicht vergönnt sein würde, das Ziel zu erreichen, das ihm einst so deutlich vorgeschwebt hatte, war mehr als eine unbestimmte Befürchtung; diese war der kaum noch zu erschütternden Gewißheit gewichen, daß es zu spät sei, sein Werk zu vollenden. Zu spät, ein Buch zu schreiben, zu früh, es aufzugeben; ein Buch, an dessen Notwendigkeit er glaubte, solange es nicht existierte, und dem er nie zur Existenz verhelfen würde. Es würde ihn ins Grab begleiten.

Dieselben Organe, die ihm einst gestattet hatten, die Freuden, die dem Gaumen bereitet wurden, ohne Reue zu genießen, schienen sich nun für die Gewalt rächen zu wollen, die ihnen während Jahrzehnten angetan worden war – sie ließen ihn im Stich. Störrisch rebellierten sie gegen jede, selbst die leichteste Kost, indem sie sich qualvoll bemerkbar machten. Der Schmerz begleitete sie als trompetender Herold. Während der Herd in seiner privaten Küche erloschen war, brannte sein Magen umso höllischer, und weder Wasser noch Kamillentee vermochten das Feuer zu löschen. Selbst dann, wenn er sich tagelang kasteite, wühlte dort, wo früher nur Platz für bequeme Empfindungen wie Hunger oder Überfressenheit gewesen war, ein scharfes Messer – das Messer des Schweineschlachters – in allen seinen Eingeweiden. Über die Schmerzen, die er litt, sprach er nur selten, es war auch nicht nötig, man sah sie ihm an. Wohl hundert Mal am Tag preßte er beide Hände an seinen Bauch und krümmte sich und schnappte nach Luft. Er kämpfte einen aussichtslosen Kampf, denn der Widersacher war stärker als er. Er ließ sich weder durch Rülpsen noch heiße Bettflaschen, auch nicht durch Arzneien vertreiben; wie eine nimmersatte Kröte saß er in seinem alten Bauch und fraß sich durch sein Inneres. Der Schmerz ließ sich weder beirren noch erpressen. Die späte Strafe für eine Leidenschaft, die er niemals als Laster empfunden hatte, war zu Unrecht über ihn verhängt worden, aber wohin er sich auch wandte, es gab weder Anwälte, die mildernde Umstände geltend machten, noch gab es Richter, die ihm solche zubilligten.

Trotz seiner Qualen ließ sich die Flut der Erinnerungen an seine gastronomischen Zeiten nicht eindämmen. Auch wenn er spätestens dann eines besseren belehrt wurde, wenn der Kloß in seinem Magen zu explodieren drohte, vermochte er die kulinarischen Freuden, die die einst gekosteten Genüsse ihm in Gedanken bereiteten, nicht auf Dauer zu unterdrücken. Auch sein letzter Besitz ging dahin. Er durfte sein Wissen nicht anwenden, er war dazu verurteilt, ungewürzten Fantasien nachzuhängen, die ihn weder satt noch glücklich machten. Sich des undiätetischen Essens ganz zu enthalten, wie es angebracht gewesen wäre, war ihm bislang nicht gelungen, und obwohl er sich schrecklich elend fühlte (und mit jedem neuen, stets *coram publico* stattfindenden Anfall Germaine de Clairys aufs neue an seine eigene Hinfälligkeit erinnert wurde), gab er nicht auf: Er wollte essen, er wollte lange leben, vor allem aber wünschte er sich, noch einmal wahrhaft zu speisen.

Sie schrie wieder. Auf diesen Schrei folgte schnell anschwellendes Stimmengewirr, von dem sich deutlich Johann Hungers Ruf nach einem Arzt (»Der Doktor muß kommen! Holt den Tschalns! Schnell!«) abhob. Germaine de Clairy oder wie immer sie in Wirklichkeit hieß – sie hatte ihren Namen öfters als ihre Ehemänner, wenngleich seltener als ihre Liebhaber gewechselt – schien diesmal tatsächlich in Lebensgefahr zu schweben, jedenfalls trug sie ihre Not überzeugender zur Schau als gewöhnlich. Sie versicherte sich ihrer Wirkung auf das verehrte Publikum unüberhörbar noch im Sterben.

»Triff endlich eine Entscheidung, Galli«, murmelte Revers voller Abscheu vor dem, was ihn jenseits der Tür erwartete, während er, den Kerzenleuchter in der ausgestreckten Linken, sein ungelüftetes Schlafgemach verließ und die verwaiste Küche durchquerte, in der die Herdplatte noch kälter war als der Boden, über den seine Pantoffeln schlappten. Kaum hatten seine Finger den Herd berührt, zuckten sie schon zurück, als hätte er sich daran verbrannt. Auf den wenigen Gerätschaften, die sich noch in seinem Besitz befanden, lag Staub. Er würdigte sie keines Blicks. Je weniger er die letzten Zeugen seiner glänzenden Vergangenheit beachtete, je schneller er seine paar Habseligkeiten vergaß, desto leichter würde es ihm fallen, den überflüssigen Ballast zu verschenken.

Im Lauf der letzten vier Monate hatte er nach und nach fast den gesamten Bestand an Messern, Quirlen, Reiben, Mühlen, Kasserollen, Pfannen, Durchschlägen, Sauteusen, Paletten, Formen und Förmchen der gelehrigen Köchin Sophie übergeben, die sich dank ihrer bemerkenswert schnellen Auffassungsgabe und beflügelt von den Ratschlägen, die er ihr erteilte, binnen kurzer Zeit zu einer ernstzunehmenden Expertin auf dem Gebiet der Kochkunst entwickelt hatte, nachdem ihre ersten Versuche am Herd alles andere als den Beifall des Gourmets gefunden hatten. Revers hatte sich in den Kopf gesetzt, einen Teil seiner Erfahrungen zumindest mündlich weiterzugeben und die Köchin an seinem umfangreichen Wissen teilhaben zu lassen, indem er ihr wertvolle praktische Hinweise gab und ihr jene seiner Rezepte anvertraute, die ihm besonders am Herzen lagen und die sie, wie er wußte, nächtens in einer Kladde notierte. Wenn er auch nur selten von den

Speisen kosten konnte, die sie nach seinen Anweisungen in ihre Töpfe zauberte, die unbestechlichen Gerüche, die daraus aufstiegen, sprachen eine deutliche Sprache; sein Unterricht war auf ertragreichen Boden gefallen. Sophie, der die Natur äußere Reize vorenthalten hatte, wucherte seit Antoine Revers' ersten Erziehungsversuchen mit Pfunden, deren Existenz ihr lange Zeit verborgen geblieben war. Wenn das Vermögen, das ihr dank fremder Hilfe zugefallen war, sie auch nicht hübscher machte, so lenkte die endlich entdeckte Fähigkeit doch von ihrer Verhärmtheit und körperlichen Behinderung ab. Sophie widmete ihrer Leidenschaft für das Kochen inzwischen nicht weniger Zeit, als sie früher daran gewendet hatte, aus der Gegenwart zu fliehen, um in Gedanken ihre Mutter mit immer neuen Vorwürfen zu überhäufen, die täglich an Bitterkeit zunahmen, ohne jene, die sie erhob, auch nur im geringsten zu erleichtern. Obwohl ihr das Alter der vorwiegend schlechten Esser einige Einschränkungen vor allem in der Verwendung von Butter, Sahne und anderen fetten oder schwer verdaulichen Zutaten auferlegte, blieb ihr genügend Spielraum für kulinarischen Zierat aller Art. War dieser von den Alten verschmäht worden, pflegten sich die Angestellten darauf zu stürzen.

Revers öffnete die Tür, die auf die Galerie führte, und machte angesichts des Bildes, das sich ihm bot, zunächst einen Schritt zurück. Es entsprach in allen Einzelheiten den Vorstellungen eines geschickten Librettisten, der stolz von sich behaupten durfte, eine äußerst turbulente und überzeugende Finalszene geschaffen zu haben; es fehlte lediglich die Musik (wohingegen der Opernchor seinen Auftritt nicht verpaßt hatte).

Auf der breiten Galerie herrschte ein gereiztes Durcheinander, das auf beunruhigende Weise mit dem Schweigen kontrastierte, um das sich die Akteure bemühten. Untermalt wurde die vibrierende Fermate durch das Stakkato der Absätze, durch das Plätschern des Springbrunnens, das vom grell ausgeleuchteten Innenhof heraufdrang, vor allem aber durch das kontinuierliche Kreischen der Zikaden. Hunger rief ein weiteres Mal nach einem Arzt, und plötzlich wurden auch andere Stimmen laut. Revers war vom Licht und den Herumstehenden zunächst so irritiert, daß er niemanden erkannte. Nie zuvor hatten sich auch nur annähernd so viele Hausbewohner zur selben Zeit am selben Ort befunden. Daß Germaine noch nicht tot war, lag auf der Hand. Sie benötigte einen Arzt und Pflege.

Drei Wohnungstüren standen offen, doch die Aufmerksamkeit der Hin- und Hereilenden richtete sich verständlicherweise auf jene, die sich zwischen Revers' und Gallis Zimmer befand.

Die flatternde Hand des Hämlings landete auf Revers' rechter Schulter, und säuerlicher Nachtgeruch schlug ihm entgegen. Dicht an seinem Ohr ertönte Pasquinellis unterdrücktes Tremolo: »E tardi! Quel bruit! Tardi. Tardi. La Baronessa della Riviera?« Den gestützten Fragen folgte ein kurzes Gurren, das in der ausgedehnten Körpermasse widerhallte. Der vom Aussterben bedrohte Berufsstand, dem Pasquinelli seit seiner Operation im Kindesalter angehörte, ließ sich nicht verleugnen, ebensowenig sein Mangel an Scharfblick, den manche für eine Folge jenes Eingriffs hielten.

Revers wandte sich von dem schwachsinnigen, übelriechenden Riesen ab. Er träumte diesen unerwarteten Auflauf nicht, er stand mittendrin. Er blickte sich um, erkannte Gallis Diener, Frederick Matthews, den spanischen Dichter, Sophie, dazwischen Diener, die er kannte, und andere, die er nie gesehen hatte, und schließlich Giuliana Sardi, die sich in den letzten Wochen sehr verändert hatte.

»C'est quoi, Tschalns«, wollte Pasquinelli wissen, der in einen purpurroten Schlafrock gehüllt war, aus dem an allen Ecken und Enden Polsterwatte und Roßhaar quoll. Er grinste, nachdem seine gepuderte Papageiennase Witterung in Richtung Germaine de Clairys Zimmer aufgenommen hatte, aus dem soeben Tom – nein, es war Leroi! – mit einer halbvollen Emailleschüssel stürzte, über deren Inhalt nicht nur Revers lieber im Ungewissen geblieben wäre. Alle verstummten und blickten auf den Schwarzen und die Schüssel. Der Anblick schlieriger heller Blutfäden, die im Wasser hin und her schwappten, blieb nur wenigen erspart. Dem Verstummen folgte das unterdrückte Bekunden allgemeinen Ekels. Ursina hatte sich indes bereits entfernt, um den Arzt zu holen. War Theobald Tschalns, der einzige Arzt, der sich manchmal in Urmein aufhielt, im Dorf? Er war vor wenigen Wochen zum aktiven Militärdienst eingezogen worden. Hunger war, wie man wußte, über die Vorgänge im Dorf und in der weiteren Umgebung gut unterrichtet, auch wenn er das Schloß – im Gegensatz zu Roth – oft während Tagen nicht verließ. Und auch diesmal wußte er besser Bescheid als die anderen.

Inmitten der Aufgeregten entdeckte Revers den alten Galli als ruhenden Pol vor Germaines offener Tür, der allerdings deutliche Anzeichen von Nervosität erkennen ließ, als er sich von Fräulein Ostermann, Luigi Albaneses Vorleserin, zu befreien versuchte, der es gelungen war, sich zu ihm vorzudrängen. Indem der zerbrechlich wirkende Galli Ruhe zu bewahren versuchte, gab er seine Erregung erst recht zu erkennen.

»Aber Dottore Tschalns wurde eingezogen. Er kann gar nicht hier sein«, bemerkte Graf Galli zweifelnd und blickte sich in der Runde der Gäste und Diener um, die sich untereinander mischten, und atmete erleichtert auf, als Hunger nickte und ihm zurief: »Der Doktor ist in zehn Minuten da, Ursina ist schon unterwegs. Er hat Urlaub.« Wie spät es auch war, und selbst wenn er aus dem Bett geholt werden mußte, Theobald Tschalns würde sich unverzüglich auf den Weg ins Schloß machen.

Die Haustür fiel hinter Ursina ins Schloß, sie zog die Kapuze ihres Regenmantels über das ungekämmte Haar (mit Schnee vermengter leichter Regen fiel) und rannte los. Gallis Gästen würde es am Ende nicht anders ergehen als den frommen Fräuleins, die ehedem hier gelebt hatten (und die sie natürlich nur aus Erzählungen kannte). Trotz ihrer sprichwörtlichen Zählebigkeit war auch ihnen der Weg in den Tod nicht erspart geblieben, ob sie verhungert, verdurstet oder von unheilbarer Schwäche dahingerafft worden waren. Ursina ließ das Schloß hinter sich und eilte auf das Tor am Ende der Allee zu, stieß es auf – was sie einige Anstrengung kostete – und betete zum ersten Mal seit langer Zeit zu jenem gestaltlosen Herrgott, der trübsinnig und unerkannt hinter den Mauern ihrer Wahrnehmung hauste, betete um Hilfe für die sterbende Baronin, deren Tod, wie sie befürchtete, das Leben im Schloß verändern würde.

Viel näher als die erlöschende Greisin war ihr natürlich die vor Gesundheit strotzende Giuliana, der das Kunststück gelungen war, innerhalb weniger Wochen zwanzig Pfund Gewicht zu verlieren, nachdem sie sich endgültig dazu entschlossen hatte, den Piz Beverin zu besteigen. Würde im Umkreis des Todes, der sich ein Stockwerk tiefer eingenistet hatte, nicht auch Giuliana Sardis Wille Schaden leiden und die Zielstrebigkeit, die für dieses Vorhaben unabdingbar war, auf eine allzu harte Probe gestellt? Stand nicht zu befürchten, daß der Tod der exaltierten Kurtisane den Tod der anderen Gäste beschleunigte? Ursina bekreuzigte sich im Gehen und blickte sich nicht um. Das Leben war zum Sterben nicht gemacht.

Ursina lief noch schneller, stolperte, wäre beinahe hingefallen, fing sich und rannte weiter. Sie erreichte das Dorf. Es dünkte sie verschlossener als sonst. Als zu ihrer Linken die protestantische Kirche auftauchte, schlug sie noch einmal das Kreuz, wie ihre Mutter, in deren Glauben sie erzogen worden war. In der vom Regen vernebelten Dunkelheit waren lediglich die Umrisse des Kirchengebäudes zu erkennen, das sie selbst nie betreten hatte (ihre Mutter und Geschwister waren am Fuß des Piz Curvèr auf dem Friedhof zu Cazis bestattet worden). Der Gedanke, der sie an dieser Stelle überraschte, kam ungelegen: Wollte sie je etwas erreichen, durfte sie nicht länger hier bleiben, sie mußte Urmein verlassen. Doch das Versprechen, das sie gegeben hatte, würde sie nicht brechen. Sie würde ihrer Verpflichtung, Giuliana Sardi auf ihrer letzten Expedition zu begleiten, nachkommen.

Endlich – es regnete stärker – stand sie vor dem Haus des Gemeindepräsidenten und versuchte, ihre Abneigung gegen das einschüchternde Gemäuer, in dem der Sage nach einst eine Hexe gelebt hatte, zu unterdrücken. Das Tschalns'sche Haus stand in unmittelbarer Nachbarschaft ihres Elternhauses, an das – zumindest in der Finsternis – nichts mehr erinnerte. Den Schatten, der über sie wachte, bemerkte sie nicht.

Francesco war ihr gefolgt, als sie das Schloß verließ. Jetzt blieb er in angemessener Entfernung stehen. Er zog sich hinter eine Scheunenwand zurück. Ursina griff nach dem Türklopfer und schlug dreimal gegen die Messingplatte, wonach in mehreren Fenstern elektrisches Licht aufflammte. Der bleiche, bemützte Kopf von Viktor Tschalns erschien. Er blickte nach unten. »Was ist los, verdammich!«

»Ich brauche den Theobald, schnell«, rief Ursina. »Ich weiß, er ist da. Es geht der alten Baronin schlecht! Er muß sofort kommen!« Noch bevor er nach Luft schnappen konnte, schlug Tschalns, für seine Übellaunigkeit bekannt, das Fenster wieder zu, womit er zu verstehen gab, daß er begriffen habe und seinen Bruder hinunterschicken werde. Dieser stand bereits in Hemd und Hose barfuß neben seinem Bett und mühte sich, seine fünf Sinne zu sammeln.

Inzwischen hatte die Aufregung auf der Galerie noch zugenommen; zu Revers' Befremden unternahmen jedoch weder Hunger noch Roth, in deren Macht es doch gelegen hätte, irgendwelche Schritte, um den Affekten zu begegnen. Galli hielt sich mit beiden Händen an der Brüstung fest und schwieg. Pasquinelli wiegte sich leicht im Takt seiner eigenen Musik. Giuliana fühlte sich unwohl. Unschlüssig, was zu tun sei, drängten sich alle vor Germaines Zimmer, die jetzt, gerade jetzt, laut aufschrie. Revers fuhr herum. Es war, als leite die plötzlich aus der geschwächten Brust hervorbrechende Energie den letzten Atemzug des Haut- und Knochenbündels ein. Alle verstummten, und jeder wollte sehen, was da vorging. Aber nein, sie lebte noch. Sie schrie gerade so lange, bis Hunger das Zimmer betrat und ihre Hand ergriff, die den Rand der gläsernen Badewanne umklammerte, welche auf einer kleinen Marmorempore unter einem weitgespannten Baldachin stand. Germaine hatte sich aufgebäumt, krümmte sich wie ein Wurm, schlug mit den Füßen aus dem Wasser, doch ihr Gesicht blieb ausdruckslos. Kaum hatte Hunger sie berührt, schlossen sich ihre Lippen; ihre gestreckten Glieder entspannten sich, ihr Blick wurde von einer Gier belebt, die nur für Hunger Augen hatte – für ihren Beschützer, Vertrauten und *dernier amant*. Rasselnd atmete sie aus und verstummte. Der Tod saß ihr auf der Stirn.

Johann Hunger winkte Galli mit dem Zeigefinger zu sich, der dieser gebieterischen, seltsam vertraulichen Aufforderung sofort Folge leistete. Hinter Galli betraten danach zögernd auch Frederick Matthews, Giuliana Sardi, Antoine Revers, das unvermeidliche Fräulein Ostermann und Sebastiano Pasquinelli das große Sterbezimmer, hielten aber taktvoll Abstand (so, als wäre die Alte bereits tot), während Anni, ein unverbrauchtes Mädchen aus Bonaduz, Leroi (nein, Tom!) und Johann Hunger, die mit Germaine de Clairys Winken und Grimassen vertraut waren und sie deshalb zu deuten verstanden, sich an der Sterbenden und um sie herum zu schaffen machten. Unverzüglich, als hätten sie sich abgesprochen, nahmen die drei Angestellten ihre Positionen ein. Anni begab sich ans Kopfende der Badewanne, Tom und Hunger stellten sich links und rechts davon auf. Ein weiteres Dienstmädchen trat schwitzend mit einem vollen und einem leeren Kübel durch eine der Geheimtüren im Hintergrund ins Zimmer und trug ihre ungleich verteilte Last, ohne aufzublicken, zielstrebig nach vorne. Vorsichtig schöpfte sie mit einer blechernen Kelle Wasser aus der Wanne in den einen Kübel, um dann zu Füßen der Greisin warmes Wasser aus dem anderen nachzugießen. Die Baronin schien den Zustrom der Wärme zu fühlen; sie fletschte den letzten Zahn, der ihr geblieben war, und enthüllte das rötlich schimmernde Gold, aus dem er zur besseren Hälfte bestand.

Bei diesem Anblick fühlte sich Giuliana Sardi an die ordentlich aufgereihten Schrumpfköpfe erinnert, die man ihr vor vielen Jahren anläßlich eines Besuchs in Paris gezeigt hatte (an den Gastgeber erinnerte sie sich ebenso gut wie an die riesigen Schaukästen, in denen dieser seine unschätzbare Sammlung von Anthropoglyphen, Anthropolithen und anderen spektakulären Funden aufbewahrte, unter denen sich auch von Menschen benagte Menschenknochen und vertrocknete, auf Därme gereihte Augen befunden hatten). Ihr irritierter Blick fiel auf das leintuchweiße, feuchte Gesicht von Fräulein Ostermann, die hinter ihr stand und gerade auf sie zuzufallen drohte. Doch war es nicht erforderlich, sie aufzufangen, da irgend etwas – vielleicht die preußische Erziehung, die sie genossen hatte – ihr den Halt, den sie für kurze Zeit verloren hatte, sogleich zurückgab. Sie faßte sich und stand wieder aufrecht, nur ihr Gesicht blieb weiß und naß – wahrscheinlich auch kalt.

Germaines Kopf – ein breiter Mund, eine aufgesetzt wirkende Nase, zwei Augen, die nach innen starrten, ein kahles, flaches Haupt – sank auf das rote Samtkissen zurück, das auf dem Rand der Badewanne lag. Das Mädchen mit den Wassereimern – es mochte etwa siebzehn Jahre alt sein – entfernte sich schnell, nachdem es sich mit einem lebhaften Blick davon überzeugt hatte, daß sich kein neuer Schmutz an den Rändern der gläsernen Wanne gebildet hatte. Das unscheinbare Mädchen – eines von vielen, das schemenhaft blieb – verschwand, von wo es gekommen war, dort, wo neben Frisiertisch, üppig behängten *mannequins* und mannshohem Spiegel auch der dreiteilige, mit bunten Vögeln, goldenen Pagoden und elfenbeinfarbenen Bergen bemalte Paravent und das Barockbett standen, über dem ein zerfranster, mit Bändern und Troddeln verzierter Himmel hing, das Bett, das Germaine schon seit einiger Zeit nicht mehr benutzte und in welchem, zur Erleichterung fast aller Hausbewohner, im Laufe nur weniger Tage Cesalpini, Cesarini und Cesarotti, die drei nervtötenden Rattenpinscher, das Zeitliche gesegnet hatten, was ihren eigenen Niedergang beschleunigen half, wie man sich erzählte, wobei man nicht vergaß, an die Einzelheiten des Todes Cesalpinis, des erstverstorbenen Hundes, zu erinnern: Eine Art Ausblutung habe ihn dahingerafft, glaubten die einen zu wissen, während Amaral (»Daran erkennt man nun den Dichter...«) die kaum glaubliche Geschichte in Umlauf gebracht hatte, die verrückte *ramera* habe dem Tier mit ihren eigenen Fingernägeln die warme Gurgel aufgeschlitzt, um dann das dünne Blut zu trinken, das daraus floß, um neues Leben in sich aufzunehmen. Unwiderleglich war nur die kaum weniger appetitliche

Tatsache, die Hunger verbürgte, auf dessen Ehrlichkeit man deshalb blindlings bauen konnte, weil seine Einfallslosigkeit Fantastereien jeder Art ausschloß, daß sie den toten Cesalpini mehrere Tage lang unter ihrem schmutzigen Laken und dem Plumeau versteckt hatte. Daß Cesalpinis Tod nicht auffiel, lag hauptsächlich daran, daß die beiden anderen Pinscher dessen Ableben mit Leichtigkeit überkläfft hatten.

Nach Cesalpinis Tod war sie immer seltener zum Essen erschienen; nachdem Cesarini unter ihr erstickt war, verließ sie ihr Zimmer nicht mehr. Sie weigerte sich, von einem der Schwarzen nach unten getragen oder von Hunger in einen der aus Wien herbeigeschafften Rollstühle gesetzt und an die frische Luft geschoben zu werden (»Ich setze meinen Fuß nicht mehr an Land!«). Schließlich, kurz bevor sie die Annehmlichkeiten des Wassers entdeckte, bestand sie darauf, tagsüber im Bett zu bleiben und zu »warten«, wie sie sich ausdrückte, ohne daran zu rühren, worauf sie wartete. »Ich bin müde. Ich muß mich erholen«, murmelte sie. Sie aß wenig, tagelang gar nichts, schlief lange, ließ sich waschen, verlangte rosa Champagner (den man ihr brachte) und mußte von Hunger, den sie immer öfter in Anspruch nahm (und der sich, ohne zu widersprechen, in Anspruch nehmen ließ), morgens und mittags oder zu den ihr sonst genehmen, unsinnigsten Tages- und Nachtzeiten gefüttert werden. Ihren verschwindend geringen Appetit stillte man mit dünnen Gemüsepürrees, Kaviar und Süßigkeiten. Meist aber sträubte sie sich selbst gegen Schokolade, für die sie doch eine besondere Vorliebe hatte (»...un tout petit désir...«), wie sie in lichten Momenten in ihrer lächerlich hochtrabenden Art gern betonte.

Bei ihrer Morgentoilette, die immer häufiger in den frühen Nachmittag fiel, war Hunger, auf ihren ausdrücklichen Wunsch hin, stets zugegen, doch wenn sie sich ankleidete, wandte er sich ab, als habe er sie niemals nackt gesehen, was Germaine wohl in dem Glauben bestärkte, nichts wünsche er sich sehnlicher als eben dies. Anni wusch sie in der knöchelhoch mit Wasser gefüllten Wanne, trocknete sie ab und zog sie an wie eine Puppe (sie gab nicht mehr als unverständliche Laute von sich), und Hunger vernahm alle möglichen, an kein Alter, wohl aber an das weibliche Geschlecht gebundene Geräusche: Das des Irrigators, das des Parfumzerstäubers, das der schäumenden Seife auf ihrer bloßen Haut, das von knisternder Seide. Während er den beiden Frauen den Rücken zuwandte, wuchsen seiner sonst so wenig ausgeprägten Erfindungsgabe gefährlich weite Schwingen. Eine unbestimmte Traurigkeit überfiel ihn, die er sich nicht erklären konnte. Er fühlte sich einsam.

In ihrer Jugend und lange über diese hinaus, hätte Germaine de Clairy (Germaine Péchart, Ghislaine Bonboillon, Madeline d'Aubaigne und wie sie noch geheißen hatte) den Dienstboten Hunger bestenfalls zur Kenntnis genommen (worin er sich täuschte, denn sie hatte keinen verschmäht, der ihr gefiel); heute, da er der einzige Mann an ihrem Hof war, nahm er eine Stellung ein, die ihm früher auch unter den günstigsten Voraussetzungen nicht zugewiesen worden wäre (darin täuschte er sich allerdings nicht); denn wenn sie früher auch keine Gelegenheit ausgelassen hatte, zu nehmen, was sich ihr präsentierte, so hatte sie doch immer zwischen Amüsement und vorteilhafter Konvenienz zu unterscheiden und abzuwägen gewußt und diese meist unvereinbaren Gegensätze geschickt voneinander getrennt. Sie hatte Männer angezogen, die sich durch Originalität oder Reichtum auszeichneten; da sich diese Eigenschaften bedauerlichweise nur in seltenen Fällen in einer einzigen Person vereint fanden, hatte sie es verstanden, sich diese Vorteile durch lockere Verteilung auf verschiedene Personen zu sichern. Kaum je war der eine von der Existenz des anderen unterrichtet gewesen; erfuhr er es doch, war es fast immer an der Zeit, zumindest jenen zu verlassen, der Geld besaß (eine andere Wahl blieb ihr nie). War sie um letzteren gebracht, war sie meist auch den anderen los. Doch war sie niemals länger, als gerade nötig war, um sich wieder aufzurichten, schutzlos geblieben. Trotz ihres Rufs konnten die Männer ihrer Schönheit und geistigen Anspruchslosigkeit kaum jemals widerstehen. Mehr als einmal hatten sich die Rivalen um ihre Gunst geschlagen, und zweimal hatte man sich gar, um ihrer beschädigten Ehre willen, auf Pistolen gefordert (dabei war, entgegen ihren eigenen Aussagen, niemand zu Schaden gekommen, wie Giuliana Sardi wußte). Ihre Karriere als Gemahlin, Freundin oder Mätresse bedeutender und begehrter, verheirateter oder lediger, selten junger, meistens älterer Männer (von denen zwei das Zeitliche bald nach der Hochzeit gesegnet hatten) war von erstaunlicher Dauer gewesen und bis zu ihrem vierzigsten Lebensjahr durch keine Konkurrenz ernsthaft gefährdet worden, wenngleich sich die rauschhaften Momente ihres zweiten Lebensjahrzehnts beim besten Willen nicht wiederholen ließen (zumal was die originellen oder gutaussehenden Männer betraf, die zwar weiterhin reichlich vorhanden, dafür aber um einiges älter als jene waren, nach denen sie sich tatsächlich verzehrte, denen sie jedoch nichts als ihren Körper anzubieten hatte).

Die erste ihrer beiden hervorstechendsten Eigenschaften, ihre Schönheit, blieb ihr so lange erhalten, bis sie ihr ausreichend Nutzen gebracht hatte, doch war sie naturgemäß weniger beständig als die zweite, ihre geistige Armut, die ihr bis an ihr Lebensende, ja, bis auf ihr Sterbelager, erhalten blieb. Glaubte man den wenigen noch lebenden Zeugen ihrer großen Erfolge – zu denen man Galli zählen durfte, der sich seiner Jahrzehnte zurückliegenden Liaison mit Mlle de Dortmanoir keineswegs schämte –, hatte sie ab ihrem siebzehnten Lebensjahr niemals weder Geldmangel leiden noch ihrer Eitelkeit und Geltungssucht Zügel anlegen müssen; was *davor* gewesen war, wußte niemand; es lag im Ungewissen ihrer braunen, Goldsterne reflektierenden Augen.

Hunger, der keinen Grund sah, den Wahrheitsgehalt ihrer Geschichten zu bezweifeln, glaubte ihr, bewunderte sie und war stolz darauf, ihr uneingeschränktes Vertrauen gewonnen zu haben; er scherte sich nicht darum, ob das, was sie ihm erzählte, der längst vergangenen Wirklichkeit jemals entsprochen hatte. Während Germaine de Clairy erwartete, daß ihre letzten Wünsche in Erfüllung gingen, stand die Welt in ihrem Zimmer still, und Hunger war bei ihr. Hätte sie die Macht besessen, ganz über ihn zu verfügen, so hätte sie darauf bestanden, daß Hunger jede Minute in ihrer Nähe verbrachte.

Tom, der die Alte aus dem Bett zu heben und dorthin zu tragen hatte, wohin sie ihren Körper befördert sehen wollte, Tom, der Senegalese, dem sie so lange begehrlich untertan gewesen war, bis selbst sie gemerkt hatte, daß seine Aufmerksamkeit nicht ihrer Schönheit, sondern allein ihrer Hinfälligkeit galt, Tom, der Tiger, hatte ihre Zuneigung zugunsten Hungers eingebüßt. Nun, da die Alte ausschließlich für ihren weißen Diener lebte, beschränkte sich der Arbeitsbereich des Schwarzen auf die Verrichtung untergeordneter, oft auch entbehrlicher Handlangerdienste. Er ertrug seine Zurücksetzung in den Sklavenstand mit stoischer Miene als Ausdruck der unberechenbaren Launen seiner verrückten Herrin, wahrscheinlich erleichtert, seiner erotischen Rolle endlich entwachsen zu sein, während sich die anderen Hausbewohner und Bedienten in allerlei Spekulationen über Gründe und Hintergründe dieser Sinnesänderung ergingen und mit Vergnügen Hohn und Spott über »das späte Liebesglück« (wie Amaral es nannte) ergossen. Vor allem aber die Mädchen zerrissen sich das Maul über die ungleiche Verbindung zwischen der lächerlichen Greisin und ihrem verschlossenen, von allen respektierten Diener.

Eines Tages hatte Germaine angeordnet, man möge die Wanne zu drei Vierteln füllen und sie ins Wasser legen; ihre Haut sei dünn, und ihr sei heiß, weshalb das Badewasser lauwarm zu temperieren sei. Man wunderte sich, führte ihren Befehl aus und war befremdet, als sie sich weigerte, wieder aus dem Wasser zu steigen. Sie wolle abgekühlt werden, sie bleibe im Wasser. Sie schlug um sich und schrie, als man Anstalten machte, sie aus der Wanne zu heben. Der eisigen Luft sei sie lange genug ausgesetzt gewesen, der Hitze ebenso, sie halte es in ihrem Bett nicht mehr aus. Sie bestand darauf, in ihrer Badewanne liegen zu bleiben, und selbst Hunger konnte sie nicht davon überzeugen, daß sie sich im Wasser den Tod holen werde. Sein einziger Versuch, sie aus der Badewanne zu locken, mißlang. »Den Tod kenne ich nicht! Der Tod holt mich nicht«, sagte sie und widersetzte sich, legte ihre Hände auf die Wasseroberfläche, drehte die Handflächen nach oben, ließ das Wasser durch ihre Finger laufen, benetzte ihr Gesicht und schien glücklich zu sein. So gewöhnte man sich daran, daß sie ihre Tage in der Wanne zubrachte und sich den Besuchern nackt zeigte.

Als Theobald Tschalns kurz nach halb eins das Zimmer betrat, hatten sich außer Galli und Johann Hunger sämtliche Hausbewohner in ihre Zimmer, nach unten oder in den Dienstbotentrakt zurückgezogen. Galli erwartete den Arzt, den Ursina nach oben geführt hatte, unter der Tür, Hunger saß neben der Badewanne auf einem gepolsterten Hocker und ließ die Kranke, die reglos im Wasser lag, nicht aus den Augen. Germaine starrte geradeaus auf die beiden bunten Figuren, die zwischen den beiden großen Fenstern vor den Gardinen standen, als warteten sie darauf, zum Tanz aufgefordert zu werden.

Tschalns blickte auf das Wasserthermometer, das gemächlich ihre knöchernen Schultern umschiffte und schließlich an ihren angezogenen Knien landete, die an blanke Hühnerknochen, nicht an Inseln erinnerten. Das Quecksilber hinter dem dünnen Jenaer Glas zeigte neunundzwanzig Grad an, und auch im Zimmer hatte die Hitze eine kaum noch erträgliche Temperatur erreicht. Galli hatte angeordnet, die Radiatoren der zentralen Wasserheizung bis zum Anschlag aufzudrehen; nun trieb ihm die übermäßige Hitze den Schweiß in großen Tropfen auf die Stirn.

Tschalns stellte seinen Koffer hin und nahm den feuchten Hut ab, nachdem er dem Grafen die Hand gegeben und sich unnötigerweise für sein spätes Eintreffen entschuldigt hatte. »Sie kommen nicht zu spät. Sie lebt noch«, murmelte Galli, bevor er seinerseits für seinen nächtlichen Aufzug um Verzeihung bat (er trug einen eng gegürteten, safrangelben Schlafrock, der seiner Haut eine ungesunde Farbe verlieh), dann überließ er es Hunger, den höflichen Arzt über die ausgefallenen Wünsche seiner Patientin zu unterrichten (der *Hysterikerin*, wie er sie nannte, weil er davon ausging, daß seine Worte nicht zu ihr drangen). Hunger faßte sich kurz, Tschalns unterbrach ihn nicht und stellte keine Fragen, nachdem die Fortsetzung von Germaine de Clairys Krankengeschichte auf den neuesten Stand gebracht war. Die Blicke der drei Männer – Ursina hatte sich inzwischen zurückgezogen – blieben währenddessen auf die Liegende gerichtet, deren schwacher Atem die welke Brust kaum noch zu heben vermochte. Tschalns trat auf die Badewanne zu und beugte sich über die Sterbende. Als er aufsah, ohne eine Diagnose zu stellen (die keiner von ihm erwartete, da jeder sie kannte), fiel sein Blick erneut auf die beiden verschwenderisch ausgestatteten Ankleidepuppen, die sich vor den ausladend drapierten Musselinvorhängen abhoben und denen die ganze Aufmerksamkeit der ansonsten abwesend wirkenden Greisin galt.

Auf den langen Hälsen der beiden menschlichen Attrappen steckten ovale, im Verhältnis zum Körper viel zu kleine Köpfe. Tschalns glaubte, ein zufriedenes Lächeln auf den Lippen der Greisin feststellen zu können, als sich infolge eines leisen, erwärmten Luftzugs eines der blauen Seidenbänder an der himmelwärts geschwungenen Krempe des Huts der weiblichen Puppe bewegte, deren Gesicht aus Porzellan, mit feinsten Strichen konturiert, jedoch kaum mehr als angedeutet war; ein Püppchenkopf auf dem schlanken Körper einer Frau, ein Gesichtchen, dessen Blässe die Farbenpracht ihrer aus der Mode gekommenen, üppigen Kleidung gewiß mit Absicht verstärkte.

Das Lächeln erlosch. Tschalns sah zu Hunger auf, der seinem Blick auswich, dann zu Galli hinüber, der mit den Schultern zuckte und die Augen verdrehte, nachdem er bemerkt hatte, welchen Gegenständen das Interesse des Arztes galt. »Soltanto manichino!«

Der Regen, den der Wind gegen die Scheiben schlug, die Stille, die diesen Güssen folgte, das fahle Licht, in das die Wartenden getaucht waren, verwischten die Grenzen, die sie bei Tag auf das natürlichste voneinander getrennt hätten. Die beiden Puppen, die das Leben imitierten, das die dahingegangenen Träger ihrer Kostüme einst geführt hatten, wirkten in der erdrückenden Atmosphäre, als flösse Blut durch ihre Glieder. Wie wenig Macht besaßen dagegen die drei verlorenen männlichen Gestalten, die vergeblich darauf warteten, eintreten und bei den Marionettenspielen mittun zu dürfen. Die in schreiende Farben gehüllten Mannequins blieben stumm, doch hatten sie – durch welche Umstürze auch immer – eine Fülle an Macht erlangt, die die Anwesenden, vor allem aber Tschalns, mit Bangigkeit erfüllte. Der junge Arzt war überzeugt, daß die Erfahrungen und Erinnerungen der sterbenden Baronin auf die Modelle übertragen worden waren. In ihre hohlen Köpfe hatte deren Gedächtnis Einzug gehalten. Der Schmuck und die Kleidung, die sie trugen, waren nichts anderes als Germaine de Clairys Erlebnisse und die Erinnerungen, die sie daran knüpfte. In die bunten Gewänder war mehr hineingenäht, als überhaupt zu leben war.

Tschalns kam jäh zu sich, als sich (dem Anschein nach zumindest) zuerst das Wasser, dann die Kranke bewegte. Es blieb ihm keine Zeit, darüber nachzudenken, ob er eben geträumt hatte oder wach gewesen war. Wider Erwarten versuchte die Baronin aufzustehen. Sie streckte ihre spindeldürren Ärmchen aus dem Wasser und hieb so lange ins Leere, bis Hunger ihre Fäuste ergriff und nach unten drückte. Galli wollte sich abwenden, besann sich eines anderen und betonte durch seine Haltung, daß er gewillt war, jede Hilfe selbst zu leisten, um die man ihn ersuchte, und jetzt, da es zu Ende ging, nicht nach den Dienstboten zu rufen. Hungers rechte Hand lag auf Germaine de Clairys nackter Schulter. Der Arzt stand unterdessen neben Galli und überlegte, was zu tun sei.

Die Frau im Wasser stöhnte auf, dann sank ihr Kopf unter dem sanften, aber unbarmherzigen Druck von Hungers Händen auf das Kissen zurück, das dieser eilends aufgeschüttelt hatte. Sie öffnete den Mund, bewegte ihre Lippen und artikulierte deutlich, wenngleich sehr leise: »Mein Testament. Ich vermache alles meiner Tochter Philomène.« Dem folgte ein langgezogener Ton, das Pfeifen einer Ratte, die um ihr Leben schreit.

Eine Erbin hatte sie niemals zuvor auch nur erwähnt, geschweige denn von einer Tochter gesprochen. Wer war Philomène, ein tröstlicher Traum, der ihr im Angesicht des Todes vorgegaukelt wurde? Scheinbar ungerührt erkundigte sich Galli nach dem Familiennamen des Mädchens – Philomène, hatte er richtig verstanden? sie nickte –, sodann nach ihrem Wohnsitz und Familienstand. Je heftiger er in sie drang, desto störrischer würde sie ihm jede sachliche Antwort verweigern. Also versuchte er, ruhig zu bleiben. Dennoch gelang es weder ihm noch Hunger, der Gallis Fragen nah an ihrem Ohr wiederholte, weitere Auskünfte aus ihr herauszulocken. Die Baronin, die sich auch durch Drohungen nicht beeindruckt zeigte, machte ihrem Ruf, eine Wichtigtuerin zu sein, noch im Sterben alle Ehre. Sie wiederholte lediglich dreimal den Namen ihrer vermeintlichen Tochter, dann aber verstummte sie völlig. Galli, die *contenance* verlierend: »Cannaglia! Glauben *Sie* das, Hunger? Hat sie Ihnen gegenüber je zuvor eine Tochter, überhaupt irgendein Kind erwähnt? Sie müßten es doch wissen! Wenn einer, dann Sie!« Aber Hunger schüttelte den Kopf. »Was wissen Sie?« – »Nichts.« Verlegen sah er von Germaine de Clairy zum Grafen Galli, von seiner Herrin zu seinem Herrn und schwieg.

Die einsilbige Antwort kostete ihn so viel Überwindung, daß Galli beinahe Mitleid mit dem verschlossenen Mann empfand, in dem er, noch deutlicher als sonst, die Ordonnanz erkannte, die ihrem Offizier bis in den Tod gehorcht. Graf Galli faßte sich, aber er ließ nicht locker. »Versuchen Sie sich zu erinnern, Mann! Pflügen Sie Ihre Erinnerung um!« Und obwohl er sah, wie wenig seinem Gegenüber diese gar zu bildhafte Aufforderung schmeckte, gab er nicht nach: »Ich bin sicher, Sie werden auf etwas stoßen, das uns weiterhilft! Denken Sie nach!«

Der alte Graf, dem es nicht leichtfiel, seiner Erregung Herr zu werden, überging Hungers zaghaften Einwand – »Vielleicht hat sie geträumt...« – mit einer wegwerfenden Handbewegung und fuhr fort: »Wenn es stimmt, daß unsere gute, alte Freundin eine Tochter hat, wenn es sich dabei also nicht um eine Fieberfantasie handelt, dann wird sich in diesem Zimmer auch ein Papier finden, das uns Anhaltspunkte über den Aufenthaltsort des Kindes liefert. Irgendein Papier, vielleicht kein Testament, aber irgendein Schreiben, in dem ihre Hinterlassenschaft geregelt ist, eine beglaubigte Akte, ein versiegelter Brief oder eine Tagebuchaufzeichnung (Hunger schüttelte den Kopf; es existierte kein Tagebuch), in der sie ihre Tochter erwähnt, den Kindsvater, den Geburtsort, den Familiennamen ihres Schwiegersohns. Sobald wir im Besitz dieses Papiers sind, können wir zur Tat schreiten. Sobald sie uns verlassen hat«, fügte er leiser hinzu. »Ich werde alles tun, was in meiner Macht steht, um ungeregelte Nachlässe unter meinem Dach zu vermeiden. Wo kommen wir hin, wenn hier Erben auftauchen und auf Rechte pochen, die sie lediglich mit Unterstützung von Rechtsanwälten beweisen können? Ich hasse Rechtsanwälte!« Nach diesem Ausbruch verstummte er plötzlich. Er mußte sich eingestehen, daß er zu einem Publikum sprach, dessen Aufmerksamkeit nicht dem Gegenstand galt, den er behandelte, sondern allein der unverträglichen Vehemenz, mit der er ihn vorbrachte.

Hunger, der noch immer nicht wußte, wohin mit seinen Händen (weshalb er sie in seine weiten Hosentaschen steckte, dann wieder herauszog), beobachtete den alten Grafen, solange sich dieser unbeobachtet glaubte. Je länger er auf

Hunger einredete, desto nachhaltiger schien er an seinen eigenen Worten zu zweifeln. Hunger schwieg indessen, schwieg beharrlich und wandte sich dann mutlos ab, dem Weiblein zu, das elend, einer gerupften Wachtel ähnelnd, in seiner Wanne lag. »Das Wasser wird kühl« war alles, was er sagte.

Galli legte den Handrücken auf seine Stirn, um sie zu kühlen. Er hatte Kopfschmerzen. Er sah ein, daß von Hungers Seite kein weiteres Entgegenkommen zu erwarten war. Er würde sich vermutlich nicht einmal dazu bereit erklären, Germaines verwaiste Matratze umzudrehen, um deren Futter nach einer Hinterlassenschaft zu durchsuchen. »Oder auch nicht«, nahm Graf Galli den Faden seiner Überlegungen an dessen mürbem Ende wieder auf. »Oder auch nicht. Mag sein, daß ich mich täusche. Es wäre nicht das erste Mal, daß unsere alte Freundin für eine Überraschung gut ist. Was würde wohl besser zu ihr passen, als eben gerade keinen einzigen Gedanken daran verschwendet zu haben, was nach ihr kommt. Kommen Sie, Doktor!« Er packte Tschalns am Aufschlag seines Mantels.

»Warten Sie!« – Tschalns versuchte ihn zurückzuhalten. »Ich überlege...« – Galli schnitt ihm das Wort ab. »Es gibt gar nichts zu überlegen. Sie können hier nichts mehr tun. Hunger paßt auf sie auf. Sollte etwas eintreten, das Ihre Hilfe erforderlich macht, so wird er es uns wissen lassen. Versuchen Sie sie davon zu überzeugen, daß sie reden muß, Hunger. Finden Sie den Aufbewahrungsort allfälliger Verfügungen heraus, den Namen ihres Anwalts, falls der noch lebt! Germaine ist eine reiche Frau, auch wenn sie den größeren Teil ihres einstigen Vermögens längst durchgebracht hat. Beharren Sie darauf. Tun Sie es für mich und um der Gerechtigkeit willen. Tun Sie es für Urmein, mein Gott, tun Sie es für wen Sie wollen, aber tun Sie Ihr Möglichstes. Ich wünsche nicht, daß dieses Geld an eine Bank fällt, die vom Tod der Baronin de Clairy möglicherweise erst dann erfährt, wenn auch der letzte Treuhänder längst tot ist.«

Hunger nickte und schwieg. »Soll sie es doch *Ihnen* vermachen, Hunger. Hier!« Er reichte dem Diener, was er in der Tasche seines Schlafrocks gefunden hatte: Ein Stück Papier und einen kurzen Bleistift. »Sie können schreiben, und sie« – er deutete auf die Liegende – »kann noch lesen. Entlocken Sie ihr ein Testament. Sie braucht nichts weiter als einen Zettel mit dem Namen ihres Erben zu unterschreiben. Bringen Sie sie dazu, *Sie* als Alleinerben einzusetzen! Ich will ein geregeltes Ende. Verstanden? Sie sind mir zu blaß, junger Doktor. Kommen Sie! Lassen wir die beiden allein.«

»Was ist mit den Figuren«, fragte Tschalns, als sie auf die dunkle Galerie traten, deren Dielen unter ihren Schritten federten. Galli blieb stehen und warf einen Blick über die Balustrade nach unten in den nur schwach beleuchteten Innenhof, wo sich ein Schatten aus dem Kaldarium auf einen Sessel zubewegte. »Was bedeuten die Kostüme auf den Schneiderpuppen?«

Galli wandte sich an Tschalns. »Ihr Leichenhemd und Brautkleid«, erwiderte er langsam und legte seine Hand auf Theobald Tschalns Schulter, der sich der Berührung entzog. »Sofern denn alles eine Bedeutung haben muß.«

»Ihr Brautkleid, ihr Leichenhemd, ist das Ihr Ernst? Verzeihen Sie, ich verstehe nicht.« – »Ihr erstes Leichenhemd, aber nicht ihr erstes Brautkleid, wie Sie ja wissen. Germaine war ebenso oft verheiratet, wie eine Rinnsteinkatze Junge kriegt, und ist mehr fremdgegangen, als eine solche Mäuse fängt. Schockiert? Seien Sie versichert, es fällt selbst mir inzwischen schwer, mich zu erinnern, was und wer ich Greis einst war. Es ist beinahe unmöglich, die goldenen Zeiten unserer Jugend – und mit der Gegenwart verglichen waren es goldene Zeiten –, diese goldenen Zeiten auf den Gesichtern dieser alten Leute wiederzufinden. Amaral! Was war der doch für ein außergewöhnlich hübscher, feuriger Junge, bis ihm, als er vierzig wurde, die mißgünstige Natur mit der ihr eigentümlichen Brutalität ins Gesicht schlug und es entstellte. Er wurde häßlich, und der Zorn darüber machte ihn zänkisch. Auf Eis gelegte Eigenschaften, die wir vermutet hatten, ließen sich nicht mehr unterdrücken. Mit seinen Falten und Tränensäcken war sie da: die schlechte Seite eines schwierigen Charakters, die die bessere fast vollständig zerstörte. Giuliana Sardi hingegen, unsere Weltenbummlerin, die man in den Kleidern des anderen Geschlechts noch vor zwanzig Jahren für einen Knaben halten konnte, schien Amarals Schicksal auf wunderbare Weise entkommen zu sein. Wie aber sieht sie heute aus? Unmöglich, in ihr die Frau von damals wiederzuerkennen. Amarals und unser aller Schicksal hat auch sie eingeholt und sich erfüllt. Wenngleich sie in den letzten zwei Monaten etliche Pfunde verloren hat, ist sie doch für einen jungen Mann wie Sie nichts weiter als eine alte Frau, die mit Hilfe einer jungen Gefährtin gegen die Zeit kämpft. Und Germaine? Ich habe nie zuvor und nie danach eine Frau von reinerer Schönheit als die Baronin de Clairy gesehen, die damals, als ich sie kennenlernte, gerade ein Verhältnis mit Loulou, dem Sohn des Kaisers beendete, der wenig später in Südafrika fiel. Man bescheinigte ihr reptilhafte Falschheit, obwohl sie doch die echteste aller Schlangen war, der ich je begegnet bin. Sie hat ihre Durchtriebenheit nie vor der Welt verstecken müssen und wäre dazu vermutlich gar nicht imstande gewesen. Ihre Schönheit schützte sie vor fast allen Anfechtungen, sie war der Schild, an dem die Angriffe ihrer Feindinnen und verschmähten Liebhaber abprallten, und sie bediente sich ihrer auf ebenso natürliche wie schamlose Weise; nun, wofür hätte sie sich denn schämen sollen?

Sie hat es vermutlich schon im zartesten Alter verstanden, sich aller nur erdenklichen Listen, Finten und Lügen zu bedienen, um ihr Ziel zu erreichen. Aber erst, als sie alt genug war, im Spiegel nicht nur sich, sondern auch jene zu erkennen, die das Geschöpf besitzen wollten, auf das ihr Blick mit Wohlgefallen fiel, konnte sie sich daran machen, ihr Glück zu versuchen. Sie machte es binnen kürzester Zeit. Auch im Fall Germaines fehlte nicht viel, und sie wäre den Weg der ganz gewöhnlichen Hure gegangen. Doch sie hatte Glück. Sie begegnete gleich zu Beginn ihrer Karriere den richtigen Männern, Männern von Stand oder Ansehen. Sie war skrupellos, verlogen und unbeschreiblich bezaubernd. Es gab viele Möglichkeiten, an sie heranzukommen, und ebenso viele, sich ihr wieder zu entziehen. Wollte man in den Genuß ihres Körpers gelangen, genügte es, sich ihren stündlich wechselnden Launen zu beugen oder reich zu sein. Zumindest wohlhabend genug, um Mademoiselle so lange zu finanzieren, bis sie sich einem neuen Geldgeber zuwandte. Man verzieh ihr, was auch immer sie tat, solange man sie liebte. Wollte man mit ihr brechen, so genügte oft schon der Vorwurf der Untreue oder des Betrugs, um einen Streit zu provozieren, der fast immer die erhoffte Wirkung hatte, aber glauben Sie nicht, daß man sie deshalb schon los war. Sie besaß die Fähigkeit, ihren ehemaligen Liebhabern zentnerschwer auf der Tasche zu liegen und sie mit dem, was sie über sie wußte und was die anderen nicht wissen sollten, zu erpressen. Sollte aus einer dieser unzähligen Verbindungen tatsächlich ein menschliches Wesen hervorgegangen sein? Philomène? Eine Tochter? Nun ja, für eine Frau mit ihren Beziehungen war es ein leichtes, sich eines unerwünschten Kindes zu entledigen. Fragen Sie meinen Diener Francesco, nein, fragen Sie ihn nicht, denn er kann Ihnen ja nicht antworten.«

Galli versank für Augenblicke in Schweigen. Als er sich wieder aufrichtete und nach oben blickte, entdeckte er den Schatten Roths im Apparateraum, der sich sofort zurückzog. Zu welchem Zweck er sich so spät bei seinen Scheinwerfern aufhielt, blieb sein Geheimnis; das Licht jedenfalls veränderte sich nicht.

»Ich rede von vergangenen Zeiten, obwohl ich weiß, wie sehr der Jugend lamentierende Greise verhaßt sind. Ich blicke durch getrübte Scheiben zurück. Was hier geschieht, läßt sich auch mit einfacheren Worten beschreiben: Die Baronin ist alt, Ruhm und Schönheit sind dahin, der Letzte, der auf sie wartet, ist der fürchterliche Unbekannte. Gemessen an ihren eigenen Erwartungen war es gewiß ein reiches und erfülltes Leben. Andere mögen es anders sehen. Sie wird seinen Auftritt verpassen; sie kennt nur seine Waffen. Wenn er kommt, wird sie – um beim Bild zu bleiben – die leergeräumte Bühne schon verlassen haben.«

»Warum lebt sie hier? Warum ist sie nicht dort geblieben, wo sie früher lebte«, fragte Tschalns. »Und warum Sie und all die anderen?« – »Nun, dafür gibt es mehr Gründe als Bewohner. Es mag paradox klingen, aber das Schloß bietet uns die einmalige Gelegenheit, ungestört zu sein, obwohl wir nicht allein sind. Das wäre eine mögliche Antwort auf Ihre Frage. Aber ist es eine befriedigende Antwort? Ist der Weltkrieg eine bessere Erklärung für unseren Rückzug? Was wäre aus uns geworden, wenn uns der Krieg dort ereilt hätte, wo wir noch vor fünf Jahren lebten? Überall herrscht Krieg. Von hier hält er sich fern. Aber auch der Krieg ist keine Erklärung für unseren Rückzug in die Berge, denn wie Sie wissen, sind wir bereits vor dem Attentat von Sarajewo hierher gezogen, und meine Pläne bezüglich einer ruhigen Niederlassung sind sehr viel älter. Ich kenne die Gründe der anderen nicht. Ich kann Ihnen nicht mit Sicherheit sagen, warum die Signorina Sardi oder Pasquinelli oder Matthews mein Angebot angenommen haben. Ich weiß nicht einmal, weshalb ein Mann wie Hunger sich bereit erklärte, mir zu folgen. Vielleicht, weil er Heimweh hatte?«

»Was sind die Gründe, die Sie dazu veranlaßt haben, sich nach Urmein zurückzuziehen?«

Da Galli nicht antwortete, wechselte der Arzt zu jenem Gegenstand, von dem sie ausgegangen waren. »Wenn wir auch sonst nicht viel für die Baronin tun können, so sollten wir zumindest darauf achten, daß sie genügend Flüssigkeit zu sich nimmt.« – »Ich werde Order geben«, sagte Galli. »Aber machen wir uns nichts vor«, sagte Tschalns, »ihr Ende steht bevor.« – »Ich weiß. Ich werde alles Nötige veranlassen.«

Mit diesen Worten verschwand der Graf in Germaines Wohnung, wo er Anweisungen gab, die unverständlich blieben. Als er wieder auf die Galerie trat, teilte er dem Arzt mit, sie schlafe nun, Hunger werde um alles übrige bemüht sein.

Erst jetzt bemerkte Tschalns die zusammengesunkene Gestalt, die im Innenhof auf einem Korbsessel neben einer der steinernen Sphingen saß. Er machte Galli darauf aufmerksam. »Matthews, der nicht schlafen kann«, sagte dieser, nachdem er sich über das Geländer gebeugt hatte. »Was meinen Sie? Schläft er? Es sieht aus, als sei er eingenickt.«

In diesem Augenblick regte sich Matthews. Ob er nun aus dem Schlaf oder lediglich aus seinen Gedanken erwachte, jedenfalls neigte er den Kopf zur Seite und winkte hinauf. Dann stand er auf und wandte sich zum Gehen. Indem er seinen Abgang beobachtete, murmelte Galli: »Alle Eitelkeit ist von ihm abgefallen. Er war ein vollkommener Künstler, ein Meister seines Instruments, und ich gebe die Hoffnung nicht auf, daß er uns eines Tages mit einem letzten Konzert beglücken wird.«

Roths Anwesenheit im Apparateraum machte sich nunmehr bemerkbar: Matthews wurde von der plötzlich eintretenden Dunkelheit verschlungen. »Doktor, es ist spät. Gehen Sie nach Hause. Sie sind sicher müde.« Aber noch rührte sich keiner vom Fleck.

»Nur eines noch wüßte ich gern«, sagte der junge Mann, »und ich bitte Sie, meine Neugier zu verzeihen, Exzellenz, sagen Sie mir, was bedeuten die beiden Kleiderpuppen im Zimmer der Baronin?«

»Was sie *bedeuten*, weiß ich nicht. Sie warten auf eine Gelegenheit, endlich getragen zu werden. Sie warten wohl schon lange. Gewiß ist das Fischbein inzwischen ebenso brüchig wie der Stoff, und ich fürchte, daß weder das eine noch das andere eine einzige Walzerfolge überleben würde. Ich nehme an, daß Germaine noch immer hofft, ihr Diener werde eines Tages den *incroyable* tragen.« Als Tschalns ihn verständnislos ansah:

»Germaine hatte stets eine nicht sonderlich originelle Schwäche für modischen Putz und geschmacklosen Firlefanz. Darüber hinaus neigte sie dazu, Erwartungen in ihre Ehemänner und Liebhaber zu setzen, die nur wenige zufriedenstellend erfüllen konnten. Was lag näher, als die Puppe, mit der sie spielte, nach ihrem Gusto zu behängen? Sie ersetzte ihr vielleicht den Geliebten. Die Vorstellung mag Ihnen lächerlich erscheinen, aber ich vermute, daß das männliche Kostüm, der *incroyable*, zunächst dazu bestimmt war, Tom oder Leroi zu kleiden. Als keiner von beiden ihre Bitten erhörte, wandte sie sich einfach an Hunger; sie machte ihm unzweideutige Avancen. Mehr ist mir nicht bekannt. Ich weiß nicht, ob er es je getragen hat.« – »Hunger in solch einem Aufzug!« – »Hunger verkleidet, warum nicht? Germaines Überredungskünste wurden von allen gefürchtet, und selbst der beste Diener hat seine schwachen Seiten. Man sollte die Zikaden vergiften! Der Lärm ist unerträglich.«

Galli deutete auf den Wintergarten. »Hören Sie das? Es ist sehr lästig!« Tschalns, der es nicht wagte, weiter in Galli zu dringen, nickte.

»Ist Ihnen aufgefallen, daß einzelne dieser unscheinbaren Tiere sich solistisch hervortun? Das sind die kleinen Herren, die die Macht an sich gerissen haben. Eines Tages werden sie auch uns aus dem Feld schlagen.« Galli war offensichtlich nicht gewillt, sich länger über die Vorlieben seiner Gäste zu unterhalten. »Seitdem sich die Zikaden in unserem Wintergarten auf geradezu beängstigende Weise vermehrt haben, kommen sie auch in meinen Träumen vor. Ich träume von ihnen und von den Deutschen. Wir werden zufällig von deutschen Fliegern entdeckt, und was der Zufall will, darf ein Soldat nicht ignorieren. Er hat keine andere Wahl, er muß angreifen, sein Auftrag ist klar. Da ruft einer von uns, ich weiß nicht wer: Öffne das Fenster, und ich öffne es. Hunderte von schwarzen Punkten am Himmel nähern sich uns. Es sind die Flieger, die rasenden Deutschen! Ein feindlicher Angriff auf einen strategisch bedeutungslosen Punkt. Doch ich staune und erstarre, denn es scheint, als rüsteten sich auch unsere ungebetenen Gäste, die lästigen Insekten, zum Kampf. Die Zikaden, sonst verborgen im Laub, steigen in einer dichten Wolke empor, schwärmen aus und verlassen das Kaldarium durch das große Fenster. Es ist, als ahmten ihre Flügel den Lärm der Flugzeugmotoren nach. Der Schwarm der Insekten verdunkelt den Himmel und geht zum Angriff über. Zwar werden viele getroffen, doch selbst die, die getroffen werden, greifen immer wieder an. Dieser Krieg ist nicht weniger echt als der wirkliche Krieg. Die deutschen Flieger ziehen ab. Aber die Zikaden kehren nicht ins Schloß zurück. Entweder finden sie den Rückweg nicht, oder sie sind auf den Geschmack der Freiheit gekommen. Sie werden hier nicht überleben. Es ist zu kalt. In meinen Träumen sind die unwirklichen Zikaden unsere Rettung, in Wahrheit aber liegt ihnen absolut nichts daran, mich und meine Gäste vor unseren Feinden zu beschützen. Im Falle eines Angriffs auf Urmein, den Gott verhüten möge, würden die Zikaden nicht einmal ihren häßlichen Gesang unterbrechen. Sie würden weiterschreien und uns unserem Schicksal überlassen, und keiner wird danach fragen, was es mit den alten Fetzen im Zimmer unserer Wassernixe auf sich hat.«

Der Neugierige in der Küche hatte mehr Erfolg; Frederick Matthews gelangte ohne Umwege an sein Ziel. Während der Graf noch auf den jungen Arzt einredete, dessen Versuche, mehr über den *incroyable* zu erfahren, fehlschlugen, wurde Frederick Matthews' Wissensdurst bald gestillt. Sophies unterirdisches Reich war ihm so vertraut, daß er seine Weste auszog, als er sich an den offenen Kamin setzte. Das Feuer war erloschen, die Steine waren noch warm. Die Küchenuhr, die Roth jeden Freitagabend pünktlich zur selben Zeit aufzog, hatte zweimal geschlagen (halb zwei), als Matthews die Küche betrat. Die Köchin war über einem Stapel gestärkter Servietten eingeschlafen. Auf dem gußeisernen Kochherd, der in Anbetracht von Germaine de Clairys Gesundheitszustand auch nachts unterhalten wurde, standen drei große Töpfe mit Badewasser für die Baronin. Sophie hob den Kopf, legte die Geschirrtücher auf den Tisch, stand auf und fragte Matthews, ob er hungrig sei. Er schüttelte den Kopf.

Dann sprachen auch sie über die Sterbende und über deren schlechtes Befinden. Zum erstenmal erzählte Sophie – in wenigen Worten – von ihrer weit zurückliegenden, wohl etwas einseitigen und eher widerstrebend erwiderten Liebe zu Johann Hunger. Sie kamen erneut auf die Baronin zu sprechen, und endlich wurde Matthews' Neugier hinsichtlich der Beziehung des verschlossenen Dieners zu Germaine befriedigt. Die Auskünfte, die sie ihrem hingebungsvoll lauschenden Vertrauten erteilte, fielen karg, aber präzise aus. Wie Tschalns von Galli, wollte Matthews von Sophie wissen, was Germaine de Clairy mit den üppig dekorierten *mannequins* bezweckte, die in ihrem Schlafzimmer standen. Sophie erzählte, was sie aus erster Hand von Hunger wußte und was anzuzweifeln sie keinen Grund sah: daß die alte Dame ihn vor einigen Wochen, zu einem Zeitpunkt, als es ihr noch etwas besser ging, darum gebeten habe, ihr in die Gewänder der weiblichen Puppe zu helfen, bevor er selbst in die Kleider schlüpfe, die über der männlichen Puppe hingen; daß er ihrer Bitte widerspruchslos entsprochen habe, als gehöre dergleichen zu den selbstverständlichen Pflichten jedes Hausangestellten. Bei abgeschlossener Tür, denn niemand sollte sie bei ihrer Maskerade überraschen, kleidete er die Baronin an, nachdem er sie ausgezogen, gewaschen und parfümiert hatte. Unter seinen Händen erschauerte und seufzte sie (erzählte Sophie, als wäre sie dabei gewesen). Die Einkleidung hatte viel Zeit in Anspruch genommen, denn das Kostüm der *merveilleuse*, wie die Baronin de Clairy das Ensemble nannte, bestand aus zahllosen einzelnen Kostümteilen, die immer wieder gewendet, zurechtgezupft, geglättet und umgelegt werden mußten, bevor sie den Vorstellungen der Trägerin endlich entsprachen, deren gepudertes, geschminktes und perückiertes Haupt abschließend mit einem Hut von extravaganten Ausmaßen gekrönt wurde, der im

Gegensatz zu den Textilien tatsächlich aus jener Zeit, dem vorvergangenen Jahrhundert stammte, in der verschwenderische Toiletten dieser Art in gewissen Gesellschaftsschichten ebenso *en vogue* gewesen waren wie der Ausruf *incroyable*! Daher der Name dieses Kostüms, das von den erlauchten Dandys der Hauptstadt getragen wurde. Ja, davon habe er in Paris gehört, erinnerte sich Matthews.

»So hat mir Johann das erzählt. Ich wußte nichts von solchen Dingen, obwohl doch meine Mutter...« Sophie verstummte.

Farbenprächtig wie das feuerspeiende Rad eines Feuerwerkskörpers sei die Baronin mitten im Zimmer gestanden und habe sich um ihre eigene Achse gedreht, was ihr, trotz der Schmerzen, die ihr jede Bewegung bereitete, gewiß leichter gefallen war, als das Gewicht der *merveilleuse* zu tragen, unter dem sie beinahe zusammenbrach. »Hunger sagte, im Zimmer war ein großer Farbenrausch und viel Geraschel.« Dann habe die Baronin ihren Diener gebeten, sich nur nicht zu genieren und seinerseits den *incroyable* anzuziehen. Sie duldete keinen Widerspruch, und Hunger sei bekanntlich nicht der Mann, ihn gegenüber seiner Herrschaft anzumelden. Es stehe ihr nicht zu, sein Verhalten zu verurteilen, aber merkwürdig finde sie es schon, daß er wirklich tat, was die Baronin von ihm verlangte. Der treuherzige Hunger zog sich – gewiß nicht aus Vergnügen – vor ihr aus (Sophie errötete im Schein der Lampe). Unfähig, sich unter der Last ihres Kleides von der Stelle zu rühren, war es der Alten aber nicht vergönnt, ihn anzufassen. Sie bat ihn, sich umzudrehen, und sagte: »*Montrez votre derrière!*« Hunger verstand: Sie wollte ihn von allen Seiten sehen. »*Mon Dieu, quel cul*«, rief sie mit einer Stimme aus, die dünn war wie ihr Hals.

Als Hunger schließlich im Kostüm des *incroyable* zwischen den beiden ihrer Kleider beraubten Puppen stand, fiel Germaine plötzlich in Ohnmacht. Ihr Kleid hatte sich aufgebauscht, und sie war mit einer Wolke aus Tüll, Seide und Musselin zugedeckt worden. Der pompöse Hunger eilte ihr zu Hilfe, hob sie vom Boden auf und legte sie aufs Bett, nachdem er sie wie ein Präsent in ihre Stoffe eingeschlagen hatte. Als die Baronin wieder zu sich kam, mochte sie sich für einige Augenblicke in der erregenden Ungewißheit gewogen haben, Hungers unsichtbares Teil, das scharfe Messer, das die Macht besaß, sie aus der Welt zu schneiden, habe sich gewaltsam Einlaß in sie verschafft. Doch sie spürte nichts. Weder hatte er ihr das Leben genommen noch feuchte Spuren hinterlassen. Sie lebte, und ihr Schoß war ein trockenes Flußbett. Doch unbegreiflich selig lächelte sie, entblößte ihr kindliches, rosa Zahnfleisch und flüsterte: »*C'est incroyable! Quel beau cadeau, quel beau costume!*«

Sophie entschuldigte sich für ihren Redeschwall und die Anzüglichkeiten, die er mit sich geführt hatte. Noch immer war ihr Gesicht gerötet. Matthews bedankte sich dafür und stand auf. Nachdem er sich verabschiedet hatte, fütterte sie den Herd mit Scheiten und Briketts und öffnete die Lüftungsklappe; nach einiger Zeit flammte die Glut auf. Dann sah sie nach dem neuen Mädchen, das in der angrenzenden Kammer auf einem Strohsack lag und den Auftrag hatte, das Feuer auch nachts zu unterhalten. Es war eingeschlafen. Sie rüttelte es wach.

Der Gedanke, nie mehr vor Matthews zu tanzen, erfüllte Sophie, die die Kerzen ausblies, mit Wehmut. Da er sich angewöhnt hatte, sie in der Küche aufzusuchen und nicht im ersten Stock auf sie zu warten, würde sich so rasch keine Gelegenheit mehr ergeben, ihn im Salon nach Mitternacht allein anzutreffen. Die Trauer über etwas Verlorenes, das sie nie ganz besessen hatte, wich der Gewißheit, sich von Fesseln befreit zu haben, die sie sich selbst angelegt hatte.

Nichts besänftigte Matthews' Nerven mehr, als in der Dunkelheit durch die weitläufigen Korridore des Schlosses zu gehen, während die anderen schliefen oder sich in ihre Erinnerungen zurückgezogen hatten wie auf verlorene Güter.

IX

Den Bewohnern des Schlosses, die sich im Lauf der vergangenen Jahre an einen verhaltenen, fast zögerlichen Gang der Dinge im Rahmen einer eilig vergehenden Zeit gewöhnt hatten, mochte es scheinen, als überstürzten sich die Ereignisse, was sicher auch daran lag, daß sie dazu verurteilt waren, Zuschauer zu bleiben; ihre Stimmen trugen nicht weit genug, um über einen kleinen Radius hinaus gehört zu werden. Glücklich durfte sich schätzen, wer wie Lugi Albanese nur sein Augenlicht verloren hatte. Albanese, der »Reliquienhändler«, der über diesen Verlust nie klagte, hatte genug damit zu tun, seinen Geist zu erforschen und Gott zu dienen; sein Geist sei sehend, die Blindheit erhelle dessen Kornkammern, sie seien bis unters Dach mit Schätzen gefüllt. Es komme ihm nicht ungelegen, blind zu sein, behauptete auch Fräulein Ostermann, deren Aufgabe zur Hauptsache darin bestand, den alten Mann ins Bett zu bringen, ihm in die Kleider zu helfen, ihm vorzulesen und ihn, wenn ihn danach verlangte, im Haus und Garten herumzuführen. Besonders bereitwillig verließ er sein Zimmer, wenn sie ihm einen Besuch im Kaldarium vorschlug. Man bekam den hageren Greis nur selten zu Gesicht und wäre geneigt gewesen, ihn zu vergessen, wäre nicht Fräulein Ostermann, die Person ungewissen Alters gewesen, die unentwegt, vor allem bei Tisch, in seinem Namen auf sich, seltener auch auf ihn aufmerksam machte und im übrigen die Angewohnheit hatte, für zwei zu essen, was nicht nur Signorina Sardi mit Neid erfüllt hatte, sondern auch Revers. »Ich verdaue eben sehr schnell«, pflegte sie geringschätzig zu sagen, indem sie unverdrossen weiterkaute, wobei ihr Blick über den langen Tisch wanderte und in der Regel an Giulianas Körper haften blieb (als diese noch lebte). »Es ist nicht mein Verdienst, es ist mein Körper, er meint es gut mit mir. *Je ne suis pour rien dans cette affaire*. Ich bin hungrig, ich esse, aber Essen bedeutet mir nichts. Ich kann nun mal immer essen. Wäre ich nicht ich selbst, ich würde mich um meinen eigenen Körper beneiden.« Dann lachte sie und aß, was man ihr übrig ließ, so schnell wie eine hungrige Katze.

Nathalie Ostermann erblickte den Neffen des Grafen als erste (und dieser sah ihren Schatten am Fenster). Sie hatte von ihrem nach vorne gelegenen kleinen Zimmer die beste Aussicht auf die seit Tagen tief verschneite Allee und so auch auf den »hinreißend attraktiven jungen Mann« (sie sprach von ihm nicht anders als Revers von einem gelungenen *soufflé* geschwärmt hätte), der sich in der weißen Landschaft, die seine dunkel getönte Hautfarbe und das fast schwarze Haar eindrucksvoll zur Geltung brachte, höchst malerisch ausnahm. Er betrat das mit Schnee lasierte Bühnenbild in einem grauen Wintermantel (der Kragen war aus Pelz), der zweifellos bessere Tage gesehen hatte.

Flavio Galli hinterließ drei Spuren von unterschiedlicher Ausdehnung und Tiefe im Schnee, die erst am nächsten Morgen verschwunden waren: Die seiner Schritte und die der beiden Koffer, an denen er schwer, aber aufrecht und unermüdlich trug (»...einfach hinreißend...«). Er war kräftig und eitel genug, sich selbst in einem Augenblick, als er sich unbeobachtet glauben durfte, keine Erschöpfung anmerken zu lassen. Das gefiel ihr, denn es waren in ihren Augen (und mit ihren Worten) »kleidsame Eigenschaften, männlich und tugendhaft, ich würde sogar sagen: deutsch«.

Fräulein Ostermann, die aus Kleve im Rheinland stammte, hatte nur einen kleinen Teil ihres Lebens in dem Land zugebracht, das sie zu lieben und zu kennen vorgab. Obwohl sie Deutschland mied, galt ihre Devotion dem Kern des deutschen Wesens, wie sie es nannte. Obwohl sie weder familiäre noch freundschaftliche Beziehungen zu Deutschen unterhielt, war sie stets mit Vergleichen bei der Hand, wie sehr sie selbst im Grunde ihres Herzens preußisch sei, wofür zumindest sprach, daß sie auf alles eine Antwort hatte und für jede noch so abwegige Behauptung einen scheinbar unwiderlegbaren Beweis ins Feld führen konnte. Zum Weltkrieg, wie man ihn nun nannte, äußerte sie sich allerdings nicht; in dieser Sache Partei für die eine oder andere, für die deutsche oder italienische Seite zu ergreifen, wäre ihr, angesichts der Tatsache, daß sie zwar Deutsche war, jedoch jahrzehntelang in Italien gelebt hatte, unanständig erschienen.

Sie war einst hübsch gewesen, das sah man immer noch, weshalb vor allem bei den Hausangestellten Gerüchte im Umlauf waren, die vermutlich jeder Grundlage entbehrten. Sie machten das Fräulein auf einem Gebiet, das sie niemals betreten hatte, noch interessanter, als sie sich ohnehin seit langem wähnte, weshalb sie die Schwätzer gewähren ließ. Daß man sie weder mochte noch ernst nahm, entging ihr völlig; umso leichter fiel es ihr, die Dienstboten, vor allem die

Mädchen das spüren zu lassen, was sie ernstlich ihre natürliche Autorität nannte. Sie merkte nicht, daß sich jene, die sie hinter ihrem Rücken »Fräulein Krupp« nannten, über sie lustig machten. Sie war keine von ihnen, obwohl sie sich uneingestandenermaßen gerade in deren Gegenwart am sichersten fühlte.

Nachdem sie es nicht einmal so lange in ihrem Zimmer ausgehalten hatte, bis Flavio (»...edle Nase, herrlich geschwungener, angriffslustiger Mund, kräftiger Wuchs...«) das Ende der Allee erreicht hatte, suchte sie Albanese auf, um ihm ihre Entdeckung im Schnee in Farben zu schildern, die diesem Ereignis – der Ankunft eines neuen Dieners, wie sie glaubte – kaum anstanden. Der alte Mann kannte ihre Affinitäten und Verstiegenheiten gut genug, um sich ein zutreffenderes Bild dessen machen zu können, was dort draußen tatsächlich zu sehen war. Er roch den Schnee. Er spürte die Kälte durch sämtliche Mauern. Er sah den jungen Mann, den das Fräulein von ihrem Fenster aus erblickt und verklärt hatte, in einem weniger freundlichen Licht. Er nahm ihn aus der Sonne, in die sie ihn voller Emphase tauchte, und stellte ihn in den Schatten zurück, den die Baumstämme auf den verschneiten Weg warfen. »Ja, ja...« war alles, was er zu sagen hatte, während Fräulein Ostermann weitersprach. Sie schenkte seinem Verzicht auf Fragen nicht die geringste Beachtung. »Ja, ja«, sagte er leise und tätschelte mit seiner Rechten seine Linke, als ginge er mit zwei fremden Händen um.

»Dreimal dürfen Sie raten, an wen er mich erinnert.« Luigi Albanese, dem im Lauf seines Daseins von Berufs wegen so viele zwielichtige Gestalten begegnet waren, daß es für mehrere Leben ausgereicht hätte, unterließ es, sich in ihre intimen Erinnerungen einzumischen und begnügte sich damit, einmal mehr über die Sprunghaftigkeit ihrer Gedankengänge zu staunen. Sie war es gewohnt, bei Albanese auf Schweigen zu stoßen. Sie verstummte, ergriff seine Hände und legte sie vorsichtig wie zerbrechliche Tassen auf die Armlehnen seines Sessels. Am liebsten war ihr der alte Mann, wenn er still dasaß und vorgab, ihr zuzuhören. Auch sie schwieg, so daß die Geräusche, die von unten heraufdrangen, ungehindert an ihr stets offenes Ohr dringen konnten.

Um eine allgemeine Konfusion zu vermeiden, hatte Graf Galli seinen Gästen, denen er im übrigen keine Rechenschaft schuldig war, nichts über den bevorstehenden Besuch seines Neffen Flavio erzählt, der ihm in einem vom 12. November 1917 datierten Brief bündig mitgeteilt hatte, er werde ihn zum Jahreswechsel in seinem schweizerischen Exil besuchen. Den Zweck seines Besuchs – sofern es einen gab – erwähnte er nicht.

Da der kurze, beleidigend formelle Brief keinen Absender enthielt, hatte Galli keinerlei Möglichkeit gesehen, seinem Neffen weder zuvorkommend noch abschlägig zu antworten, ja, er hatte dessen Schreiben noch nicht einmal bestätigen können. Daß sich Flavio noch – oder wieder – in seiner Triestiner Villa in der Via Torino aufhielt, schien ihm angesichts der Kriegswirren und der Tatsache, daß der Junge in der italienischen Armee diente, äußerst unwahrscheinlich. Da aber der Poststempel unleserlich war, unterließ er es, sich in Spekulationen über seinen augenblicklichen Aufenthaltsort zu ergehen.

Er setzte zunächst lediglich seinen Diener Francesco von dem bevorstehenden Besuch Flavios in Kenntnis, den er seit fast einem Jahrzehnt nicht mehr gesehen und auf dessen Charakter sich der patriotische Dienst wohl nicht sonderlich besänftigend ausgewirkt hatte. Auf Francescos Stillschweigen konnte er sich wie auf sein eigenes verlassen, wenn ihm auch nicht entgangen war, daß Francesco Buoncore seinem Einfluß etwas entglitt, seitdem er sich verliebt hatte, wobei noch das Entgleiten nicht wirklich faßbar war; und doch konnte er weiterhin auf seine Loyalität zählen. Galli ging davon aus, daß auch Ursina, Francescos heimliche Geliebte, die seit Giuliana Sardis Tod fast ebenso stumm war wie ihr Liebhaber, über Flavios Kommen unterrichtet war, eine Vermutung, die ihm allerdings kein Kopfzerbrechen bereitete. Mit ihrer Diskretion glaubte er ebenso rechnen zu können wie mit der naturgegebenen Verschwiegenheit seines Dieners, der sich mit Ursina zum einen schriftlich, zum anderen in einer ihrer Umgebung unverständlichen Gebärdensprache unterhielt.

Galli, den die ersehnten Nachrichten über den Verlauf des Kriegs und der sich oft nur um einige Meter verschiebenden, dann wieder erstarrenden Fronten im Westen und Osten nur in beschränktem Umfang erreichten, seitdem die Postwege allenthalben abgeschnitten oder umgeleitet waren, mußte sich trotz seiner heftigen Abneigung gegen Flavio eingestehen, daß ihm dessen unerwarteter Besuch nicht gänzlich ungelegen kam. Das Ausbleiben detaillierter Informationen machte ihm entgegen seiner öffentlichen Bekundungen weit mehr zu schaffen, als er es zugeben wollte. Von Flavio hoffte er Näheres über die empfindliche, wenn nicht vernichtende Niederlage zu erfahren, die den Italienern in den letzten Wochen und Monaten, vor allem aber in den ersten Oktobertagen zugefügt worden war, wie er der *Bündner Zeitung* entnommen hatte. Davon, daß Flavio sie miterlebt hatte, war er überzeugt, obwohl in dessen Schreiben von Kämpfen, überhaupt von kriegerischen Handlungen nicht mit einer Silbe die Rede war. Flavios Handschrift wirkte auf ihn genauso unbeteiligt wie das wenige, das sie mitteilte (im Gegensatz zu seinem ersten Schreiben, hielt er sich mit Einzelheiten zurück), und als er sie mit einem lange zurückliegenden Brief von derselben Hand verglich (einem kurzen, schroffen Dankschreiben für eine Sammlung antiker Münzen, die Galli ihm zu seinem achtzehnten Geburtstag hatte zukommen lassen), stellte er erstaunt fest, daß sie sich kaum verändert hatte. Hatte er sie damals zu erwachsen gefunden, so schien sie ihm nun zu unpersönlich. Doch mochte das, was heute Ähnlichkeit mit der Schrift eines unbeteiligten Funktionärs hatte, eine Folge der Kämpfe sein, an denen sein Neffe beteiligt gewesen war. Galli war der Meinung, die Schrift spreche aus, was sie verschweige, denn die mangelnde Beweglichkeit verrate die Gefühle, über die der Schreibende jede Aussage verweigerte.

Germaine de Clairy war in den ersten Apriltagen (genauer: am 3. April 1917) gestorben und am späten Vormittag des 6. April unter einem freundlichen Himmel im hinteren Teil des Parks, auf dem privaten Friedhof bestattet worden. Roth, den Galli für derlei Geschäfte mit Vorliebe in Anspruch nahm, hatte im Auftrag und Namen des Grafen um eine Bewilligung dieser Anlage auf dem Schloßgelände nachgesucht. Sie war ihm nach einigem Hin und Her vom Gemeinderat mit einer großmütigen Geste, die eine nicht weniger großzügige Schenkung des Grafen erforderlich machte, »ausnahmsweise, d.h. ohne Präjudiz« erteilt und vom Gemeindepräsidenten Tschalns persönlich übermittelt worden.

Aus den umliegenden Wiesen, auf denen die ersten Dichter-Narzissen blühten, stiegen würzige Düfte ungewissen Ursprungs auf und vermischten sich mit den warmen Gerüchen des Waldes. Während man der Verstorbenen, die mit artig gefalteten Händen in dem verschlossenen, weißen Sarg lag, das letzte Geleit gab, begann die Natur von neuem, noch etwas zaghaft aufzugehen, was bei einigen der Trauergäste ein hochgestimmtes, möglicherweise etwas deplaziertes Gefühl glückseliger Erfrischung, ja Verjüngung hervorrief, in dessen Bad selbst Germaine – zumindest in der Erinnerung derjenigen, die sie in ihrer Jugend gekannt hatten – aus ihrer Totenstarre erwachte und für wenige Augenblicke in jener Gestalt wiederkehrte, in der sie zweifellos ihre beste Figur gemacht hatte. Die Verstorbene fand, von Hebe behaucht, ins Gedächtnis der Lebenden zurück.

Johann Hunger aber, der sich abseits hielt, obwohl doch jeder um seine Beziehung zu der Verstorbenen wußte und niemand ihm, hätte er es darauf angelegt, den Platz in ihrer Nähe streitig gemacht hätte, stand hartnäckig das *letzte* Bild vor Augen, das ihm von ihr geblieben war und nicht mehr weichen wollte: Ihr vom Tod gezeichnetes Gesicht und dessen blinde Teilnahmslosigkeit und beides untermalt von ihrem Röcheln, das wie platzende Blasen aus ihrer Lunge aufstieg – und dann die lächerliche Stubenfliege (eine von vielen, die im Kaldarium überwintert hatten), die auf ihrer Stirn gelandet war und, zunächst ein wenig taumelig, bald jedoch entschlossen vom rechten Augenlid zur Nasenwurzel der Baronin, von dort, den Nasenrücken hinab, zur Oberlippe lief, auf der sie kurz verweilte, bevor sie sich mehrmals um sich selbst drehte und in ihrer Mundhöhle verschwand. Glänzend befeuchtet vom Speichel der Sterbenden war sie später ans Tageslicht zurückgekehrt, gleich aufgeflogen, dann aber plötzlich vor Hungers Füßen gelandet, der das erschöpfte Insekt mit der Spitze seines Schuhs zertrat, im gleichen Augenblick, als ein Ausdruck tiefsten Bedauerns, dann größter Überraschung den Blick Germaine de Clairys ein letztes Mal belebte. Sie starb jedoch erst zwei Tage später, ohne sich noch einmal geregt, aufgeblickt oder gar gesprochen zu haben.

An dieser abgeschiedenen, am Waldrand und Ende des Grundstücks liegenden Stelle hatte Roth eigenhändig und auf fremde Hilfe verzichtend, im Schweiße seines Angesichts, wie er stolz verkündet hatte, einen kleinen, durch eine Buchsbaumhecke begrenzten Friedhof angelegt, der genügend Platz für die Aufnahme der sterblichen Überreste sämtlicher Urmeiner Schloßbewohner (und notfalls auch der Angestellten) bot. Längst hatten die Gäste einer Bestattung in Urmein zugestimmt, was ihnen umso leichter fiel, als Überführungen an Orte, die jenseits des Landesgrenze lagen, schon bald nach Kriegsausbruch nur unter erhöhten organisatorischen Anstrengungen zu bewerkstelligen gewesen wären, die auf sich zu nehmen Galli abgelehnt hatte. Er hatte andere Sorgen, und diese nahmen mit dem Fortgang des Kriegs zu; immerhin bereitete die Versorgung mit den unbedingt erforderlichen

Lebensmitteln keine unüberwindlichen Schwierigkeiten, obwohl diese neuerdings rationiert wurden. Da aber der Appetit seiner alten Freunde immer geringer wurde, gaben sie sich mit dem zufrieden, was ihnen geboten wurde, und nur die ehrgeizige Köchin bedauerte, daß das von ihr erst kürzlich eroberte Königreich mehr und mehr zu einer Feldküche degradiert wurde. In ihrem Lehrmeister Antoine Revers fand sie einen nur bedingt verläßlichen, weil schnell ermüdenden und leider meist erfolglosen Verteidiger ihrer Überzeugung, der Graf besitze so viel Einfluß, daß er, wenn er nur wollte, alles beschaffen könnte, was sein Herz wirklich begehrte. Nachdem sie mit eigenen Augen gesehen hatte, wie Galli sich beim Gemeindepräsidenten Tschalns durch eine ansehnliche Schenkung für die Bewilligung des Privatfriedhofs bedankt hatte, wollte ihr nicht einleuchten, daß sich mit etwas gutem Willen und barer Münze nicht auch andere, ebenso wichtige Geschäfte regeln lassen sollten. Doch machte Galli, sonst zu vielem bereit, keinerlei Anstalten, ihre Küche mit mehr als dem Notwendigen zu versorgen. Es blieb ihr also nichts anderes übrig, als, kaum hatte sie sich ihrer entledigt, wieder in die Rolle der kleinbürgerlichen Hausfrau zu schlüpfen und sich, wie diese, in Ermangelung oder Unkenntnis von Trüffel und Stopfleber, Kaviar und Tauben auf die Verarbeitung von Kartoffeln, Hühnern und anderen, von der *grande cuisine* eher stiefmütterlich behandelten Erzeugnissen zu beschränken, denen in Sophies Küche nun immer seltener die Erhöhung durch Safran, Cayennepfeffer, Vanille, Muskat und andere exotische Aromen zuteil wurde, da die Vorräte nach und nach zu Ende gingen und neue Lieferungen nicht zu erwarten waren; selbst mit Salz und Zucker mußte sie nun sparsam umgehen.

Die Hecke, die das Friedhofsgelände gegen den Park abschirmte, entzog den Friedhof den Blicken der Lebenden, denen durch die dichte Bepflanzung die trostlose Aussicht auf ihre letzte Ruhestätte erspart werden sollte. Doch wurde die etwa zweihundert Quadratmeter umfassende Ruhestätte von manchen oft und gerne aufgesucht – vielleicht gerade deshalb, weil man sich dort, obwohl im Freien, unbeobachtet wußte. Fortunato Alvaro Amarals ausgedehnte Spaziergänge beispielsweise führten ihn am Ende fast immer dorthin, wo er sich auf jener Bank niederließ, die in unmittelbarer Nähe des wuchtigen marmornen Engels stand, zu dessen nackten Füßen Germaines Namen und Lebensdaten in einen muschelförmigen Sockel gemeißelt waren.

Zur Verwunderung aller war die Baronin wenige Stunden, nachdem sie von einem aus Cazis angereisten katholischen Geistlichen die Sterbesakramente empfangen hatte, (in Hungers Armen) friedlich entschlafen. Wie Galli befürchtet hatte, fand sich in ihrem Nachlaß weder ein Testament noch irgendeine Verfügung bezüglich einer Erbin.

Ende August desselben Jahres war auf dem kleinen Friedhof ein zweiter, unbehauener Stein, eine Moräne, die unter sich bloß einen Ring und die Überreste eines Blumenstraußes barg, aufgestellt worden. Er trug Giulianas Namen. Das Grab war leer, nichts weiter als ein grünes Rasenstück, das sich lediglich dank einer Einfassung aus Pflastersteinen und regelmäßiger Pflege vom übrigen Grasteppich unterschied. Die letzte Expedition der Viel- und Weitgereisten hatte deren Schicksal endgültig besiegelt; ihr Leben war während dieser kurzen, dem Alter abgetrotzten Reise unwiderruflich ausgelöscht worden. Ihr Körper blieb unauffindbar.

Nun, nachdem einige im Berg erfahrene Urmeiner auf Ersuchen des Grafen die Gegend unterhalb jener Stelle, an der Giuliana laut Ursinas Aussage abgestürzt war, tagelang durchstreift hatten, ohne auf eine Spur der Italienerin zu stoßen, erinnerte in der sichtbaren Welt nur noch der einfache Gedenkstein, den man aus jenem Gebirge gebrochen hatte, das zu bezwingen ihr nicht gelungen war, an diese wagemutige Frau. Ihr letzter Versuch, die Hinfälligkeit des Alters zu überlisten, hatte ihr den Tod gebracht und die Zweifel ihrer Umgebung bestätigt, es handle sich dabei um ein allzu gewagtes Unternehmen, dessen einziger Sinn offenbar darin bestand, auf naive Weise die entschwundene Jugend durch tollkühnes Verhalten wettzumachen. Aber ihre Muskeln, ihre Augen und Nerven hatten sie dieses Mal jämmerlich im Stich gelassen.

Wenn sie auch niemals Zweifel am guten Gelingen dieser Partie geäußert hatte und jedem Versuch, sie davon abzuhalten, vehement entgegengetreten war, mußte ihr die Möglichkeit, am Piz Beverin zu scheitern, insgeheim doch bewußt gewesen sein. Trotz der nur geringfügigen alpinistischen Schwierigkeiten, die der Berg selbst bei Ersteigung von Urmein aus bot und die sie des öfteren erwähnt hatte, hätte sie doch wissen müssen, in welche Gefahr sie sich durch ihre Unerfahrenheit begab, die weder durch die fleißige Lektüre einschlägiger Broschüren und Monographien noch durch ihre Unerschrockenheit aufgewogen wurde (von der Zeitschrift

»*Le alpi*« bis zu Mummerys »*My climbs in the Alps*« hatte sie alles verschlungen, dessen sie habhaft werden konnte); nur mangelnde Erfahrung war es aber nicht, was ihr den Weg erschwerte und am Ende unwiderruflich abschnitt. Sie war nicht mehr im Besitz all der geistigen und körperlichen Fähigkeiten, die es ihr einst erlaubt hatten, jene extravaganten, solitären Reisen zu unternehmen, die sie immer wieder in gefährliche Welten geführt hatten.

Obwohl sich die anderen über diesen leichtfertig ignorierten Mangel im klaren waren, versuchte doch niemand ernstlich, sie von ihrem selbstmörderischen Vorhaben abzubringen. Konsterniert ließ man sie gewähren, kopfschüttelnd registrierte Galli die eintreffende Post, die immer neue touristische Ausrüstungsgegenstände (Seile, Bergpickel, Eisäxte, Steigeisen und Bergstöcke, Schuhe, Hüte und Kleider in den angeforderten Maßen) an die Adresse Signorina Sardis lieferte.

Zu unterstellen, gerade diesen, ihrem fortgeschrittenen Alter unangemessenen Weg habe sie nur deshalb so zielstrebig verfolgt, um daran zugrunde zu gehen, war ebenso verfehlt wie naheliegend. Jedenfalls war ihr, so durfte man annehmen, dieses Ende willkommener gewesen als der schleichende Tod, den Germaine de Clairy in Tagen gestorben war, die nicht enden wollten. Doch ihre mögliche Freude über diese Todesart, in die sich ihr Bedauern mischen mochte, daß gerade sie es bei ihrer ersten und zugleich letzten Alpenbesteigung nicht weiter gebracht hatte als der blutigste Anfänger, konnte nicht länger als ihr ungehinderter Fall in die Tiefe gedauert haben. Weit, sehr weit davon entfernt, die Spitze des Bergs erklommen zu haben, war sie doch nun »*mit seinem grauen Leib wie Gletschereis* *vereint...«* *; der Gipfel blieb unerreichbar weit entfernt, doch hatte dieser sich »*Giulianas brechendem Auge...*« als letzter Blick geboten (so jedenfalls wollte es Amaral in seinem Gedicht, das in aller Ausführlichkeit die letzten Stunden der »Gigantin« zum Gegenstand hatte).

Die Urmeiner, die tagelang nach der »Dicken« gesucht hatten, wie sie sie nannten (und die für ihre Bemühungen von Galli fürstlich belohnt wurden, weshalb sie die Leichtsinnigkeit dieser fehlgeschlagenen Unternehmung nur hinter vorgehaltener Hand verurteilten), waren stets unverrichteter Dinge von ihren Ausflügen ins Dorf zurückgekehrt, um dort am Netz jener Vermutungen weiterzuspinnen, mit dessen Arbeit bereits damals begonnen worden war, als Ursina sich nach dem Feuertod ihrer nächsten Angehörigen so ungerührt gezeigt hatte. Die Gerüchte über Ursinas Beteiligung am Tod ihrer Herrin, der zu dienen sie gar nicht nötig gehabt hatte, da sie doch selbst eine wohlhabende Person war, verstummten nicht einmal dann, als die Verleumdete das Dorf verlassen hatte. All diese unhaltbaren Unterstellungen gelangten übrigens selbst dann nicht bis zum Schloß, als bekannt wurde, daß Ursina auch in den Genuß des ansehnlichen Vermögens der Italienerin gekommen war und endgültig als reiche Frau gelten durfte.

Dem Geschwätz von einem feigen Angriff auf das Leben einer unschuldigen alten Frau leistete die allgemein verbreitete Überzeugung Vorschub, daß es selbst einem Kind ein leichtes sei, den Beverin zu besteigen, auch von der zweifellos etwas beschwerlicheren Urmeiner Seite aus. Dabei ließen die Ver-

---

* s. »Die Gigantin«. Deutsch von Julius Basmettler. Otto Mettauer Verlag, Zürich 1921.

leumder, unter denen sich naturgemäß mehr Männer als Frauen befanden, das Alter und den noch immer beträchtlichen Leibesumfang jener Frau außer Acht, deren Leiche sie zu ihrer Schande nicht hatten finden können und über deren abenteuerliches Leben, um das sie sie hätten beneiden können und welchem sich dieser Tod so passend anfügte, sie nur soviel wußten, wie eben nötig war, um sie für verrückt zu erklären. So verdichtete sich ein lockeres Gewebe von Geschichten zu einer endgültigen Version, in der Ursina Bragatsch ein unheimliches Mädchen war, das erst das Haus ihrer Mutter in Brand gesteckt und später eine dicke Italienerin, in deren Vertrauen sie sich hinterhältig und von Anbeginn an mit unlauteren Absichten geschlichen hatte, vom Felsen gestoßen habe, auf den sich diese mutig hinausgewagt hatte, um auf perfide Weise in den Besitz ihres Vermögens zu gelangen, das ihr später ein Leben im Luxus erlaubt habe, wie man es sich hier oben gar nicht vorstellen könne. Bestieg man an schönen Sommertagen den Berg, bezeichnete man noch jahrelang mal diese, mal jene Stelle als den Ort des Verbrechens, an dem die Hand des bösen Mädchens grausam ausgeholt und zugeschlagen und dem Leben der Frau, die so gut zu ihr gewesen war, ein jähes Ende gesetzt hatte.

Amaral sitzt in der von dünnem Nebel leicht verhüllten Sonne – der Herbst verstreicht, als habe er es eilig, jede Erinnerung an sich zu tilgen – und schreibt an jenem umfangreichen Gedicht, das Giuliana Sardis letzte Stunden heraufbeschwören und seinen Ruhm als Dichter entgültig besiegeln soll. Stets trägt er einige frisch gespitzte Bleistifte bei sich, mit deren

Hilfe er sich der unreifen Wendungen und ungehobelten Verse erwehrt, die unaufhörlich auf ihn einstürzen und sich seiner Gedanken, die er ordnen muß, auf lästige Weise zu bemächtigen versuchen. Erst wenn er sich mit Unterstützung dieser kleinen, nicht immer unbestechlichen Rapiere durch das Dickicht meist störender, selten der Sache dienender Einflüsterungen einen Weg über Notizen und durch Zettelchen gekämpft hat, überträgt er den geläuterten Ertrag mit Tinte auf Papier. Das geschieht erst in seinem Zimmer.

Ach, wieviel Blut hatte Amaral im Lauf seines Poetenlebens sinnlos vergossen, wie oft war er gezwungen gewesen, Tote wieder zum Leben zu erwecken, weil nichts sich auf die Umstände ihrer bizarren Tode reimen wollte, wie oft nicht waren um der Metrik willen Ehen geschlossen und wieder gelöst und Ungeheuerlichstes kurzerhand (oft mit Bedauern) ungeschehen gemacht worden, nur um den Dichtungen (auf Kosten ihrer Originalität) entweder etwas mehr Wahrscheinlichkeit zu verleihen oder aber um eine Spannung zu erzeugen, die den sich abwendenden Leser dazu zwang, sich an jenen imaginären Ort zurückzubegeben, den er aus Langeweile gerade verlassen wollte.

Manchmal wünschte er sich, der Lebenden ebensoviel Interesse entgegengebracht zu haben wie nun der Toten, deren Aufstieg in den Berg und Absturz ins Tal ihn so gefangennahm. Er ahnte, daß ihre früheren Abenteuer ihn niemals so sehr gefesselt haben würden wie ihr letzter, verhängnisvoller Ausflug. Giulianas Expedition wurde, durch Anverwandlung, zum Ersatz für den ihm fehlenden eigenen Antrieb, ähnliches zu tun, und die Verschmelzung von Vorbild und Nachahmung gelang ihm (auf dem Papier) so gut, daß er fühlte, daß Giuliana selbst die Herausforderung nicht tiefer empfunden haben konnte als er. »*Vollkommener,*« schrieb er in sein Tagebuch, »*hätte die Symbiose nicht gelingen können* «, denn im Gegensatz zur Hauptfigur seines Poems war er, ohne sich anstrengen zu müssen, mit dem Leben davongekommen. Er raubte es sich, indem er ihren Tod so hautnah und drastisch schilderte, als handelte es sich um seinen eigenen oder als wäre er zumindest unmittelbar daran beteiligt gewesen, »*Als das geschah, was man sich heute noch erzählt...*«.

So saß er also tagelang entweder im Friedhofsgarten auf der Steinbank und durchlebte nie Erlebtes, nur Erdachtes, Qualen und Erhebungen, *frissons et éffrois* in allen Farben des Wahnsinns und Glücks. Er vermochte die abwechselnd ängstlichen und kämpferischen Gefühle der todesmutigen Bergsteigerin während ihres Aufstiegs in »*Die oberen Gefilde des höchsten Ungewissen...*« herbeizuschreiben, als handelte es sich um seine eigenen, und manchmal war ihm gar, als seien die Fallen der Poetik nichts anderes als Felsvorsprünge, an denen man sich festhalten, wund scheuern oder abrutschen konnte, oder als seien, anders gesagt, die Hindernisse, auf die der Bergsteiger stößt, adäquat nur mit den Stolpersteinen der Grammatik, der Rhetorik und des *enjambements* zu vergleichen. Er goß, was er aus einem fremden Leben nahm, in reinstes Ebenmaß und scherte sich dabei weder um die Glaubwürdigkeit des Erzählten noch um die kritischen Einwände zukünftiger Leser.

So ringt denn in mehreren Strophen seines Gedichts die himmelwärts stürmende Heldin nach einem atemberaubenden Auftakt (»*Blitz, Donner* – «) mehrmals um eine Luft, die ihr zu dünn geworden ist, obwohl der Beverin auch dann nicht über eine Höhe von dreitausend Meter hinauswächst, wenn man mit dieser Tatsache hinterm Berg hält. In weiteren Strophen durchschreitet sie versebrechend ein *Firnfeld* von den Ausmaßen des Rhônegletschers, wenngleich ein solcher weit und breit nicht vorhanden ist. Kein Wunder also und doch befremdlich, daß Giuliana Sardi in Amarals Gedicht am zweiten Tag ihres mühevollen Aufstiegs (der in der belanglos gewordenen Wirklichkeit nur gerade fünf Stunden gedauert hatte) in eine jener Spalten fällt, von denen in Alpinistengeschichten oft die Rede ist, aus der sie sich jedoch, nachdem sie aus einer langen Ohnmacht erwacht ist (»*Wie durch ein Wunder sich erhebt und heldenhaft, / Ihr Schicksal nicht verfluchend, ihr Kleid zusammenrafft...*«), im Verlauf des *III. Gesangs* zu befreien weiß, ohne fremde Hilfe wohlgemerkt, denn eine Gefährtin oder einen Träger gönnt Amaral ihr nicht. Selbst ihre Ausrüstung besteht ab dem *II. Gesang* nur noch aus einem Seil und einem Pickel, nachdem ihr die übrigen Hilfsmittel bereits im *I. Gesang* infolge einer Steinlawine abhanden gekommen sind.

Dichterische Freiheit, die er sich, wie er schrieb, von Petrarca, dem ersten Sänger der Berge, nahm (während ihm die Form von Haller kam, dessen »Alpen« er allerdings nie gelesen hatte), wollte es also, daß sie ihren letzten Weg, den »*Kreuzweg des Scheiterns am Felsen*«, wie es an einer Stelle heißt, allein ging. Ihr Kampf gegen die Natur und ihre Erlösung aus deren hinderlichen Fesseln duldeten weder einen Zeugen noch gar einen Überlebenden. Gott allein stand ihr am Ende in der Gestalt des Berges gegenüber, während die durch Amaral vertretene Literatur, die ihr den Zugang zur weltlichen Ewigkeit verschaffen würde, sie auf weiten Schwingen sicher trug.

Amaral verglich Giuliana Sardi mit Ätheria von Aquitanien, die im Jahre 385 in Begleitung einiger Mönche den Sinai bestiegen und darüber berichtet hatte; Katharina Botsch und Regina von Brandis, die 1552 die 2433 Meter hohe Laugenspitze im Südtirol bestiegen hatten, wurden ebenfalls mit einem ganzen Bündel Reime bedacht; die tiefste Reverenz jedoch erwies er dem Fräulein d'Angeville aus Paris, welches 1838, begleitet von sechs Führern und ebenso vielen Trägern, den Mont-Blanc bezwungen hatte und, auf dem Gipfel angelangt, zwei ihrer Begleiter darum gebeten hatte, sie auf ihre Schultern zu heben, damit sie höher als der Mont-Blanc sei. Im ausführlichen Prolog erwähnte er darüber hinaus lobend *»die kühne Lucy Walker«*, die im Juli des Jahres 1871 als erste Frau das Matterhorn bestiegen und zwei Jahre später mit einer ausschließlich aus Damen bestehenden Partie die Jungfrau überschritten hatte (worüber die echte Giuliana das wenige gelesen hatte, dessen sie habhaft hatte werden können). Auch an *»and're Frauenzimmer«*, die alpinistisch tätig gewesen waren, wurde erinnert und damit absichtsvoll eine völlig unangemessene Verbindung zwischen Giuliana Sardi und wirklichen Bergsteigerinnen hergestellt, deren Unsinnigkeit allerdings lediglich jene hätten erkennen können, die etwas davon verstanden; diese aber lasen das Gedicht nicht, was vielleicht auch daran lag, daß dessen Titel nicht auf seinen Inhalt schließen ließ.

Amaral hatte schlaflose Nächte, doch er litt nicht an deren Folgen. Er war von der Gewißheit erfüllt, ein Werk zu schaffen, das sein irdisches Dasein überleben würde, und störte sich deshalb nicht daran, daß er dessen Entstehung, wenngleich in milder Form, zu spüren bekam. Die Geburt hinterließ Spuren, der Furor, der ihn zum Schreiben antrieb, die Verve, mit der er schilderte und räsonnierte, die Energie und Überzeugungskraft, mit der er Ungereimtes im Reim aufhob, übertrug sich bald auch auf den Dichter als Leser seines eigenen Erzeugnisses. Dem Entzücken über seine Verse waren keine Grenzen gesetzt. Seine Überzeugung, hier werde Endgültiges vollbracht, war unerschütterlich und keineswegs in allen Teilen unberechtigt, denn bekanntlich finden sich in der *Gigantin* einige Verse, die es verdienen, mehr als nur inspiriert oder geglückt genannt zu werden. Die Worte sind meist klug gewählt, und auch die Balance zwischen passiver Betrachtung und sich überstürzender, allerdings oft etwas fragwürdiger Handlung gerät kaum je aus dem Gleichgewicht. Dennoch verharrt all dies wie hinter blindem Glas und hält einer eingehenden Analyse nur selten stand. Bei näherer Betrachtung scheint sich das Material selbst zu zerstören.

Doch der alte Mann, dem der durchschlagende literarische Erfolg nach hoffnungsvollen Anfängen zeitlebens versagt geblieben war, worunter richtig zu leiden er erst Zeit gehabt hatte, als sich auch andere Freuden nur noch begrenzt einstellen wollten, sah nunmehr eine große Zukunft für seinen Nachruhm. Das Bedürfnis, die anderen Bewohner des Schlosses durch einen Vortrag an seiner Arbeit teilnehmen zu lassen, das in den ersten Tagen seiner neuen, aufreibenden Arbeit noch stark gewesen war, schwand bald und wich der Genugtuung, die Zeit fruchtbarer allein damit zu verbringen.

Obwohl Amaral sich zeitlebens vorwiegend in Städten aufgehalten hatte (aufs Land war er nicht aus freien Stücken gezogen, sondern weil er nichts mehr besaß), war ihm die Natur als hintergründiges Kolorit stets unverzichtbar gewesen. Während ihn ihre Betrachtung langweilte, hatte er eine Schwäche für ihre Beschreibung, und auch in seinem neuesten Werk war ihre Wirkung auf seine Heldin groß. Die Natur »*Nahm sich ihr Recht und griff selbst in die Handlung ein*«, wie er sich an einer zentralen Stelle ausdrückt. Die wonnigen Gefilde und eisigen Höhen, die gähnenden Abgründe und saftigen Wiesen, die Amaral nur aus der Ferne kannte, verdrängten wie selbstverständlich sogar die Gedanken der *Gigantin*, die sie erwanderte, erkletterte und zu überwinden versuchte. Und selbst am unheilvollen Ende dieser Reise, das Amaral bei aller sonstigen Maßlosigkeit niemals aus den Augen verlor, stand, allen rhetorischen Beteuerungen und aufdringlichen Ausrufen zum Trotz, nicht etwa Giuliana im Mittelpunkt, sondern das, woran sie zugrunde ging: »*Der Berg, der sie bezwang, vor dem sie sich ergab / Zu dessen Füßen sie am Ende sterbend lag*«.

Amaral erhob sich von seiner Bank, verließ den kleinen Friedhof und machte sich auf den Weg zum Schloß, wo Tom ihm bereits ein heißes Bad eingelassen und sein Bett hergerichtet hatte. Kaum hatte er sein Zimmer betreten, entfernte sich der schwarze Diener mit einem flüchtigen Grinsen, um sich unverzüglich nach unten ins »Refektorium« zu begeben, wo er mit leiser Ungeduld erwartet wurde. Leroi war seit Tagen leidend und an diesem Morgen so schwach gewesen, daß Hunger ihm erlaubt hatte, im Bett zu bleiben.

Obwohl der Appetit der Bewohner im Lauf der letzten Monate spürbar abgenommen hatte (was insbesondere Sophie mit Sorge erfüllte), hielten einige der Bewohner des Schlosses an den gesellschaftlichen Gepflogenheiten, an Essenszeiten und dergleichen Ritualen fest; ebenso an dem auch von Galli nur selten übertretenen Verbot, sich bei Tisch über Politik zu unterhalten; dazu bot sich nach Tisch die Gelegenheit im Kaldarium oder beim Springbrunnen.

Der mäßige Appetit der Herrschaften kam den Angestellten zugute, die sich, kaum war der Tisch abgedeckt, im Anrichteraum oder in Sophies Küche um den langen Tisch versammelten und sich über die begehrten Speisereste hermachten, die verschmäht worden waren und die wohl nur Revers mit Bedauern hatte zurückgehen lassen. Amaral, der mittags meist Hühnerbrühe oder Omelettes verlangte, nahm nun abends gar nichts mehr zu sich. Er blieb für gewöhnlich bis zum nächsten Morgen in seinem Zimmer, um zu arbeiten.

Während der Dichter den Bleistift und seine Hand betrachtete, die so getreulich, wie die immer wieder aufgefrischte Erinnerung es zuließ, Giulianas einfaches Grabmal auf das Blatt Papier schraffierte, das vor ihm lag, hatte er die deutliche Vision, Giuliana nicke ihm ausdruckslos durch den Graffitstaub zu.

Die Dunkelheit brach schnell herein, die letzten Streifen Tageslicht verblaßten über dem Beverin, doch Amaral machte kein Licht. An seinem Schreibpult stehend, blickte er unverwandt aus dem offenen Fenster und störte sich weder an der Kälte noch an der Feuchtigkeit, die erfolgreich gegen das Kaminfeuer ankämpften, das Roth am frühen Nachmittag angezündet hatte. Als es vollständig dunkel war, schloß er die Augen und wandte sich um. Lange ging er, erregt umherschweifend, zwischen den zahllosen Statuen und Torsi aus Gips und Pappmaché hin und her. Das absichtsvolle Durcheinander aus kühlen, ewig jungen Leibern, erzitterte leise unter seinen Schritten. Immer neue Einzelheiten ertasteten seine Hände während dieser nächtlichen Wanderungen durch das Labyrinth aus überlebensgroßen Armen, Schenkeln, Hoden, Gliedern, Hintern, Brüsten, Schultern, Kinnen, Nasen, Mündern, Hälsen, Stirnen, und keine Macht der Welt konnte ihm verbieten, die fließenden Rundungen und glatten Flächen zu liebkosen oder gewaltsam zu ergreifen. Stark und dennoch willenlos ergaben sie sich seinem Verlangen, ihre Gipshaut begann zu atmen. In Nächten wie dieser löste sich die Einsamkeit aus seinem Innern und drang in die Körper der Leblosen ein, wo sie Wohnsitz nahm. In diesen Gehäusen stieß er auf das, was sein Blut in Wallung brachte.

Er sprach mit niemandem über seine nächtlichen Entdeckungsreisen durch das Ruinenfeld seiner Jugend, doch hatte er Guido Galli zu verstehen gegeben, daß er ihm dankbar war. Dieser hatte eine römische Werkstätte damit beauftragt, zwei Dutzend nackte Götter- und Heldengestalten in Gips zu gießen (ein Auftrag, der ihn ein kleines Vermögen gekostet hatte), wobei die Bildner recht freizügig mit den Vorlagen umgegangen waren. Etliche Körper-, vor allem Geschlechts- und Hinterteile hatten in den Werkstätten des Signore Broglioni eine erhebliche Aufwertung durch Vergrößerung und Vergröberung erfahren.

Während Germaine de Clairys Beerdigung, die im engen Kreis der Pensionäre und Angestellten stattfand, zu denen sich noch Tschalns hinzugesellt hatte, war Giuliana Sardi die unpassende Idee gekommen, ihrem alten Freund Galli mitzuteilen, daß sie sich entschlossen habe, einen letzten Ausflug zu unternehmen. Gallis Bestürzung war offensichtlich.

»Ja. Eine Reise muß ich noch machen«, sagte Giuliana leise und warf einen Bund Frühlingsanemonen in die Grube. Und da sie spürte, daß Galli widersprechen wollte, kam sie ihm zuvor: »Keine weite Reise, nichts Außergewöhnliches, ich werde die Gegend nicht verlassen. Bloß eine harmlose Expedition; ich sagte ja bereits: eine Erkundung, ein Spaziergang. Ich werde Urmein nicht verlassen. Ich werde« – und nun hielt sie kurz inne – »ich werde den Beverin besteigen.«

»Den Beverin?« Galli ging einen Schritt auf das Grab zu, und Giuliana hielt ihn am Ärmel fest. »In deinem Alter, Giuliana? Bist du wahnsinnig! Du hast nicht die geringste Erfahrung!« Er dämpfte seine Stimme, als er den Blick des kleinen Geistlichen auf sich spürte, der eben seinen Segensspruch beendet hatte und mit dem Weihwasserwedel das Kreuzzeichen über dem Sarg in die Luft schlug, bevor er erneut nach der Warze griff, die fett auf seiner Nase saß. »Laß uns dieses Gespräch später fortsetzen. Es ist nicht der richtige Augenblick dafür.«

Kaum hatte der Geistliche zuende gesprochen, als sich die Wolken, die Pasquinellis Gedächtnis soeben noch verdunkelt hatten, verzogen. Als würde ein Tor aufgerissen, öffnete sich sein zitternder Mund, und ein so unerhörter, der Welt enthobener Gesang entströmte ihm, daß selbst der Priester sich dem alten Sänger zuwandte und beide Arme sinken ließ und noch die zerstreutesten der Anwesenden staunend aufblickten. Solche Töne hatten sie niemals zuvor aus solcher Nähe vernommen. Selbst Albanese, der mehrmals in den Genuß gekommen war, den Chor der sixtinischen Kapelle bei der Ausübung seines Amts zu hören, schien es, als habe der am ganzen Körper von seinem Tremor gebeutelte Greis, zumindest für Augenblicke die Grenzen seiner Jahre gleich einem Engel in umgekehrter Richtung überschritten. Seine Stimme war fest und sicher, und es flackerte in ihr das Feuer wieder auf, für das man sie in ihrer Jugend geschätzt hatte. Das Land, das er, den Dunstkreis seines Alters hinter sich lassend, betreten hatte, war nicht von dieser Welt – und es gab niemanden, der diesem Gefühl, hätte ihm jemand Ausdruck verliehen, widersprochen hätte. Pasquinellis Brustkorb dehnte sich, seine Stirnadern schwollen an, sein Hals blähte sich, die ganze Erscheinung schien von unsichtbarer Hand am Scheitel hochgehoben, und nicht wenige, die ihn beobachteten, fürchteten, er würde dieses Lied nicht überstehen, ja er würde es nicht einmal zu Ende singen können. Der Riese wuchs in jeder Hinsicht über sich hinaus.

Die Melodie, die er an diesem Vormittag zur höheren Ehre Gottes und zum Abschied der Baronin anstimmte, wurde von den meisten Anwesenden sogleich als »gregorianisch« identifiziert. Tatsächlich handelte es sich um das Introitus aus der Totenmesse »*Requiem aeternam*«, um den Gesang im sechsten Tonus, den Pasquinelli zum letztenmal vor fünfundzwanzig Jahren bei der Beisetzung seines über alles geliebten Herrn in Occhiobello gesungen hatte, einen Tag, bevor dessen eifersüchtige Witwe – die seine Stellung im Haus stets nur mißtrauisch geduldet hatte – die traurige Gelegenheit ergriff, ihn nach Jahren ergebenster Dienstfertigkeit mit einem einzigen, vernichtenden Satz (»Sie werden hier nicht mehr gebraucht...«) sowie einer Handvoll Goldmünzen aus dem Haus und damit zum Teufel zu jagen. An diesem Tag hatte er nicht nur seine Anstellung, sondern auch den Halt verloren, der ihm, dem Verstümmelten, bis zu jenem bittersten Tag der Himmel zum einen und sein Brotherr zum anderen gewesen war.

Unnütz und ohne Erfüllung waren die Jahre vergangen, die dieser vor versammelter Dienerschaft ausgesprochenen, mehr als nur beleidigenden Entlassung folgten. Trübselige Jahre der Erniedrigung, in denen er erleben mußte, daß sich kein zweiter Signore Montale fand, der die Kunst des Kastratengesangs zu genießen verstand, der, wie er einmal an seine Schwester geschrieben hatte, nicht Napoleon, sondern, früher und nachhaltiger, Mozart den Todesstoß versetzt hatte, aus dessen wichtigsten Opern das Sopranistenregister gestrichen war. Selbst Cherubino war für eine weibliche Stimme geschrieben worden; die Rolle, von einem Kastraten gespielt und gesungen, hätte lediglich Befremden oder Gelächter hervorgerufen.

Der heilige Eifer, der ihn ergriff, riß seine Zuhörer nicht weniger mit als ihn selbst, und wenn auch nicht die Gedanken aller bei der Toten verweilten, der dieser Schwanengesang galt, so mußte man ihr doch dankbar sein, den Anlaß für diesen wunderbaren Augenblick geliefert zu haben. Pasquinelli kehrte indes für die Dauer seines Vortrags an den Ort seines Lebensglücks, nach Occhiobello zurück und sah Dinge wieder, die in den Jahren, in denen er noch mit Vorbedacht zu vergessen versucht hatte, was gewesen war, zur Unkenntlichkeit verblaßt waren. Er durchlebte Momente noch einmal, die je zu erleben er sich in seiner erbärmlichen Jugend, in der ihm eine von Schlägen begleitete Erziehung zuteil geworden war, nicht einmal hätte träumen lassen – sah schließlich seinen Signore wieder, dem er höriger gewesen war als ein Hund seinem Herrn. Er sah ihn wieder, so prächtig und gütig, wie er in Wirklichkeit niemals gewesen war; in kostbare, bestickte Gewänder gehüllt (so zeigte er sich gern), von exotischen Vögeln umschwirrt (die in Wahrheit hinter feinmaschigen Gittern und dort meist nicht länger als einige Tage oder Wochen lebten); wohlhabend in jenen Tagen, als er noch nicht damit begonnen hatte, sein Vermögen in Geschäfte zu investieren, von denen er offenbar nichts verstand; seine Placierungen, wie er sie nannte, hatten sich jedenfalls in der Regel als folgenschwere Irrtümer erwiesen, für die er am Ende büßen mußte. Nicht die schrecklich zugerichtete Leiche mit dem geborstenen Schädel erblickte der Kastrat, nicht das gestürzte Ideal, das sich von dieser Welt und seinem singenden Diener durch Selbstmord verabschiedet hatte; das Vorbild sah er wieder, den besten, fernsten Freund.

Galli, der Pasquinelli in Occhiobello hatte singen hören, verstand als einziger recht genau, was an Germaines offenem Grab in ihm vorging: Der Sänger kehrte auf der Seele seiner geübten Stimme zu den herausgerissenen Wurzeln seines Lebensglücks, durch die Musik zu der Musik zurück, die er ausschließlich Gallis Freund Montale so lange zu Füßen gelegt hatte, bis es zu spät war, sich darüber Gedanken zu machen, daß auch der Einzigartige und Unvergleichliche nicht unsterblich ist.

Montale, dessen ruinöse Geschäfte wohl niemand durchschaute, hatte die Welt früher als vorgesehen verlassen und damit auch Pasquinelli ins Unglück gestürzt. Dem Sänger war es nicht vergönnt gewesen, seinem Herrn zu folgen. Er blieb am Leben. Doch bald mußte er einsehen, daß es im selben Augenblick zerstört worden war, in dem Montale sich erschoß, nicht erst, als man ihn ohne Dank aus dem Haus beförderte. Die Tür fiel hinter ihm zu, noch bevor er das Ende der Pinienallee erreicht hatte, die er ebenso aus seinem Gedächtnis hatte tilgen wollen wie den schattigen Park, der sich hinter Montales Villa erstreckte; ebenso wie die reich verzierte, bunt bemalte Loggia, in deren Schutz er, begleitet von wechselnden Lautenisten, kurz nach Sonnenaufgang seine Arien, Canzonen und Motetten sang. Signore Montale, der in seinem von Volièren und Vogelbauern umstellten Bett lag, konnte auf Pasquinellis Gesang so wenig verzichten wie auf seine Singvögel und Aquarien, die in einem entfernten, kühleren Teil der Villa standen. Sein Gesang tröstete ihn nicht nur über die Kälte seiner gegenwärtigen Frauen und über den Verlust der entschwundenen hinweg, er ersetzte ihm manchmal sogar das, was ihm wirklich fehlte, ein Ziel, an welches ihn ein beliebiger Weg geführt hätte. Von Zeit zu Zeit gelang Pasquinelli das Kunststück, ihn von den Mühlsteinen zu befreien, die auf ihm lasteten. Doch heilen konnte auch er ihn nicht.

Montale – selbst das hatte Pasquinelli ihm durch Vergessen verziehen – hinterließ lediglich einen kurzen, an seine junge Witwe gerichteten Brief, in welchem der Name seines Sängers nicht einmal erwähnt wurde; kein Dank, keine Empfehlung, keine Verfügung, wie mit ihm zu verfahren sei, nicht die geringste Hinterlassenschaft. Nach drei Jahrzehnten musikalischer Pflichterfüllung, in denen die ersten beiden Ehefrauen Montales im Kindbett gestorben und die dritte während eines Aufenthalts in ihrer Heimatstadt Neapel an der Cholera zugrunde gegangen war (so jedenfalls lautete die offizielle Version), war sich die vierte und gehässigste nicht zu schade gewesen, dem intimen Sopranisten ihres Gatten (dem »verschnittenen Hofnarren«, wie sie ihn nannte) den Laufpaß zu geben, als sei er ein Stallknecht. Er hatte seine Gewänder – ein paar Kostüme aus unterschiedlichen Epochen –, seine Schuhe, Strümpfe, Gürtelschnallen, den Talmischmuck, die Schminke, Puder und Perücken, all jene überlebten Utensilien, die er auf Wunsch seines Herrn – ohne innere Beteiligung, aber gefügig – bei seinen morgendlichen Vorstellungen getragen hatte, im Haus der Witwe zurückgelassen, weil er wußte, daß er diese Maskerade, die andernorts gewiß lächerlich wirkte, nie mehr benötigen würde, und weil er in einem Augenblick rührender Naivität hoffte, mit diesem pathetischen Abgang eine bislang unberührte Saite im Wesen der Signora zu berühren. Doch wie er es auch anstellte, die Witwe zweifelte keinen Augenblick an der Richtigkeit ihrer Entscheidung. Sie ließ den ganzen Plunder verbrennen, verkaufte die Villa und überließ es dem neuen Besitzer, die halbverhungerten Vögel in eine ungewisse Freiheit zu entlassen und das trübe Wasser aus den Aquarien zu pumpen, in denen die meisten Fische auf dem Rücken schwammen.

Mit einem Koffer voller Noten und Bücher und einem zweiten, in dem sich einige unverzichtbare Kleidungsstücke befanden, hatte er sich auf die Suche nach einer Anstellung zunächst in Venedig, dann im benachbarten Triest gemacht und – nachdem seine Bemühungen in beiden Städten ebenso demütigend wie fruchtlos gewesen waren – damit begonnen, in der Provinz vorstellig zu werden, wo man ihm endlich – der Name des armseligen Städtchens in den Marchen, dessen Kirche nach Katzenpisse roch, lautete Cagli (doch der war ihm entfallen) – den Posten eines Küsters und Leiters des Knabenchors angeboten hatte. So tat er sich sonntags zum Wohlgefallen einer undankbaren Gemeinde durch seine helle Stimme hervor, während man ihm wochentags wie einem Aussätzigen aus dem Weg ging. Im wievielten Jahr seines langen Lebens mochte er damals gestanden haben, und wie alt war er heute? Niemand wußte es genau, am wenigsten er selbst. Seine Stimme jedenfalls war ihm – wie man nun hören konnte – erhalten geblieben und nicht minder seine von zerrissener Melancholie erfüllte, aber fast schmerzlos gewordene Trauer über den Verlust seines bewunderten Signore, mit dem er niemals ein persönliches Wort gewechselt und der sich niemals nach seiner Herkunft, Erziehung oder Ausbildung erkundigt hatte, wofür er ihm unendlich dankbar war (denn er hätte nur ungern darüber gesprochen, da es doch nur Unerfreuliches zu erzählen gab), und den er wie einen älteren Bruder vermißte.

Mochte sein Gesang dem des Orpheus noch so ähneln, Pasquinelli erhielt seinen Herrn auch heute nicht zurück. Die Hölle der Katholiken, in der den Selbstmörder nichts anderes erwartet als seinesgleichen, würde ihn niemals herausgeben. In dumpfer Unrast, sein Spiegelbild betrachtend, lag er, eingepackt in all den Schatten, die er als Lebender geworfen hatte, auf geruchloser Erde. Weder aus dem Paradies noch aus dem

Feuer ist jemals einer zurückgekehrt. Wer christlichen Glaubens ist, bleibt dort, wohin ihn sein Glaube verschlägt, im alles verschlingenden Vergessen. Pasquinellis Gedanken hatten den Eingang gefunden, hinter dem Montale auf ihn wartete. Aber noch war die Zeit zum Eintritt nicht gekommen.

Solange er sang und damit der Ruhe, die um das Grab herrschte, das unsichtbare Bett bereitete, vor dem die Trauergemeinde in stiller Betrachtung verweilte, solange er seine Stimme erhob, blieb das Fernrohr, das ihm einen Blick in die Ewigkeit ermöglichte, auf seinen Herrn gerichtet, den er in den unendlichen Fernen so deutlich sah, als weilte er noch unter den Lebenden; so überdeutlich, daß niemand sonst ihn sehen konnte, denn die Aufmerksamkeit, die Pasquinelli ihm schenkte, entzog ihn jener aller anderen. Pasquinelli ahnte, daß ihm mit dem Verklingen des »*Requiems*« das wunderbare Fernrohr entrissen würde, vielleicht für immer. Ein letzter Blick, ein erster auf die Zukunft der Toten. So wurde in ängstlicher Erwartung dieses schrecklichen Augenblicks, in dem er bloß sehen würde, was ihn umgab, der Tremor, je mehr sich der Abstand zur letzten Fermate verringerte, immer heftiger, wie nicht nur Theobald Tschalns feststellte. Doch das beängstigende Zittern, von dem der ganze Körper des Kastraten erfaßt wurde, vermochte selbst den höchsten Tönen nichts anzuhaben; ein leichtes Vibrato hielt sie aufrecht, ohne die Tragfähigkeit der Stimme zu beeinträchtigen; deren Ausdruck wurde nun noch leidvoller.

Sebastiano Pasquinelli, der in Urmein oft vor sich hinzusummen pflegte, nie aber wirklich gesungen hatte, beherrschte seine Stimm- und Atemtechnik noch immer wie ein Jüngling;

und zum erstenmal bereute Frederick Matthews schmerzlich, ihm bisher nicht mehr Aufmerksamkeit geschenkt zu haben. Er hatte ihn als seinesgleichen nicht wahrgenommen. Er hatte es versäumt, ihn ans Klavier zu bitten. Nun aber erkannte er, daß dieser Mann mehr als ein im Aussterben begriffenes Handwerk beherrschte, daß dieser Greis, der sich jahrzehntelang als nützlicher Idiot auf dem Landsitz eines reichen Adeligen vergraben hatte, noch heute das Zeug dazu hatte, seine Umgebung durch seinen Gesang zu ergreifen. Wohl um das Ende des Zustands, in den er sich und seine Zuhörer versetzt hatte, um einige Takte hinauszuzögern, begann Pasquinelli nun zu improvisieren.

Man lauschte stumm und hingegeben, was Galli die Gelegenheit bot, sich in den Anblick seiner vollzählig versammelten Freunde zu vertiefen. Mochte es auch Einbildung sein, es schien ihm, als nähmen sie nicht von der Verstorbenen, sondern von einem Teil ihres eigenen Lebens Abschied. Ob sie dabei einen Blick auf das zu werfen wagten, was ihnen bevorstand, bezweifelte er allerdings, denn auch er neigte dazu, es von sich zu weisen. So alt sie auch waren, an den Tod dachten sie wohl nicht.

Luigi Albanese saß in seinem Rollstuhl, den Fräulein Ostermann vor und zurückschob, als gelte es, dessen Inhalt durch diese monotone Bewegung zu besänftigen. Ein in schwarzes Leder gebundenes Gebetbuch lag aufgeschlagen (und ungelesen) auf der grauen Armeedecke, die über seinen Knien lag (da er sich wenig bewegte, fror er oft). Wohin auch immer Albaneses inneres Auge schweifen mochte, sein äußeres irrte angestrengt umher; das, was es sah, war – geführt von Pasquinellis

Stimme – mit einiger Sicherheit von einer anderen Welt als dieser. Durchwühlte und begutachtete er in Gedanken noch einmal die Schatullen, Kästen und Säcke voll heiliger Nägel, durchlöcherter Schädel und gebleichter Knochen, den unerschöpflichen Schatz an Haaren und Häuten, Präputien und Zungen von heiligen Männern, die trüben Phiolen, deren Inhalt schwarz, dick und krümelig war? Fuhren seine Hände über den frommen Staub, der sich über die heiligen Gegenstände gelegt hatte?

Neben Albanese und Fräulein Ostermann, die ihren schwarzen Hut mit ebenso düsterer Miene zur Schau trug wie sich selbst, stand, klein und etwas gebeugt, neben einem merkwürdig triumphierend dreinblickenden Fortunato Amaral Antoine Revers, der einen ungepflegten Eindruck machte. Gedachte er, wie Galli vermutete, der Töpfe und Pfannen Auguste Escoffiers im Londoner »*Savoy*« und all der unwiederbringlichen, unwiderstehlichen Gerüche, die aus ihnen aufgestiegen waren und die er heute, da er krank war, mit der Verzweiflung dessen vermißte, der einst geglaubt hatte, sich bis an sein Lebensende zumindest auf seinen Magen verlassen zu können? War er in Gedanken in jenen herrlichen Zeiten, da er zwischen dem »*Splendide*« in Paris und dem »*Grand Hôtel National*« in Luzern, zwischen dem »*Hôtel des Iles Britanniques*« in Menton und dem »*Promenades des Anglais*« in Nizza auch immer wieder Germaine Péchart, Ghislaine Bonboillon, Madeline d'Aubaigne (und am Ende der stark gealterten Baronin Germaine de Clairy) begegnet war, die in ihrer Jugend zumindest dem männlichen Teil der mondänen Gesellschaft von Ägypten bis Paris, von Baden-Baden bis Monte Carlo den

Kopf verdreht hatte und erst mit den Jahren erbarmungslosen Alterns zur Zielscheibe des schadenfrohen Spotts der Frauen vor allem ihrer eigenen Generation geworden war, während die jungen Männer der nächsten und übernächsten nichts als die ruinierten Überreste dessen sahen, was früher einmal von den Höhen der Schönheit herab anmutig geleuchtet und verfangen hatte (»*...und heute? Ein stillgelegter Steinbruch, die ausgereizte Silbermine, die Maske ist gefallen*«; darauf Gelächter; dann hatte man sich interessanteren Themen zugewandt).

War sie, die ja von Glück sagen konnte, mit vorgeblichen zweiundvierzig, tatsächlich achtundvierzig Jahren einen burgundischen Schloß- und Weingutsbesitzer an Land gezogen zu haben, stets auf der Jagd nach erotischen Abenteuern gewesen und treu lediglich ihrer Vorliebe für vermögende Männer geblieben (man sagte ihr – wie vielen anderen auch – eine Affäre mit dem inkognito als Lord Renfrew reisenden Prinzen von Wales und nachmaligen König Edward VII. nach), so hatte Antoine Revers' ganze Leidenschaft darin bestanden, auf den Spuren großer Köche zu wandeln, wozu ihn eine Erbschaft befähigte, deren Quellen genau so lange flossen, bis sein *homme de finance* im hohen Alter von beinahe achtzig Jahren bei sonst guter Gesundheit ganz unerwartet verschied und mit seinem Tod Bankgeschäfte offenbarte, die zur bösen Überraschung einiger Bonvivants, die von derlei Angelegenheiten ebenfalls nichts verstanden, auf tönernen Füßen, um nicht zu sagen auf Scherben standen.

Er, der intimen Umgang mit Lady de Gray, Lily Langtry und dem bereits vom Tode gezeichneten Rossini, mit Adelina Patti, Marie und César Ritz gepflegt und die kulinarischen

Vorlieben seiner Zeitgenossen besser als deren sonstige Präferenzen gekannt hatte, sah sich unerwartet in eine Armut zurückgeworfen, aus der sich herauszuarbeiten unmöglich war, da er nicht wußte, welcher Aktivitäten es dazu bedurft hätte. Seine jüngere Schwester und sein Schwager nahmen ihn in ihrem Haus auf, gaben ihm aber mit dramatisierender Geringschätzung zu verstehen, daß er, der viel zu lange einen »nichtsnutzigen Lebenswandel« geführt habe, es allein ihrer Großzügigkeit zu verdanken habe, wenn er nicht in der Gosse gelandet sei. Vorbei waren die Zeiten wochenlanger Aufenthalte in großen, teuren Hotels; Restaurants zu besuchen und in privaten Gesellschaften aufzutreten, bot sich ihm, da er nur selten eingeladen wurde, keine Gelegenheit mehr. Galli räusperte sich und kehrte auf der Spitze des von ihm selbst erzeugten Geräuschs zu Pasquinellis Gesang zurück.

Auf der anderen Seite des Grabes, Revers schräg gegenüber, stand Sophie Kohler, deren Trauer einen zwar etwas unwirklichen, aber doch aufrichtigen Eindruck machte. Die Sonne, die hoch über der Versammlung stand und auf sie niederbrannte, blendete sie; immer wieder hob sie die linke Hand zur Stirn, um ihre Augen zu schützen. Galli bemerkte Revers' fast liebevollen Blick über das Grab hinweg. Der Feinschmecker betrachtete seine aufmerksame Schülerin, die die Flamme seiner Kochkunst noch eine Weile weitertragen würde, mit Genugtuung. Er bemerkte, daß sie Revers' Blick standhielt. Warum nur wusch er sich nicht mehr! Seinem Grundsatz treu zu bleiben, sich auch in Urmein nicht in die Angelegenheiten seiner Gäste einzumischen, selbst dann nicht, wenn es zu ihrem Wohl gewesen wäre, fiel ihm nicht immer leicht.

Frederick Matthews hingegen lauschte, wie unschwer zu erkennen war, nichts anderem als den Tönen, die auf dem schier endlosen Atem Pasquinellis durch die klare Luft strömten, die in der Aprilsonne wohltuend erhitzt wurde. Nicht der Leib des Kastraten, sondern das Grab, um das sie herumstanden, schien der Resonanzkasten geworden zu sein, der dieser Stimme den sicheren Halt und den unerläßlichen Raum gab, in dem sie sich entfalten konnte.

Galli beobachtete, wie Matthews die Augen schloß. Auch er war in den letzten drei Jahren älter geworden, Rinnen und Falten hatten sich um seine Mundwinkel, Tränensäcke unter seinen Augen gebildet, doch machte er einen recht zufriedenen Eindruck; obwohl er keiner wie auch immer gearteten Tätigkeit mehr nachging, schien er nichts zu vermissen und nichts mehr zu erwarten. Dennoch nährte Galli weiterhin die Hoffnung, er werde sich eines Tages doch noch an den Flügel setzen, der auf der Bühne seines nie bespielten Theaters verstaubte, und seine für ihre Geläufigkeit und ihren Anschlag einst so gefeierten Hände auf die Tasten legen und endlich für alle zu spielen beginnen.

Matthews betrachtete Sebastiano voller Bewunderung. Galli mochte es drehen und wenden, wie er wollte, Matthews entsprach seiner Vorstellung eines Rentners, nicht der eines Virtuosen; im Geiste schloß sich der Vorhang über ihm, die Tasten blieben unberührt, die Saiten stumm; Matthews würde sich auch in Zukunft darauf beschränken, gelegentlich die eine oder andere Taste – eine weiße, eine schwarze, eine schwarze, eine weiße – anzuschlagen, zu »improvisieren«, wie er es nannte.

Galli wandte den Kopf, und sein Blick fiel auf Hunger, der hier am Grab Schmerzen litt, über deren Ursache er sich vermutlich so wenig im klaren war wie jene, die ihn peinlich berührt, mitleidig oder teilnahmslos betrachteten. Die Frage, was ihn denn an diesem Tod so quäle, stand ihm ins Gesicht geschrieben. Er starrte auf das polierte Holz und umklammerte die Krempe seines verformten Huts, den er fest gegen seine Brust drückte. Als er ihn aufsetzen wollte, kam Anni, das Mädchen, das sich unentbehrlich gemacht hatte, ihm zuvor. Sie tat, was nicht einmal Sophie gewagt hätte, sie nahm ihm den zerknautschten Filz aus den Händen.

Ursina und Francesco standen eng beieinander hinter Roth, der eine kleine, blanke Schaufel hielt, die er bei passender Gelegenheit Galli in die Hand zu drücken gedachte, dessen Aufgabe es war, als erster eine Handvoll Erde auf den Sarg zu werfen. Hinter ihnen standen die beiden schwarzen Diener, und um diese herum gruppierten sich weitere Angestellte, die, dem Anlaß entsprechend, sonntäglich gekleidet waren. Niemand weinte.

Schließlich erinnerte er sich wieder an Giulianas Worte. Noch an diesem Abend würde er mit ihr darüber sprechen. Er würde nichts unternehmen, sie aufzuhalten, weil er wußte, daß sie sich von ihrer Idee nicht würde abbringen lassen. Alles, was er tun konnte, erschöpfte sich im lauen Bereich wohlfeiler Ratschläge, und die würde er erteilen.

Sebastiano Pasquinelli verstummte, und es dauerte eine Weile, bis alle begriffen hatten, daß sein Vortrag tatsächlich beendet war. Tom, der Senegalese, wandte sein Profil Leroi zu und bewegte die Lippen.

Weder Germaine de Clairy noch Giuliana Sardi kamen also in den zweifelhaften Genuß, Flavios Bekanntschaft zu machen. Als er am 26. Dezember 1917 in Urmein eintraf, war die eine seit neun, die andere seit fast sechs Monaten tot. Nachdem Nathalie Ostermann zu Luigi Albanese geeilt war, um ihn über die Ankunft eines Fremden zu unterrichten, den sie eben, mit Koffern beladen, mit Schneeschuhen an den Füßen, auf das Schloß hatte zustapfen sehen, harrte sie der Dinge, die kommen würden. Später behauptete sie, sich vor ihnen geängstigt und etwas sonderbar Undeutliches, Unerfreuliches vorausgeahnt zu haben.

X

Galli war auf die Ankunft seines Neffen zwar vorbereitet, wußte aber nicht genau, an welchem Tag er eintreffen würde. Flavio hatte ihm Anfang Dezember in einem weiteren Brief mitgeteilt, daß er »*kurz nach Weihnachten, aber weder am 24. noch am 25. eintreffen*« werde. Er schrieb: »*Der bloße Gedanke an christliche Feiertage bereitet mir die allergrößte Übelkeit. Ich ändere mein Leben wie wir alle*«, und daß er seinen Besuch ernst nehme. Obwohl Galli solche Gefühlsäußerungen eher unangenehm waren, hatte er sich bei der ersten Lektüre dabei ertappt, sich geschmeichelt zu fühlen. Flavio, der Vertreter einer kriegerischen Jugend, vertraute ihm. Sein Verhältnis zu dem Abwesenden veränderte sich umso nachhaltiger zum Positiven, je ungeduldiger er seine Ankunft erwartete. Die Erinnerungen an ein Kind mit geradezu hypnotischer Wirkung auf seine Umwelt verblaßten, je näher der ungewisse Tag seines Eintreffens heranrückte. Mit Erleichterung stellte er fest, daß ihn der Gedanke an die Gegenwart seines Neffen kaum noch schreckte, als ob die Tatsache der familiären Bindung, auf die er früher nur wenig gegeben hatte, nun endlich zu ihrem Recht käme. Wie sehr er sich auch einzureden versuchte, seine Erwartungen rührten von seiner Wißbegierde oder daher, daß er diese neuerliche Begegnung nach so langer Zeit endlich hinter sich gebracht sehen wollte, so wenig vermochten diese bequemen Erklärungen seine Erregung zu dämpfen. Er glaubte, Flavio habe sich auf Grund der besonderen Erfahrungen, die er als Soldat gemacht hatte, verändert. Ungeachtet der Möglichkeit, daß seine neue Einschätzung Flavios bloß der gekonnt verschleierte Ausdruck seiner uneingestandenen Angst vor dem Zusammentreffen mit ihm war, einem Zusammentreffen, dem er jahrelang hatte ausweichen können, lebte er jedenfalls in der Gewißheit, daß die Zeit, die inzwischen vergangen war, all dem, was einst vorgefallen war (und woran er nicht denken wollte), den Stachel genommen hatte. Für einen alten, zur Untätigkeit verdammten Mann war es ein leichtes, von seinem Sessel aus die Welt in neue Kontinente und das eigene Leben nachträglich in klar voneinander getrennte Abschnitte ungleicher Bedeutung aufzuteilen. Ihn kostete es keine Mühe, den Ballast abzuwerfen, der ihm unerträglich war. Wie aber stand es um seinen Neffen? Hatte er die Zimmer seiner Kindheit, in der ihm die Welt zu Füßen lag, jemals verlassen? Die wirklichen Zimmer, in denen er seinen Neigungen nachgegangen war, mochten in seiner räumlichen Wahrnehmung geschrumpft sein, in seinem zeitlichen Bewußtsein hatten sie sich vielleicht bis an die Grenzen des Erträglichen gedehnt. Doch die Fragen, die sich zunächst wie unüberwindliche Hürden um Galli erhoben, verloren allmählich ihren Schrecken. Es gelang ihm, die Ungewißheit, die an ihm nagte, in den selten besuchten Winkeln seines Bewußtseins unterzubringen. Die Furcht vor dem Besucher wich einer grundlosen freudigen Erwartung, die näher zu untersuchen er sich verbot. Der Stimmungsumschwung des Grafen verfehlte seine Wirkung nicht. Angesteckt von der guten Laune des Hausherrn war man zwischen dem 24. und 25. Dezember allgemein besserer Dinge als in der Woche zuvor, in der sich Galli – außer Francesco wußte niemand, weshalb – zurückgezogen hatte. Da diese Erklärung am nächsten lag, hatte man seine grüblerische Affektion auf das bevorstehende neue Jahr zurückgeführt, das gewiß ebenso wenig Erfreuliches mit sich bringen würde wie das, das nun, im Schnee erstickt, zu Ende ging. Dann aber schloß Galli Frieden mit dem Gespenst, das ihn verfolgte; daß dieses Abkommen einseitig war, da sich der Gegner noch nicht hatte blicken lassen, schien ihn nicht zu kümmern; seine auf Übellaunigkeit empfindlich reagierende Umgebung nahm die Aufhellung, die seinem Auftreten eine joviale Note verlieh, erleichtert zur Kenntnis; daß sie daher rührte, daß er seinen Neffen, dessen Besuch er vor ihnen noch geheim hielt, in seinen Gedanken wie einen wildwuchernden Baum zurechtgestutzt und neu in Form gebracht hatte, konnte niemand wissen. »Ich bin sehr zuversichtlich, was den Besuch Flavios betrifft«, vertraute er eines Abends Francesco an, der ihm aus der Badewanne und in den Schlafrock half. »Wir müssen ihn gut behandeln, denn sicher hat er schwere Zeiten hinter sich. Ich glaube, wir alle können uns keine Vorstellung davon machen, was die jungen Leute in den letzten Jahren durchgemacht haben. Ich hoffe nur, er wurde nicht verwundet.«

Seiner Stellung und seinem Alter entsprechend, erwartete Galli seinen Neffen nicht an der Eingangstür, sondern in seiner Wohnung. Anders, als er es sich wohl vorgestellt hatte, wurde Flavio von einem frierenden Diener in Empfang genommen. Er schien sehr irritiert darüber, doch hatte er den

Ausdruck seiner Gefühle unter Kontrolle. Er ließ sich nichts anmerken (wurde allerdings von Sophie durchschaut, die auf einem Hocker stand und das Geschehen aus dem zu ebener Erde liegenden Küchenfenster verfolgte).

Flavio nickte dem Diener zu, der ohne Mantel im Säulengang stand, und trat dann selbst unter das Gewölbe, das die beiden Gebäude miteinander verband. Hunger nahm ihm die beiden Koffer ab, und Flavio hauchte in seine vor Kälte schmerzenden Hände.

Erst wenige Stunden zuvor hatte Galli Johann Hunger in einem vertraulichen Gespräch von dem bevorstehenden Besuch seines Neffen in Kenntnis gesetzt. Als Sophies entschlossen wiederholte Klingelzüge ihn aus seinem nur wenige Minuten dauernden Mittagsschlaf rissen, war er im Gegensatz zur Mehrzahl der anderen Bewohner des Schlosses auf dessen Eintreffen vorbereitet. Unverzüglich hatte er sein kleines, bar jeder persönlichen Gegenstände eingerichtetes, mit einem Heizkörper ausgestattetes Zimmer unter dem Dach verlassen, um sich durch einen der Geheimgänge zunächst zu Galli – den er über Flavios Ankunft unterrichtete – und dann nach unten zu begeben. Sophie, von Hunger eingeweiht, hatte das Nahen des jungen Mannes in dem etwas schäbig wirkenden Mantel vom Küchenfenster aus beobachtet und – wie verabredet – Hungers Klingel gezogen.

Dieser trat – unter den Arkaden – nun einen halben Schritt zurück. Er konnte keinerlei Ähnlichkeiten zwischen dem Neffen und seinem Onkel feststellen. Hinter der Oberfläche seiner schildpattschillernden Schönheit verbarg sich nur schlecht eine erbittert gezügelte Wildheit, die seinem nach außen hin zurückhaltenden, unverbindlichen Wesen auf beunruhigende Weise Hohn sprach. Er schien so unverletzbar, als habe er sich selbst erdacht und im Labor geschaffen: ein Ritter in glühender Rüstung. Zeichner wie Skulpteur hatten hervorragende Arbeit geleistet, das Unternehmen war nicht allein auf dem Papier geglückt. Flavio, der um seine Wirkung wußte, musterte den wartenden Diener. Seine Haut schien förmlich zu brennen. Die dichten Brauen und die schmale Nase waren im Einklang mit den leicht nach oben geschwungenen Lippen und den grünen Augen. Sein verschwimmender Blick wich dem Gegenstand, den mit kalter Hingabe zu betrachten er sich einmal entschieden hatte, nicht aus. Es war, wie Hunger am eigenen Leib erfuhr, kaum möglich, sich diesem zu entziehen, ohne sich unterlegen zu fühlen.

Bei soviel Vollkommenheit zeigten sich auf Flavios Stirn die ersten Anzeichen schwindender Jugend; die Augenbrauen, die sich über der Nasenwurzel leicht nach unten bogen, mündeten in zwei zur Stirn aufsteigende Falten, die seinem Gesicht einen etwas mürrischen Ausdruck verliehen. Der abweisende Zug um seinen Mund, der den Eindruck der Harmonie ein wenig störte, wurde durch die vollkommene Form der Lippen ausgeglichen. Ihre schwungvolle, sicher hingetuschte Linie sprach stumm von Abwehr beim geringsten Versuch der Annäherung und von drohender Gefahr, wenn jemand den Versuch doch wagen sollte.

Abgesehen von seinen aus lichtloser Tiefe blickenden Augen und den zwei Falten über der Nasenwurzel, war das Gesicht makellos. Das Kinn war oval und weich, das Haar, unter einer wollenen Mütze verborgen, beinahe schwarz. Seine undurchdringliche Miene veränderte sich auch dann nicht, als er den Diener nach dem Verbleib seines Onkels fragte und erfahren mußte, daß dieser sich zu seinem Empfang nicht nach unten hatte bequemen wollen.

»Melden Sie meinem Onkel, daß ich gut angekommen bin. Mehr nicht.« Hunger setzte sich in Bewegung, wandte sich nach links und öffnete die Tür zum Innenhof. Selbst auf diesen abgebrühten jungen Mann würden der Hof und das Kaldarium ihre Wirkung nicht verfehlen. Er ließ ihm den Vortritt und hob die beiden schweren Koffer hoch. Flavio bat den Diener, ihn in sein Zimmer zu führen. Doch die südliche Hitze, die ihnen entgegenschlug, ließ ihn mitten im Satz verstummen.

»Ihr Onkel ruht noch, ich werde Sie melden.«

»Kümmern Sie sich nicht um mich. Er mag ruhen, so lange er will. Sagen Sie ihm, ich sei weder in Eile noch sonst bedürftig«, sagte Flavio, nachdem er sich wieder gefaßt hatte.

»Ihr Zimmer befindet sich im zweiten Stock«, erklärte Hunger. Dann ließ er Flavio stehen und entfernte sich mit dessen Koffern.

»Hier wohnte bis vor einem halben Jahr die Signorina Sardi. Bitte sehr. Leider weilt sie nicht mehr unter den Lebenden. Die Ärmste ist verunglückt.« Hunger schloß die Tür auf, stieg über die Koffer, hob sie über die Schwelle und bat den Gast herein. Weitere Auskünfte zu erteilen, was es etwa mit der eigentümlichen Ausstattung des Zimmers der verstorbenen Signorina auf sich habe, fühlte Hunger sich nicht bemüßigt, wenngleich er natürlich sehr wohl in der Lage gewesen wäre, dem Besucher einige interessante Mitteilungen über Signorina Sardi und ihren Tod zu machen.

Er sah, daß Flavio Galli einen Augenblick zögerte, bevor er die Türschwelle überschritt, die ihn noch von der Wüstenei trennte, unter deren gläsernem Himmelsgewölbe gerade ein Schneegestöber niederging, das man mit etwas Fantasie auch für einen Sandsturm hätte halten können. Mochte Flavio irgendeine Frage auf der Zunge liegen, so sprach er sie jedenfalls nicht aus. Er gab dem Diener mit einer Handbewegung Anweisung, vorauszugehen; eine Anweisung, der Hunger sofort Folge leistete. Er schob die beiden Koffer an die Wand und durchmaß mit großen Schritten das weitläufige Zimmer. Er zeigte dem Gast das komfortable Bad, erklärte ihm die einzelnen Bedeutungen der unterschiedlichen Klingelzüge, die im übrigen auf einem Blatt Papier vermerkt waren, und hätte sich um ein Haar am Kachelofen verbrannt, den man zusätzlich zur Zentralheizung eingeheizt hatte.

»Sollten Sie ein Bad nehmen wollen, so klingeln Sie viermal, falls das Wasser nicht ausreicht, denn was das betrifft, sind wir bei dieser Kälte etwas knapp. Man wird Ihnen unverzüglich heißes Wasser aus der Küche heraufbringen. Sobald Ihr Onkel sich imstande sieht, Sie zu empfangen, werde ich Sie zu ihm führen. Ich habe Sie bereits gemeldet. Ich wünsche einen angenehmen Aufenthalt.«

Hunger verließ nach diesem ausführlichen Vortrag eilig den Raum und schloß die Tür. Nachdem Flavio die wollene Mütze vom Kopf genommen und den Mantel ausgezogen hatte, ließ er sich erschöpft auf die weiche Matratze des Feldbetts fallen, das mit gestärkter Wäsche bezogen war. Er verschränkte die

Arme hinter dem Nacken; die endlosen Bahnfahrten und Wanderungen der letzten Tage, am Ende die vergleichsweise bequeme Strecke von der Poststation zum Besitz seines Onkels, hatten ihn bis an die Grenzen der Entkräftung geführt, vor allem da, wo er gezwungen gewesen war, zu Fuß durch hohen Schnee zu gehen. Doch die Müdigkeit ließ ihn noch nicht zur Ruhe kommen.

Nach einer Weile – er war nicht eingeschlafen – öffnete er die Augen und blickte durch das feinst gewebte Mückennetz, das sich über dem Bett bauschte, zur Decke und zum Oberlicht hinauf, über das die Schneeflocken, die beständig fielen, eine Plane aus grauer Materie gelegt hatten. Kein Strahl des Tageslichts vermochte sie zu durchdringen. Es lag ein Geruch im Zimmer, als wäre es eben erst von seiner Bewohnerin verlassen worden. Obwohl es oft gelüftet worden war, hatten sich winzige Partikel von Giulianas Gegenwart nicht ganz verflüchtigt. Das wenige, was Flavio roch, erlaubte ihm allerdings nicht, sich eine Vorstellung von ihr zu machen. Das Parfum, das er einatmete, war nur noch der im Alkohol ertränkte letzte Tropfen der Essenz, eine Schweißperle, von einem Sandkorn aufgesogen, ein Häuchlein Tabakrauch, mehr nicht.

Der junge Mann hatte einige Mühe, sich an das Gesicht des Dieners zu erinnern. Dessen Bild wollte nicht zurückkehren, es erlosch. Er erinnerte sich an eine Silhouette. In den Tagen und Nächten, die er in den Schützengräben zugebracht hatte, war ihm die Fähigkeit, neue Gesichter aufzunehmen, abhanden gekommen. Sie verschmolzen mit den alten auf ebenso unspektakuläre Weise wie sich die Soldaten, die eben noch gelebt hatten, mit den Toten verbündeten. Er hatte keinerlei

Ehrgeiz, die Fähigkeit der Unterscheidung, die er vor dem Krieg besessen hatte, zurückzuerlangen. Er würde sich allmählich an das Gesicht des Dieners gewöhnen.

Flavio warf sich auf den Bauch herum und legte beide Hände flach auf den Boden. Langsam, in kreisender Bewegung, fuhren seine gespreizten Hände über den Sand, der außer den Fußspuren, die er und Hunger darauf hinterlassen hatten, kaum Vertiefungen aufwies, da die gesamte Fläche vor seinem Eintreffen geebnet worden war. Seine Finger schufen Dünen, seine Handballen gruben Mulden. Je länger seine Hände über den Sand strichen, desto wärmer wurden sie, obwohl die Temperatur des nachgiebigen Stoffs sich nicht veränderte. In welcher Beziehung mochte sein Onkel zu der Person gestanden haben, der er diese afrikanische Wohnung eingerichtet hatte; aus welcher Gegend (Afrikas, Asiens?) stammte der Sand, in dem sie lag; war es Wüstensand, war es Flußsand? Doch selbst ein Kenner der ungleichen Körnungen und Tönungen wäre kaum imstande gewesen, dessen Art oder Herkunft zu bestimmen, denn das getrübte Tageslicht, das nur zögerlich durch die kleinen Fenster im Hintergrund fiel, hatte sich grau wie Zinn über alle Gegenstände gelegt; gleich einer in die Schlacht getragenen, im Blut des Fähnrichs getränkten Fahne bedeckte es alles und schmolz es zusammen; im monochronen Zwielicht verlor auch das Blut, das ihm in die Nase stieg, seinen Schrecken; dessen Farbe war ausgelöscht.

Wenngleich er sich keinerlei Vorstellung von dem Ort gemacht hatte, an dem sein Onkel lebte, war er doch auf ein solches Interieur nicht gefaßt gewesen. Was es mit dieser Wüste auf sich hatte, weshalb die Signorina, die laut dem Diener in diesem Zimmer gewohnt hatte, gestorben war, wußte er nicht; gewiß war nur, daß zwischen ihr und diesem Raum eine Verbindung bestanden hatte, die von ihrer Person nicht zu trennen war, und daß vermutlich Galli ihr Gestalt gegeben hatte.

Flavio grub seine Hände so tief in den Sand, bis er auf festen Grund stieß. Nun, es waren gewöhnliche Holzdielen, auf denen diese Wüste ausgebreitet war, Disteln wuchsen hier keine. Langsam ruderte er mit beiden Händen gleichmäßig im Sand, und dabei stieß er plötzlich auf einen Gegenstand, der die sanfte Dünung störte. Er griff danach, stützte sich auf beide Ellbogen auf und betrachtete seinen Fund. Es waren die zusammengedrückten Überreste einer halb gerauchten Zigarette. Angeekelt von der Vorstellung, sie könnte einer Sterbenden aus der Hand gefallen sein, schnippte er sie in die Dunkelheit. Indem er sich wieder auf den Rücken drehte, verscheuchte er diesen Gedanken. Ein vertrautes, dem unruhigen Schlaf im Schützengraben verwandtes Gefühl ergriff Besitz von ihm, des Überdrusses, der jeden Gedanken, den er zu denken begann, auf halbem Weg zur Strecke brachte. Er vermochte nichts. Er sah zur Decke, vergaß die Zeit, die von den Wänden rieselte (und ergab sich der todbringenden Schleuder, in die man ihn spannte und mit der er in die Nacht hinauskatapultiert wurde).

Endlich gelang es ihm, sich aus diesem lähmenden Zustand zu befreien. Flavio erwachte wie ein Fallsüchtiger: Sich selbst zunächst entfremdet, gelangte er zu sich zurück, als er seine Umgebung wiedererkannte. Er erhob sich, ging zur Tür, zu seinem Gepäck, öffnete einen der beiden Koffer und griff zwischen seine Leibwäsche. Die handliche Pistole, eine Beretta 7,56-Kaliber, hatte sich in einem Hemdsärmel verfangen. Er zog sie hervor und preßte sie wie eine Muschel an seine Schläfe und sein Ohr. Das in den Adern pochende Blut schlug heftig dagegen. Vielleicht besänftigt von der Kühle des Metalls, verkroch sich das Elend, das ihn beschlichen hatte. Flavio verstaute die Waffe, die kaum größer war als seine Hand, und hielt ein brennendes Streichholz an den Docht der Petroleumlampe, die am Kopfende des Feldbetts stand. Dann zog er viermal an der Klingel. An ihm sollte es nicht liegen, seinen Onkel, der so unhöflich gewesen war, ihn nicht persönlich zu empfangen, auf die Folter zu spannen, indem nun er ihn warten ließ. Mochte dieser sich am Ende bequemen, ihn aufzusuchen, weil er es vor Neugier in seinem Zimmer nicht mehr aushielt, er jedenfalls ließ sich Zeit. Er zog Schuhe und Strümpfe aus, ließ das Tweedjackett und die Weste in den Sand fallen und knöpfte den Kragen los. Eine Krawatte trug er nicht.

Kurz darauf klopfte Adelia, eine junge, schüchterne Italienerin, an seine Tür. Er öffnete. Sie wich erschreckt zurück. Er sagte: »Ich will sehr warm baden. Bringen Sie mir Badesalz und einen Liter Milch! Wie heißen Sie?«

Ohne sie noch einmal angeblickt oder eine Antwort abgewartet zu haben (»...Adelia, Signore...«, lautete diese), drehte er auf dem Absatz um und ging auf eines der beiden Fenster zu. Bei jedem Schritt versanken seine bloßen Füße ein wenig im Sand und verstärkten die Empfindung, daß Weltflucht möglich sei. Flavio hörte nur mit halbem Ohr, wie sich vom Flur her (in den Wänden?) Bedienstete (zwei, drei?) näherten, wie Füße über den nachgiebigen Boden eilten und sich wieder entfernten, wobei er annahm, daß es sich um die weiblicher Personen handelte. Je geschäftiger sie wurden, um ihn, den Neffen ihres Brotherrn, zufriedenzustellen, desto ruhiger wurde er selbst. Er hörte aus einer Entfernung, die größer war als die paar Meter, die sie tatsächlich maß, das Rauschen des Wassers, das die Badewanne füllte, und schließlich ein schrill die Tonleiter hinaufkreischendes Geräusch, als die metallenen Wasserhähne zugedreht wurden. Seinem Gehör, dachte er, wurde mehr geboten als seinem Blick: Das Schneegestöber hatte sich unterdessen so verdichtet, daß die Landschaft verschwand. Vor ihm erhob sich eine wattige Mauer.

Adelia räusperte sich, bevor sie mit belegter Stimme ihre Arbeit für beendet erklärte und ihn darauf hinwies, daß sie vor seiner Tür warte, für den Fall, daß er ihre oder die Hilfe eines Dieners benötige. Er roch, daß sie schwitzte. Sie entfernte sich eilig.

Francesco schlief bereits, als Ursina kurz vor Mitternacht vorsichtig die Tür zu seinem Zimmer öffnete und auf Zehenspitzen eintrat. In Gallis Zimmer brannte noch Licht – und er war nicht allein. Der Lichtschein hatte sich unter der Tür hindurch einen bleichen Pfad bis an den Rand des Teppichs gebahnt, der am Fußende des Bettes lag, wo auch zwei Stühle standen, die nie benutzt wurden. Wieder empfand Ursina beim Anblick der Verbindungstür – und dieser späten Beleuchtung – ein unbestimmtes, aber umfassendes Gefühl des Schutzes, den niemand sonst ihr gewähren konnte, seitdem Giuliana Sardi tot war. Sie genoß den flüchtigen Moment als eine Wohltat. Der Gedanke, der ihm folgte, war schmerzlich:

Francesco, der Geliebte, hatte weder die Macht noch die Stärke seines Herrn und würde sie niemals erlangen.

Unter dem mehrmals wiederholten Vorwand, sie sei müde und habe in der Frühe eine Menge zu erledigen, war es ihr endlich gelungen, sich von Sophie und Anni loszureißen, die sie nicht hatten gehen lassen wollen. Geduldig hatte sie den Gesprächen der beiden Frauen, denen die Anstrengungen der letzten Tage deutlich anzusehen waren, zugehört; mehrmals hatte sie sie gedrängt, sich ebenfalls hinzulegen, doch immer wieder war auch sie in Gedanken zu dem jungen Mann zurückgekehrt, den der Graf seinen Freunden an diesem Abend vorgestellt hatte, als handelte es sich um ein verspätetes Weihnachtsgeschenk, das »eine gewisse Zeit in Urmein bleiben wird, denn er hat schwere, unvorstellbar schwere Zeiten durchgemacht.« (Auf Matthews' bange Frage, ob er verwundet worden sei, erfolgte keine klare Antwort.)

Während die aus ihrer Ruhe aufgestörten alten Leute darum bemüht gewesen waren, ihr Befremden über diesen unerwarteten Besuch zu unterdrücken, fühlten sich die Dienstboten zu keiner Zurückhaltung verpflichtet. Und auch in diesem Fall war Sophies Küche der geeignete Ort, an dem man seinen Vermutungen und Zweifeln freien Lauf lassen konnte, ohne befürchten zu müssen, von einer der Herrschaften dabei überrascht zu werden, denn diese ließen sich nur selten in der Küche blicken (Galli regelmäßig am Freitagabend und vor Feiertagen, Revers natürlich öfter, Matthews inzwischen immer seltener).

Während man im Refektorium noch damit beschäftigt war, sich widerstreitender Gefühle zu erwehren, hatte das weibliche

Personal, das sich nach dem einfachen Abendessen fast vollzählig in der Küche eingefunden hatte, bereits damit begonnen, sich ausführlich über den jungen Mann zu unterhalten. Da ihm bis zu diesem Augenblick niemand so nahe gekommen war wie Adelia, wurde die junge Italienerin, die damit zum ersten Mal die ungeteilte Aufmerksamkeit der anderen Hausangestellten auf sich ziehen konnte, von allen Seiten mit Fragen bedrängt. Kaum war die Quelle erschlossen, sprudelten die Auskünfte und Beobachtungen, die sie gemacht haben wollte, ungehindert aus ihr heraus. Mit verschwörerisch gesenkter Stimme erzählte sie, am Herd stehend und umringt von ihren gespannt lauschenden Kolleginnen, unter anderem von der äußersten Unordnung, die in seinem Zimmer herrsche, und daß er ohne Rock und Weste, ja hemdsärmelig gewesen sei, als sie vor ihn trat. »Und sogar barfuß! Die Haut glatt wie ein Mädchen und braun wie Amaretti. Und barfuß, wie gesagt.«

»Barfuß«, fragte man sie erstaunt. – »Ja. Keine Schuhe und keine Strümpfe, mit bloßen Füßen, wie Christus auf dem Wasser. So stand er im Sand. Warme Badetücher wollte er haben und heißes Wasser. Als alles vorbereitet war, damit er sich in die Badewanne legen konnte, habe ich eine halbe Stunde vor seiner Tür gewartet und keinen Ton mehr von ihm gehört. Und dann...« – »Und dann?«

Einmal zögernd, fünfmal flüssig erzählte sie, wie er nach ihr gerufen habe, obwohl er noch in der Badewanne lag, »was ich nicht wußte. Was sollte ich denn tun? Kein Mann, kein Diener in der Nähe. Er hat zweimal gerufen, zweimal hintereinander. Ich konnte nicht weg! Er hat mir keine Zeit gelassen. Er hat meinen Namen gerufen, Adelia! Adelia!«

»Woher kennt er denn deinen Namen«, fragte Sophie, und angestrengt suchte Adelia in ihrer Erinnerung nach einer Erklärung. »Ich weiß nicht«, sagte sie schließlich achselzuckend und in Schweiß gebadet, denn die Hitze, die vom Herd und von den Frauen ausging, die sie bedrängten, lag wie ein Fell auf ihr. »Und dann? Was weiter«, fragte Anni, und Adelia war froh, dort anknüpfen zu können, wo man sie unterbrochen hatte: »Ich konnte nicht weg, ich konnte keinen der Männer holen. Also bin ich hineingegangen und habe an die Badezimmertür geklopft. Er hat gerufen: Kommen Sie herein! Was sollte ich tun? Reichen Sie mir ein Tuch! Und als ich zögerte, hat er gesagt: Was ist denn los? Also habe ich die Tür geöffnet und das Gesicht abgewandt, damit ich nichts sehe. Ein Tuch. Basta! Ich ging zum Kachelofen, wo die Tücher zum Wärmen hingen und habe blindlings irgendeines genommen. Das andere, hat er gerufen! Ich habe das andere vom Tuchhalter genommen. Ich habe meinen Blick gesenkt und ihm das Tuch gereicht, ohne ihn anzusehen. Er war ja splitternackt! Er hat es mir aus den Händen gerissen. Da hat das Wasser furchtbar gerauscht und gespritzt. Mein Gott, ich bin vor Schreck fast gestorben. Er ist aufgestanden, während ich noch im Badezimmer war! Als ob ich gar nicht da wäre! Dio mio, ich bin gerannt und habe die Tür hinter mir zugeschlagen, und im Sand bin ich hingefallen. Da! Schaut her«, und sie hielt den Frauen die Schürfwunden der Sandkörner unter die Nase.

»Und was hast du gesehen?« – »Gesehen?« Adelia blickte Anni verständnislos an. – »Was hast du von *ihm* gesehen«, fragte die zwergwüchsige Lisette etwas bestimmter. – »Gesehen? Gesehen? Ich habe doch nichts gesehen! Was soll ich denn gesehen haben?« So eifrig sie auch in sie drangen, gelangten die Frauen doch zu keinem befriedigenden Ergebnis; entweder verstand Adelia ihre Fragen wirklich nicht, oder aber sie hatte ihre dunklen Augen tatsächlich nicht weiter als bis zu Flavios nackten Füßen gehoben, über die sie sich im übrigen nicht weiter ausließ, denn sie hatten ja »im Sand gesteckt«.

Wenngleich nicht einmal Sophie es gewagt hätte, in ihrer Gegenwart eine Anspielung auf ihr Verhältnis zu dem stummen Francesco zu machen, war sich Ursina natürlich darüber im klaren, daß die beiden Frauen, die während der Feiertage härter gearbeitet hatten als alle andern, genau wußten, wohin sie ihre Schritte lenken würde, nachdem sie sich von ihnen verabschiedet und die Küche verlassen hatte.

Auf dem Tisch, der nach Scheuersand roch, hatte eine Flasche jenes Getränks gestanden, das aufdringlich nach Engelwurz und Baldrian roch und auf dessen außerordentliche Wirkungen (»...und zwar auf den gesamten Organismus...«) Sophie seit Jahren schwor. Selbst Antoine Revers, der seinen Abscheu vor ihrem selbstgebrauten »Hausmittel« oft genug bekundet hatte und auf den sie doch sonst zu hören pflegte, war nicht imstande, sie von dessen zweifelhaftem Genuß abzuhalten; seinen düsteren Prophezeiungen, daß es ihrem Magen eines Tages nicht besser ergehen würde als dem seinen, begegnete sie mit einem nachsichtigen Lächeln; sie glaubte besser zu wissen, was ihren Eingeweiden zuträglich war, als der, der sie sich mit den kostbarsten Leckereien am Ende doch ruiniert hatte. Und längst hatte Anni sich ihrer Meinung, wenngleich nicht ihrem Geschmack angeschlossen; wenn ihr der Kräuterbitter auch nicht schmeckte, konnte sie sich doch stets auf seine unverzügliche Wirkung verlassen.

Ursina schlief nicht jede Nacht bei Francesco. Wenn sie ihn auch mehr als ihre Freiheit liebte, verbrachte sie doch die meisten Nächte noch immer allein in ihrem Zimmer; denn jener Teil ihrer Seele, der ihr selbst ein wenig unheimlich war, glaubte unerschütterlich, sie sei der toten Herrin die Wache schuldig, die sie in unmittelbarer Nähe ihres Zimmers hielt, das Giuliana so sehr geliebt, am Ende aber doch – zu leichtfertig – gegen jenes Abenteuer eingetauscht hatte, das sie das Leben kostete. So sehr sich Ursinas Schmerz auch nach Heilung sehnte, konnte sie sich doch von dessen unerbittlichen Hütern nicht befreien, die wie Krähen nach ihr hackten, sobald sie ihn abzuschütteln versuchte. Irgend etwas zwang sie, mit zäher Unnachgiebigkeit an ihrer ergebenen Trauer festzuhalten. Es verging keine Stunde, in der sie nicht an ihre Wohltäterin dachte, und kaum ein Tag, an dem ihr nicht kleine, oft unnütze Gegenstände (ein Fingerhut aus Porzellan, ein graues Heftpflaster, ein Buch, eine gesprungene Tasse) in die Hände fielen, von denen sie überzeugt war, daß sie Giuliana eine Geschichte erzählt hätten, die sie *ihr* hartnäckig vorenthielten, zur Strafe, weil sie der Lockung nicht folgte, die sie in die Ferne rief. So wurde sie zwischen der Pflicht, Giulianas Andenken in Ehren zu halten, und dem Verlangen, ihre eigenen Wege zu gehen (die auch Giulianas Wege gewesen wären), hin und hergerissen – und immer wieder von ihrer Liebe zu Francesco zurückgehalten, die ein übriges tat, sie in ihrer Bewegungsfreiheit einzuschränken.

Nun, da der Neffe des Grafen sich in Giulianas Zimmer eingerichtet hatte (das er, wie sie befürchtete, so schnell nicht mehr verlassen würde), war ihr unwohl bei dem Gedanken, auch nur eine einzige Nacht Wand an Wand mit diesem merkwürdigen jungen Mann verbringen zu müssen, der eine gewisse Ähnlichkeit mit Francesco hatte; weniger sein Aussehen, als sein Auftreten, seine Unzugänglichkeit erinnerten sie an ihren Geliebten. Obwohl sie die Verbindungstür verriegelt hatte, als sie erfuhr, daß man dem Gast Giulianas Zimmer zugewiesen hatte, war ihr schon die Vorstellung, er könnte die Klinke niederdrücken oder gar durch die geschlossene Tür nach ihr rufen, während sie dort lag, im höchsten Maße unangenehm – und nicht nur deshalb, weil sie längst nicht mehr zum Regiment der stets verfügbaren Dienstmädchen gehörte.

Mit Francesco sprach sie nicht darüber, weil sie fürchtete, ihre Angst könnte seinen Argwohn erregen und ihn zu falschen Schlüssen verleiten, etwa dem, sie sei in irgendeiner Weise von ihm belästigt worden (tatsächlich war sie Flavio bislang nur in Gegenwart dritter begegnet). So kam es, daß sie in dieser Nacht bei Francesco schlief und damit in Kauf nahm, mitten in der Nacht aus dem Schlaf gerissen zu werden, sollte der Graf Lust auf ein Glas Wein oder ein Stück Käse verspüren, wie es gegen Morgen oft der Fall war.

In ihrem Zimmer wäre sie ungestört gewesen. Nur wenige Tage nach Giulianas Tod hatte Roth, der unermüdliche Handwerker, auf Gallis Geheiß die elektrischen Verbindungen der Klingelanlage in Ursinas Zimmer mit wenigen Handgriffen unterbrochen; nicht ohne stummen Vorwurf übrigens, denn daß gerade er derjenige war, der seiner fast vierzig Jahre jüngeren Verwandten diese Annehmlichkeit bereiten mußte, erfüllte ihn mit heimlichem Groll, da keine andere Betätigung augenfälliger als diese dazu beitrug, ihre gesellschaftliche Beförderung zu illustrieren, die allein durch den Zufall bewerkstelligt worden war, den er zwar gelten ließ (was blieb ihm anderes übrig?), jedoch für einen unlauteren Konkurrenten ehrlicher Arbeit zu halten schien. Weiter – so dachte er – konnte es ein einfaches Mädchen aus Urmein nicht bringen: Von der Dienstmagd zur reichen Erbin, wie in den Romanen, die seine verstorbene Frau wie Schokolade verschlungen hatte. Und wenn er auch nie in den Chor jener Gerüchteköche eingestimmt hatte, deren Geschwätz *unisono* darauf hinauslief, Ursina Bragatsch zur Brandstifterin, ja zur Mörderin zu erklären, so hatte ihn, als er, mit einer Zange bewehrt, hoch oben auf der Leiter stand, doch ein Gefühl so scharfen Neids gepackt, daß er sich von der jungen Frau hatte abwenden müssen. Ihr Anblick war ihm unerträglich gewesen. Vielleicht war es ja gerade ihre unleugbare, zur Kälte neigende Loyalität, die ihre Mitmenschen dazu veranlaßte, ihr alle nur erdenkliche Arglist zu unterstellen.

Zum ersten Mal, seit sie ihr Elternhaus verlassen hatte, war sie nun frei zu tun, was ihr beliebte; vorausgesetzt, man war vermögend, genügte es, sich an die leicht zu befolgenden Regeln der kleinen Urmeiner Gemeinschaft zu halten, um ihr als gleichwertiges Mitglied anzugehören. Galli, der ihr (»...in diesen schweren Zeiten; wo wollen Sie da hin? Wohin Sie auch gehen, überall herrscht Krieg und Notstand...«) ein Dach über dem Kopf, eine warme Bleibe angeboten hatte, verlangte von ihr nicht die geringste Gegenleistung, nachdem sie sich ja, wie er meinte, hinlänglich um Giuliana verdient gemacht hatte (»...ich denke insbesondere an Ihren lebensgefährlichen Einsatz am Piz Beverin«). So war sie nun Gast und wertvolle Hilfe in einem. Sie half aus, wo man sie darum bat und wann sie es für nötig hielt (auch manchmal in der Küche, obwohl sie wenig vom Kochen verstand), und lernte dadurch die anderen Mädchen und ihre Geschichten näher kennen, als es zu Lebzeiten Giulianas möglich gewesen wäre, da sie damals von ihrer Aufgabe völlig in Anspruch genommen worden war.

27. Dezember. Nach Mitternacht

Ursina trat auf den Teppich, in den Lichtpfad, bückte sich, streckte sich, zog sich aus und legte sich neben Francesco. Das Bett war schmal, aber sie berührte den Liegenden nicht. Ruhig und weich lag er da, halb aufgedeckt, sein weißes Nachthemd war hochgerutscht, seine Schenkel entblößt. Die Uhr in Gallis Zimmer schlug Mitternacht. Trotz der unverständlichen Stimmen, die aus Gallis Zimmer drangen, trotz des unverkennbar erregten Tonfalls, fiel Ursina, kaum hatte sie sich hingelegt, in einen leichten Schlaf; er eilte ihrem letzten klaren Gedanken, der einem unbeschwerten Erwachen am nächsten Morgen galt, auf schnellen Füßen nach.

Francesco, der sich schlafend gestellt hatte, war wach geworden, noch bevor Ursina das Zimmer betrat. Auch er hörte die Stimmen. Doch im Gegensatz zu Ursina beunruhigten sie ihn so nachhaltig, daß an Schlaf nicht mehr zu denken war. Darum bemüht, sie nicht zu wecken, wandte er sich der

Schlafenden zu und öffnete die Augen. Ursina lag auf dem Rücken. Die Form ihrer Brüste, des leicht nach oben gewölbten Halses, der Hand, die abgewinkelt unter ihrem Kinn lag, als stützte sie ihren Kopf, war ihm vertraut, und dennoch konnte er noch immer nicht fassen, daß er diesen fremden Körper besitzen konnte, wann immer er wollte.

Doch was er staunend betrachtete, zerfiel allmählich in der Dunkelheit – je mehr er davon in sich aufzunehmen versuchte, desto weniger drang zu ihm. Ursina atmete gleichmäßig. Er unterdrückte das Verlangen, seine Hand nach ihr auszustrecken, und hielt den Atem an, als ließen sich auf diese Weise unzulässige Wünsche besser in Schach halten. Ursina schlief.

Francesco hatte die Vorbereitungen zur Ersteigung des Beverin aus unmittelbarer Nähe miterlebt, ohne auch nur einen Augenblick am Scheitern dieses unnötigen Unternehmens zu zweifeln. Schriftlich aber hatte er ihr versichert, daß er an den Erfolg ihres Aufstiegs glaube. Giuliana Sardi hatte er nicht erwähnt. Da Francesco wußte, welche Bedeutung Ursina dem Ausflug mit der Signorina beimaß, hatte er nicht den geringsten Versuch unternommen, sie davon abzuhalten, wenn er auch ahnte, daß sie am Ende bereuen würde, sich auf dieses Abenteuer, das sie als einzige vielleicht hätte verhindern können, eingelassen, es in gewisser Weise sogar vorangetrieben zu haben. Francescos Vorschlag, sie zu begleiten, hatte Ursina mit einem Kopfschütteln abgelehnt, das keinen Widerspruch duldete. Er hatte keine andere Wahl gehabt, als die beiden Frauen an jenem klaren Augustmorgen allein ziehen zu lassen.

Um ihr körperliches Wohl hatte er sich weniger Sorgen gemacht als um ihre seelische Verfassung im Falle einer

Beschädigung der Signorina Sardi (ihren Tod wollte er nicht heraufbeschwören). Da prophetische Gedanken das Unausweichliche herauszufordern drohten, verbot er sie sich. Die Überlegung, was aus Ursina würde, wenn Giuliana am Berg zu Tode käme, ließ sich hingegen nicht völlig unterdrücken.

Was Ursina selbst als Möglichkeit nicht ins Auge hatte fassen wollen, geschah; die Signorina verunglückte. Sie verschwand vielmehr. Ursina, die die Führung übernommen hatte, nachdem der Weg zu schmal geworden war, um ihn Seite an Seite mit Giuliana zu gehen, hatte ihren Absturz weder gesehen noch gehört, sie war nicht darauf vorbereitet, noch war es ihr möglich, sich die Umstände zu erklären, die dazu geführt hatten. Da der Aufstieg nach den ersten, leicht zu bewältigenden Kilometern etwas beschwerlicher geworden war, hatte sie sich nach ihrem Befinden erkundigen wollen. Doch als sie sich umdrehte, war Giuliana weg. Es war, als hätte sie sich in Luft aufgelöst. Daß sie sie niemals wiedersehen würde, war ihr in jenem Augenblick eine ungeheuerliche Vorstellung.

So hatte sie also immer wieder nach ihr gerufen, obwohl ihr nichts die Sicht auf den ansteigenden Weg versperrte, den sie wohl schon seit geraumer Zeit allein gegangen war. Kein Felsvorsprung verstellte ihr den Blick auf die fatale Leere, in die sie schaute.

Ursina hatte sich umgedreht. Als könnte sie es damit aus der Welt schaffen, hatte sie dem, was geschehen war, für einige Sekunden den Rücken zugewandt. In der aussichtslosen Erwartung, Giuliana habe sie in einem Augenblick geistiger Abwesenheit überholt und warte hinter dem nächsten Felsvorsprung auf sie, blickte sie nach vorn. Sie lief dorthin. Als ihr klar wurde, daß Giuliana nirgends war, begann sie zu begreifen, daß sie abgestürzt sein mußte.

Da sie die Stelle nicht kannte, an der es geschehen war, hatte sie sie später der Rettungsmannschaft nicht näher bezeichnen können. Ihre Hoffnung, man könnte sie lebend bergen, schwand schnell; im Grunde genügten einige Blicke in die enge Schlucht, um zu erkennen, daß Giuliana ihrem Schicksal nicht entkommen war. Nach weniger als sechs Stunden war der Ausflug auf den Piz Beverin zu Ende.

Ursina hatte sich nach diesem Ereignis verändert. Sie wirkte verschlossen und niedergeschlagen. Doch was auch immer sie seit Giulianas Tod vermißte, sie behielt es für sich, und selbst Francesco ließ sie über ihre Gefühle im Ungewissen. An jenem Abend – keine zwölf Stunden nach ihrem Aufbruch – hatte sie lediglich zu ihm gesagt, sie verstehe nicht, weshalb Giuliana bei ihrem Absturz keinen Laut von sich gegeben habe. Man könne einem solchen Tod nicht ohne Schrei begegnen.

Die Zeit an Giulianas Seite gehörte der Vergangenheit an, das Vertrauen, das die ältere Freundin ihr entgegengebracht hatte, war durch ihren Tod aufgekündigt. Was ihr blieb, waren die zahlreichen Blätter, auf denen sie Giulianas Reiseerzählungen festgehalten hatte; sie würde das Ende des Krieges abwarten müssen, bevor sie sich Gedanken über deren weitere Verwendung machen konnte; noch war nicht der Augenblick, eine Veröffentlichung von Berichten in Erwägung zu ziehen, die in Friedenszeiten gemacht worden waren und von Ländern und Menschen handelten, für deren Geschicke sich heutzutage nur jene ernstlich interessierten, die mit ihnen im Streit lagen.

Die Stimmen in Gallis Zimmer wurden lauter, aber nicht verständlicher. Obwohl Francesco die erregte Stimme des Grafen deutlich von einigen längeren Repliken seines Neffen unterschied, blieb der Gegenstand ihres Gesprächs im Dunkeln. Francesco stand vorsichtig auf und durchquerte das Zimmer. Er preßte sein Ohr an die Verbindungstür. Er hörte Flavio Galli lachen und Gallis Widerspruch: »Nein, ein Vernichtungsschlag! Du verlangst von mir, mich zu unterwerfen, ohne auch nur einen einzigen Gedanken daran zu verschwenden, mir die Möglichkeit zur Verteidigung zu geben. Ist es das, was du auf dem Schlachtfeld gelernt hast?«

Flavios Antwort blieb unverständlich.

»Es tut mir leid, aber andere stehen mir nun einmal nicht zur Verfügung.«

»Du hast dich nicht verändert, Onkel Emilio. Deine Worte sind Zinnsoldaten, die du nach Belieben über Sandhügel schickst. Sie haben kein Gewicht. Am Ende fallen sie um und liegen unbeachtet in irgendeiner Ecke. Danach...« – Flavio senkte seine Stimme, so daß Francesco die folgenden Worte nicht verstand.

»Wovor? Wäre es nicht anständiger gewesen, mich *vorher* über deine Pläne aufzuklären? Aber Anstand war nie deine Stärke.«

»Nein. Er scheint mir sogar völlig überflüssig. Wäre ich ausführlicher geworden, hättest du mich gar nicht vorgelassen. Ihr verbarrikadiert euch hinter euren dicken Mauern, als würdet ihr bedroht. Dabei...«, wieder wurde er leiser.

»Darin ähnelst du deiner Mutter sehr.« Der Graf rang hörbar nach Luft. Ein hölzerner Gegenstand – die Kugel, die ihm als Briefbeschwerer diente – fiel zu Boden und rollte über die Dielen, bis er gegen die Fußleiste stieß. Ein Stuhl wurde gerückt, ein Geräusch, das Francesco in Alarmbereitschaft versetzte, da es von keinem Wort begleitet wurde, was alles mögliche bedeuten konnte.

»Bei allem Respekt, ich habe dich nie geachtet. Vielleicht hatte ich Angst vor dir.«

»Vor mir? Man hat nur immer dich, das grausame Kind gefürchtet.«

»Emilio, der gute Onkel. Die Rolle des Menschenfreundes paßt dir wie maßgeschneidert.« Francesco nutzte die Pause, die entstand, um einen Blick auf das Bett zu werfen. Doch Ursina schlief.

»Hat der Krieg dich nicht verändert, hast du keine Eigenschaften an dir entdeckt, die du nicht kanntest oder die dir früher nichts bedeuteten«, fragte Galli, und Flavio antwortete ohne Umschweife: »Was soll ich meinen verborgenen Eigenschaften für eine Bedeutung beimessen? Wenn ich tatsächlich welche besitze, so haben sie sich jedenfalls gut versteckt. Gäbe es sie, hätte ich keine Verwendung dafür. Warum sollte ich also nach ihnen Ausschau halten? Der Krieg verlangt andere Vorzüge von uns.«

»Was hast du erlebt?«

»Wir haben uns in Widersprüchen eingerichtet. Wir sind damit aufgewacht und eingeschlafen. Wir haben blind gehorcht und jeden neuen Tag verflucht. Ich habe gelernt, Treue und Verrat als eine Einheit anzusehen. Wenn es darum geht, seine eigene Haut zu retten, sind moralische Bedenken nicht nur hinderlich, sondern lebensgefährlich. Notfalls entscheidet man sich für das, was andere Verrat nennen.«

»Und was hast du erlebt?«

Francesco, der keinen Augenblick gezögert hätte, seinem Herrn zu Hilfe zu eilen, wenn es ihm nötig erschienen wäre, hatte den Eindruck, als habe das Gespräch zwischen Galli und seinem Neffen seinen dramatischen Höhepunkt inzwischen überschritten. Die Lage schien sich entspannt zu haben. Da es weder zu seinen Aufgaben gehörte, an Türen zu lauschen, noch zur Erfüllung seiner Pflichten erforderlich war, über sämtliche Geheimnisse seines Herrn Bescheid zu wissen, glaubte er, sich zurückziehen zu dürfen, und richtete sich auf. Daß Ursina, die inzwischen wach geworden war, ihn heimlich beobachtete, bemerkte er nicht.

Zu den unverzichtbaren Tugenden des vollkommenen Kammerdieners gehörte nicht zuletzt die Fähigkeit, auch dann zu hören, wenn er nichts verstand. Um im entscheidenden Augenblick eingreifen zu können, bedurfte es allerdings einer besonderen Begabung, die Francesco von Natur aus besaß. Indem er sich auf die Veränderungen des Tonfalls der Stimmen (vor allem aber der seines Herrn) konzentrierte und jede noch so geringfügige Abweichung vom Konversationston registrierte, gelang es ihm, sich, selbst aus einiger Entfernung, ein recht genaues Bild davon zu machen, was in seinem Herrn vorging und ob sich dieser mit Recht bedroht fühlen mußte. Entscheidend war nicht, den genauen Inhalt eines Gesprächs (eines Streits zwischen mehreren Personen oder eines aus dem Jähzorn geborenen Wutanfalls) zu kennen, wie es etwa jetzt hinter dieser Tür stattfand, wichtig war allein, das Zusammenwirken und gegenseitige sich Durchdringen möglichst vieler Einzelheiten richtig einzuschätzen, um in einem für den Hausherrn wirklich kritischen Augenblick einschreiten zu können.

Der Umstand, daß sich die beiden Männer wieder gefaßt hatten, erlaubte dem jungen Diener, der etwas länger als nötig an der Tür gelauscht hatte, die Rückkehr ins Bett, wo Ursina ihn in veränderter Stellung erwartete. Ihm zugewandt, lag sie auf der Seite, die rechte Hand auf seinem Kopfkissen, den Kopf in der Beuge des Ellbogens. Auch ihr war die Unbeherrschtheit, mit der das Gespräch im Nebenzimmer geführt worden war, nicht entgangen, doch dessen Bedeutung kannte sie nicht. Nie zuvor hatte sie Galli, der sonst durch Eindringlichkeit zu überzeugen verstand, die Stimme erheben hören.

Francesco legte seinen Kopf in ihre offene Hand. Wenige Augenblicke später drang er so überraschend und heftig in sie ein, daß sie aufschrie. Die Stimmen im Nebenzimmer verstummten. Offenbar hatte man dort den Schrei gehört und harrte in gespannter Erwartung eines weiteren; ein Eindruck, den Francesco hätte bestätigen können, denn trotz der Erregung, die ihn so plötzlich überwältigt hatte, entging der Aufmerksamkeit seines Gehörs auch jetzt nicht die geringste Regung in Gallis Wohnung. Er selbst gab keinen Ton von sich. Man hörte lediglich das leise Quietschen der Federn und das Knacken des Bettrahmens.

In dieser Nacht fand Francesco den Eingang in jene andere Welt, die er sonst mit Ursina teilte, nicht. Er führte sein liebloses Werk an einem Gegenstand zuende, der sich wehrlos ergeben hatte. Der Höhepunkt seiner Erregung war bereits überschritten, als sich sein Samen auf Ursinas Schenkel ergoß.

XI

Galli stellte fest, daß Flavios Anwesenheit auf die Mehrzahl der Schloßbewohner eine belebende Wirkung hatte. Am zweiten Abend seines Aufenthalts in Urmein unterhielt Flavio die Bewohner des Schlosses, die sich fast vollzählig im Wintergarten eingefunden hatten, mit Anekdoten, die immer wieder durch Zurufe unterbrochen wurden. Die aufgekratzten Zuhörer legten es sichtlich darauf an, das Ende dieses Abends so lange wie möglich hinauszuzögern, um auf diese Weise einen vorzeitigen Aufbruch des jungen Mannes zu verhindern. Sie hingen an seinen Lippen und versanken in seinem Blick, und die Bedenken, die die meisten von ihnen am Abend zuvor bei Tisch noch gehabt hatten, schienen angesichts seiner gewählten Ausdrucksweise und angenehmen Erscheinung wie weggeblasen. Die sehnsüchtigen Blicke, mit denen sie ihn verschlangen, waren die von einst verschmähten Liebhabern, die endlich in ihre Rechte gesetzt wurden, und Galli wunderte sich nicht, daß sich an diesem Abend selbst Amaral nach unten bequemt hatte, um den unwahrscheinlichen Geschichten zu lauschen, die Flavio zum besten gab.

Der Graf bemühte sich darum, durch seine Haltung Ungerührtheit und Desinteresse auszudrücken, und kam sich dabei wie ein Schmierenkomödiant vor. Er wollte sich nichts von dem anmerken lassen, was ihn empörte – und wurde das Gefühl nicht los, in den Augen jener als griesgrämiger Spielverderber erscheinen zu müssen, in deren Blickfeld er zufällig geriet. Doch die meisten starrten ja entzückt auf Flavio, der immer wieder an seiner brennenden Zigarette sog und dabei seine schmalen Handgelenke entblößte, die sich von denen des Jungen, an den sich Galli mit äußerst gemischten Gefühlen erinnerte, kaum unterschieden. Nach außen hin ruhig, saß er mit dem Rücken zur Wand, und es genügte, den Kopf ein wenig nach rechts oder links zu bewegen, um sowohl den Wintergarten als auch den Innenhof zu überblicken.

Er war beunruhigt, denn seine Bedenken waren nicht zerstreut worden. Nach der ärgerlichen nächtlichen Unterhaltung war ihm kein Schlaf mehr vergönnt gewesen. Er verzieh es sich nicht, diesen unwürdigen, seine Autorität zersetzenden Streit, von dem er doch hätte wissen müssen, daß er ihn verlieren würde, nicht rechtzeitig abgebrochen zu haben. Flavio war jünger und stärker und – was schwerer wog – vielleicht sogar erfahrener als er. Darüber hinaus schien er zu Gewalttätigkeiten aufgelegt, gegen die sich der alte Mann nicht zur Wehr setzen konnte; dem Schicksal, das der Junge allein zu bestimmen entschlossen war, vermochte sich ein Greis wie er nicht in den Weg zu stellen. Er hatte selber alle Hände voll zu tun, sich nicht lächerlich zu machen.

Die geographische Lage des Dorfs, das bei anhaltendem Schneefall oft tagelang von der Außenwelt abgeschnitten war, schwächte in erster Linie Gallis Verteidigung, nicht Flavios Angriff. Selbst wenn die Straße von Thusis nach Urmein offen war, vermochte ihm niemand so schnell zu Hilfe zu eilen, wie man sein Werk zerstören konnte. Ob notfalls Unterstützung von den Urmeinern zu erwarten war, die nichts von den geheimen Befürchtungen des Schloßbesitzers wußten, blieb fraglich, zumal sich dieser selbst nicht darüber im klaren war, wovor er sich denn schützen und was er genau befürchten sollte. Sich auf sein Gefühl zu verlassen, war das eine, andere damit zu belasten oder gar davon zu überzeugen, daß es einen noch nie im Stich gelassen habe, etwas anderes. Der Verwirklichung von Flavios Absichten stand ohnehin nichts mehr im Weg, denn zu Gallis Bedauern schneite es nicht mehr. Da laut Roth vor dem 30. Dezember erneuter Schneefall nicht zu erwarten war, würden die Pflüge die Straße von Thusis bis zum Mittag des nächsten Tages geräumt haben.

Er war unfähig gewesen, Flavios Ansinnen, seine ehemaligen Kommilitonen in seinem Haus zu empfangen, rundweg zurückzuweisen. Wie gelähmt von dieser Eröffnung, hatte er es nicht über sich gebracht, seinem Neffen zu drohen, daß er ihn, falls er sein Vorhaben verwirkliche, von der Dienerschaft vor die Tür setzen lasse und seine ausländischen Freunde, ungeachtet der Tageszeit und Witterung, unter gar keinen Umständen hereinlassen werde. Er machte sich zum Handlanger eines jungen Verwandten, der seine Gastfreundschaft mißbrauchte und sich auf Hausrechte berief, über die er nicht verfügte. Galli wurde zum Werkzeug seines Neffen herabgestuft. Wie anders würden jene sich verhalten, die sich in diesem Augenblick von Flavio um den Finger wickeln ließen, wenn sie erst wüßten, wie erbarmungslos und arrogant er sich nach Belieben über ihr Bedürfnis nach Ruhe hinwegsetzte. Noch nahm er sie gefangen, indem er ihnen Geschichten auftischte, an deren Unglaubwürdigkeit sich offenbar niemand stieß. Sie folgten seinen Ausführungen wie reich beschenkte Kinder. Noch wollten sie nicht wissen, wen sie in Wahrheit vor sich hatten, noch konnten sie nicht wissen, was nur er wußte, daß Flavio, der *tenente*, sein Land verraten hatte, indem er aus der italienischen Armee desertiert war.

Ein Bild aus der jüngsten Vergangenheit tauchte vor Galli auf, der jedes Interesse an Flavios vom Gelächter der Greise begleiteten *bonmots* längst verloren hatte: Fast genau vier Monate war es her, daß sich dieselben, die nun belebt im südlich erwärmten Wintergarten saßen, zum letzten Mal so zahlreich (um Giulianas leeres Grab) versammelt hatten und um einiges untröstlicher gewesen waren als noch einmal einige Monate zuvor, als man Germaine de Clairy bestattet hatte. Zum erstenmal seit langer Zeit wiederholte sich jetzt, was in den vergangenen Monaten nur Anstand und gute Sitte vermocht hatten; man fand sich, diesmal aus freien Stücken, zusammen und genoß die wechselseitige Gesellschaft und gepflegte Unterhaltung wie in früheren Zeiten.

Sie waren zu alt, zu unaufmerksam, zu sehr in ihre eigene Welt gekehrt, um zu bemerken, zu welchem Zweck der junge Mann seine Reden hielt und an wen sie wirklich gerichtet waren. Nicht ihnen, dachte Galli, sondern jenen, die vom hell erleuchteten Kaldarium aus kaum zu erkennen waren, weil sie sich in die verborgenen Winkel des Innenhofs, hinter Sphingen und Amphoren zurückgezogen hatten, galt seine Aufmerksamkeit, dem Personal des Hauses: Anni, Hunger, Roth, Francesco, Adelia, Sophie, Lisette, Ursina (die er für eine Angestellte halten mußte), Tom (Leroi war nicht erschienen), denjenigen, die dem jungen Mann mit scheinbar unbeteiligten Mienen lauschten. Auch wenn sie nicht wußten, was sie von diesem unerwarteten Besucher halten sollten, war ihnen die Veränderung, die Flavios Anwesenheit im Haus bewirkt hatte, gewiß nicht entgangen.

Der Gedanke, daß Flavio, ohne sein Wissen und Einverständnis ehemalige Mitstudenten, die er selbst seit Jahren nicht mehr gesehen hatte, nach Urmein eingeladen hatte, erfüllte Graf Galli von neuem mit so erbittertem Zorn, daß er zu zittern begann (was Francesco bemerkte, der sich deshalb aus dem Schatten des Springbrunnens löste und auf ihn zutrat, um die leise Bitte nach einer wollenen Weste entgegenzunehmen und ihr zu entsprechen, indem er sich, gefolgt von den Blicken Ursinas und Flavios, schnell und leise entfernte.)

28. Dezember. Mitternacht

Kurz vor Mitternacht löste sich die Gesellschaft auf. Begleitet von Revers und gefolgt von Pasquinelli, begab sich Frederick Matthews ins Theater, wo er sich an den Flügel setzte, der auf der kleinen Bühne stand, ohne ihn allerdings zu berühren. Graf Galli blickte in die Richtung, in der sein Neffe verschwunden war, und ließ sich dann, noch unschlüssig, wohin er sich nun wenden sollte, von Francesco aufhelfen.

Nathalie Ostermann eilte nach oben. Da ihre Kniegelenke vom langen, geduldigen Sitzen schmerzten, war nicht daran zu denken, den jungen Mann noch einzuholen, dessen Schritte sie im Treppenhaus zwar hörte, den sie jedoch nicht mehr zu Gesicht bekam. Da in Albaneses Zimmer noch Licht brannte, fiel es dem erhitzten Fräulein nicht schwer, gegen ihre innere

Stimme aufzubegehren, die ihr sagte, sie sei müde und solle sich deshalb hinlegen. Sie klopfte an und öffnete die Tür, ohne die Antwort ihres Herrn abzuwarten, die erst kurze Zeit später erfolgte; doch auch deren Ausbleiben hätte sie nicht daran gehindert, ihn zu dieser späten Stunde – nun schlug es aus dem Dorf Mitternacht – aufzusuchen.

Luigi Albanese lag bekleidet auf dem Bett. Der Schein der Petroleumlampe, die auf dem Nachttisch brannte, verlieh ihm das Aussehen eines Leichnams, was auch daran lag, daß er die Hände über dem Bauch gefaltet hatte; seine Wangen waren eingefallen, der Mund stand etwas offen. Aus dem verrußten Glaszylinder der Lampe stieg ein dünner Rauchfaden, der sich schnell verflüchtigte und in der Dunkelheit verlor, jedoch einen durchdringenden Geruch hinterließ. Trotz seiner fast vollständigen Erblindung, die ihm ein Leben ohne künstliches Licht gestattet hätte, und obwohl sie schon mehrfach zu bedenken gegeben hatte, daß seine Ungeschicklichkeit eines Tages ein Unglück heraufbeschwören könnte, bestand er darauf, daß die Lampe, solange er sich nicht zur Ruhe begeben hatte, auch in Nathalie Ostermanns Abwesenheit brannte. Immerhin hatte sie ihm vor einiger Zeit das Versprechen abnehmen können, daß er es künftig unterlassen würde, die Lampe eigenhändig zu löschen.

Mit einer schnellen Bewegung drehte Fräulein Ostermann den Docht herunter und sagte: »Daß Sie das aushalten! Hier riecht es schrecklich, Monsignore!« Sie setzte sich an sein Bett (auf einen harten Stuhl) und hatte während einiger Sekunden eine zarte Empfindung reiner Liebe, die umso erregender war, als sie wohl wußte, daß Albanese sie nicht erwidern konnte.

Schweigend betrachtete sie den Körper, der vor ihr lag, und es kostete sie einiges, ihre Hände im Schoß ruhen zu lassen; die Anfechtung, seine mageren Glieder zu berühren, war groß. Die Haut seines dünnen Halses warf seidene Falten. Die geschlossenen Lider spannten sich über den Augäpfeln, die wie blasse Mirabellen aus ihren dunkelblauen Höhlen quollen. Die spitze Brust bewegte sich kaum. Sein Haar war so schütter, daß man die wenigen Strähnen, die am Schädel klebten, für feine Narben verheilter Peitschenhiebe halten konnte. Ihr Blick fiel auf seine Finger, die durch jene zwei locker sitzenden Ringe verunstaltet wurden, die in vergangenen Zeiten auf offener Straße mitunter von gläubigen Römern geküßt worden waren; eine Unsitte, die Fräulein Ostermann stets größten Abscheu bereitet hatte. Die ungesunde Ehrerbietigkeit, mit der ihm diese vorgeblich frommen Passanten begegnet waren, hatte ja nicht dem Amt gegolten, das der Träger dieser plumpen Schmuckstücke innehatte, sondern allein den kostbaren Steinen und geschmacklosen Fassungen. Dennoch wandte sie jetzt den Blick nicht von seinen Händen. Ja, sie war erregt, voller Verlangen, eine verstoßene Geliebte. Er öffnete die Augen und starrte sie an, und sie fürchtete, er habe ihre Gedanken gelesen, und wurde rot.

»Was haben Sie gesehen?«

Nathalie Ostermann erstattete Bericht, als sei sie die Kronzeugin in einer Gerichtssache, in der jedes Detail über Leben und Tod des Angeklagten entscheiden konnte. Sie setzte ihre Talente – ihre Beobachtungsgabe, vor allem aber ihr beeindruckendes Erinnerungsvermögen – ein, um Albanese nachträglich an jenem Ereignis teilhaben zu lassen, das auf sie einen so tiefen Eindruck gemacht hatte. Sie erzählte ausführlich vom Abendessen im Refektorium, sie schilderte genau, wer später im Wintergarten wo gesessen hatte, »und meine Befürchtungen«, an die sich Albanese nicht erinnern konnte, »haben sich glücklicherweise als unbegründet erwiesen; ist das nicht wunderbar?« Flavio Galli sei, entgegen ihrem ersten Eindruck, ein sehr gewandter junger Mann, der eine Gesellschaft zu unterhalten verstehe und »einfach weiß, was sich schickt und wie man sich benimmt. Wir« (stets schloß sie sich ein, wenn sie von Gallis alten Freunden sprach, obwohl sie streng genommen zum Personal gehörte) »wir waren Aug und Ohr! Er hätte uns erzählen können, was er wollte, der bloße Klang seiner warmen Stimme... nun, ich finde, seit seiner Ankunft weht ein etwas frischerer Geist durchs Haus. Der tut uns alten Leuten nur gut. Schade, sehr schade, daß Sie ihn nicht hören konnten. Und schade, daß Sie ihn nicht sehen können. Ich werde ihn bitten, Ihnen in den nächsten Tagen einen Besuch abzustatten.«

Albanese hob leicht die rechte Hand, doch Fräulein Ostermann bemerkte es nicht. Es entging ihr ebenfalls, daß er den folgenden Ausführungen nur wenig Interesse entgegenbrachte. Er schenkte ihren Abschweifungen erst dann wieder Gehör, als sie endlich die »eigentümlichste Geschichte« zu erzählen begann, die sie seit langem gehört habe. »Eine ausgesprochene Kriegsgeschichte, denn er ist Soldat. Sie handelt von Garibaldis Enkel. Hören Sie!« Und da der alte Mann stets eine gewisse Bewunderung für die Taten seines – dem Vatikan wenig freundlich gesonnenen – Landsmannes gehegt hatte, der wie er aus Nizza stammte, horchte er auf, als dessen Name fiel.

Genau wie sein Großvater Giuseppe Garibaldi im Jahre 1870, war auch dessen Enkel Bruno 1914 an die französische Front geeilt, um als Kriegsfreiwilliger für die gerechte Sache und gegen einen Feind zu kämpfen, mit dem das neutrale Italien zunächst geglaubt hatte, sich arrangieren zu können. Doch noch im selben Jahr fiel Bruno Garibaldi in den Argonnen. Flavio Galli hielt sich zu jener Zeit in Rom auf und erfuhr von einem im Kriegsministerium beschäftigten Freund, daß eine Überführung des Leichnams nach Rom beabsichtigt sei; man wollte die sterblichen Überreste des jungen Kämpfers mit allem nur erdenklichen Pomp durch die Straßen der Hauptstadt fahren und erhoffte sich von dieser Aktion, deren propagandistischer Effekt nicht hoch genug veranschlagt werden konnte, eine Hebung der noch etwas schläfrigen patriotischen Gefühle seiner Landsleute, vor allem der Studenten (Fräulein Ostermann wiederholte getreulich Flavios Worte). Mit diesem öffentlichen Leichenbegängnis beabsichtigten vornehmlich die Botschafter Englands und Frankreichs, Stimmung für den Anschluß Italiens an die Entente zu machen. Mit Unterstützung der Massen wollten sie darüber hinaus den Überlegungen leichtfertiger Politiker entgegentreten, die offenbar gewillt waren, Italien stärker an die Mittelmächte zu binden. Der öffentlich zur Schau gestellte Heldentod des jungen Kämpfers, der denselben Namen trug wie der ruhmreiche Feldherr und Freiheitskämpfer, würde die römische Jugend gewiß mobilisieren.

Auch Flavio mischte sich unter das zahlreich erschienene Volk, das sich auf dem Bahnhofsplatz drängte und ungeduldig die Ankunft des Sargs erwartete. Doch obwohl der

Zug, der ihn befördert hatte, pünktlich eingetroffen war, verzögerte sich dessen Erscheinen. Es hatten sich Schwierigkeiten ergeben, von denen die wartende Menge nichts wußte und über deren Hintergründe Flavio Näheres erst erfuhr, als er sich abends in einem Café in der Nähe der Piazza Trinità del Monti mit jenem Freund traf, von dem bereits die Rede war.

»Folgen Sie mir, Monsignore?« Albanese gab mit einem kurzen Nicken zu verstehen, daß ihm keines ihrer Worte entging.

Folgender Umstand verhinderte die unverzügliche Auslieferung der mit Spannung erwarteten Fracht: Der Leichnam des jungen Garibaldi war unter Nachnahme spediert worden, und niemand war bereit, den Betrag zu bezahlen, den die Bahnverwaltung vollkommen zu Recht vom Empfänger forderte. Valère und Todd (tatsächlich *Barrère* und *Rodd*; Nathalie Ostermanns sonst so verläßliches Gedächtnis ließ sie in diesem Detail im Stich), Valère und Todd, die beiden Botschafter, hatten sich in Luft aufgelöst und konnten somit weder ihre Zuständigkeit noch Großzügigkeit noch ihr diplomatisches Geschick unter Beweis stellen; ob ungewollt oder absichtlich überließen sie den Streit, der zwischen den verschiedenen Parteien entbrannte, anderen, die sich ausnahmslos für nicht zuständig erklärten. Daß die Verantwortung bei übergeordneten Stellen lag, zog keiner der Herren ernsthaft in Zweifel, denn die Anwesenden hatten in der Tat durchwegs unbedeutende militärische, parlamentarische oder polizeiliche Ämter inne, und selbst die Familie des Verstorbenen war lediglich durch einen Cousin vertreten. Die Bahnbeamten, die ihrer Sache sicher waren, blieben hart, indem sie vorschriftsmäßig handelten, und weigerten sich hartnäckig, den Leichnam herauszugeben, solange die üblichen finanziellen Leistungen nicht erbracht waren. Ihre Prinzipientreue begann allerdings zu wanken, als von draußen die ersten aufgebrachten Rufe nach dem Kriegshelden laut wurden, auf den man lange genug gewartet habe und den man jetzt sehen wolle.

Bald hallte der Platz vor dem Bahnhof von der wiederholten Forderung der Wartenden wider, man möge ihnen endlich Garibaldi geben! Sie wollten ihren Leichnam haben. Aus berechtigter Furcht vor drohenden Ausschreitungen erklärte sich der blaß gewordene Güterinspektor schließlich bereit, die Verantwortung auf sich zu nehmen und die Fracht auf Kredit auszuhändigen. Er wisse noch immer nicht wem, doch wisse er wohl, daß Rom ihn fordere. Währenddessen skandierte die Menge den Namen Garibaldis immer vernehmlicher und aggressiver, und erst als den Menschen dessen sterbliche Überreste in einem mit der Trikolore bedeckten Sarg präsentiert wurden, verstummten sie, um ihm nun einen angemesseneren Empfang zu bereiten. Ein klagend gedehntes »Ah!« entrang sich den Ergriffenen, rauschte wie ein geblähtes, sich in die Lüfte bauschendes Leintuch über den Platz hinweg und verzog sich in den Fluchten der umliegenden Straßen. Die Rufe: »Es lebe Garibaldi!« und (etwas später): »Es lebe der Krieg!« beendeten die kurzfristige Betretenheit und machten nunmehr deutlich, daß jene, denen der Tod des jungen Freiwilligen lediglich Mittel zum Zweck gewesen war, diesen als erreicht betrachten durften.

Die Brust des deutschen Fräuleins hob und senkte sich schnell, als sie an diesem Punkt ihrer Geschichte angekommen war, die sie mit soviel Ausdruck vortrug, als habe sie sie selbst erlebt. Doch sei sie nicht zu Ende, rief sie aus, bevor sie unvermittelt ihre Stimme senkte, als seien Lauscher hinter den Tapeten zu befürchten. Kürzer und deutlich distanzierter als bisher, gab sie – nun etwas zögernd – wieder, was ihr vom Ausgang dieses absonderlichen Ereignisses unbedingt erwähnenswert schien: Kaum hatte sich der große Leichenzug in Bewegung gesetzt, wandte sich die Bahnverwaltung an den Güterinspektor, der nun für seine Großzügigkeit büßen sollte; man bat ihn, die ausstehende Rechnung gefälligst zu begleichen. Der Mann, der keine Veranlassung sah, die Nachnahme aus eigener Tasche zu bezahlen, begab sich auf die Suche nach einem Verantwortlichen und wandte sich folgerichtig zunächst an die Familie des Toten. Doch Ricciotti Garibaldi, der trauernde Vater, dem wohl die Mittel fehlten, weigerte sich, die Kosten zu übernehmen, und riet dem Bittsteller, bei den Freimaurern vorzusprechen, die ja dafür bekannt seien, gemeinsame Sache mit den Franzosen zu machen. Der beherzte Inspektor befolgte diesen Vorschlag, wurde aber umgehend an die italienische Regierung verwiesen, die sich zwar taub stellte, ihm allerdings den vertraulichen Rat gab, bei der französischen Botschaft vorstellig zu werden, da der junge Garibaldi sein Leben schließlich im Kampf für Frankreich gelassen hatte. Der Botschafter (dessen Namen Nathalie Ostermann nun gänzlich entfallen war) empfing den Beamten und beglich – zu dessen Erleichterung – endlich die Schuld, mit deren Tilgung der Leichnam des Helden endgültig den verdienten Frieden fand.

»Ist das nicht eine Geschichte?« Mit diesen Worten beschloß das deutsche Fräulein, das seinen Verpflichtungen als

Gesellschafterin mehr als getreulich nachgekommen war, ihre Zusammenfassung von Flavios Erzählung – und mußte leicht verärgert feststellen, daß der Monsignore eingeschlafen war. War sie von ihren eigenen Worten allzu eingenommen gewesen? Er schlief jedenfalls so fest, daß ihn auch ihre wiederholten Anrufe: »Monsignore, es ist spät! Sie schlafen ja schon!« nicht aufzuwecken vermochten.

Sein Schlaf war so tief, daß ihn selbst der dumpfe Knall, der nun ertönte, nicht weckte. Fräulein Ostermann hingegen schnellte von ihrem Sitz hoch und horchte, aufs äußerste gespannt, daß er sich wiederholte. Er blieb aus, nichts rührte sich, und bald zog sich das Geräusch aus ihrem Gedächtnis zurück. Aber es hinterließ die durch nichts bewiesene Gewißheit, daß das, was sie soeben aus ihren Gedanken geschreckt hatte, ein Schuß gewesen war. Ihr Verdacht richtete sich sogleich auf Flavio, dessen Zimmer sich auf der anderen Seite des Flurs befand, und zerstörte mit einem Schlag den vorteilhaften Eindruck, den er in den vergangenen Stunden auf sie gemacht hatte. Sie hatte sich mit Sicherheit in ihm getäuscht; er war nicht, was er schien. Was lag näher, als daß ein junger Mensch wie er, ein Leutnant auf Urlaub zumal, im Besitz einer Waffe war, die er in seinem Zimmer aufbewahrte oder bei sich trug und aus der sich nun ein Schuß gelöst hatte. Aber weshalb?

»Der Krieg ist nicht zuende, sie laufen mit Waffen herum. Was habe ich denn erwartet, er ist kein Waisenknabe, er ist Soldat«, murmelte sie vor sich hin, doch niemand hörte sie, und was sie sagte, war ohnehin an niemanden gerichtet. Sie schob den Stuhl beiseite, beugte sich über den Schlafenden und machte sich an die Arbeit. Sie entfernte die emaillierten, grünen Manschettenknöpfe (und legte sie auf den Nachttisch), bevor sie sich ans Fußende des Betts begab, wo sie die schwarzen Schnürsenkel löste. Dann erst begann die vollständige Entkleidung. Selbst im Schlaf schien sich Luigi Albanese ihrer intimen Berührungen erwehren zu wollen, denn er machte sich schwer. Obwohl es sie einige Anstrengungen kostete, ihn für die Nacht zurechtzumachen (schließlich gelang es ihr, ihm ein Nachthemd überzustreifen), kam es ihr gar nicht in den Sinn, einen der Diener zu rufen, wie sie es sonst tat, wenn Albanese in Kleidern eingeschlafen war. Der Knall hatte sich indes nicht wiederholt, und Albanese war nicht aufgewacht.

Antoine Revers, dessen Räume sich unter Giuliana Sardis Zimmer befanden, hörte gut und erriet sogleich die wahre Ursache des Geräuschs, das Nathalie Ostermann, ein Stockwerk höher, irrtümlich für einen Schuß gehalten hatte. Irgendwo war ein Fenster zu Bruch gegangen; und er glaubte zu wissen, wer es, mit Absicht oder zufällig, eingeschlagen hatte. Revers, dem jede Abwechslung willkommen war, die ihn von seinen Beschwerden ablenkte, quälte sich, ungeachtet der Kälte, aus seinem weichen Bett und streckte Arme und Beine nach Morgenrock und Pantoffeln aus, bevor er sich im Dunkeln, die Küche durchquerend, zur Tür vortastete. Er öffnete sie und trat auf den Flur, wo ihm der alte Roth entgegenkam.

»Bei Ihnen alles in Ordnung«, fragte dieser, und nicht zum erstenmal hatte Revers den Eindruck, der Einheimische, der offenbar im Schloß übernachtete, schlage ihm gegenüber einen leicht verächtlichen Ton an, den er sich nicht erklären konnte. Er tat, als überhöre er ihn, nickte und deutete nach oben. Der deutschen Sprache nur unzulänglich mächtig, antwortete er ihm, der jede Anteilnahme verweigerte: »Unser neuer Gast ist wohl das Opfer seines jugendlichen Übermuts geworden. Das war doch eine Fensterscheibe, nicht?«

»Ja, meinen Sie? Wenn Sie meinen? Kann sein«, erwiderte Roth unbeeindruckt. »Es wird, denke ich, schon alles mit rechten Dingen zugehen.« – »Warum nicht?« Er ging an Revers vorbei, der ihm schweigend nach oben folgte und über dem kleinen nächtlichen Ausflug nicht bemerkte, wie kalt es auf der Treppe war. Im zweiten Stockwerk angekommen, ging Roth auf Flavios Tür zu, hob, ohne sich umzudrehen, die Hand und krümmte den Mittelfinger. Revers verstand das Zeichen und trat näher. Doch plötzlich hielt Roth inne, ließ den Arm sinken und wandte sich wortlos um. Er verschwand, wie er gekommen war, durch die Schranktür am Ende des Flurs.

Revers überwand seine anfänglichen Bedenken und tat am Ende das, wozu sich Roth nicht hatte überwinden können. Wohl wissend, daß er sich damit in fremde Angelegenheiten mischte, klopfte er entschlossen an Flavios Tür. Darauf hörte er Schritte und ein leises Rauschen. Doch die Schritte entfernten sich; der neue Bewohner machte keine Anstalten, den späten Gast zu empfangen.

Mit der eintretenden Stille verloren Revers' Leibschmerzen für einige Augenblicke ihre Macht über seine Gedanken und Handlungen. In Melancholie wie in Bernstein eingeschlossen, kehrte der greise Revers für die Dauer einer wunderbaren, wenn auch nur kurzen Reise in jene ereignisreiche Zeit zurück, die – wie er damals glaubte – das Ende seiner Kindheit bedeutet hatte, während er tatsächlich noch darin verstrickt war. Es war die Zeit seiner Liebe zu Angélique, einer Frau von ungewissem Stand, die ihn durch ihre Launenhaftigkeit gequält und mit den ungewöhnlichen Grundsätzen, die sie vertrat und mit denen er nicht Schritt zu halten vermochte (denn er verstand sie nicht), in immer neue Verwirrung gestürzt hatte. Ihren eigenen sentimentalen Interessen zuwiderhandelnd, hatte sie ihm durch das Gift ihres nie vorhersehbaren Verhaltens, das sie ihm in immer stärkeren Dosen verabreichte, den Weg gewiesen, auf dem er sie schließlich voller Schadenfreude verließ. Sie hatte den freundlichen und zu rückhaltloser Begeisterung neigenden Jungen dafür büßen lassen, daß er sie um ihre Erfahrung beneidete, als wäre sie mehr wert als seine Jugend, die sich eines Tages gegen sie richten würde. Sie hatte ihn für die Liebe leiden lassen, die er für sie empfand und die sich nicht um das Geschwätz der anderen kümmerte. Sie hatte ihn in all die Schmerzen eingeführt, die er ihr binnen kurzem selbst zufügen würde. Als sie ihn festzuhalten versuchte, war jedes Gefühl für sie erloschen.

Um nicht tiefer in Gedanken an Tage zu versinken, in denen das Leben noch vor ihm gelegen hatte, wandte er sich fort. Leise fiel eine Tür ins Schloß. Amaral hatte ihn heimlich beobachtet und zog sich zurück. Wohin Revers auch blickte, sämtliche Türen waren geschlossen, und nichts bewegte sich dahinter. Langsam machte er sich auf den Weg nach unten, und während seine Schmerzen zurückkehrten, fragte er sich, was er zurückließ außer einer geschlossenen Tür.

Flavio stand im Badezimmer, hielt den rechten Arm in die Höhe und betrachtete mit ausdruckslosem Gesicht die dünnen Rinnsale, die von seinen Fingern über die Handwurzel krochen und in der Beuge seines Ellbogens zusammenliefen. Nichts hielt den schweren Fluß des Blutes auf, das mit allmählich nachlassender Beharrlichkeit aus seinen Fingern sickerte. Er hatte Glassplitter auf seiner Zungenspitze gespürt, als er sie in einer unkontrollierten Regung abgeleckt hatte, und als er sie auszuspucken versuchte, spürte er sie auf seinen Lippen. Eiskalte Luft strömte ungehindert durch die geborstene Scheibe herein, erfaßte die Vorhänge und hob sie hoch, strich über den Sand, gelangte ins Bad und brach sich an Flavios Beinen. Die Hitzeglocke war durchlässig geworden; er hatte es geschafft, sie aufzuhacken. Pfeifend war die stickige Luft durch die gezackte Öffnung entwichen, die seine Hand ins Glas geschlagen hatte, und der abstoßende Geruch seiner Kameraden, den er eben noch gerochen hatte, war dem ebenso unverwechselbaren Geschmack echten Bluts gewichen, der seine Mundhöhle füllte.

Flavio blickte auf, in den Spiegel, in die blütenförmigen Kelche der Lampe, die den Raum orange beleuchtete. Er drehte den Wasserhahn auf und hielt die blutende Hand so lange unter fließendes Wasser, bis sämtliche Glassplitter, die noch in der Haut gesteckt hatten, weggespült waren. Die Hitze, die ihn dazu gezwungen hatte, eine der Fensterscheiben einzuschlagen, wich einer Temperatur, die sich auf den Gefrierpunkt zubewegte, denn draußen unter dem klaren Sternenhimmel herrschte eisiger Frost. Doch zog er die Kälte bei weitem der Erinnerung vor, die ihn an die Anlagen am Fuß des

Colle S. Elia zurückgeführt hatte, wo sich ihm stets dasselbe schattenlose Bild geboten hatte: Konturloses Gestein, zitternde Wellen gleißender Helligkeit, in der bestenfalls ein verirrter Maulesel, ein Rebhuhn oder eine Bäuerin auftauchten; darauf zu zielen und abzudrücken, wäre ein Leichtes und eine willkommene Abwechslung gewesen.

Der Weg von der Entscheidung, zu handeln, bis zur Bewegung, die sie traf, war kurz. Da sich die Fenster nicht öffnen ließen, hatte er mit der geballten Faust die Scheibe des kleineren Fensters eingeschlagen. Erst beim zweiten Anlauf war das Glas zersplittert, beim dritten hatte seine Hand die Scheibe durchstoßen. Die frische Luft hatte ihn für seine Verletzung entschädigt.

Er drehte den Wasserhahn zu. Im kalten Wasser fühllos geworden, lag seine Hand wie abgetrennt vom Stumpf des Arms auf dem blutbespritzten weißen Porzellanbecken. Ohne seine Hand verbunden zu haben, legte er sich kurz darauf unter Giulianas Moskitonetz, deckte sich zu und schloß die Augen. Während das Blut in seinem Hemd versickerte, schlief er ein.

XII

Die Zeit – ein Pendel, das in seinem Kopf in unnachgiebiger Bewegung hin und her schlug – drängte. Er glaubte, die Vorboten schrecklicher Ereignisse als fliehende Schatten wahrzunehmen, von schwarzverhüllten Furien geworfen; als Schatten und Statisten, deren Gesichter hinter Masken verborgen und deren Körper in schwarze Gewänder gehüllt waren. Graf Galli lag, entgegen seiner sonstigen Gewohnheit, um neun Uhr morgens noch immer im Bett; jeder neue Versuch, seine Gedanken zu ordnen, schlug fehl. Flavios Bild war bereits vor Stunden mit Gewalt in seinen Schlaf eingedrungen und mit dem Bild die Furcht vor dessen unbekannten Freunden. Er kämpfte gegen Schimären, aber sie waren stärker als seine Einsicht in ihr Zustandekommen. Sie waren da. Er mußte handeln. Wollte Galli seine treuherzigen Gäste nicht vor den Kopf stoßen, mußte er sie davon in Kenntnis setzen, daß in den nächsten Tagen Ruhestörungen größeren Umfangs zu erwarten waren; viel Zeit blieb ihm nicht, seinen Verpflichtungen als Gastgeber nachzukommen; die Ankunft der Soldaten stand unmittelbar bevor. Er fiel aufs Kissen zurück, kaum daß er sich etwas aufgerichtet hatte. Er war außerstande zu handeln.

Die Freunde seines Neffen würden voraussichtlich innerhalb der nächsten vierundzwanzig Stunden eintreffen, und Gallis Gäste hatten ein Recht darauf, über diesen unmittelbar bevorstehenden Überfall von Eindringlingen unterrichtet zu werden, die auch er nicht kannte. Sie würden von ihm wissen wollen, welche Auswirkungen die Anwesenheit der jungen Männer auf ihr Zusammenleben im allgemeinen und auf diesen Jahreswechsel im besonderen haben würde, und ob es Anzeichen für bevorstehende Schwierigkeiten gebe; und selbstverständlich würden sie darüber erstaunt sein, daß er ihnen weder darauf noch auf andere Fragen eindeutige Antworten geben konnte. Er kannte sie selber nicht. Doch mußte er alles daran setzen, seine alten Gefährten zu beruhigen, sobald er sich dazu in der Lage fühlte; jeden auf die ihm je gemäße Weise. Er würde ihnen erzählen, was er glaubte, daß sie zu hören wünschten, und insgeheim hoffen, daß Flavios Freunde taktvolle, liebenswürdige, junge Männer waren, die nichts anderes im Sinn hatten, als sich einige Tage vom Krieg zu erholen. Warum sollten sie nicht harmlos und freundlich sein? Die unbarmherzige Antwort gab ihm ein gedanklicher Reflex: Einstige Freundschaft konnte den Schaden nicht aufwiegen, der in den Jahren angerichtet worden war, in denen man sich auf den Schlachtfeldern als Feinde gegenübergestanden hatte. Hatte das aufgewühlte Erdreich die Erinnerungen an Friedenszeiten nicht ebenso aufgesogen wie das Blut der gefallenen Kameraden? Konnten sie in Urmein vergessen, was während der hunderttägigen Flandernschlacht oder vor zwei Monaten am oberen Isonzo geschehen war, wo vierhunderttausend Mann ihr Leben gelassen hatten? Mit jeder Bewegung des Pendels schlug ein neuer Gedanke an, und jeder Gedanke bedeutete den Auftritt eines neuen Boten.

Seinen ursprünglichen Plan, sämtliche Bewohner des Schlosses zu einer formellen Unterredung in den Wintergarten zu bitten, hatte er bald wieder aufgegeben, denn zum einen würde es ihm nur schwerlich gelingen, ein Treffen zu vereinbaren, zu dem tatsächlich alle erschienen, zum anderen mußte er damit rechnen, daß die Versammlung durch den, der sie herausgefordert hatte, gestört wurde. Also blieb ihm keine andere Wahl, als jeden einzelnen aufzusuchen, um ihm mitzuteilen, daß sich die nächsten Tage voraussichtlich etwas turbulenter gestalten würden als die vorangegangenen.

Selten hatte sich der Graf schon morgens so hinfällig, so zerschlagen gefühlt wie an diesem 30. Dezember. Was hinderte ihn daran zu sterben, was band ihn noch ans Leben, wenn doch allein der Tod ihn von so lästigen Pflichten befreite, wie sie ihn jetzt erwarteten? Er malte sich aus, seine Beine trügen ihn nicht, sein Gedächtnis ließe ihn im Stich und sein Herz hörte auf zu schlagen. Doch nichts davon geschah, und Gallis Sinn für die Wirklichkeit kehrte so schnell zurück, wie er ihn verlassen hatte. Die Aufgabe, die ihn erwartete, erforderte mehr diplomatisches Geschick als so manche Mission, mit der man ihn in der Vergangenheit betraut hatte; aber das allein war es nicht, was ihn davor zurückschrecken ließ. Er vermißte das Vergnügen, das derlei Aufträge ihm einst bereitet hatten; die Möglichkeit, es würde sich im Verlauf seiner Gespräche unverhofft einstellen, erschien ihm äußerst gering. Er fühlte sich dieser häuslichen, halb privaten, halb offiziellen Unternehmung nicht gewachsen, wußte jedoch, daß er keine andere Wahl hatte, als sie durchzuführen, nun, da der Zusammenkunft, die Flavio (laut eigener Aussage bereits vor Jahren) mit seinen ehemaligen Kommilitonen vereinbart hatte, nichts mehr im Wege stand, denn der Himmel war, wie er durch die geöffneten Vorhänge feststellen konnte, wolkenlos, die Straße nach Thusis demnach frei. Galli stand auf und schüttelte die Last, unter der er zu ersticken drohte, ab. In Gegenwart der Freunde, die ihm geblieben waren, würde es ihm leichter fallen, ihre – und seine eigenen – Bedenken zu zerstreuen.

Nachdem der Graf seine Morgentoilette allein verrichtet hatte (was ihm zwar mühelos gelang, was aber nicht selbstverständlich war), ließ er Francesco kommen, der den Anzug, das Hemd und die Wäsche, die sein Herr zu tragen wünschte, bereits am vergangenen Abend bereitgelegt hatte. Der Diener, der wie gewöhnlich hinter der Tür auf Order wartete, trat ein, begrüßte den Grafen und öffnete sämtliche Fenster.

»Föhn«, murmelte der alte Herr, als er die klaren Berge sah. Die Sonne erhellte das rötliche Ocker des Zimmers. Galli setzte seinen Kammerdiener davon in Kenntnis, daß er erst frühstücken werde, wenn er jeden einzelnen seiner Freunde persönlich aufgesucht habe, und daß er andere Kleidung wünsche als vorgesehen. »Ich werde Frack und Frackhemd tragen, aber laß Orden und Schärpe weg, dazu schwarze Lackstiefel. Ich muß mit meinen Gästen sprechen, bevor die Soldaten einfallen. Bringen wir es also hinter uns. Du wirst mich begleiten.«

Indessen hatte sich Francesco, dem kein Wort entging, ins Ankleidezimmer begeben, wo er einen der beiden Fräcke, den Galli nur bei außergewöhnlichen Anlässen trug, vom Bügel nahm, mit der ausgestreckten Rechten in die Höhe hielt und mit der Linken ausklopfte; aus dem glänzenden Tuch stoben Wölkchen feinsten Staubs. Als er am rechten Revers einen Fleck entdeckte, den er beim Aufhängen offenbar übersehen hatte, tauschte er den neueren gegen den älteren (etwas schwereren) Frack aus und begann von neuem mit der Prozedur; er klopfte den Staub aus dem Stoff und suchte ihn nach Flecken ab. Dann nahm er einen der vier Zylinder von der Hutablage. Doch als er vor Galli stand, winkte dieser ab: »Ich trage im Haus keinen Hut.«

Eine Viertelstunde später war er in der Verfassung, entschlossen vor Luigi Albaneses Tür zu treten. Er wußte, daß sein besonnenster Gast die Nachricht, die er ihm zu unterbreiten hatte, mit unerschütterlicher Fassung aufnehmen würde. Der erste Besuch war die Generalprobe für alle weiteren. Er gab Francesco ein Zeichen, anzuklopfen und betrat das abgedunkelte Zimmer, in dem sich undeutlich die Umrisse eines gepolsterten Betstuhls und deutlicher die des deutschen Fräuleins abzeichneten. Man schien ihn bereits zu erwarten.

Etwa zur selben Zeit stieg Johann Hunger zu Sophie hinunter, um mit ihr und Monsieur Revers die Zusammensetzung der Silvestertafel und des Neujahrsmenüs zu besprechen (Leroi ging es, wie Tom ihm kurz zuvor berichtet hatte, nicht besser, sondern schlechter; er hatte seit vierundzwanzig Stunden nichts mehr zu sich genommen). Galli hatte trotz der eingeschränkten Lebensmittellieferungen aus dem Tal auch in diesem Jahr eine ansehnliche Summe zur Verfügung gestellt, um zumindest die Festtage angemessen und abwechslungsreich feiern zu können. Sophie, die im Gegensatz zu Revers über den bevorstehenden Besuch von Flavios Freunden unterrichtet war, hatte sich am vergangenen Abend mit ihrem gastronomischen Mentor und Hunger zur traditionellen Besprechung der Speisenfolge und der Getränke verabredet. Während sich

Hunger pünktlich wie immer einstellte, wartete man mehr als eine Viertelstunde auf den Feinschmecker. Doch die Verzögerung ließ sich leicht erklären; inzwischen hatte auch Revers Besuch von Galli erhalten.

Währenddessen genoß Sophie den Aufwand, den sich die Sonne an diesem Morgen gestattete. Da sie tief stand, fielen ihre Strahlen bis in die gewöhnlich von ihr eher stiefmütterlich behandelte Küche. Die Gerätschaften, das Kochgeschirr, die Töpfe, Tiegel, Siebe und Pfannen, die wohlgeordnet an den Wänden hingen und auf den Borden der bis zur Decke reichenden Küchenschränke standen und einer hygienischen Inspektion jederzeit standgehalten hätten, blitzten im Schein ihres Lichts. Die Fenster waren einige Tage zuvor geputzt worden, so daß die Strahlen der Sonne die dicken Scheiben ungetrübt durchdringen konnten.

Zu dieser Stunde herrschte im unterirdischen Reich der elsässischen Köchin weder die hektische Betriebsamkeit vom Tage noch die dumpfe, stickige Hitze, die jenen, denen er noch nicht zur Gewohnheit geworden war, wie ein Vorgeschmack der Hölle erscheinen mußte, denn selbst im tiefsten Winter waren tropische Temperaturen an der Tagesordnung.

Als Hunger die Tür zur Küche aufstieß, zuckte das Mädchen, das gerade dabei war, Feuer im Kamin zu entfachen, zusammen. Doch wandte es sich nicht nach ihm um. Als er an ihr vorüberging (so nah, daß er den Duft ihrer Seife roch), entspannte sie sich. Das Mädchen, Annis jüngere Schwester Meta, kniete vor den Kaminböcken und blies mit gespitzten Lippen unermüdlich in die immer heftiger aufleuchtende Glut, über der eine Handvoll Holzspäne lagen.

Von soviel Hingabe wurde dem Mädchen etwas schwindlig; doch ihr Einsatz hatte Erfolg; das Holz begann zu brennen.

In angenehme Träume versunken, saß Sophie am Tisch, als Hunger eintrat. Erwärmt und feucht, schwebte ihre rechte Hand einige Zentimeter über der halbvollen Kaffeetasse, die vor ihr stand. Sie blickte erst auf, als Hunger seine Hand auf den Tisch legte. Hatte er etwas gesagt? Sie lächelte.

»Gut gelaunt?«, bemerkte Hunger, als habe er sie in einer den Umständen unangemessenen Stimmung überrascht.

»Gibt es Gründe, die dagegen sprechen«, fragte sie. »Stehen Unannehmlichkeiten ins Haus?« Ihr Wohlbehagen begann sich zu verflüchtigen.

»Wer weiß«, sagte Hunger. Er sah, wie Sophies Lächeln erstarb und der Ausdruck entrückter Abwesenheit, der eben noch auf ihrem Gesicht gelegen hatte, jener Allerweltsmiene wich, die sie auch gegenüber ihren Untergebenen, ja, überhaupt gegen die meisten Menschen außer Revers aufzusetzen pflegte (von ihrer Vertrautheit mit Matthews wußte Hunger nichts). Sie war von ihren Träumereien in die Küche des Schlosses von Urmein zurückgekehrt; an jene Stelle, wo sich – Roth zufolge – einst die Ziegenställe der frommen Damen befunden hatten. »Was ist geschehen«, fragte sie. Hunger: »Leroi steht nicht mehr auf. Seit fünf Tagen liegt er im Bett und spricht nicht. Er will nicht sagen, was ihm fehlt. Wir müssen Tschalns holen.«

Johann Hunger setzte sich, klaubte umständlich seine silberne Remontieruhr aus seiner Westentasche und heftete einen langen Blick auf das Zifferblatt. Die Zeit ließ sich nicht zum Stillstand bringen. Sophie fragte, ob er hungrig sei, ob er

Kaffee oder warme Milch wolle. Er schüttelte den Kopf. »Ich wüßte gern, wo Revers bleibt.« Er werde zur rechten Zeit schon kommen, meinte Sophie ruhig und sah sich nach Meta um, die unterdessen dickere Scheite nachgelegt hatte und zu verstehen gab, daß sie etwas sagen wolle. »Was ist?« – »Ich weiß etwas, das Sie vielleicht nicht wissen.«

»Und das wäre?«

Als habe ein Geist zu ihm gesprochen, flog Hungers Körper (der mächtig zugenommen hatte, seitdem er sich in Urmein niedergelassen hatte) unbeherrscht zu ihr herum. Er staunte über den Fürwitz dieses Kindes. »Was willst denn du wissen?«

Das Mädchen zögerte kurz, konnte sich Hungers barscher Anweisung: »Los, rede jetzt!« jedoch nicht entziehen. Also erzählte es überstürzt, was es von seiner großen Schwester Anni wußte, die es von Ursina erfahren haben wollte, daß nämlich der Herr Graf in diesem Augenblick jedem seiner Gäste einen Besuch unter vier Augen abstatte.

»Und weißt du auch, warum?«

»Um ihnen zu sagen, daß ausländische Soldaten kommen.«

»Ach?«

Während das Mädchen erzählte, was es wußte, sahen Hunger und Sophie einander wortlos an. Als sich Hunger (mit der unverständlichen Bemerkung: »Die Revolution macht auch vor unseren Toren nicht halt«) setzte, erhob sich Sophie kopfschüttelnd und mit den Worten: »Es wurde ja auch Zeit, daß seine Leute es erfahren.« Meta verstummte, wartete einige Augenblicke (vielleicht auf Beifall) und beugte sich schließlich über die große Holzkiste, die mehrmals täglich mit neuem Brennholz versorgt wurde. Weitere Fragen erfolgten nicht.

Nachdem sie den Deckel zurückgeklappt hatte, winkelte sie den linken Arm an, legte so viele Holzscheite in die Beuge, wie sie tragen konnte, und trug sie zum Herd, um ihn nachzufüllen. Sie hob die Ringe von der gewienerten Eisenplatte ab, schob sie beiseite und stieß das Holz ins Feuer. Die Funken stoben hervor. Dann entfernte sie sich.

Kaum hatte das Mädchen die Küche verlassen, öffnete sich die Tür von neuem, und Revers trat ein, indem er sich für seine Verspätung entschuldigte. »Es hat aber an mir nicht gelegen. Eben hat mich Graf Galli besucht, um mir zu sagen, was Sie wahrscheinlich schon wissen. Wir bekommen Besuch. Freunde unseres sympathischen jungen Gastes Flavio Galli. Soldaten, ehemalige Mitstudenten des jungen Mannes, ein Deutscher und ein Franzose. Vielleicht bedeutet dieser Besuch ein baldiges Ende dieses schrecklichen Krieges. Ich habe nichts dagegen. Das habe ich Emilio ausdrücklich versichert.« Und da Sophie jetzt nickte, sah er keinerlei Veranlassung, Einzelheiten des Gesprächs, das er mit Galli geführt hatte, vor den beiden Dienstboten zu verheimlichen.

»Setzen Sie sich doch«, sagte Sophie, nachdem er seinen Bericht beendet hatte. Da sich weitere Fragen erübrigten, zog sie ein Blatt Papier aus ihrer Schürzentasche und faltete es auseinander. »Hier, das sind meine Vorschläge. Ich möchte mit einer safrangewürzten Kürbissuppe beginnen; an Kürbis haben wir – im Gegensatz zu Safran – keinen Mangel. Etwas mehr Kürbis und etwas weniger Safran wird die Enttäuschung dämpfen.«

Neugierig beugten sich Hunger und Revers über die schwungvoll, dabei fehlerfrei und gut leserlich geschriebene

Liste, und während sie lasen (der eine schleppend, der andere fließend), drangen Schmatzer des Entzückens über Revers' Lippen.

Man wurde sich schon nach der ersten Lektüre einig, in Ermangelung einer Gans oder eines Kapauns (den zum richtigen Zeitpunkt kastriert und gemästet zu haben, man unverzeihlicherweise versäumt hatte) auf jenes Geflügel zurückzugreifen, das reichlich zur Verfügung stand: auf die Hühner, die hinter dem Wirtschaftsgebäude gehalten wurden und noch nicht gebrütet hatten.

Zwei Stunden später gellte ein Schrei durch die klare Stille, der – wie man später von den Urmeinern erfuhr – bis ins Dorf zu hören war. Die Richtung auszumachen, aus der er kam, war nicht schwer, und so stürzten Hunger, Ursina, Francesco (auf Gallis Geheiß) und Roth – der in Flavios Zimmer eben eine neue Fensterscheibe einsetzte – fast gleichzeitig aus dem Haus zu den Hühnerställen, um nachzusehen, was geschehen war.

Sophie bot einen beklagenswerten Anblick. Den kleinen Kopf in den rot verfärbten Schnee gegraben, flatterte ein aufgeregter Hahn zu ihren Füßen auf und ab, während sie selber nach Luft schnappte und zu sprechen versuchte. Erst allmählich begriffen die Anwesenden, was geschehen war: Das wütende Tier hatte seinen spitzen Schnabel in Sophies einzigen Fuß gehackt; wie ein gekrümmter Nagel hatte er sich zwischen den Zehen durch die weiche Haut in die gefrorene Erde gebohrt, und nun war das heldenmütige Tier, das sein Gehege gegen den Eindringling verteidigen wollte, unfähig, sich aus eigenen Kräften zu befreien. Der zornige, wild um sich schlagende Hahn war ebenso an die Erde gekettet wie sein Opfer an ihn. Sophie schrie um Hilfe, und endlich wurde sie ihr zuteil.

Roth überlegte nicht lange, packte den kampflustigen Spanier von hinten und riß ihn wie eine widerspenstige, zum Leben erwachte Wurzel mit einer einzigen Bewegung aus der Erde und damit aus Sophies Fuß. Sie verfluchte den Hahn, und ein Schwall Blut quoll unter dem Filzpantoffel hervor und floß in den aufgewühlten Schnee. Anni drehte sich um, denn ihr war übel geworden, Ursina eilte zu Sophie, um sie zu stützen, da sie in Ohnmacht zu fallen drohte (und fiel), und Roth hielt den Hahn, der seine ganze Kraft aufbot, um sich seinem Zugriff zu entziehen, noch immer fest, unschlüssig, ob er den todesmutigen Helden zu seinen Hühnern lassen oder doch besser töten sollte.

In Sophie, deren Kopf schwer auf Ursinas Schulter lag, kam im gleichen Augenblick Leben, als der Auspuff eines angestrengt keuchenden Automobils, das sich der Auffahrt näherte, eine Salve von Schüssen auf seine Umgebung abfeuerte; es war wohl dieses in Urmein selten gehörte Geräusch, das sie aus ihrer kurzfristigen Umnachtung riß. Während man noch überlegte, halb aber schon ahnte, was der Motorenlärm zu bedeuten habe, stöhnte die Köchin auf und sprach die Bitte aus, man möge ihr rasch in die Küche helfen, um die blutende Wunde zu desinfizieren und zu verbinden. Ursina bat darum, einen Arzt zu rufen, Hunger aber antwortete, Tschalns sei seines Wissens noch im Tal, und Sophie wollte nur eines: Einen Sessel, einen Stuhl, denn nun, da sie auf dem schmerzenden Fuß nicht auftreten konnte, lastete das ganze Gewicht ihres Körpers auf dem künstlichen Bein, und ihr war schon jetzt, als bohre sich das obere Ende ihrer Prothese wie ein Dorn in ihren Oberschenkel.

»Ich werde diesen verrückten Hahn« – den Roth im selben Augenblick mit einem Fußtritt in den Stall beförderte -»mit meinen eigenen Händen erwürgen«, rief Sopie über ihre Schulter hinweg, als man sie ins Haus führte.

Roth folgte der kleinen Prozession mitfühlender Helfer nicht in die Küche, und Hunger tat es nur widerstrebend; lieber hätte er Roth begleitet, der das Herannahen des Automobils ebenfalls gehört hatte. Gleich einem sich vor Regengüssen schützenden Postboten, schlich dieser dicht an der Mauer entlang, wo kaum Schnee lag, um das Wirtschaftsgebäude herum bis vors Haus. Gemächlich ging er die Allee entlang bis zum Tor, hinter dem der Wagen stand, der die jungen Leute, die mit zwiespältigen Gefühlen erwartet wurden, nach Urmein befördert hatte. Flavio erschien erst unter den Arkaden, als Roth das Tor bereits geöffnet hatte. Das schwerfällige Gefährt glitt langsam über den vereisten Weg, an dessen Rändern sich der Schnee, der im Lauf der letzten Tage weggeräumt worden war, fast mannshoch türmte.

Das gepflegte Automobil, eine Pic-Pic-Limousine aus dem ersten Kriegsjahr, hinter dessen Steuer ein redseliger, junger Fuhrunternehmer aus Thusis saß, der sich seine Dienste über Gebühr bezahlen ließ – und dessen kostenlose Monologe sie während der ganzen Fahrt begleitet hatten –, bremste nur wenige Meter vor dem Schloß und blieb bei laufendem Motor stehen, nachdem der Wagen noch etwa einen halben Meter auf das Haus zugerutscht war. Zwar bestand kein Zweifel an der Identität der beiden Insassen, doch als sie aus dem Wagen stiegen, auf dessen harter Rückbank sie während der ganzen Fahrt frierend und wortkarg gesessen hatten, sah Flavio, wie sehr sie sich verändert hatten. Adolph, der zwar bei guten Kräften war (was man daran erkennen konnte, daß er den Wagenschlag so heftig zuknallte, daß der Besitzer des Wagens sich nach ihm umdrehte), hatte abgenommen, und Firmin, der unsichere Schritte im Schnee und keinerlei Anstalten machte, auch nur den Türgriff anzufassen, bot nicht mehr als den schmalen Umriß seines früheren Aussehens. Als er seine kleine Reisetasche vom Sitz nahm, bemerkte Flavio den leeren Ärmel. Firmin war nicht mehr im Besitz seines rechten Arms. Als Flavio den Kopf wandte, trübte sich sein Blick; ein Blitz schnitt durch seine Augen; die Sonne, die sich in den Millionen gläserner Schneekristalle spiegelte, blendete ihn schmerzlich; für Augenblicke sah er schwarzes Licht, das Licht Victor Hugos im Angesicht des Todes.

So standen sie einander gegenüber: Flavio im Schutz des Schlosses noch unter den Arkaden, seine Freunde ihm gegenüber, zwischen den beiden der Wagen, der nun stotternd zurücksetzte, nachdem der Fahrer sich nach hinten gebeugt, die Tür auf Firmins Seite zugezogen und sich mit der Bemerkung verabschiedet hatte, er werde sich an die Abmachung halten und am 2. Januar wiederkommen. Die Punkte, auf denen die drei schweigenden Männer standen, bildeten ein gleichseitiges Dreieck, dessen innere Fläche leer war, während sich Roth, außerhalb der geometrischen Form, anderen Gesetzen gehorchend, auf einem fremden Planeten befand. Das Gepäck, das Flavios Gäste bei sich trugen, war spärlich, da sich ihr Aufenthalt auf wenige Tage beschränken würde. Dennoch wunderte sich der selbsternannte Gastgeber, wie klein die Ledertasche war, deren Griff Firmin mit den geröteten Fingern der ihm verbliebenen linken Hand umklammerte. Obwohl es nahe lag, ließ sich deren Erbärmlichkeit nicht allein durch den fehlenden Arm erklären. Das Auto passierte das Tor, und der Fahrer ließ zweimal die Hupe ertönen, nachdem er den Wagen mit souveräner Geschicklichkeit gewendet hatte; er entfernte sich schnell. Roth hingegen ließ auch jetzt keine Eile erkennen. Langsam schloß er das Tor und ließ das Automobil so lange nicht aus den Augen, bis es verschwunden war.

Adolph breitete seine Arme aus (als wollte er mit dieser Geste mögliche Bedenken zerstreuen, daß nach all den Jahren, die vergangen waren, nicht alles beim Alten sei) und sprach als erster. Er sagte, gehemmt und ungestüm zugleich: »Also, da wären wir, lieber Flavio! Von weither gereist! Von weither. Ein wenig verändert, aber erfreut und glücklich, daß wir uns wiedersehen. Im Ernst, zurück aus der Hölle.« Unter den schwungvollen Worten schmolz die Erstarrung rasch dahin. Flavio lachte, wenngleich ein wenig angestrengt, und trat zunächst auf Adolph zu, den er mit Handschlag begrüßte (nicht umarmte, wie der Deutsche erwartet hatte), wonach er sich Firmin zuwandte. Dessen aschenes Gesicht nahm etwas Farbe an, als Flavio ihm die Hand reichte. »Mein Gott, was für ein Tag. Es ist so kalt, so weiß, dabei ist es so schön. Mein anderer Arm ist weg. Ein Glück, daß ich mich nie zur Chirurgie hingezogen fühlte.« Mochte sein Witz auch erzwungen wirken, er lächelte aus freien Stücken.

Man werde sich gleich um ihre Sachen kümmern, sagte Flavio, indem er Firmins Hand losließ (»...Du brauchst unbedingt

Handschuhe, deine Hand ist eiskalt«) und Roth, der sich inzwischen wieder dem Haus genähert hatte, mit dem Zeigefinger zu verstehen gab, er möge das Gepäck seiner Freunde fortschaffen. Wie gerufen traten in diesem Augenblick Tom und Hunger aus dem Nebengebäude und nahmen sich der Koffer an. Während Firmin teilnahmslos seine Finger betrachtete, starrte Adolph, der nie zuvor einen Schwarzen aus solcher Nähe gesehen hatte, verwundert auf die beiden Diener, die sich so unbekümmert miteinander verständigten, als trennten keine Meere die Kontinente, deren Eingeborene sie waren.

»Zwei Diener ihres alten Herrn! Tom, der Senegalese, ein Neger, wie du siehst, und Hunger, ein Schweizer aus Berlin. Der zweite Neger im Haus ist krank, wie ich hörte. Dieser heißt Tom, nach dem bekannten amerikanischen Roman. Mein Onkel ist ein Verfechter gefahrloser Ideen. Es will mir allerdings nicht in den Kopf, warum er einem Eingeborenen aus dem französischen Senegal einen englischen Namen verpaßt hat. Kurz und gut«, er unterbrach sich selbst. Roth folgte den beiden Dienern ins Hauptgebäude, und Flavio wandte sich wieder seinen Freunden zu: »Das Schloß ist in Wahrheit ein ehemaliges Kloster, und es wird uns wohl kaum gelingen, diese Festung zu stürmen. Da zur Zeit lediglich zwei Wohnungen zur freien Verfügung stehen, haben wir keine andere Wahl, als uns entweder ungerecht aufzuteilen oder gemeinsam in die Wüste zu ziehen. Ich denke, die zweite Lösung dürfte in unserem Sinne sein. Die Oase, die ich meine, bietet Platz für uns alle.«

Er fuhr fort, er werde sie jetzt in den inneren Garten des Schlosses führen und danach einen der Angestellten bitten, sie in das Zimmer zu führen, bei dem es sich wirklich um eine Wüste handele. »Ihr werdet staunen, Ihr habt so etwas noch nie gesehen. Vergeßt den Krieg! Hier ist die Zeit stehengeblieben.« Adolph ließ seine Augen über die hohe, schmucklose Fassade des Klosters schweifen und nickte beifällig (weil es, wie er glaubte, die Höflichkeit gebot), bevor auch er unter die Arkaden trat und Flavio, der sich in der Rolle des Gastgebers gefiel, ins Innere des Hauptgebäudes folgte.

Der außergewöhnliche und unerwartete Anblick, der sich ihnen bot, verfehlte seine oft erprobte Wirkung nicht, obwohl die Welt, die sie betraten, eine ganz andere war, als die, um welche Flavio gebeten hatte. Weder sanfte ägäische Winde noch sardinische Hitze schlug den jungen Leute entgegen; sie betraten vielmehr eine Kopie der eintönigen Landschaft, aus der sie soeben herausgetreten waren. Wenngleich es drinnen um ein vielfaches wärmer war als im Freien, vermochten die wenigen Scheinwerfer, die eingeschaltet waren, doch bei weitem nicht jene Hitze zu erzeugen, die Flavio sich von Roth gewünscht hatte. Der Innenhof stellte statt sommerlicher Atmosphäre den Winter nach.

Die Wut des jungen Italieners, der sich von seinem Onkel, von Roth und von Hunger betrogen fühlte, war groß und – wie er fand – berechtigt, obwohl ihm nicht entging, daß seine Freunde auch von dem wenigen, was sie sahen, beeindruckt waren. Sein Blick ging nach oben. Doch im Apparateraum war niemand zu sehen. »Ich werde mit meinem Onkel sprechen.« Die Worte, die seiner Enttäuschung angemessen waren, benutzte er in Gegenwart seiner Freunde nicht; daß diese auch jetzt nicht begriffen, wovon er sprach, fiel ihm nicht auf. »Das ist ja herrlich. Herrlich!« rief Adolph aus, und diesmal nicht aus Gefälligkeit. Flavio schoß der beklemmende Gedanke durch den Kopf, er habe die erste Runde eines Spiels verloren, das nie eröffnet worden war. Er legte seine Hand auf den Rand des Springbrunnens und rief zur Decke hinauf:

»Machen Sie Licht, die Szenerie gefällt mir nicht!« Aber niemand antwortete, und den Anwesenden, die nicht wußten, wem diese Anrede galt, blieb nichts übrig, als zu staunen. Nachdem er keine Antwort erhielt, senkte er den Kopf und blickte sich um. Indessen ging Firmin, Flavios Unmut nicht achtend, auf das Kaldarium zu. »Hier ist es warm«, sagte er im Gehen, wich geschickt den messerscharfen Bambusgräsern aus und schob die fetten, dunkelgrünen Blätter des blühenden Hibiskus', die ihn streiften, beiseite. Er blieb vor dem Aussichtsfenster stehen; in nahgerückter Ferne erhob sich der Beverin. Er bemerkte den Berg zum ersten Mal. Dicht vor der Scheibe blieb er stehen, behauchte sie, hob die Hand, zeichnete zwei kleine Halbkreise darauf, verwischte sie, löschte sie mit neuem Atemhauch und malte sie ein wenig größer ein zweites Mal aufs Glas.

»Es ist mir zu kalt hier«, sagte Flavio. – »Kalt, aber interessant«, entgegnete Adolph. »Was haben wir gefroren. Gefroren und gezittert. Die Füße im Schlamm, den Schlamm in den durchnäßten Stiefeln, die Stiefel im Schlamm, den Schlamm bis ans Kinn, die Ratten, die Läuse.« – »Sprich nicht über den verdammten Krieg«, fiel Flavio ihm ins Wort. »Noch zwei Tage«, flüsterte Firmin, »noch zwei Tage.« – »In zwei Tagen«, vervollständigte Adolph seine Worte, »beginnt ein neues Jahr. Und dieses wird der Krieg bestimmt nicht überleben.« –

»Hatten wir nicht ausgemacht, über den Krieg zu schweigen?« Anstelle einer Antwort hob Adolph (hatten sie denn?) seinen rechten Arm, führte seine Hand an die Schläfen und salutierte. Flavio lächelte und sagte: »Und jetzt zeige ich euch das Theater.«

Den 30. Dezember abends wurde ein einfaches, leichtes Mahl bereitet. Die Köchin fühlte sich unwohl und schwach und wollte, so ließ sie ausrichten, größere Anstrengungen unbedingt vermeiden, sei jedoch entschlossen, ihre Tätigkeit am nächsten Morgen rechtzeitig wiederaufzunehmen. Die knapp bemessene Ruhepause, die sie sich nach dem unglückseligen Vorfall gönne, werde den Heilungsprozeß gewiß beschleunigen. So setzten nun also unter ihrer zerstreuten Aufsicht – man hatte ihr eine kleine, aber sehr wirksame Dosis Morphium verabreicht – Anni und deren Schwester Meta ihren ganzen Ehrgeiz darein, Sophies Anweisungen zu befolgen und die um zwei neue Esser erweiterte Tischgesellschaft zufriedenzustellen. Obwohl die Speisen weder ausgefallen noch sonderlich einfallsreich zubereitet waren (es gab am Vortag hergestellte Sülzen, zweierlei warme Terrinen sowie eine *Crème caramel*), sollte niemand deshalb Hunger leiden, weil man seinen Appetit nicht anzuregen wußte. Von dem überstandenen Schrecken gezeichnet, verfolgte Sophie wohlig benommen die Arbeit der beiden Mädchen vom Sessel aus, den Hunger in die Küche hatte schaffen lassen. Ihr war, als trage sie schon lange keine Verantwortung mehr für das, was hier geschah; das Morphium machte aus ihr eine abgeklärte Monarchin. Seit ihrer Rückkehr vom Hühnerhof hatte sie die Küche, in der sie die Besucher aus den oberen Stockwerken empfing, nicht mehr verlassen. Revers, Matthews, selbst Galli waren ihrem Unglück gegenüber nicht unempfindlich geblieben und hatten sich persönlich in die Küche bemüht, um sich nach ihrem Befinden zu erkundigen und ihr eine baldige Genesung zu wünschen. Ihre Augenlider wurden feucht und schwer und fielen zu. Aus weiter Ferne hörte sie, wie man sich ihrer Küche bediente. Was dort geschah, ereignete sich in einer höheren Etage und war ohne Bedeutung für sie. Verständnisvoll und zufrieden, konnte sie darüber nur lächeln, und sie lächelte noch, als ihr das Kinn längst auf die Brust gefallen war.

Im Refektorium war man mit den Kochkünsten der beiden Mädchen sehr zufrieden. Tom servierte – assistiert von Meta und der kleinen Lisette – in aparten weißen Handschuhen und berichtete in der Küche, Flavio und der Deutsche hätten einen guten Appetit, während sich allerdings der Franzose zurückhalte. Obwohl er schweigsam sei, scheine ihm doch nichts zu entgehen; er habe unruhige Augen. »Und eine nervöse Hand«, fügte Lisette hinzu. Zweifellos sei er ein Weinkenner, sein Glas jedenfalls leere er doppelt so schnell wie seine Kameraden, und insbesondere dem 1901er *Aloxe-Corton* und dem *Barton-Léonville* von 1908, den Galli aus dem Keller hatte holen lassen, habe er reichlich zugesprochen. Der hellhäutige junge Mann mit dem fehlenden Arm und dem schon etwas schütteren Haar erinnerte die ausgelassenen Mädchen an einen schlecht gelaunten Nußknacker, dem man die aufgeknackten Nüsse unter der Nase wegschnappte. Je seliger sie von ihm schwärmten, desto neugieriger wurden jene, die sich dem Speisesaal nur aus einiger Entfernung nähern durften (und lautlos schlich sich Firmin selbst in Sophies seltsamen Schlaf).

Anni erzählte, Galli sei aufmerksam und bester Laune, »wie schon lange nicht mehr. Er hört mit großem Interesse zu, er stellt Fragen und scheint mit allem sehr zufrieden zu sein. Herr Ziemann, der Deutsche, redet ununterbrochen vom Krieg, und die alten Leute hängen an seinen Lippen. Nur den Franzosen und Gallis Neffen scheinen seine Geschichten nicht zu interessieren. Herr Ziemann erzählt furchtbare Dinge, aber der Graf ist begierig, sie zu hören, und er drängt den Deutschen immerzu, er möge weitererzählen. Die furchtbaren Dinge sind doch interessant.«

Spät am Abend, als sich die Küchenhilfen bereits nach oben in ihre Zimmer zurückgezogen hatten, wußte sie weiter zu berichten (Hunger staunte darüber), daß sich der alte Klaviervirtuose bereit erklärt hatte, am Silvesterabend einige kleine Sonaten zu spielen, was bei den anwesenden Gästen mit Begeisterung aufgenommen worden war, einer Begeisterung, die Galli vorübergehend getrübt hatte, als er zu bedenken gab, daß der Flügel schon seit Monaten nicht mehr gestimmt worden und ein Klavierstimmer so kurzfristig nicht aufzutreiben sei. Matthews hatte seine Bedenken mit den Worten zerstreut, er werde damit fertig werden. Wenn er auch seit Jahrzehnten nicht mehr aufgetreten sei, habe er doch seine Fähigkeit, sich über derlei Hindernisse hinwegzusetzen, nicht verloren. Man hatte dem Pianisten vorsorglich applaudiert und war über Flavios Vorschlag, seinerseits zum guten Gelingen des Silvesterabends beitragen zu wollen, erfreut gewesen, obwohl man keinerlei Vorstellung von den »Einlagen« hatte, mit denen er und seine Freunde sie unterhalten wollten – und vielleicht sei ja auch der eine oder andere Diener bereit, sich ihnen anzuschließen und aufzutreten. »Aber ich sicher nicht, sicher nicht«, meinte Anni kichernd, und des weiteren erzählte sie, wie Fräulein Ostermann plötzlich habe verlauten lassen, daß der Monsignore bestimmt herunterkommen werde, »wenn er hört, daß der verehrte Meister entschlossen ist, für uns zu spielen. Er erzählte mir ja oft, Sie hätten mit viel Erfolg vor Papst Leo XIII. gespielt. Ist das wahr? Ist das wirklich wahr?« Sie hatte Frederick Matthews so lange angestarrt, bis er endlich bereit war, zu nicken und bescheiden »Oh ja« zu sagen.

XIII

Silvester 1917

Bis kurz nach sieben Uhr herrschte an diesem Morgen völlige Dunkelheit. Wären Sterne am Himmel gestanden, so hätte er sie mit einem einzigen Blick durch das Oberlicht, unter welchem er lag, erkennen können, denn die Sonne vom Vortag hatte den Schnee auf dem Glas zum Schmelzen gebracht. Die dünne, durchsichtige Eisschicht, die sich daraufhin auf dem Glas gebildet hatte, verzerrte die Aussicht, verhinderte sie jedoch nicht.

Doch es waren keine Sterne zu sehen, und auch der Mond war verloren; der Himmel hatte sich gegen Mitternacht von neuem bewölkt (nur Roth hatte diesen Veränderungen Beachtung geschenkt, als er sich vor dem Zubettgehen aus dem Fenster beugte, um die schweren Läden zu schließen). Flavio erwachte mit dem fünften Schlag der Kirchturmuhr von Urmein, ohne auf die beiden folgenden Schläge zu achten. Er streckte seine Arme aus, die aus den weiten Ärmeln stießen, und stellte fest, daß er auf dem Fußboden lag. Er hatte sich im Schlaf des Lakens und der Decke entledigt und war, ohne aufzuwachen, vom Feldbett gefallen. Er lag auf dem Rücken im Sand und erblickte hinter der Glasscheibe einen Lichtschimmer. Es mußten einige Sekunden vergehen, in denen sich sein Geist frei im Nichts bewegte, bevor er ein leises, hündisches

Keuchen vernahm, das aus einer entfernten Ecke des weiträumigen Zimmers kam. Er horchte auf. Da war er wieder. Sein Verfolger, der Krieg, holte ihn ein. Augenblicklich drehte er sich auf den Bauch, legte das Kinn auf seine gespreizten Hände und versuchte, irgend etwas zu erkennen. Zwei Schläfer lagen im selben Zimmer wie er, er erinnerte sich. Er hielt den Atem an, dann versuchte er, auf dem weißen Zifferblatt des rostbraunen Reiseweckers, der ihn auf allen Umwegen bis hierher begleitet hatte, die Uhrzeit zu erkennen. Es gelang ihm nicht.

Langsam drehte er sich zur Seite, ging in die Knie, erhob sich, indem er den Sand aus seinem Nachthemd klopfte, und ließ sich aufs Bett fallen. Unwirklich schien ihm das Zimmer, unwirklich das Schnarchen, das nun einsetzte. Kaum hatte er sich hingelegt und die Augen geschlossen, erschien ihm Ursinas Gesicht (er hatte sich ihren Namen gemerkt); es blieb auch jetzt unnahbar, ihm zugewandt, aber ausdruckslos. Sie legte den Zeigefinger ihrer rechten Hand um eine lockere Haarsträhne und strich sie mit einer schnellen Bewegung hinters Ohr. Dann war sie plötzlich wie durch eine Geheimtür verschwunden. Der Stumme, dessen stete Präsenz ihm nicht behagte, hatte sich durch seine eifersüchtigen Blicke sofort als ihr Liebhaber verraten. Flavio hielt den Atem an, drehte sich auf den Bauch um und atmete ins Kissen aus, als sich das Blut in seinem Kopf zu stauen begann.

Firmin sprach im Schlaf. Flavio schloß die Augen und versuchte, die ineinanderfließenden Worte und Silben zu verstehen. Als Firmin zu schluchzen begann, hielt er sich die Ohren zu. Seine Gedanken kehrten zu Ursina zurück, und endlich gelang es ihm, sie mit ihren eigenen Haaren an Armen und

Beinen zu fesseln. Wozu? Er schlief über dem Bild der verschnürten Geisel ein, die, obwohl sie sich nicht rühren konnte, zufrieden schien, wenngleich sie weder lächelte noch etwas sagte. Ihr süßer Geruch war das Zeichen ihrer Dankbarkeit.

Als er eine halbe Stunde später infolge äußerer Eindrücke, die er zunächst nicht einzuordnen vermochte, wieder aufwachte, stand Firmin, in ein Laken gehüllt und dennoch frierend, neben seinem Bett. Flavio schlug die Augen auf. Seine Hände waren feucht und klebrig. Die Energie verlor sich in einem Nebel der Enttäuschung, und er kehrte in die Gegenwart zurück. »Laß mich schlafen«, sagte er. Er schloß die Augen und hörte, wie sich Firmins Schritte im Sand entfernten. Er hatte nicht geträumt.

Dem dicken Louis aus Grenoble hatten die Briefe seiner Frau genügt, um zu ejakulieren. Der bloße Anblick ihrer Handschrift hatte ihn so erregt, als ob sie vor ihm stünde. Während Firmin sich wieder zu seiner Matratze begab, sah er ihn vor sich: Louis, der der Feldpost auflauerte wie die Katze ihrer Beute. Daß seine Kameraden ihn dabei beobachteten, störte ihn nicht. Die Vorstellung, daß dieselbe Hand, die das Papier mit ihrer ungeübten Schrift bedeckt hatte, sich auf seinen Körper legte, hatte bei ihm stets die heftigste Erregung ausgelöst. Was in ihm vorging, verstand jeder, auch wenn keiner der Männer seinen Trieben jemals so schamlos nachgegeben hätte. Es war üblich, sich in eine Ecke zurückzuziehen und den Schein der Intimität zu wahren, wenn es einen überkam. Wenn es einen überkam, konnte man sich auf die Diskretion der Kameraden verlassen. Der dicke Louis aber setzte sich ungeniert ihren Blicken aus, und auch Firmin hatte sich nicht abgewandt. Während Louis in lüsterner Andacht in den Anblick des Papiers versunken war – er las nicht, er trank die Worte –, ließ er mit sich geschehen, worüber er keine Macht besaß. Wenn es vorbei war, drehte er sich um. Was er sekundenlang und um den Preis, sich in den Augen seiner Kameraden lächerlich zu machen, besessen hatte, war nichts weiter als ein Gebilde seiner Fantasie gewesen. Dann verharrte er meist in katatonischer Erstarrung. Er sah auf das Papier, aber er las auch jetzt nicht. Dann begann er, den Brief zu zerreißen. Während die anderen die Briefe ihrer Angehörigen wie Schätze hüteten, verloren die seinen sehr schnell jede Bedeutung. Manchmal hatte er danach laut geweint, sich aber nie nach den Papierfetzen gebückt.

Während diese Bilder an Firmin vorüberzogen, hörte er sich mit Flavio sprechen; tatsächlich aber war jeder Satz in ihm verschlossen.

Da der dicke Louis über die ersten an ihn gerichteten Worte, *Mein geliebter Louis*, vermutlich nie hinausgelangte, blieben ihm die guten wie die schlechten Nachrichten von zu Hause erspart. Firmin hatte ihn manchmal um seine Ignoranz beneidet. Ein kleiner Gott inmitten von überforderten Zweiflern. Der Zustand der französischen Schützengräben war katastrophal, er hätte es dem schlafenden Flavio gern näher erklärt. Der kannte die französischen Gräben nicht. Die vergreisten Generäle glaubten, das besetzte Gebiet binnen kürzester Zeit zurückerobern zu können, es war ja ihr Land. Während die Deutschen ihre Schützengräben zementiert hatten, brachen die der Franzosen im Schlamm zusammen. Flavio würde nichts davon hören wollen. Er dachte an den dicken Louis, der unverwundbar schien. Als einer der letzten Überlebenden der Gruppe wurde er in zwei Stücke gesprengt, vom Scheitel bis zur Sohle von einem schweren Granatsplitter in zwei Hälften geschnitten. Ein fürchterlicher Augenblick. Eine Woche, nachdem er gefallen war, machte Firmin Louis' Witwe Mitteilung von dessen Tod, wobei er natürlich verschwieg, auf welche Weise ihr Mann getötet worden war. Immer wieder hatte Firmin sich vorzustellen versucht, was sie beim Eintreffen dieser Nachricht empfunden haben mochte; vielleicht ein Gefühl unerklärlicher Erleichterung darüber, daß eine schrecklichere vorerst nicht folgen würde. Drei Monate später – seinen Arm war er inzwischen los – hatte er sie und zwei weitere Ehefrauen ehemaliger Kameraden aufgesucht. Er fuhr nach Grenoble und stellte sich zunächst als Arzt, nicht als kämpfender Soldat vor. Da er als Vermittler und Zuhörer auftrat, fiel es den Frauen leichter, offen mit ihm zu sprechen. Wenn er schließlich schilderte, daß er Seite an Seite mit ihren Männern gekämpft hatte, begannen sie zu weinen. Sein Bedürfnis, sich bei den Frauen seiner toten Kameraden zu entschuldigen, konnte nur dadurch befriedigt werden, daß er ihnen von den letzten Stunden, von ihrer Tapferkeit und von ihrem Mut erzählte. Mit immer den gleichen Worten erreichte er stets eine zufriedenstellende Wirkung. Sie konnten stolz auf ihre Männer sein, auf das, was sie an ihnen nicht gekannt hatten; er konnte sie beruhigen. Sie wollten hören, daß ihre Männer nicht gelitten hatten. Sie zu belügen, kostete ihn nichts; aus gequälten Kreaturen machte er Helden, die den Tod verhöhnt hatten. Firmin trat ihren Befürchtungen entgegen. Sie sahen, daß er selbst verwundet war. Die Amputation verlieh ihm die nötige Glaubwürdigkeit. Mit jedem Wort und jeder Geste stieg er in ihrer Achtung. Wenn es denn eine Aufgabe gab, die den Ärzten im Krieg zufiel, so war es die zu amputieren, zu nähen und zu lügen. Sie wollten wissen, ob die Gerüchte zuträfen, daß in der französischen Armee gehungert würde und daß es an Trinkwasser fehle. Sie wollten gehört haben, daß Verwundete nicht rechtzeitig behandelt wurden und an den Folgen versäumter Hilfeleistung starben. Ahnten sie es nur, oder waren die Gerüchte – die der Wahrheit entsprachen – tatsächlich schon hinter die Kampflinien gedrungen? Es waren einfache Frauen einfacher Soldaten, die sich zum Zeitpunkt, als er sie besuchte, mit dem Verlust ihrer Männer, der inzwischen Wochen zurücklag, meist abgefunden hatten. Umso leichter, sie über einige Dinge im Unklaren zu lassen. Er erkundigte sich nach ihren finanziellen Verhältnissen und versprach schnelle Hilfe, die er doch gar nicht garantieren konnte. Er schlich sich in ihr Vertrauen ein und stellte fest, daß es ihnen gut tat, ihn auszufragen. Ob sie einsam seien, fragte er sie, und ob sie schon daran gedacht hätten, wieder zu heiraten. Sie zuckten mit den Achseln und sprachen von ihren Kindern.

Er wollte zu Flavio sagen: Ich kehre nicht zu meiner Frau zurück. Ich kann sie nicht ansehen. Er sah zur Decke. Dicke Schneeflocken legten sich auf das Oberlicht, während es hinter den Fenstern allmählich heller wurde.

Er wollte zu Flavio sagen: Eben war mir, als wäre ich in jene Winternacht zurückversetzt, in der Adolph Valérie zum erstenmal ausführte, zurückversetzt in die schlafende Stadt, wir traten aus dem Theater ins Schneetreiben und ließen uns von Valérie verführen. Vermißt du sie denn? Nicht mehr.

Liebst du sie noch? Wie einen Traum, der uns verläßt. Je weiter sie sich von mir entfernt, desto unantastbarer wird meine Liebe. Das Glück, Echnoch Arden zu heißen und sie glücklich in den Armen eines anderen zu wissen, ist nicht von dieser Welt.

War es Flavio oder einer seiner Soldaten, der nun den Arm ausstreckte und ihm ein Zigarettenetui reichte. Seine Hand war fest, sie zitterte nicht, als er eine Zigarette herauszog. Jemand gab ihm Feuer. Sie rauchten und schwiegen und hörten das gleichmäßige Schnarchen eines Dritten. Du bist verheiratet, hast Kinder und willst nicht zu ihnen zurückkehren? Was hast du vor? Der Krieg wird nicht mehr lange dauern. Du bist Arzt und wirst nach Paris zurückkehren und deine Frau wiedersehen, ob du willst oder nicht. Ich kann meine Frau nicht mehr berühren. Ich werde nicht nach Paris zurückkehren. Sie schliefen, und es dämmerte von neuem.

Es wurde zweimal an die Tür geklopft, und sie erwachten. Firmin wollte aufstehen, doch Flavio kam ihm zuvor. Er bat, wer auch immer es sei, mit lauter Stimme herein. Die Tür wurde geöffnet. Da kein Licht auf sein Gesicht fiel, erkannten sie Francesco nicht sofort. Im selben Augenblick, als er, einen zusammengefalteten Zettel in der Hand, über die Schwelle ins Zimmer trat, erwachte auch Adolph.

Francesco, hinter dem eine mit einer hellen Schürze bekleidete Gestalt über den unbeleuchteten Flur huschte, näherte sich Flavios Bett, übergab ihm das Schreiben und zog sich dann unter die Tür zurück, wo er auf Antwort wartete. Die arabische Wüste hatte sich unversehens in ein römisches Feldlager verwandelt.

Flavio faltete den Zettel auseinander, las die Zeilen seines Onkels, der die jungen Leute zu einem gemeinsamen Frühstück in seine Wohnung bat, und nickte. Er möge Galli melden, daß sie seine Einladung annähmen, sagte Flavio, ohne die Antwort seiner Freunde abzuwarten, und ließ den Zettel fallen.

Nachdem sie ihre Morgentoilette verrichtet und sich angekleidet hatten, begaben sie sich gegen neun Uhr zu Galli. Doch als sie vor seiner Tür standen, erklärte Flavio seinen Begleitern, er habe nicht im Sinn, an diesem Frühstück teilzunehmen; zum einen sei er nicht hungrig, zum anderen verspüre er nicht die geringste Neigung, seinem Onkel, dem gegenüber er seine Pflichten als Gast längst erfüllt habe, Gesellschaft zu leisten. Weder habe er vor, sich ein weiteres Mal einem Verhör über die Beweggründe seiner Handlungen zu unterziehen, über die der Alte längst im Bilde sei, noch habe er Lust, in Erinnerungen an Zeiten zu schwelgen, die ihm nicht weniger verwerflich schienen als das, dessen er sich schuldig gemacht habe, als er – hier stockte er dramatisch – desertiert sei. Er wiederholte laut und deutlich: »jawohl, desertiert! Ihr habt es nicht einmal geahnt?«

Angesichts der verblüfften Mienen Firmins und Adolphs erhellte ein mitleidiges Lächeln sein Gesicht. Es war ihm gelungen, sie vor den Kopf zu stoßen; sie fanden keine Worte; Adolph räusperte sich verlegen, Firmin griff mit der linken Hand dorthin, wo einst sein Handgelenk gewesen war. Der Onkel, sagte er, schätze sich gewiß überglücklich, sie beide in diesem Augenblick für sich alleine zu haben; ihn kenne er ja bis zum Überdruß. Soldaten unter sich und kein Verräter unter ihnen. »Nutzt die Gelegenheit und laßt euch von meinem alten Onkel das verräterische Vergehen erzählen, dessen ich mich schuldig gemacht habe.« Er ziehe es vor, sich auf dieselbe Art zu verabschieden wie im vergangenen Oktober, ohne sein Verhalten zu rechtfertigen; nach menschlicher Gesellschaft verlange es ihn nur selten, nach der seines Onkels überhaupt nicht. Bevor sie dazu kamen, Flavio um eine Erklärung zu bitten, was es mit dieser Desertion auf sich habe, war dieser ohne weitere Erklärungen verschwunden.

Francesco, der ihre Stimmen, somit auch Flavios Geständnis, das ihm bereits bekannt war, gehört hatte, öffnete die Tür und bat sie mit einer Handbewegung und einem kurzen Nicken herein.

Ein Windstoß fuhr in die zahllosen Bahnen luftiger Gardinen, die kreuz und quer von der hohen Decke hingen und den geräumigen *séjour* in eine Vielzahl von beweglichen Räumen unterteilten, in ein bewegtes Labyrinth verwandelt hatten. Hatte sich die Wohnung noch vor wenigen Monaten durch helle Klarheit, durch das Fehlen jedweden Überflusses ausgezeichnet, so herrschte nun die schiere Flatterhaftigkeit, ein Durcheinander aus ineinander verschlungenen, sich umschlingenden Bahnen aus Seide und Musselin. Die karge, rötliche Leere von einst war der Fülle federleichter Gewebe gewichen, hinter denen man den Hausherrn, der am Fenster saß, zunächst nicht erkennen konnte. Nachdem Francesco die Tür geschlossen hatte (nicht ohne einen Blick auf den Flur zu werfen), kam allmählich Ruhe in den geräuschlosen Aufruhr, und die weißen Gardinen bildeten Kammern, deren teils transparente Wände ohne die geringste Anstrengung jederzeit durchbrochen werden konnten.

Indem er die Tücher geschickt beiseite schob, bahnte Francesco Firmin und Adolph, die ihm dicht auf den Fersen folgten, einen Weg zu Galli. Bewundernd und staunend stellten sie fest, daß es sich bei dem Wohnzimmer, dem sich ein kleineres Schlafgemach anschloß, um die getreue Nachbildung eines pompejanischen Zimmers handelte, wie Adolph es von einer Bildungsreise aus eigener Anschauung, Firmin aus zweiter Hand von kolorierten Stichen kannte, die sich in irgendeiner Schublade seines Sekretärs in der Pariser Wohnung befinden mußten.

Graf Galli saß am Fenster vor dem Frühstückstisch. Auf die Gedecke fiel mattes Tageslicht, eine Lampe brannte nicht. Nachdem er ihr Kommen offenbar nicht bemerkt hatte, stand er hocherfreut auf, als sie nähertraten. Die schonende Mitteilung, daß Flavio unglücklicherweise verhindert sei, nahm er stillschweigend, vielleicht auch erleichtert hin. Er nickte, bot ihnen Platz an und bat Francesco, der hinter seinem Rücken gehorsam die Äußerung weiterer Wünsche erwartete, Tee und Kaffee servieren zu lassen. Während der Diener verschwand und die Geheimtür öffnete, hinter der Tom mit dem Frühstückstablett wartete, begann Galli von neuem, – wie am vergangenen Abend – über die politische Lage zu sprechen. Diesmal wurde sein Redefluß von niemandem unterbrochen. Während sie die Fehleinschätzungen des alten Mannes über sich ergehen ließen, konnten sie sich ungehindert im Zimmer umsehen. Seine Unkenntnis der Lage verübelten sie ihm nicht, sondern genossen den Kaffee, die kleinen, frisch gebackenen *brioches* und die diversen Konfitüren, die sie für das Geschwätz des alten Mannes hinlänglich entschädigten.

Fräulein Ostermann hatte sich in die Küche verfügt, wo sie sich länger aufhielt, als sie eigentlich vorgehabt hatte. Umwölkt von den aufsteigenden Dünsten und umherschweifenden Aromen, die den Ort so überaus anziehend machten, sog sie die neuesten Gerüchte, die in Umlauf waren, durstig in sich ein. Darüber ließ sich der Pfefferminztee, den aufzubrühen sie dem Monsignore bereits vor über einer halben Stunde versprochen hatte, leicht vergessen. So wartete Albanese so lange vergeblich darauf, bis er sich schließlich selbst nicht mehr an seinen Auftrag erinnern konnte.

Er aber, die Hände auf dem Rücken gebunden, wie ein Widder aus einer großen Herde zur Opfergabe, zum wohlgefälligen Brandopfer für Gott auserlesen, blickte gen Himmel – und wartete. Während seine Gesellschafterin sich unter der Erde an Vermutungen delektierte, die ihre Nervenenden wie zarte Brennnesselblätter kitzelten, saß Luigi Albanese *sub sole*, in seinen Schlafrock gehüllt, im Lehnstuhl, den ihm das Fräulein ans Fenster geschoben hatte, und richtete seinen Blick hinaus (wo nichts als tänzelnder Schnee war). Wer ihn so gesehen hätte, wäre wohl kaum auf den Gedanken gekommen, einen Blinden vor sich zu haben, denn seine Augen standen weit offen, und sie schienen genau zu sehen, was vorging. Zwei schmal gerissene Scharten gaben den Blick auf den mit Engeln stark bewölkten Himmel frei (an dessen Existenz zu zweifeln kein Grund bestand). Er bemerkte ein Rascheln (wohl von Nagetieren, die hinter dem Täfelwerk ihr Unwesen trieben).

Sein aufgeregter Geist hatte begonnen, einige jener verstaubten Akten aufzuschlagen, die er zwar im Vatikan gelassen hatte, deren Inhalt ihm jedoch noch immer gegenwärtig war.

Seine Aufgabe hatte – kurz gefaßt – darin bestanden, auf Grund oft unbrauchbarer alter Dokumente die Aufbewahrungsorte der über den ganzen Erdball verstreuten heiligen Reliquien zu ermitteln, über deren Verbleib sich Rom nicht selten seit langem im Unklaren war; man hatte sie im Lauf der Jahrhunderte allmählich aus den Augen verloren. Die Fährten, die zu legen Albanese sich bemüht hatte (um von seinem Schreibtisch aus dorthin zu gelangen, wo all die wundertätigen Teilstücke von Leichen, Gebeinen, Hölzern und Tüchern lagerten), waren oftmals im Sand längst zerfallener Reiche verlaufen, deren Untergang die meisten Menschen so kalt ließ wie die stolzen Namen, die sie einst getragen hatten. Doch häufig war er fündig geworden. Zwar hatte er kein Gold geschürft, doch waren ihm die eingebrachten Erträge um kein Karat weniger wert gewesen. Sobald er den Verbleib der *Reliquiae insignes, Reliquiae non insignes, Reliquiae notabiles* oder *Reliquiae exiguae* ermittelt hatte, konnte er daran gehen, sie in seinen Listen nach Kriterien zu ordnen, auf die näher einzugehen hier nicht der Ort ist. Nur soviel: Er führte den päpstlichen Auftrag aus, sowohl die Standorte sämtlicher bekannter Reliquien als auch deren Zustand (und wundertätige Wirkung) zu benennen, und hatte bei jeder neuen Entdeckung Gefühle des Glücks und der Befriedigung empfunden. Auf seinen akribischen Reisen zu den letzten Ruhestätten kapitaler, beachtlicher oder geringer Reliquien (eine Einteilung, die nicht von ihm stammte) war er so vielen am Wege lagernden Hindernissen begegnet, daß ihn schnelle Ergebnisse meist etwas traurig gestimmt hatten, auch wenn er natürlich auf Erfolge angewiesen war. Sie allein rechtfertigten seine Beschäftigung auf diesem entlegenen Gebiet römischer Vorherrschaft, die von notorischen Spöttern natürlich nicht mit Dankbarkeit, sondern mit ironischen Bemerkungen quittiert wurde. Aber je schwieriger es gewesen war, die gegenwärtigen Standorte der wundertätigen Knochen, Textilien und Gerätschaften (Geißeln, Nägel, Dornspitzen, Folterwerkzeuge) zu ermitteln, desto befriedigender war es gewesen, wenn er nach hartnäckiger Suche endlich auf jenes wurmstichige Kästchen in Menuthis, auf diesen basaltenen Altar in Konstantinopel oder auf jenen vom Zahn der Zeit benagten Schrein in Vienne stieß, auf deren Existenz er meist durch Schriften aufmerksam geworden war, die mitunter schon bei der geringsten Berührung wie trockenes Laub zerbröselten; an jener Stelle, wo die *depositio* des heiligen Schlachtopfers nach der *inventio* und *elevatio* erfolgt war, hatte er sie Jahrhunderte später meist nicht wiederfinden können; nicht selten hatte man sie inzwischen verschleppt, verkauft, erobert oder vergessen. Er aber war entschlossen, sie ausfindig zu machen. Wenn er auch nicht den beneidenswerten Geruchssinn eines Hundes besaß, verspürte er doch nicht mindere Freude als ein von seinen Instinkten getriebenes Tier, das auf alte Knochen stößt, wenn er – manchmal erst nach mehrjährigen Briefwechseln in alle Himmelsrichtungen – auf die richtige Quelle stieß. Die Kamele, auf denen er ritt, kamen in der unbeweglichen Gestalt von Dokumenten, Büchern, Quittungen und kartographischen Werken einher, aber das Vergnügen, das Albanese auf seinen ausgedehnten Forschungsreisen empfand, war so groß, als wäre er leibhaftig an jene Stätten gereist, wohin ihn seine Schriftwechsel trugen. Er war nichts weiter als ein treuer Diener der forschenden Wissenschaft gewesen, der indizierten Wegen folgte; nichts anderes waren die Urkunden gewesen, die ihn am Ende zu den Altären, Schreinen und Gefäßen führten, in denen die Überbleibsel der heiligen Zeugen ruhten.

Er memorierte aus dem Gedächtnis all jene Stellen, die sich ihm wie Brandmale auf den Flanken eines Stiers für ewige Zeiten (die unendlich über sein irdisches Leben hinausreichten) eingeprägt hatten. Behender, als Blindheit und Alter ihm erlaubten, erhob er sich plötzlich, um gleich darauf, ein wenig schwankend, auf die Knie zu fallen (nicht um zu beten). Er tastete sich auf allen vieren zur Wand vor, wo er ein Ohr an die Täfelung preßte, hinter der die Geräusche zugenommen hatten (es klang, als schöben die Mäuse Papierchen hin und her). Feuer war stets die stärkste Waffe in den Händen der Märtyrer als auch in denen ihrer Peiniger gewesen. Was den einen zur grausamen Folter diente, frommte den anderen zur himmlischen Erhebung. Feuer war in ihren Händen und Herzen. Feuer sollte die Zeugen vernichten und erwuchs diesen zur Wehr gegen die Feinde, die dem Leben der Märtyrer meist nur mit dem Schwert ein Ende zu setzen vermochten (bei Bedarf schlugen sie ihnen die Köpfe gleich mehrmals vom Hals, wenn alles Teeren, Federn, Zerstechen, Zerhauen zum einzigen Ergebnis die jauchzende Freude der Märtyrer gehabt hatte, Gott ein Stück näher gekommen zu sein, nicht aber dem Tod). Luigi, wie man ihn seit Kindertagen nicht mehr genannt hatte, schüttelte den Kopf und wunderte sich über die unsichtbaren Tiere hinter dem Holz. Sie hatten sich durch nichts beirren lassen, und das Feuer wölbte sich wie ein *vom Winde geschwelltes Segel und umwallte den Leib des Märtyrers; dieser aber stand in der Mitte nicht wie bratendes Fleisch* (er erinnerte sich an jedes Wort aus der Akte des Blutzeugen Polykarp), *sondern wie Brot, das gebacken, oder wie Gold und Silber, das im Ofen geläutert wird. Auch empfanden wir einen Wohlgeruch wie von duftendem Weihrauch oder von einem anderen kostbaren Rauchwerk.* Doch der Geruch, der jetzt in Albaneses Nase stieg, schöpfte aus ganz anderen Erinnerungen. Es war der Geruch von feuchten Büchern und Urin.

Niemand hörte ihn sprechen, niemand wußte, daß er nur darauf wartete, noch einmal in Anspruch genommen, ja belästigt zu werden. Und tatsächlich würde sich sehr bald, erstmals seit vielen Jahren, ein Sünder ohne Reue zu ihm aufmachen, um ihn, einen der Macht verlustig gegangenen Vertreter der römisch-katholischen Kirche, zu konsultieren oder (je nach Betrachtungsweise) für seine Zwecke zu mißbrauchen. Ach, all die morschen Gebeine und vergossenen, salzigen Tränen!

Fräulein Ostermann stand Sophie Kohler, die sich von dem Angriff im Hühnerhof erholt hatte, im Weg, doch störte es sie nicht, von der nun doppelt behinderten Köchin, der sie so offenkundig lästig war, immer wieder rücksichtslos beiseite geschoben und dabei Anni oder einem der anderen mit Vor- und Zubereitungen aller Art kaum weniger beschäftigten Mädchen in die Arme getrieben zu werden. Immerhin hatte Sophie durch sie erfahren, wovon sie sonst wohl kaum in Kenntnis gesetzt worden wäre, daß nämlich Frederick Matthews auf dem Theater am Bechstein sitze und etwas komponiere, »da bin ich mir ganz sicher. Ich habe *sehr* seltsame Töne auf dem Klavier gehört, und ich habe gesehen, wie er sich

Notizen machte, die Ellbogen auf das Klavier gestützt, eine Feder in der Hand, das Tintenfäßchen in Reichweite. Hoffen wir, daß unsere Gemeinschaft etwas zu seinem Klavierstück beiträgt,« – (sie betonte Klavierstück) – »denn zu einer ganzen Sonate wird es doch wohl nicht mehr reichen.«

Mit ihrem schweren Bein aus Holz trat Sophie dem deutschen Fräulein auf den linken Fuß, und es bereitete ihr recht viel Vergnügen, sie aufstöhnen zu hören. Als sei sie sich des kleinen Unfalls nicht bewußt, den sie verursacht hatte (Fräulein Ostermanns großer Zeh wurde gequetscht), entschuldigte sie sich nicht (sie hatte Grund dazu, denn ihre Prothese war ohne Gefühl) und rief nach Meta, die in der Speisekammer nach einem Glas in Porto eingelegter Trüffeln herumstöberte, das man in besseren Zeiten, in denen sich die schlechteren schon abgezeichnet hatten, so hoch und gut versorgt hatte, daß es nun nicht mehr zu finden war. Sie bat das Mädchen, die Suche zu beenden und statt dessen Ursina zu holen, die ihr bereits einige Tage zuvor angeboten hatte, beim Silvesterdiner die Aufsicht über das servierende Personal zu führen, und mit der sie noch etliches glaubte regeln zu müssen, »was Sie doch genauso gut mit mir besprechen könnten«, fädelte Nathalie Ostermann sich ein. »Leroi geht es übrigens um kein Haar besser als gestern. Man sollte sich um ihn kümmern, nicht?«

Nathalie Ostermann verstummte, als alle Blicke zur Tür wanderten. Johann Hunger betrat die Küche mit einer reich verzierten, aus Baiser- und Sahnemassen bestehenden, in rosa Konditorton gehaltenen Torte, die Doktor Tschalns, den man gemeinsam mit seinem Bruder, dem Gemeindepräsidenten, und dessen Frau, einer verhuschten und kränklichen Person, zum festlichen Silvesterbüffet am Abend erwartete, nach einer gefährlichen Fahrt von Thusis nach Urmein soeben mit den Worten abgegeben hatte, ihm sei, als wäre er mit knapper Not einer vom Tal heraufdrückenden Lawine entronnen, denn es schneite ohne Unterlaß.

Hunger stellte die Torte auf den Tisch, und alle Anwesenden umringten das delikate Zuckerwunderwerk. Meta indessen verließ die Küche und machte sich auf den Weg zu Ursinas Zimmer (wo sie Ursina nicht antraf). Fräulein Ostermann, der das unerklärliche Mißgeschick widerfuhr, aus dem innersten Kreis nach hinten abgedrängt und zum Zaungast zu werden, machte auf sich aufmerksam, indem sie einen unterdrückten Schrei ausstieß, als sie sich plötzlich des Pfefferminztees entsann (oder hatte er Kamille verlangt?), den ihm zu bringen der Monsignore ihr aufgetragen hatte (vergaß ihn allerdings erneut, nachdem es ihr gelungen war, sich wieder nach vorne zu drängeln, um beim Anblick der Torte in neuerliche Schreie, diesmal des Entzückens, auszubrechen).

Auf der Treppe, auf halber Höhe zum ersten Stockwerk, begegnete Meta dem Senegalesen, der sie betrachtete, als habe er etwas Ungewöhnliches an ihr entdeckt, was sie umso heißer erröten ließ, als sie den hingebungsvollen Ausdruck seines Blicks nicht verstand. Hätte er sich ihr genähert, hätte er sie gar berührt, wäre es um sie geschehen gewesen, wie sie unter dem Einfluß von Ursinas Erzählung, von sonderbaren Regungen überwältigt, im Nachhinein glaubte. So aber gingen Tom und Meta einander auf der Treppe aus dem Weg; eine zweite Gelegenheit, sich so nahe zu kommen, ergab sich nicht. Während Tom das Mädchen bald vergaß, erinnerte sie sich noch lange an die Art des schwarzen Mannes, sie ungeniert zu mustern.

Frederick Matthews hatte den Flügel zugeklappt. Das leise Erzittern der Saiten, das hin und wieder an sein Ohr drang, beruhigte sein Gemüt; sobald er eines der Pedale berührte, verließen äolische Klänge den Bauch des schwarzen Instruments. Die Resonanz des Flügels schien ihm die geeignete Unterlage für die schwierige Aufgabe, die ihm bevorstand. Er begann zu schreiben und merkte bald, daß die Sätze längst formuliert waren und nur darauf gewartet hatten, ins Freie zu gelangen.

Er beglaubigte jede Seite des Schriftstücks, das er eilends verfaßte, mit seiner Unterschrift, ganz so, wie es sich für ein Testament gehörte (das doch nur zu geringen Teilen als solches bezeichnet werden konnte). Obwohl er weder krank war noch Verdruß witterte, war er entschlossen, einige Antworten auf jene Fragen zu geben, die sich nicht allein die Erblasserin nach seinem Tode stellen würde (diese vielleicht am wenigsten). Seine Ausführungen würden sich auf das Notwendigste beschränken, denn es lag ihm nicht daran, seine Autobiographie zu schreiben. Es galt, einige Dinge klarzustellen, die bei seinem Tod – dessen war er sich vollkommen sicher – größte Verwirrung stiften würden.

So saß er also auf dem Klavierhocker und vergaß die Welt, die sich um ihn herum ein wenig wunderte, den alten Mann, der versprochen hatte, an diesem Abend aufzutreten, bei geschlossener Tastatur über Noten gebeugt zu sehen (wie sie glaubten), die er nicht anschlug. Da er beschäftigt war, bemerkte er weder die kurzen Auftritte und Abgänge neugieriger Dienstboten (die hofften, vorab ein wenig von seiner Kunst zu erhaschen, umsonst!) noch die Schritte und Zurufe, die aus den geheimen Korridoren und von den Fluren und Treppen zu ihm gedrungen wären, hätte er sie denn vernommen. Nein, er war in Gedanken dort, wohin ihn die Feder trug, die mit wenig Druck schnell über das Papier glitt.

– – – Verfügt den 31. Dezember des Jahres 1917, sieben Tage nach meinem 74. Geburtstag: Hiermit vermache ich, Felicity Clarke, die ihr wahres Leben als Frederick Matthews führte, Besitz und Vermögen Sophie Kohler, wohnhaft auf Schloß Urmein, wo sie als Köchin dient. Ich, Frederick Matthews, geboren am 24. Dezember 1843 als Felicity Clarke in Truro, fühle mich – aus Gründen, auf die ich hier nicht weiter eingehen möchte – Sophie Kohler tief verbunden. Dieser Verbundenheit will ich durch meinen letzten Willen Ausdruck verleihen und hoffe, daß Mlle Kohler mich über alle Schranken hinweg zumindest zum Teil verstehen wird. Da ich – ein von einer blinden Natur fälschlich dem weiblichen Geschlecht untergeschobenes Wesen – befürchten muß, nach meinem Tode rückwirkend des Betrugs oder der Fälschung bezichtigt zu werden, fühle ich mich zu einigen Erklärungen bezüglich der Geschlechterfrage veranlaßt. Meine postmortale Enthüllung könnte den Eindruck erwecken, als hätte ich, der stets männlich empfand, tatsächlich jemals in irgendeiner Weise dem weiblichen Geschlecht angehört. Das Gegenteil ist der Fall! Was da vor euch, Herren Doktoren, offen auf dem Seziertisch liegt, mag zwar wie ein Weib *aussehen*, doch was Sie *sehen* ist ein leeres Gefäß. Mit meiner Seele, wenn mir denn eine eigen ist, ist auch meine wahre Person entschwunden. Übrig bleibt, was ihr betasten könnt, doch das ist nichts als Haut und Knochen. So wenig ich Pianist bin, solange ich nicht spiele, so wenig bin ich irgend etwas, Mann oder Frau, nun, da ich nicht mehr atme. Was und wer ich aber *wirklich* war, kann außer mir niemand bezeugen.

Nach der Entblößung meiner Leiche, die ich wohl nicht verhindern kann, werden sich natürlich auch die Juristen mit der Frage beschäftigen, ob ich – eine skrupellose Betrügerin in den Augen aller Selbstgerechten, eine Irre in denen der Wohlmeinenden – je zurechnungsfähig und mein Testament überhaupt gültig sei. Man wird sich, fürchte ich, mit der Frage beschäftigen, ob und wie ich nachträglich zu beurteilen und gegebenenfalls zu entmündigen sei, nachdem ich, rein äußerlich als Frau geboren und, wie sich nun herausstellt, dem Anschein nach auch als solche gestorben, dies aber stets verleugnend, nur dank der Vorspiegelung falscher Sachverhalte als jener existierte, als den man mich bis zum heutigen Tag kannte. Wäre es anders möglich gewesen, ein Vermögen zu akkumulieren, das ich mir als Frau nicht im entferntesten durch noch so harte Arbeit hätte aneignen können, denn reisende Virtuosen weiblichen Geschlechts sind ja, wie jeder weiß, seltene Erscheinungen?

Weder bin ich geisteskrank, noch habe ich jemals irgend jemanden zu seinem Nachteil hintergangen. Wen ich auch getäuscht haben mag; ich habe niemanden betrogen! Die, die mich kannten, werden dies bestätigen. Die Frage, ob ich recht handelte oder nicht, hat sich mir nie gestellt. Wie auch? Ich war ein Mann, den die Natur ungerecht behandelt hatte und der sich deshalb gegen sie zur Wehr setzen mußte. Es handelte sich nicht darum, eine Überzeugung durchzusetzen, es handelte sich darum, den einzigen richtigen Weg zu gehen. Eine gewisse Einsamkeit, die ich nicht leugnen will, war der Preis für dieses »Vergehen«, den ich gerne und leichten Herzens bezahlt habe. Es fiel mir leicht, zu vergessen, was unter meiner Kleidung steckte (*what was under my clothes*). Nicht ich habe mich verleugnet, die Natur hat mich verleugnet. Nie war ich etwas anderes als ein Mann. Und ich glaube nicht, daß diese Tatsache, der nun, auf meinem Totenbett, wie bereits zu Beginn meines Lebens, erneut widersprochen werden soll, jemals von irgend jemandem selbst in meiner allernächsten Umgebung angezweifelt wurde. Nicht nur ich, auch jene, die mich kannten, hielten mich *sans aucun doute* für eben jenen Mann, der ich war. Worauf ich hier mit Nachdruck poche, ist wahrlich das Selbstverständlichste, was man sich denken kann (*the most natural thing in the world)*. Um dieses Selbstverständlichste zu erlangen, war es allerdings nötig, das *Kostüm* zu wechseln. Ich verließ also kurzfristig die Bühne, um in der nächsten Szene in neuem Gewand und in neuer Umgebung wieder aufzutreten.

Ich wiederhole: Wenn ich auch fälschlich in die weichere Hülle eines Weibes (*in the softer form of a woman*) hineingeboren wurde, war ich doch nichts weniger als dies. Von frühester Kindheit an fühlte ich mich als Junge und empfand als solcher, und als ich von meiner Mutter wissen wollte, was denn die Natur mit mir, einem kleinen Jungen, vorhabe, indem sie an dessen Statt ein Wesen gesetzt habe, das dazu verdammt sei,

Mädchenkleider zu tragen, lachte sie nur und schien sogar zu billigen, wogegen ich kämpfte. Doch ich täuschte mich. Vermutlich hielt sie mich einfach für ein überspanntes Kind, das seinem unbestreitbaren Talent nicht in allen Stücken gewachsen war. Wie das bei Künstlern eben so ist. Immerhin erlaubte sie mir, mich auf meine Klavierübungen zu konzentrieren, indem sie Störungen von außen von mir fernhielt. Dennoch war ich unglücklich und versöhnte mich mit meiner Familie erst, als ich mich von ihr trennte, d.h. als ich England verließ, um für lange Zeit nicht mehr dorthin zurückzukehren. Ich hatte früh erkannt, daß eine Zukunft innerhalb der beengenden Grenzen und Vorstellungen meiner unmittelbaren Umgebung, die zwar um mein Wohl besorgt, aber doch sehr beschränkt war, mich binnen kurzem in den Freitod treiben würde. Solange ich zuhause war, war ich so von dem Gedanken besessen, mich in den Kleidern meines älteren Bruders zu erhängen, daß ich es tunlichst vermied, sein Zimmer zu betreten: Denn dort stand sein Kleiderschrank, der eine unwiderstehliche Anziehungskraft auf mich ausübte. Ich war sein *Bruder*, und er, angeblich der einzige Sohn meiner Mutter, wußte es nicht. Er hielt mich für ein Mädchen, für seine kleine Schwester. Die Trennung von meiner Familie war unvermeidlich und fiel mir deshalb nicht schwer, weil ich meine ganze Hoffnung in die große Veränderung setzte, die die nächste Zukunft bringen würde. Dort sah ich Licht. Mit meiner früheren, mir fremden, um nicht zu sagen verhaßten Person starben auch Mutter und Bruder und sämtliche Verwandte. Sie starben denselben schmerzlosen Tod wie jenes fremde Mädchen, das ich, an die Reling gelehnt, im Gedränge am Hafen schnell aus den Augen verlor, von dem die anderen behauptet hatten, es sei ich, und dem ich keine Träne nachweinte. Was ich verschwinden sah, war der Kokon, aus dem ich längst herausgeschlüpft war. Ich hatte mich heimlich von zuhause weggeschlichen, hatte England in seiner ganzen Breite durchquert und besaß lediglich einen Koffer und etwas Geld, das ich meiner Mutter entwendet hatte. Ich war zu diesem Zeitpunkt vierzehn Jahre alt und fest entschlossen, meine Fähigkeiten bei Thalberg und Rubinstein zu vervollkommnen und das Schiff, auf dem ich nach Frankreich übersetzte, als das zu verlassen, was ich von Geburt an gewesen war: als Mann. Punktum. Ich wollte dem männlichen Mut, den ich mit meiner Flucht bewiesen hatte, nun auch äußerlich, d.h. in *allem* entsprechen. Ich gab mir das Bild zurück, das man mir, bildhaft gesprochen, bei meiner Geburt geraubt hatte (*that I had been robbed of*).

Ich verließ meine Kabine während der Überfahrt nach Frankreich kein einziges Mal. Kaum hatte ich die Tür hinter mir abgeschlossen, entledigte ich mich der verhaßten Mädchenkleider, schnitt mein Haar nach der Mode kürzer (und ähnelte nunmehr ein wenig dem ganz jungen Brahms, diesem abscheulichen Komponisten) und überließ es der Aufmerksamkeit eines unbekannten Stewards, die Restbestände meiner früheren Persönlichkeit von Bord zu schaffen. Nun lagen die Überbleibsel Felicitys, Mieder, Unterrock, Strümpfe, Kleider und Haarbüschel auf dem nackten Fußboden. Da mir bis zu diesem Zeitpunkt noch keine Brüste gewachsen waren, sah ich mich nicht genötigt, sie zu schnüren; auch meine Hüften waren nicht so ausgeprägt, daß es besonderer Vorkehrungen bedurft hätte, deren Rundungen vor der Welt zu verbergen. Meine Hände waren durch jahrelanges Üben von denen eines Jungen nicht zu unterscheiden. Im großen und ganzen beeinträchtigten äußerliche Attribute, die darauf hätten schließen lassen, daß ich als Weib geboren wurde, meine Bewegungsfreiheit nicht; selbst die unscheinbaren Brüste, die sich später entwickelten, erschlafften unter dem Einfluß meines wahren Wesens fast zur Unkenntlichkeit, wie man an meiner Leiche feststellen wird; sie gaben weder Anlaß zur Freude noch zum Ärger.

Ich konnte mich nun endlich frei bewegen. Womit ich allerdings nicht gerechnet hatte, war folgendes: Kaum war ich von Bord gegangen, um die Eisenbahn in Richtung Paris zu besteigen, stellte ich mit kindlichem Befremden fest, daß sich die Blicke etlicher Frauen auf mich richteten. Was, dachte ich zuerst, wollten sie von mir? Während ich als Mädchen den Rahmen des Unauffälligen niemals verlassen hatte, besaß ich als Jüngling eine offenbar unwiderstehliche Anziehungskraft. Meine Verwandlung, die eng anliegenden Kleider, die festeren Schuhe, vielleicht auch die Sicherheit, mit der ich mich unter lauter Fremden bewegte, übten auf meine Umgebung eine außergewöhnliche Wirkung aus. Um ehrlich zu sein: Diese unverhoffte Wirkung schmeichelte mir sehr, und ich glaubte ihren Grund zu erkennen, als ich nach meiner Ankunft in Frankreich Gelegenheit hatte, mich eingehend in einem Spiegel zu betrachten, aus dem mir ein ephebenhaftes Wesen entgegenblickte, dem selbst ich mich kaum entziehen konnte. Ich war befreit *und* hübsch. Lange Zeit war die Eitelkeit in einsamen Stunden meine einzige, um nicht zu sagen treueste Begleiterin; die Spiegel, in die ich blickte und aus denen sie mir mit der ihr eigenen Arroganz zulächelte, trösteten mich über so manchen Schmerz hinweg.

Wenn mir denn infolge meines so lange herbeigesehnten und schließlich vollzogenen Wechsels von der falschen zur richtigen Identität (*right identity*) ein Nachteil erwuchs, so war es dieser: Bis etwa zu meinem fünfunddreißigsten Lebensjahr verliebten sich zahllose Frauen und manchmal auch Männer in mich, von denen nicht wenige eine Ehe oder zumindest eine *liaison* mit mir einzugehen wünschten. Ich wurde, was man einen gutaussehenden Mann nennt, und mußte – wie andere Virtuosen auch – viel Energie und Zeit darauf verwenden, alle diese heillos Verliebten, hoffnungslos Begehrenden und oft Begehrenswerten von ihren unerfüllbaren Wünschen abzulenken. Viele waren hartnäckige Verfolger, und ihr Werben wurde umso drängender, sobald sie spürten, daß ich nicht nur gegen sie, sondern auch gegen meine eigenen Empfindungen ankämpfte. Ich durfte nicht nur ihnen nicht gestatten, mich zu lieben, ich mußte es auch mir selbst verbieten. Ich entzog mich meinen Verfolgerinnen meistens durch Flucht; mein Leben als reisender Pianist kam mir bei diesen Manövern sehr entgegen. Welche Listen ich auch anwandte; sie bezweckten stets dasselbe: Niemand durfte erfahren, welche Anatomie sich unter meinen Anzügen verbarg, auch das geliebteste und verehrteste Wesen, auch der vertrauteste Freund nicht, der mir dadurch natürlich versagt blieb. Eine Enthüllung hätte meine Existenz aufs Spiel gesetzt. So hatte ich also niemals das Vergnügen, mit einer Frau im Bett zu liegen und die Freuden der sinnlichen Liebe zu erleben. Um alle zu täuschen, mußte ich alle enttäuschen. Doch das war ich meinem Glück schuldig. Wenn denn ein Schatten auf mein Leben fiel, so war es dieser, in dem sich allerdings gut leben ließ: daß ich mich niemals ganz hingeben durfte. Leistete ich deshalb Verzicht? Ich habe keine Antwort auf eine Frage, die ich mir niemals stellen mußte.

Nachdem ich alle Annehmlichkeiten einer Karriere genossen hatte, in deren Verlauf ich ein beträchtliches Vermögen erwirtschaftete, welches ich – wie Mlle Kohler feststellen wird – gewinnbringend anlegte, packte ich die melodramatische Gunst des Augenblicks, ein verpatztes Konzert, beim Schopf und machte mich aus dem Staub. Ich zog mich nach Paris zurück, wo ich ein kleines Palais bezog. Ich verzichtete ohne Bedauern auf das Konzertleben, obwohl ich, trotz der Schlaflosigkeit, unter der ich litt und leide, selbstverständlich noch lange Zeit recht wohl imstande gewesen wäre, mich mit den größten Pianisten meiner Zeit zu messen. Ich beschränkte mich darauf, einige ausgewählte Talente zu unterrichten und zu fördern. In der reißenden Strömung der zerrinnenden Zeit vergaß ich immer öfter, wozu mich die Natur – gegen den Willen Gottes, davon bin ich überzeugt – bei meiner Geburt zu zwingen versucht hatte. Die unleugbare Tatsache, daß ich anatomisch als Weib geboren worden war, zog sich in einen sehr fernen Winkel meines Bewußtseins zurück (*very distant corner of my consciousness*). Nur einmal glaubte ich im doppelten Blick eines merkwürdigen, zu einiger Berühmtheit gelangten siamesischen Zwillingspaars, dem ich eines Tages in einem Hotel bei Liverpool begegnete, so etwas wie einen Verdacht aufflackern zu sehen. Doch nichts hätte diesen überzeugender aus dem Weg räumen können, als die Begegnung, die ich einige Tage später anläßlich eines Konzerts in London hatte.

Kurz nach meiner zufälligen Begegnung mit jenen an der Brust zusammengewachsenen Zwillingsbrüdern, deren Namen mir entfallen sind, stand ich nämlich Aug' in Aug' meinem Bruder Clovis gegenüber, und ich bemerkte seinerseits nicht einen Anflug des Wiedererkennens, als er mir die Hand gab und ich die seine nahm. Wir wurden einander bei einem kleinen Empfang, der nach meinem Londoner Konzert stattfand, im Hause des kunstsinnigen Ehepaars Hope vorgestellt. Mein Bruder machte mir, den er einst für seine eigene Schwester hatte halten müssen, artige Komplimente. Er erkannte mich nicht. Und zum erstenmal war ich drauf und dran, mich einem Menschen, meinem eigenen Bruder zu offenbaren. Doch ich tat es nicht, ich hielt mich zurück, denn meine Furcht, unverstanden zu bleiben, gehaßt oder gar verraten zu werden, war zu groß. Sollte Clovis Clarke noch leben (in London), so bitte ich darum, ihn über den Inhalt dieser Handschrift zu unterrichten und ihn der Liebe zu versichern, die ich trotz der Distanz stets für ihn empfand. Vielleicht tat ich ihm und meiner Mutter Unrecht, als ich glaubte, sie würden mich nicht verstehen. Doch neige ich eher zu der Überzeugung, ihnen durch mein Verschwinden das Leben erleichtert zu haben. Clovis war der einzige, der in dem Virtuosen die verschollene Schwester hätte erkennen können. Denn auch er – der das absolute Gehör besaß, dessen ich mich leider nicht rühmen kann – war hoch musikalisch und hätte mich *à travers mon jeu* durchschauen können. Doch das Gehör läßt sich, wie ich wohl weiß, durch das Auge leicht betrügen.

Ich schließe hier mit meiner Unterschrift und unterlasse es, irgendwelche Wünsche bezüglich meiner Beerdigung auszusprechen. Sie erfolge den Umständen entsprechend und nach dem Gutdünken jener, die sich mit deren Ausführung herumzuschlagen haben.

gezeichnet Frederick Matthews oder Felicity Clarke, Urmein, den 31. Dezember 1917. – – –

Nachdem er die Feder weggelegt hatte, klappte Matthews den silbernen Deckel des Tintenfäßchens zu, faltete das Testament, steckte es in einen Umschlag und öffnete das Klavier. Er würde den jüngeren Tschalns vertraulich darum bitten, das Kuvert bei einem Notar in Thusis zu hinterlegen. Wenngleich ihn das Geheimnis, das er hütete, niemals bedrückt hatte, erfüllte ihn der Gedanke an die so lange hinausgezögerte Enthüllung, aus der kein Weg in die Verschwiegenheit zurückführte, mit Genugtuung. Die späte Erkenntnis der Hinterbliebenen, in die Irre geführt, mithilfe einer groß angelegten Travestie aber zugleich erleuchtet worden zu sein, würde ihnen entweder die Augen öffnen oder aber für immer vor dem verschließen, was außerhalb der engen Grenzen ihrer seelischen Kartographie lag.

Er wandte sich um und blickte ins Halbrund des Zuschauerraums, denn er glaubte, das Scharren von Füßen vernommen zu haben. Doch es war niemand zu sehen. Er legte beide Hände, alle zehn Finger, auf die Klaviatur, setzte einen wütenden Akkord, schlug ihn jedoch nicht an. Er betrachtete die achtundachtzig schmalen Stufen dieser denkbar vollkommensten Treppe, auf der er sich einst mühelos bewegt hatte. Nicht abwärts und nicht aufwärts steigen zu müssen, vielmehr in einer endgültigen Fermate verharren zu dürfen, beflügelte ihn. Anders, als wenn er spielte, senkte er den Kopf. Matthews hatte sich entschlossen, an diesem Abend Schumanns Opus 6 zu spielen, jedoch auf Zugaben zu verzichten.

»Spielen Sie doch, Sie würden mir damit einen großen Gefallen tun«, sagte eine Stimme – Revers' Stimme – von oben, und da sie – in dem kleinen Theater – nur wenige Meter von ihm entfernt war, hätte schon ein Flüstern genügt, um den alten Mann am Klavier in seiner Betrachtung zu stören. Jawohl, er zuckte zusammen und blickte hinauf. Antoine Revers stand in der mittleren der drei winzigen Logen im zweiten Rang und schien unter dem bemalten Gewölbe des Theaters zu schweben, denn das Balkönchen, auf dem er stand und das im Dunkeln lag, befand sich unmittelbar unter der Decke des kleinen Theaters. »Spielen Sie, Matthews!« wiederholte Revers und wiegte sich in der Hüfte, als setzte er zum Tanzen an.

»Warten Sie, noch etwas Geduld!« Matthews kniff die Augen zusammen und winkte ihm zu. »Heute abend! Heute abend werde ich spielen, denn wer weiß, ob das nicht unser letzter Abend ist! Was denken Sie?« – »Haben Sie Ihr Testament geschrieben«, fragte Revers im Scherz.

Matthews, der sich bei einer Heimlichkeit ertappt fühlte, antwortete mit etwas Verzögerung – und nicht auf diese Frage. »Was auch immer ich aus der Luft heraus ahne; ich bleibe doch ganz ahnungslos. Ich weiß gar nichts. Selbst wenn wir wüßten, daß wir nichts weiter als Figuren eines Buchs sind, dessen Leser bereits auf den letzten Seiten des letzten Kapitels angekommen sind, wüßten wir doch bestenfalls, daß jede weitere Tätigkeit sinnlos und unser Spielraum begrenzt ist – und war. Wo bleiben wir nur? Sitzen wir noch bei Tisch, oder ist schon abgeräumt? Nach uns folgen neue Bücher, aber keine weiteren Kapitel dieses einen Buchs, in dessen Mittelpunkt wir standen, ohne es zu wissen. Leider.«

Antoine Revers folgte seinen Ausführungen nur noch mit halbem Ohr, denn einmal mehr rückten die Vorboten einer jener Gedärmkontraktionen an, die ihn immer häufiger heimsuchten. Er beugte sich vor, er seufzte (Matthews kannte die untrüglichen Zeichen bevorstehender Anfälle und verstummte), verzog das Gesicht zu einer Fratze und legte eine Hand auf die mit Samt bespannte Brüstung; doch wie sehr er sich auch wehrte, es gab keinen Weg, der Folter zu entgehen. Keine Stunde, die er damit zugebracht hatte, seinen Gaumen zu kitzeln, ließ sich aus dem Gedächtnis des rachsüchtigen und unnachgiebigen Körpers tilgen, den er, nunmehr als ungebetener Gast, bewohnte.

»Oh Gott, ich werde in Stücke gerissen!« stieß er hervor. Er preßte beide Arme an seinen Leib, krümmte sich und ergab sich schließlich der marodierenden Qual. Der Schmerz erfaßte seinen ganzen Körper, und es kostete Matthews einige Überwindung, den Blick von dem, was er sah, nicht abzuwenden. Ungeduldig und ängstlich, erfüllt von stummem Mitgefühl, saß er am Flügel und wartete auf das Ende der Krämpfe. Nachdem die Krisis erreicht und überschritten war, ließ sich Revers auf einen Stuhl fallen.

»Reden Sie, reden Sie...«, flüsterte er Matthews entkräftet zu, der sich sogleich darum bemühte, zu tun, worum er gebeten wurde. Er nahm den Faden wieder auf, den er wie aus der Luft gegriffen hatte, und spann ihn fort (und bemerkte, daß seine schnell zusammengerafften Worte ihre beruhigende

Wirkung auf den Kranken nicht verfehlten): »Könnten wir doch, und wäre es nur für ein paar Stunden, Figuren eines Romans sein, wir verlören alle Erdenschwere, wir würden schweben und fänden überall Zuflucht vor den Verfolgungen der Natur und Schlupflöcher, um uns vor den Nachstellungen unserer Feinde und Zeitgenossen in Sicherheit zu bringen. Hier der Krocketbogen eines rettenden *N*, dort die schützende Hand eines großen *M*, die sichere Höhle eines *Ös*, die Rutsche eines Kommas und die luftigen Höhen eines vorauseilenden *I*-Tüpfelchens, auf dem wir gleich Münchhausen auf seiner Kanonenkugel zu neuen Kontinenten fliegen könnten, wo uns weder Fragezeichen bedrohen noch Punkte in die Schranken weisen noch Ausrufezeichen zur Ordnung rufen.«

Er begann so leise, so zart zu spielen, daß Antoine Revers die ersten Töne gar nicht hörte. Von seiner Aufgabe erfüllt, die Schmerzen seines Zuhörers durch Ablenkung zu lindern, setzte Matthews seine Reden fort. Er sprach und spielte gleichzeitig, und Sprechen und Spielen verschmolzen miteinander wie das Sichtbare mit dem Unsichtbaren. Matthews Behandlung war erfolgreich. Dankbar und entspannt lehnte Revers sich schließlich zurück und schloß die Augen, hinter denen sich der unverstellte Blick auf eine fast vergessene Welt eröffnete, die nicht von Bildern, sondern von Gerüchen nach Essenzen und kostbaren Gewürzen beherrscht wurde. Sie verdrängten die eben erlittenen Schmerzen, wie sie ihn bis zu seinem Umzug nach Urmein auch von der Schwere und Echtheit jener beklemmenden Wohnung erlöst hatten, in der er in schmachvoller Gesellschaft seiner Schwester und scines Schwagers lange Jahre gelebt hatte.

Während Firmin und Adolph die Hoffnung allmählich fahren ließen, daß Galli endlich auf die näheren Umstände von Flavios Desertion zu sprechen käme, hatte sich Francesco auf einen Wink des Alten hin entfernt. Der Graf schenkte sich nun selber Tee und Zitronensaft ein und verwöhnte sich großzügig mit Zucker (drei Löffel pro Tasse), dessen Genuß, wie er behauptete, der Konsistenz seines Bluts bekomme und der Beweglichkeit seines Geistes förderlich sei. Francesco, dessen Auftrag lautete, unbemerkt in der Nähe zu bleiben, stand einige Augenblicke unschlüssig vor der Tür und erwog, Gallis weitere Ausführungen zu belauschen, denn natürlich hätte auch er gern gewußt, was seinen Landsmann dazu bewogen hatte, die Armee, die im Kampf gegen die Deutschen unterlegen war, im Stich zu lassen.

Francesco blickte auf seine Taschenuhr und entschloß sich, die Bitte seines Herrn zu mißachten und statt dessen Ursina aufzusuchen. Während er sich entfernte, verlor sich das gleichförmige Plätschern von Gallis Rede im Geräusch seiner eigenen, weit weniger gemächlichen Schritte. Niemand kam ihm auf der Treppe entgegen, und niemand folgte ihm, als er sich nach oben begab. Doch als er kurz darauf vor Ursinas Zimmer stand und hinter der Tür, die gegen alle Gewohnheit lediglich angelehnt war, den seltsam unvertrauten Tonfall erregter weiblicher Stimmen hörte, die er doch kannte, erlahmte sein Schwung jäh, und er blieb stehen, ohne anzuklopfen, ohne einzutreten. Über Ursinas Stimme schien ein Netz geworfen zu sein, in dem sie sich verfangen hatte. Ihre verzweifelten Versuche, sich mit Hilfe von Erklärungen daraus zu befreien, zerbrachen am Widerstand, den ihre Tränen leisteten. Nie zuvor hatte Francesco sie weinen sehen. Sich seiner Feigheit bewußt, stand er da, vor Ursinas Zimmer, und redete sich ein, daß die Mädchen, wenn sie nur wollten, den Stummen schon hören würden, oder waren seine Schritte nicht laut genug gewesen, um ihn anzukündigen? Welcher Schmerz war so groß, daß er offene Türen nicht fürchtete? Er ahnte es, noch bevor Einzelheiten an sein Ohr drangen und ihre vergiftende Wirkung taten. Francesco gelang es endlich, einige der Worte aufzuschnappen, die sich wie Schlangen aus dem Netz befreiten, und noch bevor er das ganze Ausmaß des Schreckens begriff, wußte er, was diese Worte von ihm forderten: Er mußte handeln, er wußte nicht wie; er wußte es doch: Er mußte ihn totschlagen. Er hielt den Atem an. Seine Gefühle waren so schwer wie seine Glieder. Totschlagen, krähten auch die Nonnen von einst aus gelben Schnäbeln. Totschlagen, gellten ihre Stimmen, oder selber sterben, lautete seine Antwort. Zwar öffnete er den Mund, doch der Schrei, den er ausstieß, blieb der Welt auch diesmal vorenthalten. Hinter dem *Totschlagen* zischte die Schlange, er sei ein ohnmächtiger Feigling.

Während Adolph Ziemann sich mit der müßigen Frage beschäftigte, was es mit den wehenden Stores in Gallis Zimmer auf sich haben mochte, und Firmin Rocquet unruhig auf seinem Stuhl hin und her rutschte, erging sich Graf Galli unbeirrt in uferlosen Mutmaßungen über die Gesamtsumme der Tonnage der von den Deutschen durch U-Bootangriffe versenkten amerikanischen und englischen Schiffe und über die Erfolgsaussichten der Franzosen, die in einer vor einem Jahr an Woodrow Wilson gerichteten Note ausdrücklich die

Rückgabe Elsaß-Lothringens als wichtiges Kriegsziel proklamiert hatten; übergangslos wechselte er zu anderen Gegenständen, zu den Meutereien im französischen Heer und zur Revolution in Rußland (»... eine Umwälzung mit unabsehbaren Folgen...«), zur Rolle Fochs, zum Einfluß Ludendorffs, zur Zukunft Cadornos, zur Persönlichkeit Georg von Hertlings, des früheren bayerischen Ministerpräsidenten, der eben zum neuen Reichskanzler ernannt worden war (»...der Mann ist 75!«). Was sie von den Tanks hielten, die neuerdings von den Alliierten so erfolgreich eingesetzt würden und denen die Engländer (»da haben die Deutschen wohl geschlafen...«) den überraschenden Vorstoß bei Cambrai verdankten, wollte Galli wissen, der die Anzeichen von Ermüdung und Gereiztheit ignorierte, die sich auf den Gesichtern seiner beiden Besucher zeigten, deren Einschätzungen ihn ebenso wenig interessierten wie Firmins Äußerung, für die Beteiligten würde der Krieg in jedem Fall nie enden, gleichgültig, wie lange er noch dauerte.

Natürlich entging es Adolphs Aufmerksamkeit nicht, daß Firmin dem Gerede des Alten seit einiger Zeit nicht mehr folgte, und so fiel ihm die undankbare Rolle des Spielverderbers zu, die darin bestand, Galli endlich zum Verstummen zu bringen. Er packte die Gelegenheit einer kurzen Atempause, in welcher Galli nach seiner leeren Tasse griff, beim Schopf und tat, womit der Alte nicht gerechnet hatte: Er unterbrach den von sich eingenommenen Gastgeber und sagte in unerwartet scharfem Ton: »Wo der Lebensraum auf wenige Quadratmeter Sumpf zusammengeschrumpft ist, interessiert man sich nicht mehr für Politik.« – »Natürlich nicht.« Galli setzte die Tasse ab. »Ich weiß, wovon Sie sprechen, ich weiß es wohl«, fuhr er fort und versuchte, seinem Befremden über das ungezogene Verhalten seines Gastes einen Anstrich von väterlichem Verständnis zu geben, unter dem sich die Überheblichkeit des Weisen allerdings nur schlecht verbarg. »Ich lese viel, und man schreibt mir oft.« – »Aber Sie kennen die Wahrheit nicht.« Galli blickte ihn entrüstet an. »Sie kennen eine Menge Einzelheiten, aber Sie wissen nicht, was sich dort tatsächlich abspielt.«

Galli war blaß geworden und ließ seine Arme auf die Lehnen seines Sessels sinken. »Die Wahrheit ist nur in kleinen Partikeln zu erkennen. Niemand ist imstande, sie zu einem Ganzen zusammenzufügen. Das wenige, was wir von ihr sehen, hilft uns nicht weiter. Bei aller Hochachtung, aber Sie machen sich keine Vorstellung vom Leben der Soldaten.« – »Ich habe immer versucht, mich in deren Lage zu versetzen. Ich weiß sehr wohl zwischen Strategie und Fronterlebnis zu unterscheiden. Die Situation ist in Unordnung.« – »Sehr richtig. Das Versagen der Politiker wird in die Breite wirken. Daraus erwachsen neue Kräfte. Schauen Sie, was in Rußland geschieht. Eine Reinigung des Blutes und des Stammes ist erforderlich. Nach dem unvermeidlichen Niedergang werden erhabenere Zeiten kommen. Sie zeichnen sich schon deutlich ab. Wir brauchen das Ganze im einen.«

»Ach, ja?« Graf Galli, auf dessen Gesicht sich bares Unverständnis zeigte, schob seinen Stuhl zurück, stand auf und trat ans Fenster. Die Tassen erzitterten. Als stünde es kraft seiner Autorität in seiner Macht, den jungen Deutschen mit einer einfachen Bemerkung abzulenken und zur Besinnung zu bringen, sagte er: »Es hört nicht auf zu schneien. Die Winter hier oben sind lang.«

Doch Ziemann reagierte nicht darauf. Er paßte sich dem veränderten Ton des Alten nicht an. Er sagte: »Wir haben glücklicherweise die Fähigkeit verloren, auf den Grund unseres Unglücks zu blicken. Wir sehen nur den Abgrund, nur die Tiefe, aber nicht den Fall. Und das ist unsere Rettung.« Als er sah, daß Galli den Kopf hin und her wiegte: »Jawohl, der Abgrund ist unser Auftrieb, das haben wir aus diesem Krieg gelernt. So hat er am Ende wie jedes Unheil sein Gutes.«

Galli schüttelte den Kopf. Seine Gäste schienen auf ihre Schlachtfelder zurückgekehrt zu sein; sie kümmerten sich nicht mehr um ihn. Während der eine sprach, starrte der andere verschlossen vor sich hin. War der eine damit beschäftigt, sich eine bessere Zukunft auszumalen, so hatte der andere offenbar genug damit zu tun, in seiner Vergangenheit herumzutasten.

»Sie waren nicht in Flandern und nicht an der Somme. Sie haben niemals einem Panzerfahrzeug gegenübergestanden. Sie kennen...« – »Ich denke, Sie sind Arzt?« – »Ich hielt es für sinnvoller, feindliche Angriffe abzuwehren, als mich mit deren Folgen herumzuschlagen. Auf diese Weise habe ich, wie alle anderen, Dinge gesehen...« – er machte eine Bewegung zu Firmin, der sich jedoch nicht rührte – »...Dinge gesehen« – und es schien, als würde er das Hindernis, das sie ihm boten, nicht überwinden können – »...Dinge, die manche von uns tiefer getroffen und in manche von uns tiefer eingedrungen sind als Granatsplitter. Ist Ihnen die Wirkung der Brisanzgranate bekannt? Sie ist genauso empfindlich und reizbar wie eine hysterische Frau. Sie kommt flach herangeschossen und reißt einen kaum sichtbaren Trichter in die Erde. Umso hinterhältiger ist ihre Splitterwirkung. Sie ist bösartig, sie frißt Knochen und trinkt Blut. Verglichen mit einer Brisanzgranate nehmen sich die schweren Minen, die durch die Luft herantrudeln, wie gemütliche Mamsellen aus; wenn nur der höllische Lärm nicht wäre, wenn die Kochtöpfe explodieren und ihren Inhalt über uns ausleeren. Doch meiner Schilderung fehlt der Geruch, und es fehlen die Geräusche. Auf diesem Gebiet wird selbst der Dummkopf zum Fachmann, das kann ich Ihnen versichern. Der kleine Fähnrich, der Zugführer, sie alle waren schon nach wenigen Tagen unbestechliche Spezialisten, Hunde, die die Schule der Geräusche und die niedere Universität der Gerüche absolvierten, auch wenn sie noch so miserable Studenten der Ballistik waren. Was nützt uns das beste Gewehr, das schärfste Auge, wenn wir den Angriff nicht rechtzeitig riechen? Unsere Nase kennt alle Gerüche des Schlachtfelds, den Chlor- und Pulvergeruch, den Leichengestank und sämtliche Abstufungen dazwischen. Nichts ist mir in schlimmerer Erinnerung als die Zeit in Flandern. Tausende von deutschen Soldaten wurden lebendig begraben. Ich höre die Schreie. Ich höre, wie sie mit Erde erstickt werden, ein grausiger Gesang. Einhundert Tage, 2400 Stunden im strömenden Regen. Ein Kampfgelände, das von Granaten umgepflügt wurde und zu einem gurgelnden Sumpf aufquoll. Das Wasser sammelte sich in den Trichtern. Wer nicht in den Wasserlöchern umkam, wurde unterschossen.« Und da er glaubte, daß Galli nicht wußte, wovon er sprach, begann er nun, die mörderische Wirkung jener unterirdischen Granaten zu beschreiben, die ganze Befestigungsanlagen aus ihren Verankerungen gerissen und mitsamt den Soldaten, die darin festsaßen, auf den Kopf gestellt und in die Erde gerammt hatten. Noch eine Weile sprach er weiter, doch plötzlich schlich die Stille wie eine zahnloser Hund in Gallis Zimmer und machte sich breit.

»Sie haben offen zu mir gesprochen. Ich gebe zu, daß mir Einblicke wie die, die Sie mir eben gewährten, bislang fehlten. Ich habe mir seit langem gewünscht, einem jungen Mann wie Ihnen zu begegnen. Flavios Ausführungen beziehen sich bedauerlicherweise nur auf ihn selbst und sind höchst unerfreulich. Wußten Sie, daß er desertiert ist?«

»Wir haben es vorhin erst erfahren.«

»Ich wünschte mir, ich hätte ebensoviel Mut besessen«, sagte Firmin erregt, griff nach einem der Tücher und riß es herunter.

XIV

Nachdem er seine beiden Freunde der besitzergreifenden Obhut Gallis überlassen hatte, begab sich Flavio wieder nach oben, um sein Vorhaben zu verwirklichen. Es traf sich, daß Ursina noch in ihrem Zimmer war. Mit einem Auftritt des Stummen war kaum zu rechnen, da dieser beim Alten beschäftigt war; was danach geschehen mochte, kümmerte ihn nicht.

Flavio trat in sein Zimmer, schloß die Tür und holte die Beretta hervor, die er unter seiner Matratze versteckt hatte. Zweifellos wäre es ein leichtes gewesen, selbst durch die verriegelte Verbindungstür in Ursinas Zimmer zu gelangen; sie war aus dünnem Holz und würde einem kräftigen Fußtritt nicht standhalten; doch er wollte gewisse Umgangsformen wahren (zu denen gehörte, das Opfer zu warnen, so daß es mit dem Gedanken an Gegenwehr zumindest spielen konnte), indem er bei seinem Auftreten – wenn möglich auch später – Gewaltanwendung vermied; es gab andere Wege, sich Zutritt in die ungenügend beleuchteten Höhlen der Angst zu verschaffen, zumal wenn es sich um die einer Frau handelte. Dazu gehörte, sich seines Jacketts zu entledigen und die Ärmel des weißen Hemds zweimal umzukrempeln (was er jetzt tat), so daß die Unterarme entblößt waren. Dazu gehörte, ihrem angsterfüllten Auge zu widerstehen, falls sie ihn mit Blicken zu erweichen versuchte (was ihm gelingen würde). Dazu gehörte auch, fest auf beiden Beinen zu stehen und sich im Kern des Steins zu wissen, der von der Zwille auf das Ziel geschleudert wird. Er betrachtete seine Hände und Arme. Wenn sie auch nicht besonders kräftig aussahen, war doch mehr Kraft in ihnen, als eine Frau, selbst eine wie Ursina, die er für unerschrocken hielt, abwehren konnte. Seine Hände zitterten ein wenig, aber nicht aus Unsicherheit; was sie bewegte, ähnelte dem Lampenfieber des Bühnenkünstlers vor dem ersten Auftritt; er spürte unter seiner Haut den trockenen Kitzel von Kristallstaub, fremdes, zu feinstem Pulver gemahlenes Glas. Er entlud die Waffe, ließ sie mitsamt den Patronen in seine Hosentasche gleiten und verließ das Zimmer. Unter seinen Füßen stob der Sand auf. Sein Kopf war klar, seine Gedanken holten weit aus.

Er trat auf den Flur hinaus, schloß die Tür und klopfte bei Ursina an, die, kaum war er einen halben Schritt zurückgetreten, schon öffnete, als habe sie auf ihn gewartet (was nicht zutraf, wie er wußte). Er handelte. Er ließ ihr keine Zeit, in die Rolle der Hausangestellten zu schlüpfen, die sich nach seinen Wünschen erkundigte; diese wurden hinlänglich offenbar, als er die Tür aufstieß. Ursina wurde in ihr Zimmer zurückgedrängt. Nichts schien ihm natürlicher, als sie aus ihrem kleinbürgerlichen Gefängnis zu befreien, indem er es durch seine Gegenwart bereicherte und zugleich sprengte. Es gefiel ihm, sich währenddessen in den unsichtbaren Spiegeln zu betrachten, von denen er sich umstellt sah. Die Leichtigkeit, mit der er die erlernten Umgangsformen wegwarf, beglückte ihn. Er stieß die Tür mit dem Absatz seines linken Stiefels hinter sich zu und drehte den Schlüssel in seinem Rücken so rasch und sicher um, als habe er diesen Handgriff schon ungezählte Male erprobt.

Das Entsetzen schlug Funken auf Ursinas Gesicht und entzündete feurige Flecken darauf, so daß es nun aussah, als sei das Urteil an ihr schon vollstreckt oder als prophezeite ihr die Haut vorzeitig die Spuren jener Schläge, die sie erhalten würde, sollte sie Widerstand leisten. Noch hatte er sie nicht berührt (er wußte genau, was er wollte), sie rang bereits nach Luft. Um Schonung zu bitten, gelang ihr nicht (dem Flehen blieb der Ausweg aus ihrem zerrissenen Innern versperrt); also mußte er sprechen. Er hörte das stichelnde Ticken der Uhr, die auf dem Nachtkasten stand, sahniges Porzellan, sich schleppend bewegende Zeiger, die hinter Ursinas Rücken obszöne Gebärden vollführten. Er war nicht blind. Er bemerkte außer dem zornigen Rot, das ihr Gesicht verfärbte und nun daraus zu weichen begann, den Mund Ursinas, verschlossene Lippen, die sich darauf vorbereiteten, sich zu einem Schrei zu öffnen (keinesfalls würde er einen Schrei zulassen). Auch war ihm nicht entgangen, daß ihr Blick, kaum hatte sie die Absichten erraten, die er verfolgte, auf seine Arme gefallen war; er glaubte zu wissen, was er bedeutete und wertete ihn ebenso hoch wie eine einladende Geste, die nicht erfolgte. Es war nicht nötig, ihr Schläge anzudrohen, damit sie die Hände vors Gesicht hob.

Der Ekel, den er bei der Vorstellung dessen empfand, was gleich geschehen würde, wurde wie ein Handschuh gewendet, dessen Außenseite ihm nicht weniger paßte als das Futter. Die Wirkung war großartig. Was sich nun vor seine Augen schob, sich wie kühlender Nesselstoff auf seine Stirn und Schläfen, schließlich über sein ganzes Gesicht legte, war jener blinde Fleck, den er durch Fleisch und Blut, ihr Fleisch und Blut, ersetzen würde. Die Früchte der nächtlichen Fantasien konnten geerntet werden. Er griff nach dem kostbarsten Objekt der Auktion und hielt es fest. »Ich hab dich«, flüsterte er und stellte mit Befriedigung fest, daß sie nicht antwortete.

»Wenn du schreist«, sagte er, »bringe ich dich um«, und zog die Beretta aus seiner Hosentasche. Als sie auf ihn zutrat, als wollte sie ihm die Waffe aus der Hand reißen, entsicherte er sie, und Ursina blieb stehen.

Luigi Albanese hatte während der Dezennien seines römischen Aufenthalts so wenig Eigenes erlebt, daß er nun, im hohen Alter, erst recht nicht mit einer jener Überraschungen rechnete, die er sich in sehr jungen Jahren manchmal erhofft, die aber das Leben – wie er später mit Dankbarkeit feststellte – für ihn nicht bereitgehalten hatte. Während nicht wenige, vielleicht sogar die meisten seiner Mitmenschen – hin und wieder selbst hochgestellte Kirchenmänner – mit Schicksalsschlägen reichlich eingedeckt wurden, waren ihm Bekümmernisse größeren Ausmaßes zeitlebens erspart geblieben – vom Tod seiner Eltern und jenen nostalgischen Karfreitagnachmittagen einmal abgesehen, an denen ihm das Leiden Christi geradezu körperlich naheging. Selbst der Schlaf verfuhr rücksichtsvoll mit ihm und erließ ihm jene Schreckensbilder, in die er andere hineinzutauchen liebt; eine glückliche Fügung, die Albanese, wie er meinte, vermutlich seiner langjährigen Tätigkeit als Martyrologe verdankte. Hatten sich die kleinen Teufel, die ihren ahnungslosen Opfern mit Vorliebe unter den weichen Teppichen des trügerischen Alltags auflauerten, deshalb von ihm ferngehalten, weil sie den Bürokraten fürchteten, der ihre geheimsten Gedanken aufgrund seiner Studien besser kannte als sie selbst, sie also mit ihren eigenen Waffen hätte schlagen können, wenn sie jemals versucht hätten, sich ihm zu nähern? Wußten sie den trockenen Mann auf eine Weise auf sie vorbereitet, die sie vor der kleinsten Untat zurückschrecken ließ? Hatte die gründliche Beschäftigung mit ihren Missetaten sie ihm so nahe gebracht, daß sie ihn meiden mußten, wenn sie nicht selber fallen wollten; kannte er nicht sämtliche ihrer Winkelzüge und wußte deshalb, wie man ihnen entgegentreten mußte, wollte man sie unschädlich machen? Es waren mehr Fragen offen, als er sich Fragen stellte, denn auf der Suche nach befriedigenden Antworten hatte er sein Gehirn stets zu schonen gewußt. Was auch immer der Grund für den Frieden war, den er weit über fünfundsiebzig Jahre lang in lauwarmen Zügen genossen hatte, sein Ornat jedenfalls war nie mit anrüchigen Details bespritzt, geschweige denn mit Dreck beworfen worden. Versuchungen geschlechtlicher Art, denen andere meist dadurch begegneten, daß sie ihnen erlagen, waren ihm ebenso fremd geblieben wie handfeste Versuche dritter, ihm Nöte zu bereiten, aus deren Tiefen er sich, wie er annahm, nur durch unsittliche Handlungen hätte befreien können (weshalb sie zu begehen sich nicht ergab, erklärte sich wohl am besten dadurch, daß er schon in frühester Jugend keinerlei Anziehungskraft besessen hatte). So hatte sich seine satinierte Tracht allmählich in jenes speckige Grau verfärbt, in das schließlich auch der fleischliche Rest seiner Person eingegangen war, so daß am Ende mehr Rundungen als Kanten an ihm waren. Zum Preis dieser Ruhe gehörte der Umstand, daß sich andere schon zu seinen Lebzeiten nach dem werten Befinden in einem Ton erkundigten, als hielten sie ihn für tot oder müßten sich zumindest wundern, daß er noch am Leben sei, um ihn sodann, im selben Atemzug, in dem sie sich für ihn zu interessieren vorgaben, gleich wieder zu vergessen. Es hätte sie einige Mühe gekostet, Interesse größeren Umfangs an seinem Schicksal zu heucheln. Er wußte (oder ahnte) all dies und trug es mit Fassung, weil ihn dieses Wissen nicht wirklich belastete; was die anderen über ihn dachten, scherte ihn so wenig, wie es Fräulein Ostermanns Blicken entging, die, sich um ihn grämend, für ihn Partei ergriff, wo er selbst nicht immer verstand, worum es gerade ging. Da selten jemand da war, mit dem sie sich über die wahre Bedeutung ihres von aller Welt unterschätzten Meisters hätte streiten können, beschränkten sich Fräulein Ostermanns Verteidigungsreden auf nichtendenwollende innere, an ein unsichtbares Auditorium gerichtete Monologe. Sich gegen das Gegebene aufzubäumen, gehörte nicht zu Luigi Albaneses Charaktereigenschaften, denn das Gegebene war, wer wollte daran zweifeln, von Gottes Gnade.

In Gedanken versunken, auf deren Ziellosigkeit nicht weniger Verlaß war als auf ihre Blässe, dämmerte Albanese in seinem abgewetzten Lehnstuhl vor sich hin, als heftig an seine Tür gehämmert wurde.

Auf alles glaubte er sich vorbereitet, aber natürlich nicht auf einen Besucher, der – wie es jetzt geschah – sein Zimmer betrat und – wie er hörte – die Tür hinter sich abschloß und – wie er erstaunt feststellte – unverzüglich zu sprechen begann, indem er außer Atem und ironisch – wie ihm schien – darum bat, bei ihm die Beichte ablegen zu dürfen.

Albanese, dessen ausgeprägter Geruchssinn, eine Folge seiner Blindheit, den beklagenswerten Mangel an Licht nur in beschränktem Maße wettzumachen vermochte, sah bloß einen schwarzen Umriß, doch roch er die unverkennbaren Merkmale eines männlichen Wesens, das sich – er war sich dessen sicher – vor wenigen Minuten versündigt haben mußte. Getrockneter Schweiß tränkte sein Hemd, Sekrete zweifelhaftester Herkunft klebten an seinen Händen und auf seiner Haut. Je heftiger Albanese gegen die Übelkeit ankämpfte, die dieser Auftritt bei ihm ausgelöst hatte, desto hilfloser war er Befürchtungen ausgeliefert, die zu unterdrücken ihm auch während der nun folgenden Ohrenbeichte nicht gelang, bei der es sich weniger um das Bekenntnis eines reumütigen Sünders als vielmehr um den genüßlich vorgetragenen Bericht eines geltungssüchtigen, auftrumpfenden Egoisten handelte, der nicht etwa gekommen war, um für seine Missetaten zu büßen, sondern um dafür – mit welcher wertfreien Münze auch immer – belohnt zu werden. Der empörte, aber ohnmächtige Beichtvater hoffte, seine Unsicherheit möge den Eindringling nicht zu unnötigen Provokationen ermuntern. Solange kein rettendes Fräulein Ostermann erschien, das den Unbekannten hinauswarf, bestand tatsächlich die Gefahr, das ungläubige Beichtkind wolle beichten. Zu spät. Er hörte das Knacken eines sich beugenden Knies und willigte ein, sich anzuhören, was er zu beichten hatte, obwohl er auf seelsorgerischem Gebiet recht unerfahren war. In der Hoffnung, den jungen Mann mit der in Aussicht gestellten Erteilung der Absolution zu beschwichtigen, gab er sein Einverständnis.

Flavios Atem schlug auf Albaneses unruhig zuckende Hände. Das obskure Bild bewundernd und zugleich belächelnd, das er in dieser Haltung bot, kniete er mit halb aufgeknöpfter Hemdbrust vor dem Kardinal und faltete seine Hände, die nach Ursinas Körper rochen. Was auch immer ihn dazu veranlaßt haben mochte, einen Beichtvater aufzusuchen, das Verlangen nach Sühne war es nicht gewesen, eher ein ihm bis dahin fremder Drang, sich über eine Tat zu äußern, die ihm nicht weniger ehrenwert schien als jene Heldentaten, die auf Schlachtfeldern vollbracht wurden und für welche man Ehrentitel und Medaillen erhielt.

Während er sprach, kehrte Flavio in Gedanken zu dem Ort zurück, an dem sich das, was Gegenstand seiner Beichte war, abgespielt hatte, in Ursinas Zimmer. Eine Niederlage hatte er keinen Augenblick in Betracht gezogen. Er war entschlossen gewesen, das Feuer zu löschen, solange es heiß war. Er erzählte dem Alten, daß er seine Hände um ihren Hals gelegt und eine Krähe gesehen hatte, wo reglos ein Vorhang nur wenige Millimeter über dem Fußboden hing, daß er sie gepackt, an den Haaren festgehalten und dadurch am Weglaufen und freien Atmen gehindert hatte und daß der Versuch, sie zu küssen, mißglückt war. Die gewaltsam herbeigeführte Berührung mit ihrer nackten Haut hatte ihm großes Vergnügen bereitet. Mit Leichtigkeit hatte er sich über sämtliche Hindernisse hinweggesetzt und war zum Ziel gelangt, und jede Abweichung von seinen Vorstellungen hatte sich lediglich als weiterer, willkommener Baustein zu jenem Gebäude erwiesen, in dessen entlegenste Winkel Ursina floh, ohne Erfolg, denn der Verfolger hatte beharrlich Stein um Stein wieder abgetragen, um zu ihr zu gelangen. Unmöglich, dem *tenente* zu entkommen. Sie hatte sich aufgebäumt, und er hatte befriedigt zugeschlagen.

Ihr Kopf sank nach vorn, ihre Stirn schlug gegen sein Kinn, der Schrei, zu dem sie ansetzte, wurde unter der flachen Hand erstickt, die sich gewaltsam auf ihre Lippen legte. Er riß den

Kragen ihrer Bluse, deren oberster Knopf bereits am Garn baumelte, auseinander, und es dauerte keine zwei Sekunden, bis alle weiteren Knöpfe – er zählte fünf – aus ihren Löchern gesprungen und von ihren Fäden gerissen waren. Ursina gab ihren Widerstand auf, und er stieg tief hinab. Er riß mit sich, was er haßte, und auch das, was er zu lieben glaubte.

Flavio gab das Geschehen gewissenhaft wieder, und der zum Schweigen verpflichtete Monsignore war entschlossen, alles, was er jetzt hörte, so rasch als möglich zu vergessen. Er befand sich in einem Zustand unschlüssiger Zurückhaltung. Der Freispruch, den er gewähren würde, erfüllte ihn mit sentimentaler Rührung; dem, was an sein Ohr drang, war er sehr fern.

In seinem Bestreben, sie trotz ihres Ekels zu *erobern*, hatte er nur ein einziges Mal innegehalten, in dem Augenblick nämlich, als sie ihm völlig überraschend Geld angeboten hatte. Aber weniger das Angebot selbst, das unterstellte, er sei käuflich, hatte ihn verblüfft, als vielmehr die schwindelerregende Summe, die sie nannte. Ursina, die er für eine arme Angestellte aus dem Dorf gehalten hatte, war demnach – wenn sie nicht bluffte – viel reicher als er selbst. Es gelang ihm, den Fuß aus der Schlinge zu ziehen, mit der sie ihn zu Fall zu bringen suchte. Die Ablenkung, die von ihrer nicht gänzlich ausgeschalteten Geistesgegenwart zeugte, war nur von kurzer Dauer.

Der Geschmack des Bluts lag immer noch auf seiner Zunge; er erwähnte ihn nicht. Lateinische Worte vor sich hinmurmelnd und das Kreuzzeichen schlagend, entließ ihn der Monsignore. Er war erleichtert, endlich von seiner Gegenwart befreit zu sein. Selig, die blind sind, dachte er, als sich die Tür hinter Flavio Galli schloß. Obwohl der Sünder sein Zimmer verlassen hatte, haftete das, was er gebeichtet hatte, wie eine schmutzige Tapete an Albaneses vier Wänden.

Als Fräulein Ostermann gegen ein Uhr mittags das unbehaglich abgekühlte Zimmer ihres Herrn betrat, den sie so schändlich vernachlässigt hatte, saß dieser vornübergebeugt, beide Ellbogen auf die Lehnen seines Sessels gestützt, mit aufgeknöpfter Soutane vor dem offenen Fenster und sprach Worte in den eisigen Luftzug, die nicht für menschliche Ohren bestimmt waren. Stellvertretend für jenen, der sich zu seinen Füßen so unbekümmert zu allen möglichen Schandtaten bekannt hatte, bat er inbrünstig um die verzeihende Gnade Gottes. Doch selbst nach dem siebzigsten Ave Maria blieb der HERR ihm die Antwort schuldig, die er so sehnlich erwartete; auch er hatte keinen Anspruch darauf. Zähneklappernd stieß er in der Unendlichkeit der Himmelsmechanik auf Finsternis und Schweigen. Gottes warmer Atem behauchte ihn nicht, der Blinde war sehenden Auges in eine Sackgasse gerannt. Indem er als Diener Gottes und in dessen Namen so leichtfertig Gnade hatte walten lassen, war ihm ein unverzeihlicher Fehler unterlaufen, der, wie er meinte, in Gottes gerechter Hand kaum leichter wog als jener, den Flavio begangen hatte.

Die mit dünner Haut bespannte Brust des Alten, auf der sich einige weiße Haare schamhaft kräuselten, lag frei der Kälte ausgesetzt. Das Fräulein war schockiert und verlieh ihrer Empörung jeden nur erdenklichen Ausdruck; die dargebotene Palette hätte genügt, um eine ganze Schauspieltruppe mit Gebärden, Mienen und Deklamationen zu versorgen. Albanese jedoch schien keine Notiz von ihr zu nehmen und hielt auch dann in seinen Gebeten nicht inne, als sie zum Fenster stürzte, um es, begleitet von einem effektvollen Schauer, der ihren ganzen Körper erfaßte, zu schließen.

»Monsignore«, rief sie, »Monsignore, ich habe zwar Ihren Tee vergessen, aber das ist kein Grund, mich so zu strafen! Das ist lächerlich und nicht gottesfürchtig! Wollen Sie sich und mich umbringen?! Sie sehen vielleicht nicht, daß es schneit, aber Sie müssen die Kälte doch spüren, nicht wahr!? Was haben Sie sich nur dabei gedacht, das Fenster zu öffnen? Draußen herrschen sibirische Zustände.«

Während sie wie ein von aufgeregten Hühnern gejagter Marder im Zimmer auf und ab schoß und Albanese mit Kissen und Decken, Filzpantoffeln und Handschuhen versah, redete sie in einem fort so laut, daß sie selbst das Geräusch der geheimen Dienstbotentür nicht gehört haben würde, die sich etwa vor einer halben Stunde in der mit einem Paravent und einer Waschkommode verstellten Ecke des Zimmers hinter Francesco geschlossen hatte, der den Spuren seines Widersachers mit der Sicherheit eines Traumwandlers, der auf seinen Absturz gefaßt ist, bis in das Zimmer des Kardinals gefolgt war. Dort hatte er Wort für Wort Kenntnis von dem Verbrechen genommen, das Gallis Neffe an Ursina verübt hatte.

Nachdem er das ganze Ausmaß des Leids erfaßt hatte, das Ursina in seiner Abwesenheit, nur wenige Meter von ihm entfernt, zugefügt worden war, tat Francesco das Gegenteil dessen, was er von sich hätte erwarten dürfen (und was man ihm, wäre er nur so unvernünftig gewesen, es zu tun, unter Beifall verziehen hätte). Er verteidigte Ursinas und seine verlorene Ehre nicht; er malte sich aus, was andere an seiner Stelle getan hätten, ohne etwas zu unternehmen. Er zögerte. Er wartete darauf, daß ein Nerv, ein Muskel, eine unüberlegte Bewegung ihm die taube Hand führen wollte. Er wartete vergeblich. Was ein einziger zuende gedachter Gedanke vielleicht ausgelöst hätte, wurde nicht verwirklicht. Er wußte zwar, was er hätte tun sollen (und dürfen), um das Vergehen zu rächen, dessen Mitwisser er geworden war, doch sämtliche Schläge, die auszuteilen ihn eine innere Stimme beharrlich aufforderte, wurden durch seine Verzagtheit abgewehrt, die stärker war als alles Drängen. Bereit, den Gang der Dinge anderen zu überlassen, die seinen Schmerz nicht teilten, machte er den ersten Schritt zurück. Er ließ Ursina im Stich. Er drehte sich leise auf dem Absatz herum. Statt zu handeln, ergriff er die Flucht.

Es fehlte wenig, und der Gelähmte hätte die Krücken von sich geworfen, um sich auf die Suche nach dem Schuldigen zu begeben, der sich pfeifend aus dem Staub gemacht hatte. Es fehlte wenig, aber dieses Wenige fehlte, und es war nirgends zu bekommen. Er hatte das Gefühl, in einer Kiste zu sitzen, die erst zugeschraubt, dann hochgehoben und schließlich ins Meer geworfen wurde. Es gab keine Rettung. Die Kiste, in ihr sein Körper, ging augenblicklich unter. Der Druck des Wassers und der leeren Worte, der Leere selbst, schloß sich um seinen zum Bersten gefüllten Schädel; und wie immer, wenn er an die unüberwindlichste Grenze seiner Fähigkeiten stieß, versuchte er, sich auszudrücken wie die anderen. Er bewegte die Lippen, rollte die Zunge hin und her und hatte doch nicht die geringste Gewalt über seinen Mund. Langsam tastete er sich vor. Seine Hand berührte einen geheimen Türgriff. Er öffnete die Tür, die zu den Dienstbotengängen führte.

Kaum hatte er die beengte, durch leise flackernde Glühbirnen schwach beleuchtete zweite Welt des Schlosses betreten, stieß er mit einem der schwarzen Diener zusammen; welcher es war, der sich gerade nach oben begab, ob Tom oder Leroi, war in der Dunkelheit zunächst nicht zu erkennen. Das Tablett, das sein Gegenüber in Brusthöhe vor sich hertrug und auf dem sich eine Kanne mit heißer Schokolade, eine Zuckerdose, eine Tasse, eine Untertasse und ein Löffel befanden (was zu riechen und zu hören, jedoch nur undeutlich zu sehen war), erschwerte die Bemühungen der beiden Männer, aneinander vorbeizukommen, ohne sich zu berühren, noch um ein beträchtliches. Doch dem Stummen blieb keine Zeit, Überlegungen über die Folgen eines Ausweichmanövers oder einer Berührung anzustellen, denn die Eile, die der schwarze Diener an den Tag legte, nahm weder Rücksicht auf seine Verfassung noch auf seine Anstrengungen, sich ungehindert an ihm vorbeizudrängen.

Tom – er war es – verschaffte sich Raum, indem er sich noch breiter machte, als er war. Um die zartbittere Ladung seines Tabletts, die Pasquinellis unstillbaren Durst nach süßen Getränken löschen sollte, besorgter als um Sitte und Anstand, machte sich der Schwarze nicht die Mühe, Francesco auszuweichen. Im Gegenteil rückte er ihm so dicht auf den Leib, daß dieser den Hauch seines nach Kakaopulver riechenden Atems auf sich fühlte. Als beide gleichzeitig einen Schritt weitergingen, stießen sie zusammen. Der warme Körper des schwarzen Mannes wanderte wie eine heiße Düne über ihn hinweg. In dieser Düne lagen fremde Gerüche. Was Francesco unter weniger ungewöhnlichen Umständen abgestoßen hätte, ließ ihn für einen Augenblick alles vergessen, was Ursina widerfahren war, und wie erlöst ergab er sich der flüchtigen Gegenwart dieses mächtigen Körpers, der sich für die Dauer einiger unwirklicher Sekunden wie ein wärmender Mantel über ihm schloß. Tom entfernte sich mit seinem Tablett nach oben. Dann stand Francesco eher, als er erwartet hatte, vor Albaneses Tür. Er hörte, worauf er vorbereitet, aber nicht gefaßt war: Aus dem Zimmer des Kardinals, wohin ihn sein auf Niederlagen gestimmter Instinkt geführt hatte, drang Flavios effektvolle Stimme.

Francesco blieb hinter der Geheimtür verborgen. Er lauschte, schloß die Augen und bewegte die Lippen zu Flavios Worten. Vor ihm, dem Betrogenen, entstand das Bild einer zerstörten Puppe. Ihr Gesicht verließ sein Gedächtnis als erstes. Hände und Füße, Zähne und Ohren, Arme, Brüste und Beine lösten sich von ihr ab, ohne daß Blut floß. Das Spielzeug war weiß wie Schnee. Um ihren Hals wurde ein Seil geschlungen, ein Stein daran befestigt. Francesco faßte den Entschluß, Urmein auf dem schnellsten Weg noch in der nächsten Stunde zu verlassen. Er wollte die Kiste sprengen, in der er saß.

Während Pasquinelli über seiner Schokolade brütete und immer neue, immer erfolglose Versuche unternahm, sich an den Namen eines einst vielbeachteten Komponisten zu erinnern, während Antoine Revers die Bäche von Schweiß beobachtete, die über seine Hände rannen, mit denen er Rezepturen zu ordnen versuchte, die sich, wie er glaubte, der Klassifikation entzogen, während zur selben Zeit Matthews mit geschlossenen Augen im Geist die *Davidsbündler* memorierte und Johann Hunger das Kostüm, das ihm Germaine vermacht hatte, auf Mottenlöcher untersuchte, während Graf Galli seine beiden jungen Besucher endlich mit jener Geschichte gefangennehmen konnte, auf die sie so lange hatten warten müssen, während Sophie alle Hände voll zu tun hatte, das Essen vorzubereiten, Ursina sich, auf Metas Arm gestützt, zu deren Zimmer aufmachte und Amaral die ersten Strophen seines »Leben eines jungen Soldaten« überarbeitete (*Er sprach zu mir, die glatte Stirn war kraus gewirkt...*), während Flavio auf Giulianas Bett lag und seinen Onkel erbittert dafür haßte, daß der Sieg, den er errungen hatte, schon schal wurde, packte Francesco zur Begleitmusik von Gallis Stimme, die aus dem Nebenzimmer zu ihm herüberdrang, die Handvoll Dinge, die er besaß, zusammen und verstaute sie in seinem Koffer. Aus den wenigen Worten, die er verstand, schloß er, ohne davon berührt zu werden, daß sein Gönner Firmin und Adolph endlich oder noch immer über die näheren Umstände von Flavios Desertion unterrichtete.

Francesco hinterließ keinerlei Mitteilung an den Mann, der ihn so großzügig gefördert hatte und dem er in treuer Dienstfertigkeit stets ein verläßlicher Vertrauter, ja fast ein Freund gewesen war. Ob sein mysteriöser Abgang als Zeichen seiner Undankbarkeit oder aber als Ausdruck endlich erlangter Unabhängigkeit gedeutet werden würde, jedenfalls war er der schlagende Beweis für die Endgültigkeit seines Entschlusses, alle Zelte hinter sich abzubrechen. Daß er Ursina ohne Erklärungen, ja grußlos, wie ein Fremder verließ, wog schwerer – und paßte wie eine zweite Waffe zu dem Verbrechen, das an ihr begangen worden war.

Zwar in einen Mantel gehüllt, aber zu leicht bekleidet, verließ er das Haus unbeobachtet bei hellichtem Tag durch den Haupteingang. Wie immer um die Mittagsstunde, hielten sich die Pensionäre, denen Wochen- und Sonntage längst eins geworden waren, auch jetzt entweder in ihren Zimmern oder im künstlichen Garten zu ebener Erde auf, wo es am wärmsten war, in der Entrücktheit. Francesco brauchte ihre Aufmerksamkeit nicht zu fürchten, denn sie ließ täglich nach. Als er ins Freie trat, wo ihm schneidende Kälte entgegenschlug, atmete er tief durch. Doch die Einverleibung frischer Luft vertrieb die üblen Gedanken, die sich in seinem Innern eingenistet hatten, nicht; Widerwillen, Wut und das Gefühl, am Ende einer vorgegebenen Bahn angelangt zu sein, machten ihn beinahe empfindungslos. Als er die Augen schloß, wurde auch das wenige, das noch licht und durchlässig gewesen war, schwarz und breiig; wie früher war er wieder ermächtigt, die zahmen Raben am Ende des Klostergangs mit den Abfällen der Nonnen und den Überresten seiner Träume zu füttern. Es schneite nicht, doch der Himmel war mit Schnee beladen. Francesco schritt voran. Er wandte sich erst um, als er auf halbem Weg zum eisernen Tor einen Blick in seinem Nacken spürte. Er drehte sich einmal um sich selbst, sah einen Schatten am höchsten Fenster des Turms sich bewegen – im Apparateraum – und fing dann unvermittelt an zu laufen. Am Tor angelangt, stellte er den Koffer ab, der ihm lästig geworden war, stieß das Gitter auf und ging weiter, ohne es zu schließen; von den Kleidern abgesehen, die er am Leib trug, blieb sein bewegliches Gut auf dem vereisten Weg liegen. Da es wenig später wieder zu schneien begann und der Schneefall erst gegen Abend nachließ, war der Koffer bereits nach einer Stunde unter der beharrlich wachsenden Schneedecke gänzlich verschwunden. Erst anderthalb Wochen später, als es taute und das Interesse an Francescos Verschwinden merklich abgenommen hatte, kam er wieder zum Vorschein. Während sich die Farbe des Koffers erhalten hatte, war von seiner früheren Form nur noch wenig übrig. Die Last des Schnees hatte ihn in einen erbarmungswürdigen Zustand versetzt (was gewiß nicht der einzige Grund dafür war, daß der Graf es ablehnte, sich seines Inhalts anzunehmen, während Ursina bereits mit unbekanntem Ziel abgereist war und nicht mehr damit behelligt werden konnte).

Roth unternahm nichts, um den wie eine Spindel davonjagenden Diener aufzuhalten, denn es gehörte nicht zu seinen Aufgaben, sich um herrenloses Personal zu kümmern. Ratlos verharrte er noch einige Sekunden am Turmfenster, bevor er sich wieder seinen Spiegeln, gefärbten Platten und Beleuchtungskörpern zuwandte. Erst gegen vier Uhr nachmittags, als die allgemeine Aufregung über Flavios *Missetat* und Ursinas *Mißgeschick* (wie man die beiden Seiten derselben Medaille je nach dem Standpunkt, den man einnahm, nannte) ihren Höhepunkt bereits überschritten hatte, bequemte er sich auf Anfrage Hungers und in Gegenwart des höchst ungehaltenen Grafen zu der schleppend vorgetragenen Aussage, ja, er habe den jungen Mann, den stummen Italiener, den man vermisse, jawohl, den habe er weglaufen sehen, gerannt sei er, hinaus ins Freie, er habe sich aber nichts dabei gedacht (»...hätte ich sollen?«), oder doch, ja, genau, er habe sich gedacht, der Herr Graf habe ihn wohl davongejagt (»Wie kommen Sie denn darauf, Roth?« – Achselzucken. Eine Bewegung des Grafen, als wollte er Roth ins Gesicht schlagen; er tat es aber nicht). Die Nachricht von Francescos Verschwinden traf den alten Mann weit härter als jene von Flavios *Entgleisung*. Während ihm diese bestätigte, was er schon wußte, daß nämlich unfreiwillige Enthaltsamkeit Männer, insbesondere Soldaten, zu allen möglichen Übeltaten verleitete – wobei jene, die unter seinem Dach begangen worden war, den Grafen weniger entrüstete als Flavios Fahnenflucht, bei der es sich um ein weit schlimmeres Delikt handelte –, ging ihm der Verrat seines Günstlings, den er wie einen Enkel, wie einen Sohn geliebt hatte, ungleich näher.

Während Francesco als beweglicher schwarzer Fleck in die weiße Landschaft einging, legte Ursina ihre zerrissenen Kleider ab und stieg fröstelnd ins heiße Wasser, das Meta, die Ursina nicht aus den Augen ließ, eilig in eine der beiden Zinkbadewannen geschüttet hatte, die mitten im großen, mit einem einzigen, runden Fenster versehenen Waschraum standen, der von der Mehrzahl der Dienstboten regelmäßig benutzt wurde. Obwohl sich der Waschraum in unmittelbarer Nähe der Küche im Keller befand, war es den beiden Frauen gelungen, Begegnungen mit dem Küchenpersonal zu vermeiden.

Meta konnte sich der Anziehungskraft der Verletzungen, die Flavio auf Ursinas Körper hinterlassen hatte, nicht entziehen; während sie ganz selbstverständlich tat, was ein mächtiger Antrieb ihr gebot, fiel ihr Blick immer wieder auf das Blut, das auf Ursinas linker Brust, auf ihrer rechten Hüfte, an beiden Knien haftete; doch die äußeren Wunden waren geringfügig verglichen mit jenen, die Flavio in ihren Blick geschlagen hatte und die sich dunkel und beherrschend auf ihrem Gesicht widerspiegelten. Anders als das Blut und der Samen, der sich auf ihre Oberschenkel und auf ihren Bauch ergossen hatte, ließen sich die Spuren der inneren Verwüstung nicht abwaschen. Es war die Leere, in deren Anblick sie versunken war, die die unschuldige Betrachterin verstörte.

Als Meta sie berührte, zuckte Ursina zurück. Dann aber ließ sie sich, von einer Hand geführt, die behutsame Ungeduld verriet, gefügig ins heiße Wasser gleiten und tauchte mit offenen Augen so lange unter, bis Meta unruhig wurde, sie an den Schultern packte und herauszog. Ursina blickte durch sie hindurch. »Sag etwas, verfluche ihn, verfluche seine Mutter und seinen Vater, seine Brüder und Schwestern.« Meta versuchte, sie aus ihrer Lethargie zu reißen, doch Ursina blieb stumm.

Rettung! Rettung war allenfalls von den Toten zu erwarten; und so sah Ursina nun deutlich – wie nie zuvor und niemals danach – das Innere des elterlichen Hauses, Bewohner und Möbel, Tiere und Stoffe in hohen, zur Decke sich streckenden Flammen aufgehen. Endlich stöhnte sie auf. Alle waren verstummt, auch Giuliana. Die tote Freundin sprach nicht zu ihr. Selbst die Lebende hatte durch sie, in ihrer Schrift gesprochen, als sie ihr ihr Leben anvertraute, indem sie es diktierte.

Das Nichts betrachtend, als sei es mit Händen zu greifen, ließ sie Meta gewähren, die mit einem Lappen und Seife vorsichtig über ihren Körper fuhr und dabei auch jene Stellen berührte, die so empfindlich waren, als hätte ein neuer Besitzer sein Signum mit einem rotglühenden Eisen in ihre Haut gebrannt (ohne Zweifel war sie an einen anderen übergegangen, von dem sich loszukaufen eine gewichtige Summe erforderte).

Meta betrachtete das, was sie hier am Rande miterlebte und was ihr selbst nie widerfahren war und niemals widerfahren würde, mit einem Gefühl wachsender Entmutigung, das sich auch durch Geschäftigkeit nicht unterdrücken ließ. Da sie nicht wußte, welche Ratschläge sie ihr erteilen sollte, versuchte sie es mit Fragen. Doch waren es nicht die Worte, sondern die zupackenden Handgriffe, die sie trotz ihres Alters mit erstaunlicher Sicherheit ausführte, die Ursina den nötigen Halt gaben, sich aufzurichten.

Er lag allein in Giulianas Zimmer und wartete auf die Rückkehr seiner Freunde. Er hatte die Augen geschlossen. An seinem Körper haftete, wie eine zweite Haut, die dünne Schicht des ausgeschwitzten Lasters, das er genossen hatte, die sich wie eine Folie zwischen seine Kleidung und sein Fleisch geschoben hatte. Er würde sie so lange tragen, bis sie ihm unerträglich wurde. Er schlief ein.

Als er wenig später erwachte, hatte sich das Gefühl des triumphalen Behagens gänzlich verflüchtigt. Er war in kalte Feuchtigkeit gebadet und hörte – als Echo aus dem Schlaf und bald als Antwort auf die Wirklichkeit – seine eigenen Worte wieder, die abgehackten Sätze, mit denen er sein Opfer bedroht und gequält und die zu beichten er unterlassen hatte. Er wollte sich die Decke, das Hemd, die Hose, die Haut, kurz alles vom Leib reißen, was ihn in der Bewegung hemmte. Er wollte nach der Beretta greifen, die unter dem Feldbett lag. Aber er konnte seine Hände nicht heben. Und er träumte nicht. Er sah das schwer mit Schnee beladene Oberlicht, er roch den Sand, er schmeckte Ursinas Blut auf seiner Zunge. Wie hatte er nur glauben können, daß sie seine Geständnisse in sich verschlossen halten würde? Er krümmte sich auf seinem Bett und verwünschte den Augenblick, in dem er Ursinas Kammer betreten hatte. Hätte er seinen Mund gehalten, wäre er, ohne sein Ziel zu verfehlen, unverwundbar geblieben. Aber er hatte geredet. Der kleine Herrscher von einst, der hätte wissen müssen, daß er erwachsen war, hatte den Fehler begangen, sich seiner Macht durch das Ausplaudern alter Geheimnisse zu versichern, und hatte sie dabei verloren.

Sein Onkel brauchte die Folgen dieser Enthüllungen nicht zu fürchten. Die Abgeschiedenheit, in der er lebte, sowie sein hohes Alter, gewährten ihm Schutz. Sein guter Ruf war schwerlich zu erschüttern, zumal in der Vergangenheit begangene Dummheiten und Fehler im Angesicht des Todes an Gewicht verloren. Flavio hingegen konnte mit dieser Art Nachsicht nicht rechnen. Sollte Ursina mit ihrem neu erworbenen Wissen herausrücken, hätte sein Onkel das Spiel, dessen Einsatz damals seine Ehre gewesen war, am Ende doch gewonnen und das Geld, das er einst aus ihm herausgepreßt hatte, verzinst zurückerhalten. Flavio warf sich herum. Als er Schritte auf dem Flur hörte, nahm er an, seine Freunde kehrten zurück. Er hielt den Atem an. Die Schritte entfernten sich.

Er hatte die Waffe gehoben und auf Ursinas Mund gezielt, nicht auf ihr Herz und nicht zwischen ihre Augen, auf ihren geschlossenen Mund. Hatte sie zugehört? War sie imstande gewesen, dem Inhalt seines verräterischen Geschwätzes zu folgen? Er hatte ihr erzählte, wie er sich hatte bezahlen lassen und auf diese Weise schnell und einfach zu Geld gekommen war. Später, nachdem er von hinten in sie eingedrungen war, hatte er ihr ins Ohr geflüstert, Onkel Emilio sei von ihm ebenso abhängig gewesen wie er umgekehrt von ihm. Er habe sich seiner weichen Haut, seiner zarten Hände, seines sauberen Mundes, seines sanften Nackens und seines unberührten

Hinterns bedient, um ein Stückchen seiner eigenen, längst verlorenen Unschuld zurückzuerlangen. Die Unbeflecktheit, die *er* dabei verloren hatte, war von geringem Wert. Er hatte sich in den Kopf gesetzt, dem Alten soviel Geld wie möglich abzuknöpfen, und ließ ihn gewähren. Er griff mit seinen großen Händen zu. Emilio Galli wußte, was ihm drohte, wenn seine Verfehlungen ans Licht kamen. So naiv und kurzsichtig seine unsägliche Schwester auch war, diese Handlungen hätte sie nicht geduldet, worin sich Emilio vermutlich getäuscht hatte, denn ihre Indifferenz war einzigartig. Auf unerklärliche Weise seien sie aufeinander angewiesen, einander sogar ähnlich gewesen; beide verdorben und ihrer Sache sicher. »Und er, dein stummer Knabe? Was ist mit ihm? War er Onkel Emilio nicht ebenfalls zu Diensten? Wo kommt er her? Ich hörte, er sei ein Waisenkind und Klosterschüler? Denk darüber nach.« Die Wirkung seiner letzten Worte war so stark, daß sie sich ihm für einen Augenblick entziehen konnte. Ursina riß sich los, drehte sich halb um und wollte ihn schlagen. Sie hob ihren rechten Arm und holte aus, aber Flavio packte sie an den Handgelenken und zwang sie auf die Knie. »Wenn du schreist, erwürge ich dich.«

Flavio hatte die geheimen Neigungen seines Onkels für seine Zwecke zu nutzen gewußt. Er war alt genug gewesen, die Vorteile einer langfristigen Erpressung gegen die Nachteile des Mißbrauchs abzuwägen, dessen zuvorkommendes Opfer er war. Er hatte die lüsterne Verehrung des Erwachsenen genossen und den denkbar größten Nutzen daraus gezogen, daß dieser, der als Frauenheld galt (der er zu anderen Zeiten zweifellos war), ihn begehrte. Der frühreife Zwölfjährige wußte wohl, daß eine Andeutung, ein Wort genügt hätte, um Onkel Emilio zu Fall und um seinen untadeligen Ruf zu bringen. Von diesem einfachen Schluß war der Weg zum Ertrag nicht weit; der hübsche Junge ließ sich die Geheimhaltung bezahlen. Nach jeder ihrer heimlichen Zusammenkünfte verlangte und erhielt er von Galli eine Summe, die die letzte, die er mit niedergeschlagenen Augen und einer linkischen kleinen Verbeugung gefordert hatte, überstieg (den Mehrwert seiner immer raffinierteren Leistungen auszurechnen, kostete ihn wenig Anstrengung, da er ein guter Schüler war), wobei er darauf bedacht war, seine finanziellen Bedingungen jeweils vor dem Vollzug der sittenwidrigen Handlungen zu stellen, dann nämlich, wenn Galli sich im Zustand leichtsinnigsten Verlangens befand, aus dem er sich keinesfalls durch Geldfragen herausreißen lassen wollte. Mit einem kurzen Nicken hatte er stets in jede Forderung eingewilligt. Da ihre Treffen nicht so häufig stattfanden, wie sie es sich – aus unterschiedlichen Gründen – wünschten, hatte Flavio seinen Preis schon nach wenigen Wochen bei jedem weiteren Treffen um die Hälfte, später um das doppelte der zuletzt gezahlten Summe nach oben getrieben. Die ersten Anzeichen des Stimmbruchs hatten ihn dann mit der unabwendbaren Tatsache vertraut gemacht, daß seine kindliche Jugend begrenzt und Gallis Begierde, die nicht auf einen Mann, sondern auf ein Kind aus war, eines nicht mehr allzu fernen Tages erlöschen würde.

Flavio hatte die vielen Details der unzähligen Runden vergessen, aus denen das Spiel bestand, in dessen Verlauf er selbst immer neue Rollen übernahm (durchgehend aber die

Unschuld verkörperte), während sein Onkel stets derselbe blieb: Ein Mann, der sich nun im Verborgenen erlaubte, woran ihn Furcht, Konvention oder Zurückhaltung bisher (wie Flavio fälschlich annahm) gehindert hatte. Da die Beute, die er gemacht hatte, so zutraulich und willig war, seinen Anforderungen in allen Punkten und mit fast beängstigender Selbstverständlichkeit zu genügen (und sich dabei wie der Jäger selbst zu gebärden), fiel es ihm leicht, seine anfänglichen Hemmungen fallenzulassen; er spürte – nicht nur, weil er erpreßt wurde –, daß er dem Kleinen eine Welt erschlossen hatte, vor deren Toren dieser schon seit einiger Zeit voller Erwartung gewartet hatte; nun endlich bot sich ihm die Gelegenheit, ihre verschlungenen Wege zu betreten und zu ihren Geheimnissen vorzustoßen. Als weitere Angebote des Onkels, ihn in seinem Hause aufzusuchen, ausblieben, nachdem seine Geschlechtsreife abgeschlossen war, hatte er sich hinter dem Rücken seiner einfältigen Mutter nicht nur ein beachtliches Vermögen, sondern auch einiges an nützlichem Wissen über eine der verborgenen Seiten der menschlichen Natur angeeignet gehabt. Irgend etwas hielt Flavio davon ab, weitere Ansprüche an seinen Onkel zu stellen; er spielte die Rolle des Erpressers nicht weiter. So kam es, daß das Ende ihrer intimen Beziehung auch das Ende aller anderen Beziehungen zwischen ihnen bedeutete. Manchmal kreuzten sich ihre Wege auf der Seepromenade oder in einem der Kaffeehäuser Triests, aber stets beeilten sie sich, einander auszuweichen (sie lüfteten ihre Hüte aus der Ferne, winkten einander flüchtig zu etcetera). Die beeindruckende, von aller Welt stark beachtete Schönheit des jungen Mannes, welche die des Knaben (von der sie die Feinheit der Züge übernommen hatte) noch übertraf, war aber nicht nach dem Geschmack des Alten.

Flavio richtete sich auf und schlug mit der flachen Hand auf seine Brust. Ein Schlag, der unverhofft die Lösung brachte. Es gab nur eine Möglichkeit, den Gang der Dinge aufzuhalten und Ursina zur Geheimhaltung zu verpflichten. Er mußte denjenigen unter Druck setzen, der sowohl seinem Onkel als auch ihr am nächsten stand. Bei dem Gedanken, Francesco den Lauf der Waffe an die Schläfe zu legen, entspannte er sich endlich. In welcher Sprache oder mit welchen Hilfsmitteln der Stumme und Ursina sich auch verständigten, Francesco würde gewiß einen Weg finden, sie davon zu überzeugen, daß ihr Schweigen nicht nur Flavio, sondern auch Galli, vielleicht auch ihm nur Vorteile brachte.

Flavio ging barfuß durch den Sand und schloß die Badezimmertür hinter sich ab. Bevor er Francesco aufsuchte, den er bei Galli vermutete, wollte er ein Bad nehmen. Als er im warmen Wasser lag, schweiften seine Gedanken an jenen Ort zurück, an dessen Beschreibung Gallis Redekunst gerade scheiterte (obwohl er die Gegend kannte, von der er sprach, blieb seine Darstellung ihrer durch Verwüstung bedingten Veränderung merkwürdig farblos):

Nach sommerlich warmen Tagen hatte am 27. Oktober jener anhaltende Regen eingesetzt, der die Niederlage der italienischen Armee beschleunigen und den Sieg der deutschen Infanteriedivisionen begünstigen sollte; was nachfolgenden Schülergenerationen die eintönigen Stunden, die sie mit dem Studium der Geschichte Italiens im Weltkrieg zubrachten, dank der elementaren Kräfte, die da behandelt wurden, ein wenig verkürzte, war in Flavios Wahrnehmung ohne nennenswerte Dramatik als ein Ereignis verlaufen, das zwar den Titel verhängnisvolle Tragödie zu Recht verdiente, an überraschenden Wendungen jedoch nicht sonderlich reich war. Von welcher Warte aus man es auch betrachtete, es führte kein anderer Weg aus dieser Katastrophe als eben jener, der steil nach unten mitten durch sie hindurch führte. Daß Flavio sich dazu entschied, sich von der Truppe zu entfernen, war lediglich die Flucht auf einer anderen Route in dieselbe ausweglose Gasse.

Der heftige Regen, der die Bäche und Flüsse im Friaul und in den Tälern der Julischen Ebene binnen weniger Stunden zu reißenden Strömen anschwellen ließ, hatte dem Sieg der 200. und der 26. deutschen Infanteriedivision zwar Vorschub geleistet, doch im Grunde war die Niederlage der Italiener bereits drei Tage zuvor besiegelt worden, als die italienische Front zwischen Kärnten und der Adria zusammenbrach. Der entscheidende Stoß war bereits am 24. Oktober erfolgt, als die 2. Armee bei Flitsch und Tolmein aufs empfindlichste getroffen wurde. Deutsche und Österreicher hatten gemeinsam einen Einbruch im Frontverlauf zustandegebracht.

Die Nacht, in der sich Flavio zur Flucht entschloß, die Nacht vom 27. auf den 28. Oktober 1917, war finster und eignete sich vorzüglich zum Hintergrund der aussichtslosen Lage, in der man sich befand. Selbst die auflodernden Brände einzelner Gehöfte, gesprengter Magazine, ja ganzer Dörfer vermochten die Dunkelheit nur kurzfristig und lediglich im Umkreis ihrer unmittelbaren Umgebung zu erhellen. Flavio hatte den sich endlos hinziehenden Augenblick vollständiger Auflösung und Unentschlossenheit genutzt und sich in eben jene Dunkelheit geflüchtet, die anderen zum Verhängnis wurde. Während sich preußische Jäger und württembergische Infanteristen durch Schlamm und Morast auf Udine zubewegten, wo noch vor kurzem Carlo Cadorna, der Oberbefehlshaber der italienischen Armee, einquartiert gewesen war, ließ Flavio seine Ausrüstung am Wegrand liegen und entfernte sich – ohne im Besitz eines Kompasses zu sein – in jene Richtung, die ihm die größte Bewegungsfreiheit und darüber hinaus das vor Jahren verabredete Wiedersehen mit seinen einstigen Kommilitonen versprach.

Während sich Graf Galli im Gespräch mit Adolph und Firmin noch mit den Einzelheiten seiner Flucht herumschlug, die er gar nicht genug verurteilen konnte, bereitete sich Flavio in Gedanken auf seinen Besuch bei Francesco vor. Doch dieser, der sich kurz hinter Urmein bereits im einsetzenden Schneetreiben verirrt hatte, war bereits unrettbar verloren.

Basel, 31.12.1917

Da sich der Nebel bei Tage nicht mehr lichten wollte und deshalb stetes Zwielicht herrschte, hatte die Kantonsregierung am 27. Dezember beschlossen, die Gasbeleuchtung ausnahmsweise solange auch tagsüber brennen zu lassen, bis sich das Wetter wieder kläre. Nebel war auch an diesem Silvestermorgen in ungewohnter Dichte vom Fluß heraufgestiegen und lag nun in feuchten Schwaden über der Stadt.

An einem der Fenster des Grandhotels *Trois Rois* stand rauchend ein kahlköpfiger Mann mittleren Alters (er war achtundvierzig) und wartete hinter dem weit geöffneten Fenster mit Ungeduld darauf, daß der ungeschickte Zimmerkellner seine Sachen endlich in den beiden Koffern verstaut hatte, mit denen er seine Reise in den wärmeren Süden fortsetzen wollte. Aufgebracht von der Umständlichkeit des beflissenen Angestellten, der vor Anstrengung ganz blaß geworden war, wandte er sich schließlich um und bat ihn, das Zimmer sofort zu verlassen und einen anderen Hausbedienten heraufzuschicken, da er es eilig habe und morgen weder ohne Koffer im *Hassler* abzusteigen noch einen weiteren Tag hier zu verweilen gedenke. Nachdem der Mann begriffen hatte, welch schmachvoller Austausch bevorstand, verließ er das Zimmer rückwärts, und als der Gast ihm zurief: »Warum denn rückwärts?« verbeugte er sich gar. »Was ist los, worauf warten Sie, Mann. Gehen Sie«, schrie der Gast, worauf er sich endlich in Bewegung setzte. Dann wandte sich der Deutsche erneut zum Fenster um und blickte auf den Fluß, der kaum zu sehen, dessen Geruch aber ganz unverkennbar war.

Gegen elf Uhr vormittags verließ Valérie Geiger das Haus, das sie gemeinsam mit ihrem Gatten, einem zu beachtlichem Wohlstand gelangten Emporkömmling, und ihren beiden Kindern – zwei Mädchen im Alter von drei und fünf Jahren – bewohnte. Sie durchquerte den schmalen, weiß verhüllten Vorgarten, wobei ihr pelzbesetzter Mantelsaum den ausladenden Ast einer mit Schnee bedeckten Eibe streifte, die sich wippend ihrer Last entledigte und dabei einen schwerelosen Duft verströmte. Sie war in solcher Eile, daß sie sogar vergaß, das Gartentor ins Schloß zu ziehen (was Edgar Geiger bei seiner Rückkehr sofort auffiel). Ihre Gleichgültigkeit gegenüber der Umwelt, die sie eilends durchmaß, war groß und wohltuend, und ihre Gefühle so nostalgisch, als wäre sie entschlossen, sie für immer zu verlassen (was keineswegs der Fall war). Die einspännige Pferdedroschke, die sie bestellt hatte, wartete bereits vor dem Haus. Weder die Köchin noch das Kindermädchen, das mit einer starken Erkältung zu Bett lag, waren über ihre überstürzte Abreise unterrichtet.

Kaum saß sie im geschlossenen Wagen, hatte sie das Gefühl, zu ersticken. Sie wischte mehrmals mit der flachen Hand über die beschlagenen Scheiben und zwang sich, nicht zurückzusehen, wobei sie sich der Theatralik der Anstrengung vollkommen bewußt war (ohne sie gänzlich unterdrücken zu können). Sie blickte nach vorn. Etwas später fiel ihr Blick auf den Haupteingang des *Trois rois*, vor welchem eines der hauseigenen Automobile parkte, mit denen die Geschäftsleitung die rasche Verbindung zwischen den beiden Personenbahnhöfen und dem Haus gewährleistete. Eine kalte Nebelsträhne schlug um den Wagen und nahm Valérie für einige Sekunden die Sicht auf das, was draußen vorging und vorbeizog. Das Pferd trabte unterdessen unbeirrt auf den ihm wohlbekannten Pfaden weiter, nicht anders als es – in ihrer Kindheit – jene Vorspannpferde des Pferdeomnibusses taten, die bei Steigungen eingesetzt wurden und so sehr an ihre tägliche Arbeit gewöhnt waren, daß sie sich jeweils ohne Begleitung und unaufgefordert an deren Ausgangsort zurückbegaben, wo sie ruhig auf den folgenden Wagen warteten, den es den Berg hinaufzuziehen galt. Doch auch der kurze Exkurs in vergangene Zeiten machte die Gegenwart nicht leichter. Die Droschke bog nun nach rechts in Richtung Marktplatz ab und setzte ihre Fahrt zum Centralbahnhof fort, weshalb Valérie der Anblick des mit

Geschmack gekleideten Herrn im modischen, grauen Mantel entging, der eben vor das Hotel trat und einen ersten Blick auf seine aufschnappende Taschenuhr und einen zweiten hinter sich warf, wo sich zwei Angestellte mit seinen Koffern abmühten. Er trug schwarze Handschuhe, die ihn am geschickten Umgang mit der Uhr nicht im geringsten hinderten.

Als sie sich das belletristische Bild vor Augen führte, das sie mit ihrer Flucht in diesem Wagen zu dieser Jahreszeit kurz vor dem Jahreswechsel mitten im Krieg abgab, schloß sie den Mantel enger um die Brust. Die Betrachtung war nicht dazu angetan, sie aufzuheitern, da ihr der Gegenstand so abgedroschen wie das Kolorit jeglichen Glanzes entkleidet schien. Was in so manchem Roman, den sie (mit kühner Billigung) gelesen hatte, den Höhepunkt nicht nur der Handlung, sondern auch der Verwerflichkeit (je nach dem Standpunkt des Verfassers auch eines modernen, aufgeschlossenen, kurz: besseren Lebens) gebildet hätte, war nun – in dieser flachen Wirklichkeit – nichts weiter als ein von ängstlicher Sorge bestimmter Gang ins Ungewisse. Sie fühlte sich weder dreist noch frivol, noch war sie beseelt von irgendwelchen Erwartungen, und das Wetter tat ein übriges, sie von der Nichtigkeit und Banalität ihres Tuns zu überzeugen. Die Aussicht auf eine Auffrischung ihres Lebens schien ihr äußerst gering. Sie war nicht geflohen, sie war – einer Laune gehorchend, die Edgar als weiblich (»...dem Weib eigen...«) bezeichnen würde (da stand er nun vor ihr in seiner unverwechselbaren Plattheit) – einer plötzlichen Eingebung gefolgt und würde, davon war sie überzeugt, zurückkehren (und auch darin wiederum einer Vielzahl intuitiv und unberechenbar handelnder Romanheldinnen aufs Haar gleichen).

Bis zu diesem Montag hatte sie sich – mäßig erfolgreich – gegen jede nähere Beschäftigung mit Flavios Schreiben, das sie Mitte November erhalten hatte, gewehrt; sie hatte sich mit einer einmaligen Lektüre seines Briefs begnügt und ihn dann in der untersten Schublade ihres Sekretärs sicher verwahrt. Allerdings war sie nicht so stark gewesen, die Einladung nach Urmein zu jeder Zeit aus ihren Überlegungen zu verbannen. Zwar sorgten die Vorkehrungen, die sie für Weihnachten treffen mußte, für Ablenkung, zur Auslöschung des Briefs jedoch taugten sie nicht, im Gegenteil, er entbrannte an allen Enden. Indem sie es unterlassen hatte, ihn ein zweites Mal zu lesen, indem sie sich also nur obenhin mit dessen Inhalt vertraut gemacht und ihn dann weggelegt hatte, waren die Zeilen, die Flavio tatsächlich geschrieben hatte, im Lauf der Wochen um jene Unmengen Erdachtes, Verworfenes und Wiederkehrendes angewachsen, die ihr bei aller Abgelenktheit ungerufen und lästig bis zu diesem Tag immer wieder durch den Kopf gegangen waren. Der Inhalt des Briefs, den sie an diesem Morgen endlich zum zweiten Mal gelesen hatte, war aber weit davon entfernt, der inneren Ansicht dessen zu ähneln, womit sie ihn in ihren Selbstgesprächen ausgestattet hatte. Die Gegenreden verhallten angesichts von Zeilen, die nichts verbargen; die Gestalt des unheimlichen Gastgebers, des ausgemachten Störenfrieds, entpuppte sich als ein Gespenst ihrer Einbildungskraft. Flavios Einladung war, wie sich herausstellte, nichts weiter als eine Folge unverbindlicher, höflicher Redewendungen, die eine Absage bereits im Vornherein entschuldigten, ja überflüssig machten; Valérie wurde – was sie beim Wiederlesen beinahe taktlos fand – gar nicht darum gebeten, das Schreiben zu beantworten. Sie hatte sich also getäuscht oder sich vorsätzlich täuschen lassen. Es blieb ihr überlassen, der Einladung Folge zu leisten oder ihr fernzubleiben.

Es war der Blick auf ein paar kühle, ja teilnahmslose Zeilen, mit denen sie nicht gerechnet hatte, der wohl den Ausschlag gab, sich binnen weniger Sekunden zu dieser Unternehmung – der Reise nach Graubünden – zu entschließen. Der Brief, den sie an diesem Morgen las, war ein ganz anderer als jener, den sie in Gedanken so viele Male zustimmend oder abschlägig beantwortet hatte. Bei der aufmerksamen zweiten Lektüre stellte sie fest, daß sie lediglich darum gebeten worden war, sich »gelegentlich mit dem Gedanken an ein Zusammentreffen mit den alten Freunden zu beschäftigen, sofern es Deine Zeit und Deine Familie erlauben«.

Eine Auseinandersetzung mit Edgar blieb ihr fürs erste erspart, da sie ihre Entscheidung, die Stadt kurzfristig zu verlassen und in die Berge zu fahren, in seiner Abwesenheit traf.

Der kleine Zettel etwas unklaren Inhalts, den sie auf seinem sonst leeren Schreibtisch hinterlassen hatte, sowie das kaum erhellendere Briefchen an »meine geliebten Töchter« würden ihm als Erklärung für ihr Verschwinden vorerst genügen müssen. Sie hatte nicht um einfühlsame, beschwichtigende Worte gerungen, obwohl diese – richtig gewählt – der Absicht, die sie verfolgte, einen Anstrich von Wohlanständigkeit hätten verleihen können. Aber weder darauf noch auf ein Bekenntnis legte sie Wert.

Erfolgte die Umkehr nicht auf der Stelle (was sie nicht in Erwägung zog), war das Urteil über ihre nahe Zukunft, wie immer es auch lauten mochte, gesprochen. Sie wußte, welche Vorwürfe und Anklagen sie bei ihrer Rückkehr erwarteten, sie wußte auch, daß Edgar ihr den Zutritt in sein Haus, ein weiteres Zusammenleben, ein Wiedersehen mit den Kindern, verweigern konnte; das Recht war sicherlich nicht weniger auf seiner Seite als die öffentliche Meinung. Sie war sich dessen, was sie tat, und der sich daraus ergebenden Konsequenzen bewußt; sie ertrüge sie umso leichter, je freier sie in jenen Augenblicken geatmet haben würde, die diese Konsequenzen nach sich zogen. Wenn sie Edgar nicht traf, wo er nicht zu verletzen war, vermochte sie ihn doch aufs empfindlichste in seiner Eitelkeit zu kränken; da er die Kunst der Lüge nicht beherrschte und die subtilere der leeren Worte außerhalb seines Kontors nicht anzuwenden wußte, würde es ihm sicher nicht gelingen, ihre Abwesenheit zu verheimlichen. Leichtfertig zöge er andere in sein Vertrauen; ihre Abwesenheit würde ihm umso schmerzlicher bewußt, je schutzloser er dem Gespött seiner Umgebung ausgeliefert wäre. Wenn es ihr auch kein Vergnügen bereitete, Edgar gedemütigt zu wissen, gewährte ihr der Gedanke, die hinter ihr liegenden Ehejahre mit einem Fingerschnippen auszulöschen, umso größere Genugtuung; denn ob sie schon morgen oder erst in drei Tagen zurückkehrte – nichts würde mehr, nie mehr, wie heute morgen sein, als Edgar nichtsahnend Haus und Ehegattin in Begleitung seiner beiden Töchter verließ, um seine Mutter zu besuchen. Sie wußte um das fast kindliche Behagen, das er an Tagen wie diesem empfand, und also auch um das Gewicht des vernichtenden Schlags, den sie ihm dadurch versetzte, daß sie ihn gerade dann, wenn es am feierlichsten wurde, im Stich ließ.

Kurz bevor der Wagen vor dem Centralbahnhof hielt (wenige Minuten vor halb zwölf), bemerkte sie im Rückfenster ein schwarzes Automobil, das sich mit gefährlich erhöhter Geschwindigkeit dem Droschkenstandplatz näherte; was sie staunend beobachtete, beschloß den kreisenden Gang ihrer Bedenken. Als der Wagen hielt, wurde sie so unsanft nach vorne gerissen, daß ihre Knie die gegenüberliegende Sitzbank berührten. Kurz darauf wurde der Wagenschlag geöffnet. Der Kutscher half ihr beim Aussteigen und gab einem der Dienstmänner, die sich eilends genähert hatten und nun erwartungsvoll herumstanden, Anweisung, sich des Gepäcks der Dame anzunehmen. Während sie darauf wartete, daß es entladen wurde, beobachtete sie die Ankunft des Automobils, das ihnen gefolgt war und nun unmittelbar hinter ihrer Droschke zum Stillstand kam. Der Dienstmann, der ihre Reisetasche trug, setzte sich in Bewegung, sie folgte ihm; nach wenigen Schritten machte er sie mit einer Kopfbewegung und einem unverständlichen Ausruf auf einen matschigen Schneehaufen aufmerksam, dem auszuweichen ihr gerade noch gelang; sie machte einen Schritt, dann einen Satz darüber, der zwar gelang, sie aber zu einer gefährlichen Verrenkung veranlaßte. Ein Mann trat hinter sie und hielt sie fest. Sie verspürte einen kurzen, stechenden Schmerz im rechten Knöchel und stöhnte auf. Während der Dienstmann ihr in die Schalterhalle vorausging, warf sie noch einen Blick zurück. Sie blickte nicht auf das, was sie verließ, nicht auf die Straßen, nicht auf die Menschen, sie sah sich nur nach ihrem hilfreichen Schatten um, der mit einer Stimme, die keinen Widerspruch duldete, seine Befehle erteilte. Ich hatte recht, sagte sich Valérie, und war schon wieder zwei Schritte weiter. So unangemessen ihr die Ungeduld auch vorkam, von der er geradezu besessen schien, so wenig angebracht die Eile war, zu der er die zu seiner Verfügung stehenden Männer nun antrieb, es war gerade diese Ruhelosigkeit, die Valérie für den Fremden einnahm. Sie ahnte, daß seine Übereiltheit unbegründet war, daß sie ihn aber vor dem Zusammenbruch bewahrte. Obwohl sie sah und hörte, daß er vollauf mit seinen Koffern beschäftigt war, spürte sie doch auch, daß er sie nicht aus den Augen ließ.

Die Spuren, die Valérie hinterließ, waren undeutlich und zeigten weder die Richtung an, in der sie verschwunden war, noch vermochten sie einen Hinweis auf die besondere Seelenlage zu geben, die möglicherweise den Hintergrund abgegeben hatte, vor dem sich ihr plötzliches Verschwinden erklären ließ. Die Briefchen, die sie hinterlassen hatte, waren dürftig, und den wenigen Zeilen fehlte es, trotz des schonungsvollen Tons, an Wärme.

Weder Eduard noch seinen Töchtern (auch nicht der Polizei) gelang es je herauszufinden, wohin sich Valérie am letzten Tag des Kriegsjahrs 1917 begeben hatte, geschweige denn, aus welchem Grund sie fortgegangen war. Sie blieb verschwunden. Ihre Spur verlor sich in der Eisenbahn, in welche man sie hatte einsteigen sehen, wobei es aussah, als habe sie den Zug niemals verlassen. Der Schaffner, der sich an die mit einem hellen, pelzbesetzten Mantel bekleidete Frau, die in den Mittagszug nach Zürich eingestiegen war, erinnerte, konnte keinerlei Angaben darüber machen, ob sie die Bahn an der Endstation oder bereits während eines Zwischenhalts verlassen hatte. Ihm war, als sei sie nicht allein gewesen, doch konnte er dies nicht beschwören.

In den folgenden Wochen, in deren Verlauf ihn heftige Gewissensbisse quälten, die im besonderen Maße durch die Sorge um die Zukunft seiner Töchter genährt wurden, warf Edgar Geiger sich mitunter vor, zu lange untätig geblieben zu sein, was er damit entschuldigte, daß er Valéries Abgang nicht etwa auf die leichte Schulter, sondern als Abschied so ernst genommen habe, als wäre er endgültig, das heißt – als sei sie tot. Anders konnte er sich die mangelnde Entschlußkraft, die ihn tagelang in seiner Handlungsfähigkeit gelähmt hatte, nicht erklären. Er würde niemals erfahren, was und aus welchen Gründen es geschehen war. Mit soviel Ungewißheit konnte man nur dann in Ruhe leben, wenn man sie sich amtlich bestätigen ließ: Am 2. Januar entschloß er sich endlich, zur Polizei zu gehen; er suchte die Hauptwache auf, um das Verschwinden seiner Frau zu melden; zu spät, wie sich am Ende herausstellen sollte.

Hätte er gewußt, daß sie während ihrer ganzen Ehe das Manuskript eines unfertigen Romans in ihrem Sekretär aufbewahrte, eines Romans, den sie nicht allein verfaßt und den vernichtet zu haben sie einst behauptet hatte, wäre ihm bei der Durchsicht ihrer Sachen aufgefallen, daß dieser fehlte. Doch wozu hätte dieser trügerische Wink getaugt, solange jeder Hinweis auf Flavios Bitte, sich in Urmein zu treffen, fehlte, wo man sie zwar erwartete, jedoch nie zu Gesicht bekam.

Am 4. Januar 1918 trug sich Valérie unter falschem Namen als Gattin ihres deutschen, sich seines richtigen Namens bedienenden Begleiters im *Hassler* ein, wo sie gemeinsam zwei Zimmer in der ersten Etage bezogen, die sie während der ersten beiden Tage ihres römischen Aufenthalts nicht verließen. Sehr früh am nächsten Morgen nahm Valérie die Arbeit an der Fortsetzung jenes vor sechs Jahren begonnenen Romans wieder auf, der sie nie ganz losgelassen hatte. Was sie am 5. Januar mit gespannten Erwartungen und voller Zuversicht in Fähigkeiten, die in ihr schlummerten, in Angriff nahm, kam allerdings zu keinem glücklichen Abschluß, so wenig wie die Liebesgeschichte, die eben begonnen hatte; das eine wie das andere (der autobiographische Roman nicht weniger als die Romanze) wurde wieder beiseite gelegt; blieb der Roman für immer unvollendet, so hatte sich die Affäre bereits nach wenigen Monaten überlebt. Dies gründlicher zu erfahren, reiste man Mitte Januar weiter nach Sizilien, um einige Wochen später nach Afrika überzusetzen. Zum Schreiben blieb notwendig wenig, am Ende keine Zeit.

Nachdem Ursinas Unglück von allen Seiten beleuchtet und bewertet worden war und die Vorstellungskraft weitere Schreckensbilder allmählich zu verweigern begann, kehrten die Angestellten, ohnmächtig erregt oder niedergeschlagen oder beides zugleich, an ihre Arbeit zurück. Doch die gedrückte Stimmung, in die sie die Schilderung von Ursinas Vergewaltigung versetzt hatte, wollte sich nicht heben; man sprach mit gedämpfter Stimme, legte beim Sprechen die Stirn in Falten, die allgemeine gute Laune, die noch mittags vorgeherrscht hatte, war verflogen; und da auch die Vorgänge der folgenden Stunden nicht dazu angetan waren, sie zu verbessern, spielten sich diese in einer ihnen angemessenen Atmosphäre bleierner Zeitlosigkeit ab. Während Ursina sich in Annis verdunkeltem Zimmer verkrochen hatte, hütete Meta

Schatz ihres Wissens so eifersüchtig, als habe sie bei der Lotterie gewonnen, wobei das wenige, das sie enthüllte, den Lohn ihrer Geheimniskrämerei noch erhöhte; tatsächlich befolgte sie mit ihrer Zurückhaltung lediglich Ursinas Bitte um Verschwiegenheit. Zumindest solange, bis ihre Widerstandskraft zersetzt war. So durfte man bald glauben, das Wesentliche zu wissen, während sich jenes Letzte, das einem vorenthalten wurde, mit etwas Fantasie ausschmücken ließ.

Der Innenhof war in bernsteinfarbenes Licht getaucht, so angenehm, als habe man ein wenig Armagnac in gelbes Harz geträufelt. Die unvereinbaren Elemente verbanden sich zu sommerlicher Leichtigkeit. Was immer dieses Licht heraufbeschwören sollte – den Einbruch einer ausgedehnten Dämmerung, die längst vergangene Jugend vieler Alter, die sich anschickten, einander im Tod gleich zu werden, oder die Patina alter Meisterwerke – es hielt länger an, als die Natur es jemals zugelassen hätte. Roth war untersagt worden, am Licht herumzuspielen. Wenn Galli, der diese Anweisung gegeben hatte, aus fachlicher Unkenntnis den Grad der Helligkeit nicht bestimmen konnte, dann doch den Sonnenstand, den er sich wünschte. Und Roth, der sich, nach allem, was vorgefallen war, unbedingt gefällig erweisen wollte, hatte verstanden und richtig gehandelt (»...dem mach' ich einen Sonnengang, daß Gott erbarm, das schwör ich dir!«).

War der Anschein, den sich die Wärme gab, zwar auch an diesem Abend künstlich hergestellt, so war sie selbst doch echt; nicht weniger echt – doch unvergleichlich zuvorkommender – als die Kälte, vor der sie spürbar zu schützen vermochte. Das Gefühl, selbst Teil dieser Wärme zu sein, verstärkte sich noch, wenn man durch das unverhüllte Aussichtsfenster nach draußen in die mit Schnee bedeckte Landschaft blickte. Das eisblaue Licht des zunehmenden Mondes war nicht von dieser Welt, doch schlug es eine Brücke über den Beverin, hinter dessen Kamm es hervorleuchtete. Es hatte aufgehört zu schneien.

Die Tür zum Theater stand offen, der rote Bühnenvorhang war zugezogen, auf den Sesseln im Parkett lagen Wolldecken. Wie schon in den vorangegangenen Jahren hingen auch diesmal silbrige Papiergirlanden über der Brüstung der Galerie. Ein halbes Dutzend Tische und etliche Stühle waren im Innenhof verteilt worden, wo man – nach Matthews' Vortrag – an diesem Abend speisen würde. Die Tische, auf denen Kerzen standen, waren gedeckt und wurden kurz vor sieben Uhr von Sophie, die sich beim Gehen einer Krücke bediente, in Augenschein genommen. Obwohl sie es während dieses kurzen Inspektionsgangs nicht unterlassen konnte, einige Bemerkungen (betreffs des Brechens der Servietten und geringfügiger Stockflecken auf einigen Tischtüchern) zu machen, war sie im großen und ganzen mit der Anordnung und Aufmachung der Tafeln zufrieden. Unmittelbar nach dem ungewohnten Auftritt der Köchin im oberen Bereich ließ Hunger einige Orangenbäumchen aus dem Kaldarium in den Innenhof schaffen; was diesen zu seinem Vorteil belaubte, erwies sich zugleich als Belästigung, da mit den Pflanzen auch die Zikaden umgesiedelt wurden; sie schienen sich der Ausdehnung des überhitzten Raumes anpassen zu wollen, denn kaum hatte man die Kübel abgestellt, nahm das Zirpen unter den Blättern, ein schrilles Ostinato, noch zu.

An den Wänden hatte man Holztische aufgestellt, deren Schlichtheit durch weiße Damastbahnen verdeckt wurde. Der

Rotwein, an dem an gewöhnlichen Tagen gespart werden mußte, weil der Nachschub nur noch zögerlich erfolgte, erhielt einen Ehrenplatz zwischen Kristallgläsern, Porzellanplatten und Silberschalen, auf denen illustrierte Gurken, Schweizer Salat (aus roten Beten und Sellerie), *foie gras* sowie eine getrüffelte Hasenpastete ein Bild des Überflusses boten, das durch den Kaviar, den man erst servierte, als alle anwesend waren, noch bereichert wurde. War es ein leichtes gewesen, Hasen und Gänse zu beschaffen, so hatte es wesentlich größerer Anstrengungen bedurft, in den Genuß französischer Austern und russischen Kaviars zu kommen. Es war Hungers Verdienst, daß die Austern nach einer ungestörten Bahnfahrt durch Frankreich und die Schweiz sowie nach einem kurzen Aufenthalt im Eiskeller des Churer Hotels Steinbock unbeschadet in Urmein eintrafen, da er sich auf den Koch dieses weithin geschätzten Unternehmens, zu dem er gute Beziehungen unterhielt, verlassen konnte. Als die Austern geöffnet wurden, lagen sie noch im Salzwasser; sie waren also während ihrer langen Reise richtig gelagert und beim Grenzübertritt, als sie in einen anderen Waggon umgeladen wurden, nicht auf den Kopf gestellt worden. Ein Spritzer der fast unerschwinglichen Zitronen (die mitgeliefert worden waren) genügte, um festzustellen, wessen sich Antoine Revers, der sich der Arbeit, nein des Vergnügens des Austernöffnens angenommen hatte, schon beim Aufbrechen der ersten Schale versichern konnte; sie waren von erstklassiger Güte; sie lebten; sie kräuselten sich an ihren Rändern, als sie mit dem Zitronensaft in Berührung kamen. (Daß sich Revers trotz Sophie Kohlers heftiger Proteste eine erste, eine zweite, dann eine dritte nicht versagen konnte, obwohl er wußte, was ihn erwartete, lag auf der Hand. »Mein Gott, sie schmecken wie der Himmel, der ins Meer gefallen ist«, rief er.)

Während Tom im Freien noch damit beschäftigt war, Eis, das unter dem Schnee lag, in kleine Stücke zu hacken, wurden bereits die ersten Flaschen Champagner kühl gestellt.

Adolph und Firmin, die sich nach anstrengenden Stunden höflichen Zuhörens, geflissentlichen Nickens und gelegentlichen Fragens eine Ruhepause gegönnt und für den Abend frisch gemacht hatten, hörten zwar, wie ein harter Gegenstand in die gefrorene Erde geschlagen wurde, wußten jedoch nicht, zu welchem Zweck dies geschah.

Sie kamen nicht dazu, sich über dieses Geräusch den Kopf zu zerbrechen, weil Flavio ihnen einige Eröffnungen machte, die ihr Interesse von der Außenwelt ablenkten. Er hatte seine Suche nach Francesco inzwischen aufgegeben und seinem Onkel per Boten ein Briefchen zukommen lassen, in dem er sein Verhalten rechtfertigte, ohne sich dafür zu entschuldigen. Was darin vor allem zum Ausdruck kam, war Spott. Die beiden Studienfreunde, die über Flavios Umtriebe im Haus unterrichtet waren, stellten keine Fragen. Er hatte ihnen mit wenigen Worten den Wind aus den Segeln genommen. Er hatte einfach alles zugegeben. Fragen, die seine Fahnenflucht betrafen, wurden ebenso lässig beiseite geschoben, wie Fragen nach dem Mädchen, das er vergewaltigt (und übrigens irrtümlich für eine Angestellte gehalten) hatte.

Die jungen Herren waren ausgehbereit und trugen schwarze Anzüge. Kerzenlicht warf die kreisenden, wogenden

Schatten ihrer Körper über den Sand an die Wände. Zu deren größtem Erstaunen eröffnete Flavio seinen Freunden, daß er den Kontakt zu Valérie wiederaufgenommen habe. Er habe ihr bereits vor Wochen geschrieben und sie eingeladen, Silvester gemeinsam mit ihnen in Urmein zu verbringen. Zwar sei sie ihm eine Antwort schuldig geblieben, doch habe er die Hoffnung nicht aufgegeben, daß sie, wenngleich verspätet, noch kommen werde, morgen vielleicht.

Es war aber weniger diese Nachricht, als die Behauptung, die ihr folgte, die Firmin und Adolph verunsicherte. Adolph witterte eine unbestimmte Gefahr, einen Feind in seinem Rücken. So wenig sie sich in den vergangenen Jahren Gedanken darüber gemacht hatten, was aus Valérie geworden war und in welchem Verhältnis der eine wie der andere damals tatsächlich zu ihr gestanden hatte (was man jemals für sie empfand und wie man es sie hatte fühlen lassen, wußte jeder selbst am besten), so stark war nun – als Flavio sein Geständnis ablegte (wie er es nannte) – das Gefühl, vom besten Freund (der er niemals gewesen war) mit der einzig jemals wirklich Geliebten (die sie in gewisser Weise sehr wohl gewesen war) betrogen worden zu sein. Das Verbrechen, dessen sich Flavio vor wenigen Stunden im Hause seines Onkels schuldig gemacht hatte, warf nun ein anderes Licht auf ihre Studienzeit, auf den gemeinsam verfaßten Roman und ihre Verbindung zu Valérie. Dabei sprach er nur aus, was zu ahnen ihnen schon damals freigestanden hatte. »Es fehlte nicht viel, und ich hätte euch um eure Naivität beneidet. Inzwischen habt auch ihr sie überwunden. Keiner von euch hat es gewagt, sie anzufassen. Ihr habt euch nach Valérie verzehrt, aber keiner hatte den

Mut, sie aus ihrem vermeintlichen Schlaf zu reißen. Was sie sich wirklich ersehnte, habt ihr nicht erkannt. Ihr glaubtet, sie zu besitzen, weil ihr sie liebtet. Aber ihr besaßt von ihr nur die äußerste Hülle. Daß sich dahinter eine Schlange verbarg, die begierig war, sich zu häuten, wußtet ihr nicht. Ich hingegen habe sie besessen. Ich liebte sie nicht mehr und nicht weniger als eine meiner Kusinen, und sie wußte es. Sie war wie jedes Mädchen darauf aus, den Mut zu kühlen, der sie in meine Arme trieb. Nachdem sie einige meiner Winkelzüge und etliche ihrer bislang schlummernden Leidenschaften entdeckt hatte, begriff sie, daß es besser war, ihr Leben so schnell wie möglich zu ordnen. In den Augen ihrer Mitmenschen, auch in euren Augen, besaß sie ihre Unschuld noch. Unser gemeinsamer Roman blieb unvollendet, einen Titel hat er, wenn ich mich recht erinnere, nicht erhalten, und wir zerstreuten uns in alle Winde, noch bevor der Krieg es tat. Valérie, die wir vergaßen, hat geheiratet und ist, wie ich vermute, Mutter geworden, wie es sich eben gehört. Ein bürgerliches Dasein ohne Höhepunkte.«

Was er damit bezwecke, fragte Adolph in die Stille. Wenn er bezwecke, Valéries Ruf zu schädigen, so sei ihm das gelungen. Wenn seine Behauptungen tatsächlich zuträfen, würde Valérie sie gewiß nicht sehen wollen. Ob er überhaupt beweisen könne, sie nach Urmein eingeladen zu haben. Er könne schließlich behaupten, was er wolle, ohne Zeugen seien seine Aussagen nichts wert.

Flavio stand auf und ging einmal um das Feldbett herum. Er bezwecke gar nichts. Adolph habe natürlich völlig recht. Er lachte. Er bemerkte, daß Firmin, der währenddessen geschwiegen hatte, zu zittern begann und endlich den Mund öffnete. Er wolle sie nicht sehen, sagte Firmin und stand ebenfalls auf. Flavio zuckte die Achseln und sagte: »Wenn es soweit ist, werden wir alles weitere über uns ergehen lassen, nicht wahr?«

Daß Adelia aus dem Schatten einer Nische trat, war Zufall. Daß sie Lisette in die Arme lief, kam dieser sehr gelegen, denn sie brauchte dringend jemanden, dem sie ihre Erlebnisse unter dem Siegel der Verschwiegenheit, den Zeigefinger auf den Lippen, erzählen konnte. Nachmittags etwa um vier (die Kunst des Lesens beherrschte Lisette so wenig wie das Entziffern der Uhrzeit, doch machte sie fehlendes Können durch ein treffsicheres Zeitgefühl wett), nachmittags etwa um vier hatte sie den *Castrato* vor seiner Tür entdeckt, als sie zufällig und in Gedanken verloren mit einem Stapel Tischtücher beladen des Wegs kam. Er schien verwirrt, er sprach laut und wirr mit sich selbst. Er war in sich zusammengesunken. Er wünschte, in den Garten gebracht zu werden, um sein Grab zu sehen. »Aber Ihr Grab, sagte ich ihm, Ihr Grab existiert nicht, Sie leben doch noch. Schauen Sie sich um.« Er bestand darauf. »Es schneit, sagte ich zu ihm, Sie können doch jetzt nicht hinaus, aber er wollte, er wollte unbedingt.« Also ließ sie ihn stehen und lief zu Hunger, den sie zu ihrem größten Befremden (»...als wären sie jetzt alle verrückt geworden...«) in kurioser (»... ich finde, in unanständiger...«) Aufmachung antraf. Sie klopfte an und wartete nicht ab, bis sie hereingebeten wurde, gewiß ein Fehler, ein Mangel an Anstand. »Er trug« – sie senkte die Stimme – »das Kleid, das die verstorbene Madame Germaine ihm seinerzeit vererbt hat.« Und spielend gelang ihr das Kunststück, vom hellsten Sopran in den tiefsten Alt zu wechseln. »Er trug nicht irgend etwas, er trug den *incroyable* mit Rüschen und Spitzen und mit Steinen und Perlen besetzt.«

Die Schallwellen, auf denen sich diese Neuigkeiten fortbewegten, verfehlten ihr Ziel nicht: Wiewohl Adelia den Sinn der Nachricht nicht verstand, erfaßte sie doch mit Leichtigkeit das ihr beigemessene Gewicht. Sie schreckte in eine für die kleinwüchsige Lisette unerreichbare Höhe und überlegte dort, was denn ein *incroyable* sei. »Den *incroyable*? Was ist denn das«, fragte sie schließlich und blickte sich um, ob niemand sie belausche. Dann beugte sie sich wieder zu Lisette hinunter, die – beseelt von dem Interesse, das ihrer Erzählung entgegengebracht wurde – in die Details ging. Sie zog Adelia ein wenig an den vollen, schwarzen Locken, um ihr nun alles, was sie gesehen hatte, aus allernächster Nähe ins Ohr zu flüstern. Als sie bei Johann Hunger eintrat, trug dieser, erzählte sie, Teile des Kostüms am Leib, das man den *incroyable* nennt und welches bis zum Tode seiner Herrin in grauen Fetzen über einer Schneiderpuppe gehangen hatte, die in ihrem Schlafzimmer stand. »Es fehlen die Knöpfe. Die weißen Strümpfe haben Löcher. Die Seidenbänder ebenfalls. Es riecht nach Moder. Ich wollte zurück, aber er hielt mich fest, und so roch ich den Moder, und der Tod der alten Madame stand mir in diesem Augenblick lebhaft vor Augen. Ich konnte sie riechen, als wäre sie leibhaftig im Zimmer. Jetzt fürchte ich mich.«

Adelia, die ihre Stellung im Hause Galli erst nach dem Tod der Baronin angetreten hatte und deshalb von der Existenz des *incroyable* und der *merveilleuse* nichts wußte, ließ sich erzählen, was es mit den Kostümen auf sich habe. Lisette klärte sie bereitwillig über die Dinge auf, die sie nicht wissen konnte: Daß Hunger, wie man sich erzählte, unsterblich in die alte Hexe verliebt gewesen sei und daß sie ihm jene *ensembles* hinterlassen habe, von denen er das männliche trug, als sie ihn überraschte. Die Kleider stammten aus jener Zeit, in der die alte Madame noch jung und frisch gewesen war, und der sonst so verschlossene Diener habe sich der bunten Lumpen angenommen, als seien es Kostbarkeiten; er hege und pflege sie, als wollte er mit dem vom fliegenden Ungeziefer so begehrten Plunder die Erinnerung an seine Herrin, die Erinnerung an ihren Duft und ihre Reize aufrechterhalten, Reize, die den Weg Allen Fleischs längst gegangen waren und an welche bestenfalls der muffige Geruch ihres *poudre de riz* erinnere, Reize, die auch er mit eigenen Augen nie geschaut habe. »Er hat behauptet«, erzählte sie, »er werde zu Ehren der Verstorbenen heute abend den *incroyable* auf dem Theater spielen!« – »Wie spielen?« – »Er will sich in dieser lächerlichen Aufmachung auf die Bühne stellen und ein paar Worte an die Anwesenden richten. Wenn ich es recht verstanden habe, will er durch seinen Auftritt die anwesenden Damen und Herren an Madame Germaine erinnern. Verstehst du? Ich glaube, sie hat als Geist zu ihm gesprochen, sie hat für einen Augenblick das Totenreich verlassen und sich dann wieder ins Jenseits begeben. Sprich mit niemandem darüber. Ich mußte schwören, mit niemandem darüber zu reden. Er will uns nämlich überraschen.« Diese Worte gaben ihr das tief empfundene, erregende Gefühl, für den reibungslosen Fortgang des Abends von einiger Bedeutung zu sein, was sie, nur kurz, verstummen ließ.

Dann berichtete Lisette, wie Hunger sie doch noch aus dem Zimmer gedrängt habe, daß er sie eine Weile vor seiner Tür habe warten lassen, um ihr dann in schicklicherer Bekleidung zu Pasquinelli zu folgen, der sich in der Zwischenzeit (»...mit irrem Blick und zerwühltem Haar...«) auf der Schwelle seiner Tür niedergelassen hatte und immer noch darum bat, zu seinem Grab geführt zu werden. »Und hat Hunger es getan«, fragte Adelia. Lisette nickte. »Obwohl es kein Grab gibt?« Und Lisette, die sich in Gedanken bereits unter den Zuschauern eines makabren Schauspiels befand und Entsetzen vortäuschte, nickte von neuem sehr heftig.

Amaral konnte sich nicht mehr vom Stein lösen. Auf unerklärliche Weise hatte sich das Papiermaché in jene harte Materie verwandelt, die es bisher nur imitiert hatte. Auf kühlem Marmor ruhend, begann seine nackte Haut mit dem geäderten Stein zu verschmelzen. Er wurde mit ihm eins. Amaral fand verästelte Wege, in ihn hineinzuwachsen; die Haut wurde Marmor, der weiße Stein war bald Fleisch. Es brannte kein Licht, aber der kalte Glanz des Mondes, der durch die Fensterscheiben den Raum erhellte, begünstigte die seltsamen Verwandlungen, die in Amarals Zimmer vorgingen, außerordentlich; von Vorteil war auch die Lage des Zimmers; dessen Abgeschiedenheit förderte die lautlosen Vorgänge, aus deren Mittelpunkt Amaral bald herausgedrängt wurde; das Bild, auf dem er hockte, hatte die Macht ergriffen.

Den steinernen Mann von hinten umfangend, lag er auf dessen mit Muskeln protzendem Rücken und ließ sich tragen wie das Jesuskind vom heiligen Christophorus, und verschmolz mit ihm zum Standbild, das eines Tages sein Grab und Epitaph (*Die Last ward leicht*) gewaltig überragen würde. Er setzte über, ohne zu wissen wohin. Seine Füße, die Füße des Erhobenen, berührten das Wasser nicht mehr, sie schwebten über der Flut. Er glitt auf dem Schaum der Wellen, auf den erhabenen Schultern dahin, und selbst sein Atem erstarrte zur gleichgültigen Strenge endgültig geschaffener Form. Je schwächer er würde, desto größer sein Werk. Je geringer der Druck seiner Feder, umso tiefer die Spur, die sein Werk hinterließ. Sein Körper besann sich auf seine Herkunft, das Ursprungsmaterial, den Staub und das Wasser, woraus er gemacht war, auf dem er nun lag; ein gefallener Söldner auf dem Rücken des römischen Helden. Erfüllte Begierde und christliche Auferstehung; war er dem Ende so nahe, wie er glaubte, da alles in der wohltuenden Abwesenheit von Worten geschah? Er preßte seine Schenkel fester gegen die Hüften des leblosen Geschöpfs und seine Stirn an dessen Nacken, umschlang mit seinen dünnen Armen die Schultern, die wie Hefe aufgegangen waren, berührte die hoch gewölbte Brust und die Warzen, und schließlich gelang es ihm auch, das Geschlecht zu umfassen; während er selbst aus Stein blieb, kam Leben in die Figur, die ihn trug und ihn am ernüchternden Ende dieser Reminiszenz wie einen Reiter abwarf, der aus der Übung war.

Der Dichter stürzte mitsamt der Heldengestalt und riß etliche andere Statuen mit. Überraschung und Ernüchterung, die dem Sturz folgten, hielten sich die Waage. Diskuswerfer und andere Athleten wurden in Mitleidenschaft gezogen und verloren noch einmal jene Glieder, die sie auf ihrem beschwerlichen Weg durch Jahrhunderte des Vergessens und Wiedererinnerns schon einmal eingebüßt hatten; was ein großzügiger Modelleur ihnen nachträglich zurückgegeben hatte, wurde zum zweiten Mal verstümmelt. Während einiger Sekunden lag er unter der Figur, auf der er eben noch, leicht wie eine Fliege, gesessen hatte. Als er aus einer kaum atemlangen Ohnmacht erwachte, bemerkte er, daß seine rechte Hand in den hohlen Innereien einer Pappmachéfigur steckten. Wo noch vor wenigen Augenblicken das wohlgeformte Attribut unverzagter Männlichkeit an seinem ihm von Gott zugewiesenen Platz gehangen hatte, klaffte jetzt eine offene Wunde, in die seine rechte Hand hineinragte, die das losgelöste Glied noch immer umklammerte. Seine Faust hatte die gewaltigen Lenden des zur Strecke gebrachten Helden durchstoßen, denn sie waren nicht aus Stein gewesen; was er in seiner Hand hielt, war ohne Leben, wenngleich er der Kopie täuschende Ähnlichkeit mit jenen unzähligen Lanzen attestieren mußte, die einst in seinen Händen (und anderswo) geschwollen und nach Ablauf der ihren Aufrichtungen gegönnten Zeit wieder in sich zusammengefallen waren. Aus weiter Ferne hörte er die Uhr der Kirche von Urmein sieben Mal schlagen. Sieben Todsünden zu begehen ist der Mensch befähigt, die achte kennt allein Gott und derjenige, auf dem sie lastet.

Galli hatte seine Gäste gebeten, sich gegen sieben Uhr im Innenhof einzufinden. Nun war es soweit. Während Amaral den toten Marmor aus Papier und Kleister betrachtete, der neben ihm lag, begann er vor Kälte zu zittern. Noch schwankte er, ob er der Einladung Folge leisten sollte oder nicht. Er blickte sich um und bemerkte das Ausmaß des Durcheinanders, das er angerichtet hatte. Er vernahm – als betäubendes Echo – das längst verklungene Getöse, das seine nackte Kohorte bei ihrem Zusammenbruch verursacht hatte. Er mühte sich auf, von den Knien in die Hocke, erhob sich, stieg vorsichtig über die herkulischen Attrappen und blickte sich um. Er war bereit, sich für den Abend zu rüsten.

Acht Schläge hallten nach. Obwohl sie schmerzten, wollte sie sie hören. Sie ertrug sie, indem sie sich sagte, daß jeder Schlag den Dämon schlug, der sie, trotz ihrer Gegenwehr, besessen hatte. Sie war nicht mehr in Gefahr. Die Kirche, in der Ursina saß, die abzusperren man vergessen hatte, war dunkel und leer. Nichts hatte sich seit ihrem letzten, lange zurückliegenden Besuch verändert. Seit ihrer Kindheit war in dem fremden Raum nichts von seinem Platz gerückt worden, und wie damals war er auch heute – im Gegensatz zur Klosterkirche von Cazis – kalt und klamm. Sie war allein. Heimlich hatte sie Annis Zimmer verlassen und sich unbeobachtet aus dem Haus geschlichen. Ihr Mantel war warm. Immer noch lag der Geschmack fauliger Totentrompeten auf ihrer Zunge, dagegen halfen auch die getrockneten Minzeblätter, die sie kaute, nichts.

Nachdem auch die Schwingungen des achten Schlags verhallt waren, griff sie in ihre Manteltasche und zog eine weiße Kerze und eine Streichholzschachtel hervor. Sie öffnete sie, riß ein Holz an und hielt die Flamme unter die Kerze. Es verlosch fast augenblicklich im Durchzug, worauf sie ein weiteres Streichholz entzündete, das sie ebenfalls unter die Kerze hielt. Vorsichtig drückte sie die Kerze auf die Rücklehne der vorderen Bank. Sie wartete einige Sekunden, bevor sie die Kerze anzündete. Als das Licht die kleine Kirche auf jenen Raum verdichtete, den es erhellte, erschien Giulianas Gesicht. Ihr Mund blieb stumm, ihre Augen waren ohne Feuer. Heiß aber und stechend war der Schmerz, den Ursina in diesem Augenblick empfand, und von dem sie nur einer hätte erlösen können, auf den sie vergeblich wartete. Francesco war fort, ob er sie nun freiwillig verlassen hatte oder vor seinem vermeintlichen Feind geflohen war. Sie war versucht, die Kerze auszublasen; als sie aufsah, war Giulianas Gesicht verschwunden. Der brennende Punkt, dem sie sich näherte, begann heftig zu flackern, erlosch aber nicht. Ein weiterer Schlag vom Kirchturm, und die Zeit war wie ein Meteor an ihr vorbeigerast. Was sie sich insgeheim von ihrem ungewohnten, nächtlichen Kirchenbesuch erhofft hatte, ging schneller in Erfüllung, als sie erwartet hatte; es gelang ihr, beim Licht dieser Kerze über ihre Zukunft zu entscheiden. Sie würde Urmein in den nächsten Tagen für immer verlassen.

Sie hörte Schritte im Schnee und blies die Kerze aus, da sie befürchtete, daß man das Licht im Inneren der Kirche bemerken könnte. Nach den Schritten folgte die Stimme des Gemeindepräsidenten Tschalns, dann Theobalds Antwort (ein gelachtes, lautes »Nein«), darauf das schreckliche Husten seiner Frau. Die drei nächtlichen Wanderer waren auf dem Weg zum Schloß. Man hatte sie schon vor einiger Zeit darum gebeten, das alte Jahr (vielleicht auch den Krieg, wie Galli zu prophezeien wagte) gemeinsam mit den Pensionären zu verabschieden und mit erhobenen Champagnergläsern ein neues, besseres zu begrüßen (dessen Ende die Frau des Präsidenten nicht mehr erleben sollte, denn bereits ein halbes Jahr später erlag sie den qualvollen Folgen der unheilbaren Krankheit, die sich in ihren Knochen eingenistet hatte).

Pasquinelli saß zwischen Matthews und Revers auf einem etwas niedrigeren Stuhl. Matthews und Revers wandten gleichzeitig die Köpfe, als zu ihrer Überraschung der Kardinal erschien, wohingegen Pasquinelli Albaneses Auftritt offenbar nicht bemerkte. Auf Tom und Anni gestützt betrat dieser, gefolgt von Fräulein Ostermann, seine letzten Kräfte versammelnd, den Innenhof; die ungezwungene Kraft des Schwarzen und der jungen Frau verwandelten ihn in eine gefügige, der Schwerkraft enthobene Puppe, und so schwebte er immer wieder einige Zentimeter über dem Boden; vor und zurück schlenkernd, verzog er den Mund, als er plötzlich den Boden unter den weißbestrumpften Füßen verlor, doch kein Laut des Protestes drang über seine Lippen. Nachdem man – Fräulein Ostermanns Anweisungen befolgend – ohne erkennbaren Grund Sessel und Stühle hin und her geschoben hatte, wurde Albanese Pasquinelli, Matthews und Revers gegenüber mit sanftem Nachdruck in den Tiefen eines Sessels versenkt. Nathalie Ostermann, die in aufrechter Haltung hinter ihm Stellung bezog und sich vorerst nicht mehr vom Fleck rührte, grüßte verhalten in die Runde, beugte sich dann zu ihrem Schützling hinunter und flüsterte ihm irgend etwas ins Ohr, was keiner Antwort bedurfte, weil es ein Befehl war. Sein getrübter Blick war ausdruckslos ins Leere gerichtet.

All das vermochte Pasquinelli nicht aus seinen verstreuten Gedanken zu reißen, der immer noch, seit vielen Stunden, damit beschäftigt war, die Maße seiner letzten Ruhestätte, die seine Augen nachmittags beim Besuch auf dem verschneiten Friedhof genommen hatten, zu multiplizieren, zu dividieren und zu addieren; die ständig sich ändernden Summen, die sich durch schier unbegrenzte Kombinationen ergaben, türmten sich wie jene Schneewände, die die Wege zu den einzelnen Grabstätten säumten, zu labyrinthischen Gängen auf. Trotz ihrer beängstigenden Ausmaße, besänftigten sie sein Gemüt, das jede Teilnahme an dem, was um ihn herum geschah, verweigerte; was übrigens auf seiner durchaus zufriedenen Miene abzulesen war.

Jetzt, da sich die Gäste fast vollzählig eingefunden hatten und die Mehrzahl des Personals (außer Leroi, um den man sich inzwischen ernstlich Sorgen machte, denn er war immer noch leidend) um deren leibliches Wohl besorgt war, herrschte ungewohnt reger Betrieb in dem Raum, der die Zwänge der Jahreszeit wie welke Blätter abgeworfen und seine Grenzen gesprengt hatte, um nun gleich einem Luftschiff ungebunden und ziellos, träge und langsam im Weltall weitab der Lebenden und Toten dahinzusegeln. Gerüche des Sommers erfüllten den Hof und täuschten darüber hinweg, daß die Verwesung ihnen bereits innewohnte. (Roth hatte Anweisung erhalten, die Zufuhr frischer Luft zu gewährleisten, die von den gleißenden Scheinwerfern sofort erhitzt wurde, »Wie Sie das bewerkstelligen, ist Ihre Sache!«) Und alles würde Jugend bleiben, dachte Galli, und wenn der Wunsch auch nur für eine Stunde hielt, was er versprach, so wollte er mit dieser Spanne Zeit vorliebnehmen. Inzwischen waren auch die Gäste aus dem Dorf eingetroffen (der Gemeindepräsident, seine Frau und Theobald Tschalns, der sich sofort zu Leroi begab, um irritiert festzustellen, daß er unfähig war, dessen Krankheit zu diagnostizieren). Nachdem er sich den Hals nach dem Hausherrn verrenkt hatte, ohne ihn zu entdecken, belegte der Gemeindepräsident die Soldaten, über deren Anwesenheit er natürlich unterrichtet war, mit Beschlag, während seine Frau, sichtlich desinteressiert an Angelegenheiten, die außerhalb ihrer selbst lagen, ein wenig abseits stand und sich dann später gänzlich von der männlichen Gruppe löste; daß sie niemanden fand, an den sie sich hätte anschließen und mit dem sie hätte sprechen können, lag hauptsächlich daran, daß Frauen – vom Personal abgesehen – kaum vertreten waren, was Galli, dessen Blick gerade jetzt auf die verloren wirkende Frau des Gemeindepräsidenten fiel, mit Wehmut erfüllte und seiner Sehnsucht nach Giuliana und Germaine neue Nahrung gab. Er verscheuchte den Gedanken an die Toten und kehrte zu den Lebenden zurück. Flavio, Firmin und Adolph, die – trotz allem, was geschehen war – aufgrund ihrer Jugend gewissermaßen den strahlenden Mittelpunkt des Festes bildeten, wurden – zuerst von Tschalns, später von seinem Bruder – mit den üblichen Fragen bezüglich des allgemeinen Kriegsgeschehens und ihrer persönlichen Einschätzung über die Dauer der tödlichen Auseinandersetzungen bedrängt. Flavio, der nicht im mindesten verändert schien, führte das Wort und ließ es sich gelegentlich von Adolph bestätigen, der bereits zwei Gläser Champagner getrunken hatte und sich nervös nach Firmin umsah, der zu träumen schien und seltsamerweise nichts trank, obwohl auch er ein Glas in der Hand hielt. Galli stellte fest, daß Ursina nicht anwesend, von ihrer Seite also keine Störung zu erwarten war.

Als er auf die Schwelle des Innenhofs trat und die Augen schloß, war ihm, als träumte er: Die Illusion schien ihm vollkommener als je zuvor; fast war er geneigt, Flavios Besuch zumindest jetzt, im Nachhinein, trotz aller Einwände, gutzuheißen, da dieser, wie sich herausstellte (er vergaß weder Ursinas Unglück noch Francescos Verschwinden, an dessen Endgültigkeit er zuversichtlich noch Zweifel hegte), eine höchst wirkungsvolle Erregung nach Urmein getragen hatte, einen willkommenen Aufruhr, der die Alten ein wenig belebte. Die Vielstimmigkeit der Konversation, das Scharren der Füße, das Klappern des Geschirrs, das Klirren der Gläser sowie zahllose Zwischengeräusche unklarer Herkunft übertönten das Geschrei der Zikaden, was einem Triumph gleichkam. Als Galli – noch immer auf der Schwelle zwischen Innenhof und Theater – die Augen wieder öffnete, stimmte das, was er sah, mit seinen Vorstellungen auf wunderbare Weise überein. Er trat aus dem Schatten der Portieren. Er war, wo zu sein er sich mit geschlossenen Augen lediglich gewähnt hatte: In einem Nebenreich seiner Seele, am Mittelmeer, unter der Sonne Brasiliens, an den Ufern des Nils, auf der verzauberten Piazza von Pomponeso, im Nebel, dem der *Nebbiolo* seinen Namen verdankt.

Die Gesellschaft freilich war ungeordnet und verstieß in jeder Hinsicht gegen die Konvention, was umso weniger ins Gewicht fiel, als niemand – auch keiner der Alten – um deren Beachtung bemüht war. Wo man sich einst ganz selbstverständlich dem Diktat peinlichst eingehaltener Umgangsformen unterworfen hätte, vermißte sie, weil niemand sie befolgen mußte, keiner; eine Art italienische Gelassenheit war eingekehrt. Da die Hitze rasch zunahm, würde es bei den gelockerten Sitten gewiß nicht lange dauern, bis die ersten Gäste sich der wärmsten Stücke ihrer winterlichen Garderobe entledigten und ihre Hemdsärmel aufkrempelten, wie es übrigens bald darauf der junge Deutsche als erster tat, dessen blasse, von blauen Adern durchzogene

Arme einen fast abstoßenden Gegensatz zum jahreszeitlichen *pasticcio* zum einen und zu seiner mit Schweißtropfen bedeckten Stirn zum anderen bildeten, die abzuwischen er sich auch dann nicht die Mühe machte, als Flavio ihm ein sauber gefaltetes Taschentuch zusteckte, welches Adolph unbenutzt in seiner Hosentasche verschwinden ließ. Es schien, als kehrte der Winter durch eine winzige Öffnung in den Sommer zurück. Doch Galli hielt sich nicht lange bei Korrekturen dessen auf, was er sehen wollte. Während man ihm ein Glas Champagner reichte, nach dem er gierig griff, gab er Anweisung, den Kaviar aufzutragen und ihm selbst eine angemessene Portion zu bringen, die er gleich zu essen wünsche. Ungeachtet seiner Bitte blieb er aber nicht stehen, um darauf zu warten, sondern tauchte, mit dem Champagnerglas in der Hand, im Gedränge seiner Gäste unter. Er ließ sich wie ein Blinder treiben, verlor – mit Recht darauf vertrauend, daß für das Wohl seiner Gäste gesorgt war – den Überblick und unternahm fürs erste nichts, ihn zurückzugewinnen. Man rief ihm etwas zu, versuchte ihn beiseite zu nehmen, erkundigte sich nach seinem Befinden, bedankte sich für die Einladung, und er nickte, lächelte abwesend, nickte immer wieder, grüßte in alle Richtungen, hob sein sich leerendes Glas und schob sich weiter durch die schwatzende Versammlung von Herren und Dienern; während ihm Bruchstücke der verschiedenen Unterhaltungen zuflogen, dachte er wieder an Germaine, an Giuliana, er dachte aber auch an seine eigene Jugend und nahm sich selbst bei der Hand, um dorthin zu verschwinden, wo es weder Türen noch Fenster gibt.

Etwas erschöpft, jedoch zufrieden, sah sich schließlich auch Galli nach einem Sessel um. Er machte Anni ein Zeichen, die sich nun durch die Menge wand und darauf achtete, mit niemandem zusammenzustoßen und keinen Anlaß zu Ausweichmanövern zu geben. Sie nahm ihm das leere Champagnerglas ab und reichte ihm einen Teller mit Kaviar, Butter und Schwarzbrot. »In einer Viertelstunde…«, wollte er sagen, doch sie war bereits entschwunden. Während er mit Bedacht und sich erhellender Miene das schwärzliche Gold genoß, schweifte sein Blick hinüber zu Matthews, der etwas nervös wirkte, über Pasquinelli hinweg, der am Geschehen nicht teilnahm, zu Revers, dem die gastrischen Qualen, die er litt, regelrecht ins Gesicht geätzt waren und zu welchem sich gerade jetzt Theobald Tschalns herunterbeugte. Auch dem Arzt entging Revers' Zustand nicht, doch war er in Gedanken noch in Lerois Krankenzimmer, das er ratlos und unverrichteter Dinge verlassen hatte. Er wechselte einige Worte mit Revers, sah sich um und entfernte sich wieder. Antoine schien Galli blasser als sonst, das lag nur zum Teil an der Beleuchtung. Galli hielt nach Hunger Ausschau, der ihn vor wenigen Stunden mit der Ankündigung überrascht hatte, er werde Matthews' Klavierspiel eine kleine theatralische Darbietung folgen lassen, mit welcher er – wenn auch nur ungenügend und nicht sehr künstlerisch – an Germaine de Clairy erinnern wolle. Hunger, den er nachmittags zu sich gebeten hatte, um sich mit ihm über Flavios unentschuldbares Verhalten und Francescos rätselhaftes Verschwinden zu beraten, befand sich weder unter den Gästen noch beim Anrichtetisch, wo sich das Personal versammelt hatte und auf Weisungen wartete. Bedauernd führte Galli den letzten Löffel Kaviar zum Mund und betupfte seine Lippen mit einer Serviette. Er legte sie beiseite und blickte in Antoine

Revers' schmerzlich geweitete Augen. Er blickte ihn an, ohne ihn wirklich zu sehen, und stand dann auf, unentschieden, wohin er sich wenden sollte. Revers war nicht zu helfen. Kaum war er auf den Füßen, stieß er mit Amaral zusammen, der sich ihm zufällig in den Weg gestellt hatte. Er schien den alten Dichter nicht zu erkennen. Sie grüßten einander nicht, sie wichen einander aus. Galli ertrug den Anblick dessen, was fehlzuschlagen drohte, nicht länger. Er wollte sich nach Francesco umdrehen, dann fiel ihm ein, daß Francesco ihn verlassen hatte; und auch Ursina, Giulianas treue Dienerin, fehlte. Er erhob sich und verscheuchte die Gespenster, wohl wissend, daß sie wiederkehren würden, wann immer es ihnen gefiele.

Fredericks Vortrag auf dem Klavier, ein etwa halbstündiges Konzert, war für acht Uhr vorgesehen und würde demnach in Kürze beginnen. Galli hatte nicht die Absicht, Matthews oder sonst irgend jemanden unnötig warten zu lassen. Also stellte er seinen Teller ab, stand auf und verschaffte sich Gehör, indem er mehrere Male – zunächst mit nur geringem Erfolg – in die Hände klatschte. Als schließlich Ruhe einkehrte, bat er seine Gäste um ihre Aufmerksamkeit für ein Ereignis ganz besonderer Art (über das die meisten natürlich unterrichtet waren), dem beizuwohnen ein Privileg von unschätzbarem Wert und größter Rarität sei (man hörte ihm bald nicht mehr zu, er sprach weiter, der Gemeindepäsident gähnte hinter vorgehaltener Hand, das Personal wurde unruhig, es wurde acht, Galli sprach immer noch).

Endlich durfte man der umständlich vorgetragenen Bitte des Gastgebers entsprechen, der nachzugehen er selbst ja so lange verhindert hatte, und begleitet von der Dienerschaft (sogar Sophie war darunter) ins Theater hinüberwechseln. Selbst unter der Tür entstand kein Gedränge, und niemand hatte es eilig, sich hinzusetzen. Man machte es sich auf den weichen Polstern und unter wollenen Decken bequem, nahm dankbar die Hilfe der Angestellten an und wartete geduldig darauf, daß das Licht allmählich verlöschen und der Vorhang aufgehen würde. Kurz vor halb neun, als sich der Vorhang hob, hatte sich ein Mantel erwartungsvollen Schweigens über die Zuschauer gelegt. Doch was auch immer man erwartete, es trat nicht ein. Die nächsten Minuten wurden durch einen Vorfall bestimmt, der sich bereits ereignet hatte und dem sich zu entziehen nur jenem möglich war, der ihn verursacht hatte.

Was der Vorhang eben noch verdeckt hatte, trat nun erbarmungslos zutage. Kaum hatte sich der rote Samt über dem Klavier gehoben, enthüllte er – beginnend bei den Füßen – die Leiche des jungen Franzosen. Firmin Rocquet hatte sich auf der Bühne erhängt. Sein Körper spiegelte sich im Schellack des Flügels. Der Stuhl, auf den er sich gestellt hatte, war umgekippt. Das Seil, an dem er baumelte, umschloß den Hals, der durch die Wucht des Falls gebrochen war. Obwohl Roth die Geistesgegenwart besaß, den Vorhang wieder fallen zu lassen, blieb den Zuschauern doch genügend Zeit, sich das Bild des Leichnams, der sich langsam um seine eigene Achse drehte, einzuprägen. Der erste Schrei drang aus Nathalie Ostermanns weit aufgerissenem Mund, den zweiten stieß Meta aus, die Frau des Gemeindepräsidenten fiel in Ohnmacht, Adolph Ziemann rief Firmins Namen, Flavio nickte, dann erst senkte sich der Vorhang endgültig über einem Unglück, das man dem Krieg zuschreiben durfte, wenngleich es sich weitab davon ereignet hatte.

Deutlicher als die menschlichen Stimmen, die sich erhoben hatten, hörte Graf Galli durch die geschlossene Tür hindurch den Chor der klagenden Zikaden. Es klang, als schüttelte der Geist Firmin Rocquets sie von den Bäumen, als weilte er tatsächlich noch im Haus, halb unter ihnen, halb über ihnen. Galli bemerkte die erwartungsvoll auf ihn gerichteten Blicke seiner Gäste und Angestellten nicht. Ihr Vertrauen in seine Fähigkeiten war unerschütterlich. Doch er tat nichts, sah nichts. Wächsern und unbeweglich saß er auf seinem Platz, ein ausgetrocknetes Reptil. Ein Windhauch hätte genügt, die Schlangenhaut aus der Welt zu schaffen. Es war der Arzt, der sich erwartungsgemäß als erster faßte und sich erhob, die Bühne erklomm und auf allen vieren unter dem schweren Vorhang hindurch hinter die Bühne kroch, wo ihn bereits, nach oben blickend, Frederick Matthews und Roth erwarteten.

1. Januar 1918, vor der Morgendämmerung.

Während die Bewohner des Schlosses längst in ihren Betten lagen, saßen Sophie und Johann noch in der Küche. Sie stießen sich nicht an ihrem eigenen Schweigen, es schützte sie vor den Ungewißheiten der Gegenwart und hielt ihnen vom Leib, was sich bedrohlich genähert hatte und sie nachträglich – und viel zu spät – hätte bereuen lassen können, daß sie Berlin gegen Urmein getauscht hatten. Die Arme auf die Oberschenkel gestützt, saß Hunger vor dem Kamin und stocherte mit der Feuerzange in der erkaltenden Glut herum. Sophie war fest in ihren gestrickten Umhang gewickelt, fror jedoch immer noch. Im Licht der schwächer werdenden Petroleumlampe, die bald darauf erlosch, wirkten beide grau und verwittert. Sophie stand auf und zündete eine Kerze an. Was sie sah, erfüllte sie mit Stolz und Genugtuung; sie hatte den Beweis erbracht, daß selbst der Tod den Lauf der Welt nicht unterbrechen kann: In ihrem unterirdischen Reich herrschte wieder Ordnung. Der Tisch war poliert, der Boden gefegt, der Herd makellos schwarz. Die Mädchen hatten ihre Arbeit getan.

Schweigend saßen sie nebeneinander und ließen sich selbst durch das Geräusch der Feuerzange, die Hungers Händen entglitt und klirrend auf dem Steinboden aufschlug, nicht beirren. Als das neue Jahr – hörbar vom Kirchturm – in seine vierte Stunde trat, klopfte Sophie auf ihr künstliches Bein und seufzte. Es spreche einiges dafür, daß der junge Mann schon vor seiner Ankunft entschlossen gewesen sei, sich umzubringen, sagte Hunger in die Stille. Ungeachtet seiner Bemerkung, meinte Sophie, es sei doch schade um Matthews' letzten Auftritt. Bei aller Anteilnahme an fremdem Leid bedauere sie sehr, daß es nicht dazu gekommen sei. Ein Zufall, so fuhr sie fort, hätte vielleicht verhindern können, was nur dank eines andern Zufalls möglich geworden war. Hunger erwiderte darauf, der junge Mann hätte so oder so einen Weg gefunden, sein Vorhaben auszuführen. Später sagte Sophie zu seinem und zu ihrem eigenen Befremden – aber bei klarem Verstand –, sie wisse, daß jetzt keiner schlafe, sie höre sie durch ihren Körper wandeln, atmen und leiden. Sie würde gern tanzen und alles vergessen. Sie lachte, aber ihr Lachen war finster, nicht vergnügt. Sie wußte nicht, woran sie denken sollte.

Gegen fünf Uhr betrat Ursina Bragatsch die Küche und teilte ihnen mit, was sie bereits den Grafen hatte wissen lassen, daß sie beschlossen habe, Urmein so bald wie möglich zu verlassen, vielleicht schon heute, falls die Straße frei sei. Sophie und Hunger starrten sie an. Was der Graf dazu sage. Ob sie Francesco folge, wollten sie wissen. Galli habe sich unbeeindruckt gezeigt und sehr zerstreut, ja verwirrt gewirkt. Bevor sie sein Zimmer verließ, habe er sie zurückgehalten und ihr einen versiegelten Brief anvertraut, über dessen Inhalt er sie nicht im Ungewissen ließ.

Er hatte sie gebeten, ihr einen letzten Dienst zu erweisen und das Schreiben dem Churer Anwalt Dr. Feurer, Sohn oder Vater, zu überbringen, den er damit betraute, das Kloster, das er ihm einst verkauft hatte, in seinem Namen zu veräußern. Er sei des Orts überdrüssig und trage sich schon seit längerem mit dem Gedanken, weiter südlich nach einem wärmeren Refugium für sich und seine Freunde Ausschau zu halten.

Fast unbemerkt und allein starb währenddessen Leroi eines natürlichen Todes. Er hatte seit mehreren Tagen kein Wort mehr gesprochen, nichts gegessen und auch jede Flüssigkeit verweigert. Die Ursache seiner Krankheit blieb unbekannt und wurde nach seinem Tod nicht untersucht. Tom, der ihn besser kannte als sonst jemand, der sein Zimmer mit ihm teilte und ihm in seiner letzten Stunde beistand, meinte, er sei an einem afrikanischen Fieber gestorben, das seit langem in seinem Körper darauf gewartet habe, auszubrechen. Theobald Tschalns dagegen hielt nichts von dieser Idee und behauptete, ein unheilbarer Kummer habe ihn getötet.

Giuliana Sardis Reise durch den Vorderen Orient folgt derselben Route, die Petrus Klotz in seinem Buch „Was ich unter Palmen fand“ (Herder'sche Verlagsbuchhandlung, Freiburg 1918) beschrieben hat. Einige Formulierungen wurden daraus entnommen.

Klett-Cotta

Printed in Germany
Schutzumschlag: Philippa Walz, Stuttgart
Gesetzt aus der 10 Punkt Janson
von Reprographia Medienhaus, Lahr
Auf säure- und holzfreiem Werkdruckpapier gedruckt und gebunden
von Spiegel GmbH, Ulm
ISBN 3-608-93447-2